조선후기 통신사 필담창화집 번역총서 33

兩東鬪語

양동투어

조선후기 통신사 필담창화집 번역총서 33

兩東鬪語

양동투어

김형태 역주

이 역서는 2008년도 정부재원(교육과학기술부 학술연구조성사업비)으로 한국연구재단의 지원을 받아 연구되었음(KRF-2008-322-A00073)

차례

일러두기

1. 통신사 필담창화집 번역총서는 제1차 사행(1607)부터 제12차 사행(1811)까지, 시대순으로 편집하였다.
2. 각권은 번역문, 원문, 영인자료(우철)의 순서로 편집하였다.
3. 300페이지 내외의 분량을 한 권으로 편집하였으며, 분량이 적은 필담창화집은 두 권을 합해서 편집하고, 방대한 분량의 필담창화집은 권을 나누어 편집하였다.
4. 번역문에서 일본 인명과 지명은 한국 한자음 그대로 표기하고, 처음 나오는 부분의 각주에 일본어 발음을 표기하였다. 그러나 번역자의 견해에 따라 본문에서 일본어 발음대로 표기를 한 경우도 있다.
5. 번역문에서 책명은 『 』, 작품명은 「 」로 표기하였다.
6. 원문은 표점 입력하였는데, 번역자의 의견에 따라 표기하는 것을 원칙으로 하였지만, 가능하면 한국고전번역원에서 정한 지침을 권장하였다. 이 경우에는 인명, 지명, 국명 같은 고유명사에 밑줄을 그어 독자들이 읽기 쉽게 하였다.
7. 각권은 1차 번역자의 이름으로 출판되었는데, 최종연구성과물에 책임연구원과 공동연구원의 이름이 반드시 들어가야 한다는 한국연구재단의 원칙에 따라 최종 교열책임자의 이름으로 출판되는 책도 있다.
8. 제1차 통신사부터 제12차 통신사에 이르기까지 필담 창화의 특성이 달라지므로, 각 시기 필담 창화의 특성을 밝힌 논문을 대표적인 필담창화집 뒤에 편집하였다.

양동투어
兩東鬪語

양동투어(兩東鬪語)

1764년에 조선의 사신이 일본을 방문했을 때 도호토(東都)의 구과(口科) 시의(侍醫) 마츠모토 오키나가(松本興長)가 조선 측 수행원들과 나눈 필담을 정리해서 그해 11월에 간행한 것이다. 마츠모토 오키나가는 법안(法眼) 마츠모토 오키마사(松本興正)의 큰아들로서 자(字)는 천리(千里), 호(號)는 양암(良庵)이다. 건(乾)권과 곤(坤)권으로 구성된 2권 1책의 판본으로 3월 1일, 6일, 9일의 3일간 이루어진 필담을 정리한 것이다.

건(乾)권의 서두에 2개의 서문이 있는데, 하나는 이리에 난메이(入江南溟)가 1764년 겨울에 쓴 서문이고, 다른 하나는 도호토의 의관(醫官) 노로 지쓰와(野呂實和) 원순(元順)이 1764년 음력 섣달에 행초(行草)로 기록한 서문이다. 이어서 필담에 참여한 인원을 포함해 조선의 주요 인사들이 간략하게 소개되어 있다. 그 인사들은 정사(正使) 조엄(趙曮), 부사(副使) 이인배(李仁培), 종사(從事) 김상익(金相翊), 제술관(製述官) 남옥(南玉), 서기(書記) 성대중(成大中), 서기 원중거(元重擧), 서기 김인겸(金仁謙), 양의(良醫) 이좌국(李佐國), 정사반인(正使伴人) 통덕랑(通德郎) 이민수(李民壽), 종사반인(從事伴人) 통덕랑 홍선보(洪善輔), 군관(軍官) 고정(高亭)이다.

날짜별로 정리된 건(乾)권의 주요 필담 내용은 다음과 같다. ① 3월 1일에는 마츠모토 오키나가가 이좌국과 주고받은 인사 글과 5언시 1수, 남옥과 주고받은 인사 글과 5언시 4수, 김인겸에게 준 인사 글과 주고받은 7언시 4수, 성대중에게 준 인사 글과 7언시 7수가 실려 있다. ② 3월 6일에는 마츠모토 오키나가가 설창(舌瘡)을 앓는 병자를 데려와서 이좌국이 진찰하고, 처방을 내렸는데, 특이하게 약 이름이 들어갈 자리에 권점(圈點)을 찍고 약 이름을 생략했다. 마츠모토 오키나가가 제술관, 삼서기와 주고받은 7언시 12수가 실려 있다. 이어서 마츠모토 오키나가가 그림 3폭(幅)을 선물하자 이좌국은 붓과 먹을 선물했다. ③ 3월 9일에는 양의(良醫)의 처소에서 마츠모토 오키나가가 홍선보, 고정 등과 함께 고향에 대해 문답했고 글을 나누었으며, 주고받은 7언시 5수가 실려 있다. 이어서 마츠모토 오키나가는 조선의 서방(書房) 중 삼계(三桂)라는 사람에게 자신을 소개했고, 7언시 1수를 주었다. 또한 이좌국과 주고받은 별서(別書)와 7언시 1수, 남옥과 주고받은 별서와 7언시 2수, 삼서기 등과 주고받은 별서와 7언시 11수, 정사(正使) 및 부사(副使)에게 보낸 7언시 3수가 실려 있다. 마츠모토 오키나가는 이좌국에게 종이를 선물했고, 이좌국은 답례로 설구(舌口)에 대한 약 처방 3가지와 별도의 처방 2가지를 써주었다. 또한 마츠모토 오키나가는 구설(口舌)의 병과 관련된 질문 사항을 5가지로 정리해 이좌국에게 문의했고, 이좌국은 항목별로 답변을 진행했다. 그 내용은 40세 이상된 사람의 구설에 발생하는 창(瘡)의 증세와 수화기제(水火旣濟)의 치료법, 설저(舌疽)의 정체성 및 출전에 대한 질문과 설창(舌瘡)에 대한 처방, 구설(口舌)의 병에 화저(火筯)와 피침(鈹針) 사용의 타당성 여부,

1711년 통신사 의원이었던 기두문(奇斗文)과 1748년 통신사 의원이었던 조숭수(趙崇壽)가 제시했던 치료법의 타당성 여부, 설저(舌疽)의 치료법에 대한 명쾌한 답변 요구와 6음(六淫)이나 7정(七情)에 손상된 바를 살펴서 허(虛)함을 보(補)하고 실(實)함을 사(瀉)하는 약을 쓰면 효과를 볼 수 있다는 답변 등이다.

『양동투어』 곤(坤)권은 1764년에 조선의 사신이 일본을 방문했을 때 도호토(東都)의 의원 요코타 준다이(橫田準大)가 의원 마츠모토 오키나가(松本興長), 타키 안겐(多紀安元)과 함께 2월에 홍려관(鴻臚館)을 방문하여 조선 측 수행원들과 나눈 필담을 정리해서 그해 11월에 간행한 것이다.

표제는 '양동투어(兩東鬪語) 곤(坤)'이지만, 부제는 '양동투어(兩東鬪語)'이다. 건권(乾卷)보다 분량이 많은데, 날짜 별로 정리되어 있지 않고 권점(圈點)도 행 바꿈을 실시하지 않았다. 요코타 준다이의 자는 군승(君繩)이고, 호는 동원(東原)·묵수자(墨水子)이다. 3대(三代)에 걸친 세업의(世業醫)이고, 관의(官醫) 타키 안겐(多紀安元)의 가숙(家塾)에서 공부했다.

필담은 만남의 순서에 따라 정리하였는데, 곤(坤)권의 주요 내용을 정리하면 다음과 같다. 첫 번째 만남에서는 ① 이좌국과 주고받은 인사 글과 7언시 3수, 남옥 및 삼서기와 주고받은 인사 글 5편과 7언시 10편이 실려 있다.

② 요코타 준다이가 조선의 복식과 의관(衣冠)에 대해 물었고, 성대중

이 동파관(東坡冠)과 종관(鬃冠) 및 관복(官服)에 대해 설명했다.

③ 요코타 준다이가 『금궤옥함(金匱玉函)』·『요략(要略)』·『상한론(傷寒論)』 등의 내용이 어렵다고 호소하자 이좌국은 역대(歷代) 명철(明哲)의 강조한 바를 따르라고 조언했다. 요코타 준다이가 성창(聖瘡)·두진(痘疹)과 두반(痘瘢)이 없는 조선의 사정 등에 대해 물었고, 이좌국은 조선에 별도로 두과(痘科)가 있으며, 전을(錢乙)의 처방을 주로 따른다고 대답했다. 요코타 준다이와 이좌국이 허준(許浚)의 『동의보감(東醫寶鑑)』에 대해 문답을 나누었다.

두 번째 만남에서는 ① 요코타 준다이가 조선의 장수(長壽)의 진위에 대해 물었고, 이좌국은 사실이며, 장기(張機)를 비롯해 『천금방(千金方)』 등을 참고한다고 대답했다. 또한 두 사람은 『태평성혜방(太平聖惠方)』·『성제총록(聖濟總錄)』 등의 유용성에 대해 문답을 나누었다. 이어서 병상에 있는 남두민을 위로하는 요코타 준다이의 7언시 1수가 실려 있다.

② 요코타 준다이가 남옥, 삼서기와 주고받은 인사 글 6편과 7언시 5수, 5언시 7수가 실려 있다.

세 번째 만남에서는 ① 요코타 준다이의 인사 글에 이어 그가 정리한 의문8조(醫問八條)가 실려 있다. 그 내용은 「소문(素問)」의 진위 여부, 합당한 『내경(內經)』 주석본의 분별, 「영추」 〈9침론(九鍼論)〉에 수록된 9침의 방법, 『금궤옥함(金匱玉函)』에 수록된 4백4병(四百四病)에 대한 논의, 『유문사친(儒門事親)』의 토(吐)·한(汗)·하(下) 치료 3법(三

法)에 대한 논의, 당시 일본에 유행한 하감(下疳)·변독(便毒)·양매창(楊梅瘡)의 치법(治法), 전시(傳尸)·노채(勞瘵)의 치법, 뜸법의 적절한 사용 등이다.

② 요코타 준다이가 남옥, 삼서기와 주고받은 인사 글과 5언시 3수가 실려 있다.

③ 김인겸은 후지산(富士山)이 금강산(金剛山) 등 조선의 산들 보다 풍광이 못하고 강들도 마찬가지라고 하자, 요코타 준다이가 일본 명산대천(名山大川)의 예를 들며 이를 반박했다.

④ 성대중과 요코타 준다이가 조선의 복식과 의관(衣冠)에 대해 논의했다.

⑤ 요코타 준다이와 남옥, 삼서기가 주고받은 7언시 5수와 인사 글이 실려있다.

⑥ 요코타 준다이가 도성의 동쪽 종담(鐘潭)을 따라 돌아 남쪽으로 전서(佃嶼)에 이르는 묵수(墨水)를 유람하고 감회를 읊은 〈유묵수기(遊墨水記)〉와 김인겸이 칭송하며 요코타 준다이와 나눈 대화가 실려 있다.

네 번째 만남은 부제가 생략되어 있고, 다섯 번째 만남에서는 ① 요코타 준다이가 이좌국과 주고받은 인사 글, 추월과 주고받은 인사 글, 남옥 및 삼학사와 주고받은 7언시 4수가 실려 있다.

② 요코타 준다이와 남옥이 서로 유학(儒學)과 역대의 그 학파 및 전승에 대한 견해를 피력했다.

여섯 번째 만남에서는 ① 요코타 준다이가 남옥 및 삼서기와 주고받은 인사 글, 요코타 준다이가 남옥에게 준 5언 배율(排律) 50운(韻), 삼서기에게 준 5언 고시(古詩) 3수, 이좌국에게 준 7언 고풍(古風) 1수, 삼서기에게 준 송(頌), 남옥 및 삼서기에게 준 5언시 5수 등이 실려 있다. 이 가운데 삼서기에게 준 5언 고시는 김인겸을 기린(麒麟)에, 원중거를 봉(鳳)새에, 용연을 용(龍)에 비유한 점이 흥미롭다.

말미에는 천초어당전(淺草御堂前) 십촌오병위(辻村五兵衛), 하곡도하정(下谷稻荷町) 월후옥등병위(越後屋藤兵衛)라는 동무서사(東武書肆) 간기가 실려 있다.

양동투어(兩東鬪語) 건(乾)

양동투어 서(序)

보력(寶曆)[1] 14년 갑신(甲申·1764) 봄에 초빙한 조선의 사신이 도호토[東都]에 이르렀고, 아사쿠사[淺草] 혼간지[本願寺][2]에 묵었다. 이에 도호토 지역의 진신(搢紳)[3] 선생들과 길거리의 군자들이 다투어 나아가 왕래하며 교제했다. 관직(官職)에 있는 의사(醫師)인 양암(良菴) 마츠모토[松本][4]군과 내 제자 요코타 준다이[橫田準大][5]가 한번 우연히 함께 나아가게 되어 한인(韓人)들과 서로 뒤섞였다. 만남은 실로 오래 사

---

1 보력(寶曆): 일본 제116대 고모모조노[桃園] 천황이 1751년부터 1763년까지 사용한 연호.

2 혼간지[本願寺]: 니시혼간지[西本願寺]. 교토[京都]시에 있는 정토진종(淨土眞宗) 혼간지[本願寺]파의 본산(本山) 사원. 분리된 히가시혼간지[東本願寺]와 구별하기 위해 니시혼간지라 불렀음.

3 진신(搢紳): 홀(笏)을 큰 띠에 꽂음. 인신해, 선비나 사대부(士大夫)를 이름.

4 마츠모토[松本]: 마츠모토 오키나가[松本興長, 1730-1784]. 자는 천리(千里). 호는 양암(良庵). 막부의 법안(法眼)이었던 마츠모토 오키마사[松本興正, ?-1692]의 큰아들. 당시 도호토[東都]의 구과(口科) 시의(侍醫).

5 요코타 준다이[橫田準大]: 의관(醫官) 타키 모토노리[多紀元德, 1732-1801]의 제자. 타키 모토노리는 타키 안겐[多紀安元]으로도 알려져 있음.

권 친구들 같아서 나아가 만날 때마다 손뼉을 치며 기뻐했으니, 어찌 기이하다고 일컫겠는가? 재기(才氣)와 학력(學力)은 명성이 없고, 집안 기술은 방맥(方脈: 내과)만 골라 먹었으니, 감히 그와 나란할 수는 없지만, 진술한 글의 장대한 바는 마치 우레가 번개에 응하는 듯하여 시를 주면 시로 화답하고, 대답하면 물었다. 쓰시마[馬嶌] 동쪽에서 우리들 무리와 만난 것은 그윽하여 마치 구름과 안개가 객사(客舍)를 지극히 덮어 가린 듯했다. 비록 온 좌중은 날로 부끄러움이 없었지만, 북해(北海)[6]는 반드시 약간의 장대함만을 보여준 것은 아니었다. 아! 두 선생이란 사람들은 의사(醫師)이면서 선비인데, 때때로 내게 다녀가곤 했으니, 이 일은 일단 유쾌하여 마치 구름과 안개를 헤치고 해와 달을 보는 것과 같았다. 무릇 한인들이 두 선생을 만난 것은 특히 많은 사람 가운데에서 얻어 서로 공경한 것이니, 대저 이와 같을 뿐이었다. 이로써 주고받은 시문이 더미를 이루었고 무더기가 되었는데, '근처 기궐씨(剞劂氏)[7]가 상재(上梓)[8]하고자 간절히 청하나, 만들어 알리는 것은 두 선생이 달갑게 여기지 않는다.'고 했다. 비록 이미 갖추어졌다고 하더라도 엎지른 미음 그릇일 수도 있다. 그러나 자주 와서 청하니, 감히 그만둘 수 없어서 드디어 허락하고 내게 구한 서문을 써서 준다. 나는 특히 쇼헤이[昌平][9]에 문학 기운의 덕화가 성대함을 감탄하니, 그

6 북해(北海): 북쪽 바다. 멀리 북쪽 끝에 치우쳐 있는 지역을 이르는 말. 발해(渤海)의 별칭. 압록강(鴨綠江) 상류(上流).

7 기궐씨(剞劂氏): 출판·인쇄업을 하는 사람.

8 상재(上梓): 글을 판목에 새겨, 그 목판으로 책을 박음.

9 쇼헤이[昌平]: 땅 이름. 공자가 태어난 곳. 중국 산동성(山東省)에 있음. 여기에서는 일본 도쿄도[東京都] 분쿄구[文京區]에 속한 지역. '나라는 창성하고 세상은 태평하다.'

를 위해 서문을 쓴다.

명화[明和][10] 개원(改元 · 1764) 겨울
남명(南溟) 이리에 소노[江忠囿][11] 지음

양동투어 서(序)

마츠[松]군 양암(良菴)이 지난번에 벼슬을 받고, 타[田]생 아무개란 사람과 함께 아사쿠사[淺草] 객사(客舍)에서 한객(韓客)을 만났다. 그 글로 주고받은 이야기가 많이 쌓여 무더기를 이루었고, 이미 모아 기록해 올렸다. 요즈음 안조우 키[安長紀][12]군이 그 원고를 가지고와서 내게 말하기를 '마츠[松]군의 원고가 이미 책을 이루었는데, 기궐씨(剞劂氏)는 때마침 타[田]군과 함께 주고받은 시 작품을 모아서 함께 상재

는 뜻임.

10 명화(明和): 일본 제117대 고사쿠라마치[後櫻町天皇] 천황이 1764년부터 1771년까지 사용한 연호.

11 이리에 소노[入江忠囿]. 1678-1765. 이리에 난메이[入江南溟]로도 알려져 있음. 자는 자원(子園). 호는 남명(南溟) · 창랑거사(滄浪居士). 오규 소라이[荻生徂徠]의 문인으로 에도시대 중기 한학자. 저서에 『남명시집(南溟詩集)』, 『당시구해(唐詩句解)』, 『창랑거사문집(滄浪居士文集)』 등이 있음.

12 안조우 키[安長紀]: 타키 안조우[多紀安長, 1755-1810]. 타키 모토야수[多紀元簡]로도 알려져 있음. 타키 모토노리[多紀元德]의 아들. 의학의 창평횡(昌平黌)이라 할 수 있는 제수관(躋壽官)의 장(長)이 된 인물. 마츠모토 오키나가[松本興長]와 요코타 준다이[横田準大] 등 당시 대부분의 의관(醫官)들이 그의 집안에서 설립한 타키[多紀] 사숙(私塾) 출신임. 타키 집안은 대대로 의학관 관장을 세습하며 일본의학사상 가장 큰 업적을 남겼음.

(上梓)하자고 청했으나, 마츠[松]군이 허락하지 않았다.'고 하면서 내게 돌려 의견을 구했다. 나는 말하기를 '그대는 어찌 여느 때처럼 하지 않습니까? 비록 소설(小說)이나 희극(戲劇) 책이라 하더라도 아녀자의 눈을 즐겁게 하는 것이라면, 판목(板木)에 싣는 것을 허락합니다. 하물며 두 나라 풍속과 교화의 아름다움이 두어(蠹魚)[13]에 공연히 쓰여 있겠습니까? 그대는 서두르십시오.'라 했다. 이에 마츠[松]군도 허락했고, 나로 하여금 뒤에 쓰게 하면서 다만 선생님의 한마디 말씀을 필요로 하니 선생님께서 서문을 써 주십사 했는데, 나는 불민(不敏)함을 핑계로 거절했다. 그 문장의 일은 진실로 내 일이 아니니, 어찌 감히 하겠는가? 키[紀]군은 말하기를 '선생님께서 과연 하려고 하지 않으신다면 이는 교제(交際)의 도(道)에 대해 쓸 사람이 없는 것이고, 저번에 손님 숙소에서 시문을 주고받았을 때에 선생님께서도 계시지 않았습니까? 이제 이것을 새겨 간행(刊行)하여 저 또한 그 실마리를 잊는다면, 선생님은 다시 저를 위해 말씀해주실 수 없습니다. 이미 기운이 다했고, 말하느라 설창(舌瘡)[14]에 이를 지경입니다.'라 했다. 논의하여 서로 돌아보고 말하기를 '마츠[松]군은 절굉(折肱)[15]이 도탑고, 뜻 또한 볼만합니다. 이미 뛰어난 재주로 앞서는데도 탐방(探訪)함을 그만두지 않아 두루 손님들에게까지 미쳤으니, 마츠[松]군은 학문을 좋아하는 군자(君

---

13 두어(蠹魚): 책. 책에 몰두함. 또는 열심히 공부하는 사람. 원래 반대좀과에 속하는 곤충. 몸은 작고 은백색의 가는 비늘이 온 몸에 나 있으며, 꼬리가 두 갈래로 갈라져서 생김새가 물고기와 비슷하므로 붙여진 이름. 반대좀.

14 설창(舌瘡): 혀가 허는 증. 심위에 열이 몰려 훈증되거나 태독이 치밀어 올라 생기는 경우와 허화가 치밀어 올라 생기는 경우가 있음.

15 절굉(折肱): 팔뚝을 꺾는다는 뜻으로, 많은 신고(辛苦)를 하여 경험이 풍부함을 이름.

子) 의사(醫師)라고 할 만합니다.'라 했다. 갑자기 써서 마음에 부족하나마 책임만을 간신히 때운다.

명화[明和] 개원(改元) 갑신(甲申·1764) 음력 선달 각단(觳旦)
도호토[東都] 의관(醫官) 노로 지쓰와[野呂實和][16] 원순(元順) 적음

양동투어

마츠모토[松本] 양암(良庵) 기록함

한인(韓人)의 이름과 자(字)를 아우른 명함(名銜)

보력(寶曆) 갑신(甲申·1764) 봄에
명(命)을 받들어 혼간지[本願寺] 중당(中堂)[17]의 동쪽 곁채에서 조선(朝鮮)의 학사(學士)와 의관(醫官)을 뵈었다.

16 노로 지쓰와[野呂實和]: 자는 원순(元順). 도호토[東都]의 의관(醫官)인 노로 지쓰오[野呂實夫]의 아들. '노로 지쓰오'는 자가 원장(元丈). 호는 연산(連山). 노로 겐죠[野呂元丈]로도 알려져 있음. 1748년 5월에 무진(戊辰)통신사의 의관 조숭수(趙崇壽) 등과 만나 나눈 필담을 정리한 『조선필담(朝鮮筆談)』과 『조선인필담(朝鮮人筆談)』을 남겼음.

17 중당(中堂): 천태종(天台宗)의 본존(本尊)을 안치(安置)하는 본당(本堂).

명함

도호토[東都] 구과(口科) 시의(侍醫)

법안(法眼)[18] 마츠모토[松本] 선보(善甫)[19]의 큰아들 성은 마츠모토, 이름은 오키나가[興長], 자는 천리(千里), 호는 양암(良庵).

한인과 주고받은 이름과 자

정사(正使) 통정대부(通政大夫) 이조참의(吏曹參議) 조엄(趙曮) 자는 명서(明瑞) 호는 제곡(濟谷).

부사(副使) 동대부(同大夫) 행홍문관전한(行弘文館典翰) 이인배(李仁培) 자는 계수(季修) 호는 길암(吉庵).

종사(從事) 통훈대부(通訓大夫) 홍문관교리(弘文館校理) 김상익(金相翊) 자는 중우(仲佑) 호는 현암(弦庵).

제술관(製述官) 전결성현감(前結城縣監) 남옥(南玉) 자는 시온(時韞) 호는 추월(秋月).

서기(書記) 전은계찰방(前銀溪察訪) 성대중(成大中) 자는 사집(士執) 호는 용연(龍淵).

서기 전흥고봉사(前興庫奉事) 원중거(元重擧) 자는 자재(子才) 호는 현천(玄川).

서기 전성균진사(前成均進士) 김인겸(金仁謙) 자는 사안(士安) 호는 퇴

18 법안(法眼): 일본 막부(幕府)의 시의(侍醫) 중 명의(名醫)에게 붙이는 존칭.

19 마츠모토[松本] 선보(善甫): 마츠모토 오키마사[松本興正]. '선보'는 그의 호. 교토[京都]의 의사이자 막부의 법안(法眼)으로, 마츠모토 오키나가[松本興長]의 부친.

석(退石).

양의(良醫) 부사용(副司勇) 이좌국(李佐國) 자는 성보(聖甫) 호는 모암(慕庵).

정사반인(正使伴人) 통덕랑(通德郞) 이민수(李民壽) 호는

종사반인(從事伴人) 통덕랑 홍선보(洪善輔) 호는 묵재(默齋).

군관(軍官) 고정(高亭).

양동투어

마츠모토[松本] 양암(良庵) 기록함

3월 초하루에 중당(中堂)을 방문해

의자(醫者) 모암(慕菴)에게 준 글과 시 양암(良菴)

"대개 친인(親仁)[20] · 선린(善隣)[21]은 나라의 보배라고 들었습니다. 하물며

두 나라는 융성한 운수의 온화함을 통했고, 빙례(聘禮)는 옛것을 그대로 따르는 아름다움을 닦았습니다. 이곳 산천은 높고 험해서 배는 조심하고 걸음은 위태롭습니다. 하늘이 지난 길을 돕고 근심을 없애서 방금 깃발 단 수레가 우리

20 친인(親仁): 어질고 덕망이 있는 사람을 가까이 함.

21 선린(善隣): 이웃 나라나 이웃과 사이좋게 지냄.

동무(東武)[22]에 멍에를 풀었습니다. 진홀(搢笏)[23]하고 패옥(佩玉)을 드리워 소리는 맑고 높으며, 일산(日傘)은

조당(朝堂)[24]의 위에 가지런합니다. 이웃의 덕이 있으니, 참으로

두 나라의 성대한 아름다움입니다. 외람되게 저는 안팎의 남긴 은택을 입었으며, 큰 나라의 인사(人士)[25]를 보고서 구름과 안개를 헤친 듯 이러한 학습을 함께 하여 알게 되었습니다. 그대는 성대한 조정의 국수(國手)[26]이니, 그 재주에 있어서 신성(神聖)하고 공교로워 7공(七孔)[27]에 대해 의견이 명확할 것입니다. 저는 머리털이 말랐을 때부터 비록 이 일을 기구(箕裘)[28]했지만, 보잘것없고 하찮은 재주라 3대(三代)의 책임을 감당하기에 부족합니다. 오직 이 절굉(折肱)[29]의 허물은 생각이 네모진 책속에만 빠졌다는 것이고, 의문에 이른 것은 둘을 놓아버림이 적지 않습니다. 이에 여쭐 것 몇 조목을 받들어 여러분께 물어

22 동무(東武): 에도[江戶] 막부를 가리킴.

23 진홀(搢笏): 홀(笏)을 허리띠에 꽂음. 임금 알현함을 이름.

24 조당(朝堂): 한(漢)대 정전(正殿) 좌우에 있었던, 백관이 정사를 처리하던 곳. 인신해 조정.

25 인사(人士): 선비다운 행위가 있는 훌륭한 사람. 인신해 일정한 사회적 분야에서의 활동가.

26 국수(國手): 재예(才藝)가 그 나라 안에서 첫째가는 사람.

27 7공(七孔): '5장(五臟)'과 밀접한 관계에 있는 이(耳)·목(目)·구(口)·비(鼻)·설(舌)을 '5관(五官)'이라 하는데, 이들 구멍의 합이 7개이므로 7공(七孔)이라고도 함.

28 기구(箕裘): 가업(家業)을 계승함의 비유. 단단한 나무나 뿔을 휘어서 활의 몸을 만드는 것을 본 궁장(弓匠)의 아들은 먼저 부드러운 버들가지를 휘어서 키 만드는 일을 배우고, 단단한 쇠를 녹여 일하는 대장장이의 아들은 우선 부드러운 갖옷 만드는 일을 배워 쉬운 일부터 익혀서 차츰 어려운 본업에 들어간다는 뜻.

29 절굉(折肱): 자신을 낮춤. 팔뚝을 꺾는다는 뜻으로, 많은 신고(辛苦)를 해 경험이 풍부함을 이름.

뛰어난 견해를 구합니다. 다행히 큰 뜻을 베풀어주시고 저온(底蘊)[30]을 아끼지 않으셔서 가르침을 자세히 베풀어주신다면, 저 개인에 대한 선물일 뿐만 아니라 실로 백성이 더 많이 생겨나는 은혜이겠습니다."

어찌 다른 나라 먼 곳이라 생각하겠나 寧圖殊域遠
지척인 이곳에서 서로 사이좋게 지내네 只尺此相親
손을 마주잡고 잠깐 만나서 携手一時晤
멀리서 온 손님과 유람하네 遊方万里賓
연단[31]은 부엌에서 비롯되니 예스럽고 煉丹開竈古
캔 약초는 주머니에 가득 차니 새롭구나 採藥滿囊新
평소 청우[32]에 올라서 平素青牛上
허리춤으로 몇 사람을 살리셨나 腰間活幾人

회답의 글 모암(慕菴)

"보내주신 글로 위로해주시니 감사합니다.

두 나라는 진실한 사귐으로 사신을 보내는데, 저는 재주가 없으나 다행히 왕명에 힘입어 다른 사람들을 따라 이곳에 이르렀습니다. 그대들과 함께 우연히 만남은 참으로 오랜 세월에도 드문 기이한 인연의 만남입니다. 저도 질문할 일이 있으니, 물을만한 일이 있다면 함께

30 저온(底蘊): 마음 속에 간직한 재지(才智)와 식견. 온오(蘊奧).

31 연단(煉丹): 도가(道家)에서 주사(朱砂)를 구워서 불로 장생하는 약을 만드는 술법. 또는 그 약. 연단(鍊丹).

32 청우(青牛): 노자(老子)가 탔다는 소. 인신해, 노자·신선이 타는 탈 것.

생각을 토론함이 좋을 것입니다."

대답 양암(良菴)

"글의 뜻이 자상하고 빈틈없으십니다. 다행히 어리석다 여기지 않으심을 입었고, 세 번 반복해 배송(拜誦)[33]했습니다. 또 질문의 일을 제게 허락하셨으니, 만약 의견을 여쭤볼 일이 있다면, 제 어리석은 재주로 비록 그 뜻을 감당하지 못하더라도 귀와 눈이 거쳐 가는 것일 텐데, 어찌 감히 깊은 뜻을 어기겠습니까?"

학사(學士) 추월(秋月)에게 준 글과 시 양암

"임금의 은총이

두 나라에 있어 문화(文和)는 8굉(八紘)[34]에 널리 퍼지고, 위령(威靈)[35]은 사방을 끌어당기며, 바람과 비는 때맞춰 순조롭고, 바다 파도는 편안합니다. 이에 남북(南北)이 정절(旌節)[36]로 수호(修好)[37]하니, 엄숙하고 진중하게 우리

도호토[東都]로 하여금 받들게 합니다. 의관(衣冠)의 모임과 문물의 아름다움은 오직 성함이 되고, 옛 맹세는 실로 승평(昇平)[38]의 여경(餘

33 배송(拜誦): 공경하는 마음으로 남의 글월을 읽음. 배독(拜讀).

34 8굉(八紘): 8황(八荒). 8방(八方)의 끝. 아주 먼 지방. 전세계(全世界). 8극(八極). 8은(八垠). 8표(八表). 8해(八垓).

35 위령(威靈): 혁혁한 명성과 위엄. 신령의 위력.

36 정절(旌節): 의장(儀仗)의 하나. 사신(使臣)이 들고 다니던 기(旗)와 부절(符節).

37 수호(修好): 나라와 나라 사이에 우호 관계를 맺음. 수교(修交).

38 승평(昇平): 세상이 편안하고 나라가 태평함. 승평(升平).

慶)[39]을 바꾸지 않는구나! 저는 다행히 맑고 밝은 때 태어나 거저(居諸)[40]를 같이하며, 앉아서 기자(箕子) 나라의 도탑고 온화한 풍격을 봅니다. 군자를 생각함이 오래인데, 이미 용광(龍光)[41]을 접하니 엄숙하고 밝은 듯하며, 부윤(孚尹)[42]이 사방에 펼쳐져 보잘것없는 지식이 교화됩니다. 타고난 재능은 크고 풍부하며, 용모와 행동은 청신하고 아름다우니, 진실로 나라의 진기한 기물이십니다. 저는 고아(古雅)한 풍격을 존경하고 사모합니다. 제 뜻인 파조(巴調)[43] 1수(首)를 싫어하지 않으신다면, 마음에 부족하나마 명함의 모양이라 여겨주십시오. 바라건대 찬정(竄定)[44]해 바로 봐주시면 매우 다행이고 다행이겠습니다."

돛 달고 용굴 밖으로	懸帆龍窟外
무지개처럼 부절(符節)은 스스로 빛나네	霓節自光暉
산수는 시와 글에 들어있고	山水入詞翰
안개와 노을은 나그네 옷을 물들이네	煙霞染客衣
합잠[45]은 한번 만남을 안타까워하나	盍簪憐一遇
비단 띠는 다행히 서로 의지하네	縞帶幸相依

39 여경(餘慶): 남에게 좋은 일을 한 보답으로 뒷날 그 자손이 누리게 되는 경사스러운 일.

40 거저(居諸): 해와 달을 이르는 말. 또는 시간이나 세월의 비유. 『시경(詩經)』「패풍(邶風)」〈백주(柏舟)〉편의 '해여 달이여 어찌 번갈아 이지러지는가(日居月諸 胡迭而微)'에서 유래함. '거'와 '저'는 모두 조사.

41 용광(龍光): 비범한 풍채. 빛나는 재주. 또는 뛰어난 재능.

42 부윤(孚尹): 옥의 빛깔. 시문(詩文)의 문채(文彩)를 비유해 이름.

43 파조(巴調): 중국 파(巴)지방 사람들이 불렀던 속된 노래. 속된 가락.

44 찬정(竄定): 불필요한 것을 지우고, 틀린 것을 바르게 고침. 산정(刪定).

45 합잠(盍簪): 벗들이 발걸음을 재촉해 모여듦. 인신해 선비의 회합.

산에 오를 것 정녕 알겠으니 定識登高地
시 지어 소미[46]에 다가가리 賦成倚少微

대답 추월(秋月)

"보내주신 글은 많은 행복입니다만, 관청의 일이 너무 많고 특히 심해 빨리 답해드리기 어려우니 한스럽습니다. 빨리 써서 시로 화답합니다."

아지랑이 어지럽게 햇무리를 일으키고 野絲迷作暈
성안의 해 깨끗하게 빛을 흘리네 城日淨流暉
긴 버들 한식을 슬퍼하고 永柳悲寒食
기수가 구름 옷소매를 생각하네 沂雲想袂衣
근심 많아 꽃은 아름답지 않고 繁愁花不佳
병은 많아 약에만 의지하게 되네 多病藥爲依
그대 단사[47]의 비결을 아시거든 君識丹砂訣
삼신산(三神山)[48] 취미(翠微)[49]에서 찾아주시게 三山訪翠微

46 소미(少微): 사자좌(獅子座)에 속하는 4개의 별로 이루어진 별자리 이름. 이를 처사성(處士星)이라고 한 데서 처사를 비유하기도 함.

47 단사(丹砂): 수은(水銀)과 유황(硫黃)의 화합물. 약용과 붉은색의 염료로 씀. 주사(朱砂). 진사(辰砂). 단사로 만든 단약(丹藥).

48 삼신산(三神山): 신선이 살고 있다는 세 산. 삼구(三丘). 곧, 중국 전설에 나오는 봉래산(蓬萊山)·방장산(方丈山)·영주산(瀛洲山).

49 취미(翠微): 햇볕을 받아 푸르게 드러나 보이는 산허리의 깊숙한 곳. 또는 푸른 산.

앞 시에 첩운(疊韻)함

양암(良菴)

멀리 떨어진 곳이라 뭇 별도 먼데	絶域星辰隔
무지개빛 돛은 햇살을 향하네	霓帆向日暉
예부터 기자(箕子)의 가르침 전한 땅	古傳箕教地
지금 한나라 때 옷을 본다네	今見漢時衣
옥피리 소리에 뒤섞임 기쁘면서 부끄러운데	歡耻玉葭雜
평수[50]에 의지함이 가련함을 알겠구나	知憐萍水依
문단에서 서로 한번 모였는데	詞壇一交會
서로 접하니 재주 적음이 부끄럽구나	相接愧才微

병 때문에 먼저 들어가며 양암이 부쳐 보여준 시에 거듭 화답함

추월

병들어 괴로우니 바람 부는 처마 밑도 차가운데	病惱風檐冷
기쁨은 재촉하니 해질녘 성곽이 빛나네	懽催晚郭暉
태우던 촛불 다 사르지도 못했는데	不成燒爉燭
도리어 스스로 비단옷을 여미네	還自擁錦衣
시구로 자리의 이로움을 나누고	詩句分筵淂
용모와 얼굴빛은 대숲으로 멀어지네	容顔隔竹依
이별의 시름은 호탕함을 따르고	別愁仍浩蕩

50 평수(萍水): 평수상봉(萍水相逢). 물위를 떠다니는 부평초가 서로 만남. 우연히 서로 만남의 비유.

돌아가는 새는 초나라 구름[51]에 숨는구나　　歸鳥楚雲微

서기(書記) 퇴석(退石)께 아룀

양암(良菴)

"바닷길로 머나먼 곳 물가에 배를 대고, 수레를 멈췄다가 몰고 채찍질하셨는데도 늘 탈 없이 귀하신 몸 건강하시니, 다행스러운 인연입니다. 봉황을 따라 구름을 바라보니, 큰 기쁨과 지극한 존경을 이기지 못하겠습니다. 난잡한 제 말을 가려 뽑아 책상 오른쪽에 받들어 올리니, 다듬어 던져주시면 좋겠습니다."

비단 돛 멀리 향해 해동에 매달렸고　　錦帆遙向海東懸
정절은 나부끼며 하늘 끝을 덮네　　旌節揚揚映日邊
이제까지 빙례(聘禮) 닦아 두 나라 사이좋으니　　脩聘從來二邦好
치마 걸치고[52] 길이 함께 균천[53]을 즐기리　　垂裳長共樂鈞天

51 초나라 구름[楚雲]: 항상 따뜻한 지방에 사는 자고(鷓鴣)새를 통해 남쪽 지방으로 떠나는 것을 비유함.

52 치마 걸치고[垂裳]: 요순(堯舜)시대. 『주역(周易)』「계사전(繫辭傳)」 하(下)의 '황제(黃帝)와 요순(堯舜)은 의상(衣裳)만 걸치고 가만히 앉아 있어도 천하가 잘 다스려졌다.' 고 한 데서 온 말.

53 균천(鈞天): 균천광악(鈞天廣樂). 하늘의 노래. 신선(神仙)의 음악.

마츠모토[松本] 양암이 보내준 시에 화답함

퇴석

규성[54]이 어젯밤 해동에 매달리더니 奎星昨夜海東懸
글소리 오늘은 옛 절가에 들리네 文鼓今聞古寺邊
접역[55]을 떠난 사람 하탑[56]에 날아오니 鰈域行人翻下搨
반기는 눈길로 꽃비 내리는 하늘에서 맞이하네 青眸相對雨花天

서기 용연(龍淵)께 아룀

양암

"깊고 너른 바다 먼 곳, 험하고 막힌 먼 곳까지 두루 돌아다니셨는데도 건강하시니, 이는

두 나라 신령이 함께 도와준 것입니다. 뜻밖에 광범(光範)[57]에 읍하니, 소중한 위로의 정이 속마음에 넘치겠습니다. 외람되게 비천한 제 말을 뽑아 올리니, 법도에 맞는 가르침을 바랍니다. 밝게 비춰주시면 매우 다행이겠습니다."

사신 깃발 우러러 보니 요(堯) 시대의 봄 같고 大旆仰看堯日春

54 규성(奎星): 28수의 하나. 초여름에 보이는 중성(中星)으로, 문운(文運)을 맡아본다 함. 규수(奎宿).

55 접역(鰈域): 우리나라의 다른 이름. 동해에서 가자미가 많이 산출되므로 통칭함.

56 하탑(下榻): 손님을 극진히 대접함. 후한(後漢)의 진번(陳蕃)이 예장태수(豫章太守)로 있을 때, 다른 손님은 접대하지 않았으나, 서치(徐穉)가 오면 달아매둔 의자를 내려 접대했다는 고사.

57 광범(光範): 남의 의용(儀容)에 대한 경칭(敬稱).

글 자리에서 더욱 더 이처럼 서로 친하네　　文筵況亦此相親
그대 붓 휘둘러 쓴 글자 가운데　　詞君振下毫中字
용연은 진주처럼 새롭게 자리 비추네　　龍淵明珠照坐新

이 사이 모우리[毛利]공이 점심을 마련해

'지금 식사가 준비되었다.'고 자리에 아뢰었고, 잠깐 동안 자리에서 물러났을 뿐이다.

식사가 끝나고 다시 여럿이 벌여 앉았다.

마츠모토[松本] 양암(良菴)께 화답함

용연(龍淵)

환단[58]으로 오래 산 월인[59]이 젊어졌으니　　還丹長住越人春
바다 밖 신선과 오히려 친할만하네　　海外眞仙尙可親
비온 뒤 절간에 손님자리 깨끗하고　　雨後禪房賓席淨
온 숲에 꽃향기 새롭게 옷 적시네　　一林花氣濕衣新

58 환단(還丹): 신선(神仙)이 되기 위해 먹는 약. 단사(丹砂). 환단술(還丹術)은 그 약을 만드는 비법. 진(晉)나라 갈홍(葛洪)이 지은 『포박자(抱朴子)』에 '이 약을 만들어서 조금만 먹어도 바로 신선이 되어 대낮에 하늘로 올라갈 수가 있다.'고 하였음.

59 월인(越人): 편작(扁鵲)의 명(名). 성(姓)은 진씨(秦氏). 따라서 원명은 진월인(秦越人). 발해군(渤海郡) 사람으로서 춘추(春秋) 때 명의. 장상군(長桑君)에게서 금방(禁方)의 구전(口傳)과 의서(醫書)를 물려받아 명의가 되었다고 함. 제(齊)·조(趙)를 거쳐 진(秦)으로 들어갔는데, 진의 태의(太醫) 이혜(李醯)의 시기로 자객에게 피살당했음.

아룀 추월(秋月)

"저는 병이 있어 오래 앉아있지 못합니다. 자리에서 물러남을 허락하시겠습니까?"

대답 양암

"병환이 있으시다 들었습니다. 어서 자리에서 물러나시어 귀하신 몸을 스스로를 아끼십시오."

이때 용연과 추월이 함께 자리에서 물러났다.

앞 시에 첩운(疊韻)해 퇴석(退石)께 화답함

양암

바람서리 머나먼 곳에 나그네 마음 매달고　風霜萬里客心懸
뱃길로 해 뜨는 곳을 찾아왔다네　航海來求日出邊
동쪽으로 사신 갔다고 일컬은 뒤로는　一自東方稱奉使
성문[60]이 일본 하늘에 두루 움직였다네　星文達動扶桑天

---

60 성문(星文): 성상(星象). 별의 명암(明暗)·위치 등의 현상. 옛 사람들은 이것으로 사람의 길흉화복을 점쳤음.

양암의 앞 시에 다시 화답함

퇴석

황량한 들판의 해 귤나무 숲에 매달렸고	荒荒野日橘林懸
나그네 청낭[61]은 팔꿈치쯤 매달렸네	客子靑囊繫肘邊
응당 금빛과 영초[62]의 성질을 알리니	應識金光靈草性
그대 이끌고 가 십주[63]의 하늘 아래서 캐리	携君去採十洲天

아룀 모암(慕菴)

"저도 질문할 일이 있는데, 만약 물으실 일이 있다면 물으시지요."

대답 양암(良菴)

"글 속에 묻고 싶은 의문을 담았고, 다행히 소매 속에 넣어 왔습니다. 뛰어난 지적과 가르침을 엎드려 바랍니다."

대답 모암

"이 병에 대해 말하려면, 급히 서둘러 대충 보고서는 말할 수 없습니다. 조용히 자세히 설명해 올려드림이 마땅하니, 우선 뒷날을 기다리심이 어떠신지요?"

---

61 청낭(靑囊): 의생(醫生)이 의서(醫書)를 넣는 주머니. 인신해 의생·의술.

62 영초(靈草): 상서로운 풀. 또는 장생불사의 약초. 차·구기자·약초 등의 미칭. 담배.

63 십주(十洲): 신선(神仙)이 산다는 10개의 섬. 조주(祖洲)·영주(瀛州)·현주(玄洲)·염주(炎洲)·장주(長洲)·원주(元洲)·유주(流洲)·생주(生洲)·봉린주(鳳麟洲)·취굴주(聚窟洲).

대답　양암

"머나먼 길을 뛰어 넘으시느라 귀하신 몸에 큰 피로함이 얼마나 지극하시겠습니까? 뒷날 얼굴을 마주하고 이야기할 때를 얻으면, 법도에 맞는 가르침을 내려주십시오."

대답　모암

"제가 비록 어리석으나, 어찌 감히 다른 사람을 저버리겠습니까?"

아룀　퇴석(退石)

"제가 오래 앓은 뒤라 자리에서 물러나고자 하는데, 그대들께서 허락해주십시오."

대답　양암

"그대께서 오래 앓은 뒤인데, 저희들이 안부 여쭙기를 잊었습니다. 귀하신 몸이 고르지 못함을 일찍이 알지 못하고 여러 번 괴로움을 침해했을 뿐입니다. 어서 쉬는 방에 들어가셔서 약으로 온전히 하십시오."

아룀　모암

"그대들께 맑고 빼어난 재주가 있으니, 날마다 서로 이야기 나눔이 어떻겠습니까?"

대답　양암

"넘치는 칭찬을 입어 부끄럽고 얼굴에 지극히 흐르는 땀을 이기지 못하겠습니다. 다른 날 책상 오른쪽에 앉게 되기를 바랍니다. 편안한 이야기를 허락하신다면 제게 어떤 행운이 그와 같겠습니까?"

아룀 모암

"제게 비록 재주는 없으나, 진실로 다른 사람을 사랑하는 마음만은 지녔습니다. 그대들의 진실함이 두텁다면, 저는 매우 좋아할 뿐입니다."

대답 양암

"덕을 입음이 한량없습니다. 한스러움은 날이 이미 저물 때가 되었다는 것이니, 저희들은 인사드리고 떠나가고자 합니다. 3일을 멀다 않고 와서 만나 뵙기를 도모하겠습니다. 후의에 감사드릴 따름입니다."

3월 6일 양의(良醫)의 방을 방문함 양암

"지난번 귀한 용모를 접하고 때로 덕스런 마음이 빽빽이 쌓이니, 뛸 듯한 기쁨의 지극함을 이기지 못하겠습니다. 귀하신 몸으로 오래 여행하셨고 기후와 풍토가 매우 다르다는 점을 생각해보건대, 지난 며칠 동안 잠자고 먹는 일에 탈이 없으셨으니 축하드립니다."

대답 모암

"안부를 물어봐주시니 매우 기쁘군요. 제가 평해드린 것은 낱낱이 살펴보셨습니까?"

대답 양암

"지금 세 분 서기가 오셔서 저를 불러내십니다. 훌륭한 시문(詩文)으로 여러 번 서로 놀았기 때문에 높은 책상에 인사드리지 못했습니다. 뒷날 공경하는 마음으로 읽고, 의심스럽고 막히는 것을 골라 책상 오른쪽에서 질문드릴 따름입니다."

대답 모암

"그대는 간절한 부탁을 끝마치지 못했는데, 어렵게 여겨 모르는 것이 과연 무엇입니까?"

대답 양암

"간곡한 논의에 어찌 감히 소견이 얕겠습니까? 제게도 생각이 없지는 않습니다. 지난번 물었던 일이 비록 자세하여 책에 있는 말의 나머지를 다했다고 하더라도, 얼굴을 대하고 그 병을 진찰해 증세를 논의함과는 같지 않을 것입니다. 제가 잠시 병을 고쳤으나, 마침 병자에 대해 여쭈었던 근심이 있습니다. 지금 따라 왔으니, 바라건대 그대가 진맥(診脈)해 병의 증세를 살펴주신다면, 제게는 큰 고마움임을 어떻게 말하겠습니까?"

아룀 모암

"병자는 어떤 사람입니까? 자리에 앉으시기 바랍니다."

대답 양암

"황공하게도 제 소원을 허락해주시니 매우 감사합니다. 이 비녀로 입을 벌리고 천천히 살펴봐주십시오."

아룀 모암

"병을 앓은 지 몇 년이고, 지난날 어떤 약을 썼습니까?"

대답 양암

"병을 얻은 지 1년쯤이라 들었고, 제가 두 달간 치료했는데, 약은 보

(補)하는 처방을 썼습니다."

아룀 모암

"이 병은 설창(舌瘡)이란 병인데, 다른 이름으로 전후풍(纏喉風)[64]이라 합니다. 맥상(脈象)을 재보니, 왼쪽은 잦게 뛰며 오른쪽은 매끄럽고 빠르게 뜁니다. 원기(元氣)[65]가 부족하고 명문(命門)[66]이 허랭(虛冷)[67]하여 허화염(虛火炎)[68]이 지극하니, 마땅히 명문을 크게 보(補)함이 좋겠습니다."

대답 양암(良菴)

"전후풍(纏喉風)이란 것은 후인18증(喉咽十八證)[69]의 한 가지 증세이니, 설창(舌瘡)과는 다릅니다. 이것은 지난번 여쭈었던 설저(舌疽)[70]라 일컫는 증세입니다. 자세히 진찰해주시기 바랍니다."

아룀 모암(慕菴)

"돌려주신 글에는 설저란 명칭이 없습니다. 전후풍이 비록 목안의

64 전후풍(纏喉風): 후풍의 일종. 장부에 열이 몰려있거나 사독의 침습으로 풍담이 위로 올라가 생김. 인후·목·뺨·가슴 등이 붓고 아픔.

65 원기(元氣): 사람의 생명활동을 유지하는 데서 근본으로 되는 기. 기운과 정력을 말함.

66 명문(命門): 우신(右腎). 사람의 정기(精氣)가 모이는 곳인 데서 이름. 생명의 근본.

67 허랭(虛冷): 양기(陽氣)가 부족해 몸이 참. 또는 그런 증상.

68 허화염(虛火炎): 허화상염(虛火上炎). 신음이 부족해 허화가 떠오르는 것. '허화'는 진음(眞陰)이 부족해 생긴 화.

69 후인18증(喉咽十八證): 인후18증(咽喉十八證). 목안에 생기는 18가지 병. 『동의보감(東醫寶鑑)』에서는 이를 배격하고 12가지로 나누어 설명하였음.

70 설저(舌疽): 혀에 생기는 부스럼.

병이라 하지만, 설창과 겸하는 일이 많은 듯합니다."

대답 양암

"가르쳐주신 논의와 같으니, 그것을 옛 사람에게 질문한다면, 옛 사람은 어떤 논의 때문에 웃음을 머금을까요?"

아룀 양암

"약은 어떠한 약으로 치료할 수 있겠습니까?"

대답 모암

"마땅히 ●●●●●●●●●●●●●● 1첩(貼)을 쓰십시오."

아룀 양암

"병자가 오래 앉아있지 못하니, 자리에서 물러나게 할 따름입니다."

대답 모암

"나이 많고 병이 무거운데다가 참으로 치료하기 어려운 증세입니다."

아룀 양암

"뜻밖에 그대가 진맥(診脈)해 병의 증세를 살펴주시니, 제게는 매우 감사드릴 일입니다."

대답 모암

"제게 지금 일이 있었지만, 조용히 함께 생각을 토론할 수 있었습니다."

추월(秋月)·퇴석(退石)께 아룀 양암(良菴)

"두 분은 병환을 요사이 차차 조섭(調攝)하셨는지요?"

대답 퇴석

"병을 없애기가 매우 어렵군요. 병이 낫는 것을 보기 어려울 듯해 스스로 가엾다 생각합니다."

해가 이미 떨어져 어스레한 때 절구(絶句) 1수를 지어 추월과 세 분 서기에게 줌

양암

조선의 시인 아름다운 시문을 주고 韓庭詞客贈瓊琚
봄빛에 기쁨 겨워 흥취도 넉넉하네 歡極春光興有餘
기수[71]의 종소리에 저물녘 헤아리니 祇樹鐘聲數作暮
등잔불앞 애석함은 10년 독서뿐이로다 燈前堪惜十年書

화답함

추월

절간에서 잡패거(雜珮琚)[72]를 맞이하고 禪閣曾迎雜珮琚
조그만 창가에서 나머지 낙화를 다시 마주하네 小窗重對落花餘
은근한 이별의 말에 아무것도 줄 것 없으니 殷懃別語無他贈

71 기수(祇樹): 기수림(祇樹林). 중인도(中印度)에 있던 기타태자(祇陀太子) 소유의 수림(樹林). 뒤에 여기에다 정사(精舍)를 지었으므로, 전하여 사찰의 뜻으로 쓰임.

72 잡패거(雜珮琚): 한 데 연결된 여러 종류의 패옥(佩玉). 일설에는 패옥의 중간에 연결된 '거(琚)'와 '우(瑀)'를 이름.

모름지기 산속에서 성인의 글이나 읽어야하리　　須向山中讀聖書

화답함

용연(龍淵)

꽃향기 절간에서 패옥을 적시고　　花氣禪房濕珮琚
숲 가득한 봄빛에 나그네 시름만 남는구나　　滿林春色客愁餘
그대 다시 일으킨 글 모임 대단하고　　多君再作同文會
분수 넘친 고상한 말 독서보다 낫구나　　分外淸譚勝讀書

화답함

퇴석

시문 짓기 뜻밖에 놀라워 패옥을 울리고　　文墨忽驚響珮琚
여의주 다 따서 이미 남은 것 없네　　驪珠摘盡已無餘
흰머리의 사신은 시의 뜻 다했으나　　白髮行人詩意竭
그대 위해 마음 기울여 붓 적셔 쓰네　　爲君傾膽染毫書

아룀　양암
“급히 서두르신 시이지만, 글자마다 신선의 경지로군요.”

대답　퇴석
“시마다 어리석고 미련합니다.”

화답함

현천(玄川)

새로운 시 지어내니 패옥처럼 빛나고 新詞造出瑹如琚
시 외에 원기 넘쳐 품격도 넉넉하다 詩外淋漓氣格餘
또 소매 속에 단약의 비결 있으니 更有袖中丹訣有
경륜하고 늦게야 제농[73]의 책 들인다네 經綸晩入帝農書

현천께 아룀

양암(良菴)

"뜻밖에 뛰어난 시로 난잡한 시에 차운(次韻)해주시니, 기쁘고 감사함이 지극합니다. 앞 시에 첩운(疊韻)해 책상 오른쪽에 바칩니다."

몇 줄 글자 아름다운 패옥 같고 數行文字似瓊琚
홍관[74]의 봄바람 오히려 넉넉하네 鴻舘春風猶有餘
이날 반기는 눈길 우리들을 용납하니 此日靑睞容我輩
비로소 시문 비추는 노을빛을 보네 始看霞色照詩書

73 제농(帝農): 황제(黃帝)와 신농(神農). '황제'는 전설상의 임금. 소전(少典)의 아들. 성(姓)은 공손(公孫). 헌원(軒轅)의 언덕에 살았으므로 헌원씨라고도 하고, 희수(姬水)에 거주해 성을 희로 고쳤으며, 유웅(有熊)에 나라를 세워 유웅씨라고도 함. '신농'은 전설상의 제왕(帝王) 이름. 나무로 쟁기를 만들어 백성에게 농사를 가르쳤으며, 온갖 풀을 맛보아 약재를 찾아내 질병을 치료했다 함. 염제(炎帝). 열산씨(烈山氏). 신농씨(神農氏).

74 홍관(鴻舘): 홍려(鴻臚). 관서의 이름. 빈객 접대하는 일을 맡았음. 후한(後漢) 때는 조하(朝賀)·경조(慶弔)의 일을 맡음.

다시 화답함

현천

꽃다운 나이 문장은 찼다 풀어둔 패옥 같고　芳歲文章珮放琚
시속 품격은 시 이루기 전에 넉넉하다　篇中氣捁句前餘
은근히 자리에서 다시 글자 음미함이 마땅하니　懃須更味床間字
이러한 학문 원래부터 이 글에 있었구나　斯學原來在此書

자리 위의 손님에게 줌

양암

세성[75]이 밝게 빛나며 바다 동쪽으로 들어오니　歲星燿燿入溟東
난초 향기는 도리[76]바람으로 환향[77]하네　蘭氣還香桃李風
격발[78]은 예로부터 누구에게 배웠는가　擊鉢從來誰作學
낭랑한 소리 옥 울리듯 자리위에 떨어지네　鏘然鳴玉落筵中

75 세성(歲星): 목성(木星)의 다른 이름. '목성'은 태양계 행성의 하나. 약 12년 걸려 태양의 주위를 한 바퀴 돎.

76 도리(桃李): 복숭아꽃과 자두꽃. 인신해 아름다움의 형용.

77 환향(還香): 자기를 위해 향을 피워 준 사람에게 향을 피워서 갚는 일.

78 격발(擊鉢): 양(梁)나라 경릉왕(竟陵王)이 밤에 여러 학사(學士)를 모아 시회(詩會)를 열고, 사람을 시켜 동발(銅鉢)을 치면서 시를 재촉했는데, 소문염(蘇文琰)이 동발 소리가 끝남과 동시에 4운시(四韻詩)를 완성했다는 데서 짧은 시간에 시를 완성함의 비유. 『남사(南史)』 〈왕승유전(王僧孺傳)〉.

화답함

추월(秋月)

한 조각 서쪽으로 한 조각은 동쪽으로 날아	一片西飛一片東
저 꽃은 날마다 바람 따라 흩어지네	他花日日散隨風
선가의 짧은 이별 타고난 일인데	仙家少別天年事
한만은 높고 너른 하늘과 푸른 바다에 남았네	恨在長天碧海中

화답함

퇴석(退石)

시 짓는 자리에서 후지산[富山] 동쪽 함께 열고	詩筵共闢當山東
나그네 절간에 이르러 거듭 풍채를 접하네	客到沙門再接風
모였다 흩어지는 구름처럼 뒷날 기약 없으니	聚散如雲無後約
이별 회포 한 편 속에 모두 모아 다듬네	離懷都斤一篇中

화답함

현천(玄川)

봄이면 영지 자라나는 큰 바다 동쪽	靈芝春發大瀛東
안개 떠다니는 신선 산에 항해[79]와 바람일세	仙嶠烟浮沆瀣風
범자[80]의 마음속엔 싫증도 많겠지만	范子心中多有厭

79 항해(沆瀣): 신선이 마신다는 밤의 맑은 이슬. 서로 마음이 통함, 의기투합함의 비유.

포부와 재능 늘그막에 알겠으니 시름 중에 즐겁다네 經綸晩識樂憂中

화답함

용연(龍淵)

가을 국화 꽃 드리운 옛 절의 동쪽 秋菊垂英故社東
갈건[81] 긴 띠에 북창 바람[82]일세 葛巾長帶北窓風
연명[83]의 고아한 정취 그대는 얼마나 되겠는가 淵明雅趣君能幾
책과 금준[84]이 모두 그림 속에 있다네 書史琴樽一畵中
스스로 연명을 그린 그림 때문에 준다

아룀 양암(良菴)

"여관 등불 아래에서 생각을 모두 말할 수 있는 사람은 없습니다. 제가 비록 재주는 없으나 잠시 붓으로 이야기 나눔을 허락하시겠습

80 범자(范子): 범중엄(范仲淹, 989-1052). 송(宋)대 소주(蘇州) 사람. 자는 희문(希文). 시호는 문정(文正). 시(詩)·사(詞)·산문(散文)을 잘 했고, 저서에 『범문정공집(范文正公集)』이 있음.

81 갈건(葛巾): 갈건녹주(葛巾漉酒). 갈포의 두건으로 술을 거름. 진(晉)의 도잠(陶潛)이 빚어놓은 술이 익을 때면 쓰고 있던 두건을 벗어서 술을 거르고 다시 머리에 썼다는 고사.

82 북창 바람[北窓風]: 북창에 부는 바람을 즐김. 진(晉)의 도잠(陶潛)이 여름이면 매양 북창(北窓) 서늘한 바람 밑에 누워서 스스로 희황상인(羲皇上人)이라 일컬었다는 고사.

83 연명(淵明): 도잠(陶潛, 365-427). '연명'은 그의 자. 동진(東晉) 심양(潯陽) 사람. 또 다른 자는 원량(元亮). 간(侃)의 증손. 좨주(祭酒)·건위참군(建威參軍) 등을 지내고, 후에 팽택령(彭澤令)이 되었다가 벼슬을 그만두고 시주(詩酒)로 소일함. 문집에 『도연명집(陶淵明集)』이 있음.

84 금준(琴樽): 거문고와 술통. 문인(文人)이 유유자적하며 생활하는 물품.

니까?"

대답 모암(慕菴)

"그대들은 피로하실 텐데, 제가 그대들과 함께 붓으로 이야기 나눈다면, 어떤 행운이 그와 같겠습니까?"

아룀 양암

"부모님 두 분께선 살아계십니까? 연세는 얼마이신지요?"

대답 모암

"제 나이는 31세입니다. 부모님은 먼저 세상을 버리고 돌아가셨으니, 가련합니다."

대답

"크나큰 슬픔을 뭐라 말하겠습니까?"

모암이 매우 슬픈 얼굴빛이어서 다른 말로 활기찬 얼굴빛을 이끌어냈다. 모암은 밥을 먹으며, 잠깐이나마 맛있는 음식을 나에게 주었다.

대답 양암

"뜻이 어찌 이렇듯 지극하십니까? 그러나 한스러움은 저도 밥을 먹었다는 것입니다. 그렇지 않고서 어찌 감히 후의에 감사하지 않겠습니까?"

아룀 모암

"친절한 뜻에 어찌 깊이 감사함이 있겠습니까?"

대답　양암

"거듭된 후의에 매우 감사드립니다. 비록 그러하나 밥을 먹어서 이미 배가 부릅니다. 또 요리한 음식이

우리나라와 더불어 매우 달라서 억지로 먹어도 가슴으로 받아들이지 못합니다. 비록 먹지 않더라도 먹은 것과 같으니, 거듭 절하여 감사드립니다. 서화(書畵) 3폭(幅)을 책상 오른쪽에 함께 올립니다. 이것이 비록 감상하심을 감당치 못하더라도, 마음에 부족하나마 객지의 피곤과 지루함을 위로드릴 뿐입니다."

대답　모암

"후의가 이처럼 지극하시기 때문에 깊은 뜻을 저버리기 어렵습니다. 다만 그림을 잠깐 남겨 두심이 어떻겠습니까?

붓과 먹을 드리고자 하는데, 그대는 허락하시겠습니까?"

대답　양암

"문방구에 대한 맑은 뜻이니, 어찌 삼가 기뻐하지 않겠습니까?"

아룀　모암

"물건은 비록 작으나, 마음이니 받아주십시오."

대답　양암

"아름다운 후의를 외람되이 받게 되니 매우 감사드립니다. 집에 돌아가 어버이께 보여드리면, 어찌 뛸 듯한 기쁨을 감당하실까요?"

아룀 모암

“그대에게 늙으신 어버이가 계시고, 이것을 가지고 돌아가 드리고자 함이 간절하다고 들었는데, 나아가더라도 이루지 못합니다. 뒷날 다른 물건을 바침이 마땅할 뿐입니다.”

대답 양암

“물건에 감사하니 감히 그렇게 못하겠습니다. 다만 어버이께서는 그대의 저에 대한 후의를 고맙게 여기셔서 응하실 뿐일 것입니다. 뒷날 또 늙으신 어버이께 주시고자 한다면, 이는 먼 길을 떠나온 사람이 할 바가 아닙니다. 정의(情誼)[85]에 감사드립니다.”

아룀 모암(慕菴)

“제가, 사람은 부모가 살아계셔도 마음속으로 쓸쓸하다고 들었을 뿐이기 때문입니다.”

대답 양암

“그대의 정의(情誼)가 두터움을 생각하니, 사람에게는 언사(言辭)[86] 외에도 이처럼 효도하고 우애 있는 사람이 있음을 깨달을 뿐입니다.”

3월 9일 또 양의(良醫) 방을 방문함

85 정의(情誼): 서로 사귀면서 의리로 친해진 정분.

86 언사(言辭): 말하는 사람의 말이나 말씨.

묵재(默齋)에게 줌

양암

일찍이 사신 수레에 뜻 두고도 쉽게 보지 못했는데 曾意星軺不易看
시 짓는 자리 더욱더 이처럼 기쁨 되네 文筵況亦此爲歡
그대 시부 알고 보니 으뜸이라 적수 없고 知君詩賦元無敵
종이 위에 황홀히 빛나는 비단물결일세 紙上忽輝錦浪瀾

아룀 묵재
"그대는 어느 마을에 살고 있으며, 어느 곳에 이름난 경치가 있다고 하겠는지요?"

대답 양암
"제가 사는 곳은
무성(武城) 외곽 동북쪽에 있는데, 칸다[神田][87]라고 부릅니다. 지금 마을이 어지럽게 섞였고 매우 많은데, 높고 큰 산이나 물이랄 것은 없습니다. 다만 근처에 흑수(黑水)가 있으니, 한번 구경할만합니다."

화답함

묵재

머나먼 곳 시인 한번 웃고 바라보니 萬里詩人一笑看
두 나라 모임은 백년의 기쁨일세 兩邦交會百年歡

87 칸다[神田]: 현재 일본 도쿄도[東京都] 치요다구[千代田區]에 속한 지역.

신전에서 한가로이 염황[88]의 약초 심고　　神田閑種炎皇草
동생들도 바다 물결[89] 본받아 응당 뛰어나네　　叔季應超官海瀾

앞 시에 첩운(疊韻)해 이별함

양암(良菴)

뜻밖에 천패[90]를 자리에서 보게 되니　　不圖天貝席中看
맑은 가락 은근하여 한바탕 기쁨 주네　　清調殷懃寄一歡
돌아가는 길에 신선 산을 볼 수 있다면　　歸路仙山行可覓
그대 붓을 생각하며 세찬 파도 견주리　　想君采筆照波瀾

화답함

묵재(默齋)

함께 헤어진 정자 동쪽 다시 보지 못하니　　一別亭東不復看

88 염황(炎皇): 염제(炎帝). 전설상의 중국 고대 제왕인 신농씨(神農氏). 화덕(火德)으로 나라를 세웠다 하여 일컬음.

89 바다 물결[海瀾]: 당(唐)대 한유(韓愈)의 바다와 같은 문장과, 송(宋)대 구양수(歐陽脩)의 급한 여울물과 같은 문장이라는 말. 이기경(李耆卿)의 『문장정의(文章精義)』에 '한유는 바다와 같고, 유종원(柳宗元)은 샘물과 같으며, 구양수는 급한 여울물과 같고, 소식(蘇軾)은 조수(潮水)와 같다.[韓如海 柳如泉 歐如瀾 蘇如潮]'는 말이 있음.

90 천패(天貝): 서천패엽(西天貝葉). '서천'은 인도(印度). 서쪽에 있는 천축국(天竺國)이란 뜻. '패엽'은 패다(貝多)의 잎. 고대에 인도인이 불경(佛經)을 쓰던 나뭇잎. 인신해 불경.

뜬 인생 헤어짐과 모임 슬펐다 기뻐할만하구나 浮生散聚足悲歡
고향 돌아가는 길은 어디쯤인가 故鄉歸路則何處
눈에 가득 넓고 깊은 푸른 바다 물결일세 極目汪汪碧海瀾

군관(軍官) 고정(高亭)에게 줌

양암

영예로운 우림[91]군의 막중한 임무 생각함에 思榮元重羽林兵
어찌 영풍[92]을 이곽[93]의 이름에 양보할까 寧讓英風李霍名
허리 아래 세 자되는 쌍룡검 차고 腰下雙龍三尺劍
정기 지니고 맑고 밝음 받들기에 좋구나 好將精氣奉清明

고정은 고시(古詩) 절구 1수를 쓰고 떠나갔는데, 필법이 곱고 뛰어나서 사랑할만했다.

조선 서방(書房)[94] 중 삼계(三桂)라 불리는 사람이 와서 내 직업과 성명을 물었다.

---

91 우림(羽林): 궁궐을 금위(禁衛)하고, 임금의 숙위(宿衛)를 맡아보는 군대의 명칭

92 영풍(英風): 빼어난 덕풍(德風). 비범한 풍채나 기개. 고상한 풍격과 절조.

93 이곽(李霍): 이광(李廣, B.C.?-B.C.119)과 곽거병(霍去病, B.C.140-B.C.117). '이광'은 한(漢)의 농서(隴西) 사람. 말 타기와 활쏘기를 잘해 흉노족의 토평(討平)에 공을 세웠음. '곽거병'은 전한(前漢) 무제(武帝) 시대의 무장으로 무제의 처조카임. 아버지는 곽중유, 배다른 형제로 대사마 대장군이 되어 무제 사후 정권을 장악한 곽광(霍光)이 있음.

94 서방(書房): 벼슬이 없는 사람을 그 성과 아울러서 부르는 말.

아룀 양암

“제 집안은 대대로 구설(口舌)[95]의 과(科)를 맡아왔습니다.”

삼계에게 준 시

사신의 배 원래 수의[96]입은 사내에 속하니	星槎元屬綉衣郎
멀리 안개 노을 밟고 오니 시흥도 길구나	遠蹈烟霞詩興長
묻노니 동쪽 바다 삼도[97]의 나무에는	爲問東溟三嶋樹
올해 도리는 얼마나 향기를 더하였는지	今年桃李幾添香

아룀 삼계(三桂)

“중달(仲達)[98]의 재주가 지극히 정밀하며 명백하다고 하던데, 내가 보니 이 방안에 제일류가 오셨습니다.”

대답 양암(良菴)

“그대의 장난말이 심함은 어찌 이처럼 지극하십니까? 원컨대, 제게 뛰어난 화답시를 내려주신다면 다행이겠습니다. 또 묻건대, 배를 타신

95 구설(口舌): 말하는 기관인 입과 혀.

96 수의(綉衣): 수놓은 비단옷. 신분이 고귀한 사람이 입는 옷. 수복(繡服).

97 삼도(三嶋): 신선(神仙)이 산다는 봉래(蓬萊)·방장(方丈)·영주(瀛州)의 세 섬. 삼신산(三神山).

98 중달(仲達): 사마의(司馬懿, 178-251). ‘중달’은 그의 자. 삼국 때 위(魏)의 온(溫) 사람. 책략(策略)에 뛰어났고, 조방(曹芳)이 즉위한 후, 조상(曹爽)을 죽이고 승상이 되어 손자 사마염(司馬炎)이 제위(帝位)를 빼앗을 기초를 세웠음. 선제(宣帝)로 추존됨.

사이에 바람과 파도가 나빴는지요?"

대답 삼계
"더욱 심한 듯할 뿐이었습니다."

삼계가 붓을 잡고 보잘것없는 시에 화답하고자 했는데, 사자관(寫字官)이 급히 와서 함께 데리고 가버렸다.

의원(醫員) 모암(慕菴)에게 준 별서(別書)와 시

양암

이경(李卿) 또한 그러하겠지만, 평생의 사귐을 맺고 평생의 이별을 하는군요. 구슬 같은 눈물 한 방울을 내놓으면서 증언(贈言)[99]의 뜻을 쉽게 하니, 또한 기이합니다. 오직 이는 마음이 맞고 뜻이 통하는 사람이기 때문입니다. 저는 비록 재능이 없고 학식이 천박하나, 집안 대대로의 음직(廕職) 때문에

나라의 은혜를 훔치는 잘못을 저지르고도 북쪽을 바라보는

조정에 나란히 설 수 있었습니다. 비록 아버님과 할아버님께서 남기신 일이나, 또한 편안한 세상의 은혜가 적신 것입니다. 늘 생각하되 사람에게는 각각 쓸모가 있으니, 진실로 그 실마리를 잇고 그 일을 경영하여 생각을 오로지하고 힘을 다하면, 영관(纓冠)[100]·옥대(玉帶)의

99 증언(贈言): 올바른 말로 서로 권면하고 격려함. 주로 이별을 할 때 하는 말에 씀.

사람들에게 안으로 부끄럽지 않으며, 다른 사람을 위하는 도(道)를 마칠 것입니다. 그러나 저는 어려서부터 견문이 좁고 완고하며 아는 것이 적었는데, 이랬다저랬다 하는 총각(總角)[101]이라 가끔 떨어지거나 가끔 따로 헤어져 옆에 사람이 없는 것처럼 버릇없이 굴었습니다. 봉액(縫掖)[102]과 무변(武弁)[103]이 비록 마음으로 사귀며 의심하는 것이 없더라도 오직 이러한 도가 같지 않으면, 서로 위하는 꾀를 따르지 않습니다. 지금 뜻이 합하고 도가 같으며 서로 함께 이 일을 다듬고 닦습니다만, 몸소 아는 사람은 겨우 둘 내지 몇 사람에 불과합니다. 재주없이 어리석은 바탕과 어짊을 돕는 데 모자라서 늘 선대(先代)의 유업(遺業)이 무너짐을 두려워합니다. 마음이 메추라기의 작은 깃촉을 날개 짓하게 시키니, 아주 작은 명이라도 장차 다할 것입니다. 얼마나 다행스러운 인연입니까? 책상 오른쪽에 찾아와 어리석음을 깨우치고 의심스러운 점을 깨뜨렸으니, 하루의 은혜일뿐만이 아닙니다. 부족한 속마음을 무엇으로 갚을까요? 멀리 가실 때가 가까이 있고, 빗물은 바야흐로 봄입니다. 큰 파도도 높으니, 귀하신 몸 가실 때 스스로 아끼십시오. 보잘것없는 물건이지만 마음에 부족하나마 생추(生蒭)[104]의 선

100 영관(纓冠): 갓끈만을 맴. 남을 구제하는데 있어 사정이 매우 급함의 형용.

101 총각(總角): 미성년, 또는 어린 시절. 고대에 성년이 되지 않은 남녀의 머리를 양쪽으로 갈라 귀 뒤에서 뿔같이 동여맨 데서 이름. 총관(總丱).

102 봉액(縫掖): 소매가 크며 겨드랑이를 터놓지 않은 도포. 유생(儒生)이 입은 데서 유학자를 이름. 봉액(縫腋).

103 무변(武弁): 무관(武官)이 쓰는 관(冠). 무관.

104 생추(生蒭): 갓 벤 싱싱한 꼴이란 뜻으로, 어진 사람을 공경하는 소박한 예(禮)를 이르는 말.

물로 삼습니다. 다만 탄식할만한 것이 평수(萍水)이겠습니까? 훌륭한 명성을 감히 잊겠습니까. 감히 잊겠습니까. 감히 잊겠습니까.

홍려관 수양버들 땅에 깔려 새로운데	臚館垂楊拂地新
마침 끌려와 귀한 손님 보낸다네	攀來恰好送嘉賓
책상머리 참된 비결 길이 주기를 기다리니	案頭眞訣長須貽
『주후』[105]와 같은 처방 달리 어버이 위함일세	肘後同方殊爲親
남북의 두 눈동자 천년의 만남인데	南北雙眸千載會
하늘땅 눈물은 한평생 신세일세	乾坤一淚百年身
마음 아는 벗 날마다 난초 향기로 맺었는데	心交日日芳蘭結
편지도 건네지 못할 다른 세상 사람일세	不度鴻書別世人

답서(答書)　　모암(慕菴)

한번 만나고 한번 헤어짐은 천지와 더불어 순환하니 이치가 같은데, 나는 어째서 슬프고 그대는 어째서 근심할까요? 다만 머나먼 곳에서 같은 재주로 떠돌아다니다 품은 뜻을 논의하니, 참으로 영원히 기이한 만남인데, 갑자기 그대와 작별하게 되는군요. 이별의 마음으로 아득하기만 함은 그대와 내가 같을 텐데, 하물며 선물로 진심을 서로 표시하며 써주신 두터운 정을 받게 되어 매우 감사하고 감사합니다. 보내오신 시는 나중에 화답해드림이 마땅할 뿐입니다.

105 『주후(肘後)』: 『주후방(肘後方)』. 진(晉)의 갈홍(葛洪)이 지은 의서(醫書)인 『주후비급방(肘後備急方)』의 약칭. 쉽게 얻을 수 있는 약재로 여러 증세를 치료하는 처방을 낸 내용. 8권. 몸에 지니고 다니는 간단한 처방. 『주후방』의 책수가 많지 않아 항상 지니고 다닐 수 있었던 데서 이름.

종이가 비록 작은 선물이더라도 마음을 표시하고자 합니다.

대답 양암(良菴)

"종이는 섬등(剡藤)[106]이 뛰어나니, 공부방에 영원히 간직하며 보배임을 잊지 않도록 하겠습니다. 이미 저희 집안에 간직한 처방약 5가지를 요청에 응해 써서 그대에게 올렸습니다. 또한 보신 처방과 같으니, 자세히 써서 이번 만남에 보여주시기 바랍니다. 죽을 때까지 재회를 도모하지 못하여 저는 보통 때와 달리 그대를 대하니, 그대도 생각해 주십시오."

대답 모암

"어찌 감히 후의를 저버리겠습니까? 설구(舌口)에 대한 약 처방 3가지와 별도의 처방 2가지를 아울러 다른 종이에 써드립니다. 그대는 다른 말을 하지 마시기 바랍니다. 이별의 선물이 어찌 구운 옥(玉)이겠습니까?"

대답 양암

"옥가루와 뿔 가루를 합해 만들었으니,

보이신 뜻이 두터워 큰 기쁨을 이기지 못하겠습니다. 저는 요즈음 일이 쓸데없이 많아서 재회를 도모하지 못함이 한스러우니, 남은 한을 어찌 다하겠습니까?"

---

106 섬등(剡藤): 중국 절강성(浙江省) 승현(嵊縣) 남쪽에 있으며, 조아강(曹娥江)의 상류인 섬계(剡溪)가 있는 섬현(剡縣)에서 생산되는 종이. 이곳 계곡에서 만든 종이의 빛깔은 눈처럼 희며, 예부터 죽이(竹二)와 함께 이름난 종이임.

대답　모암

"내일 반드시 와서 이 밤에 다하지 못한 생각을 잇는 것이 어떻겠습니까?"

학사(學士) 추월(秋月)에게 준 별서(別書)와 시　양암

오키나가[興長]가 아룁니다. 지난번 홍관(鴻館)에서 그대께 인사드린 때부터 날마다 환하고 밝은 아름다움을 돌아보고, 제 마음을 한곳에 두지 못했습니다. 저는 천한 재주로 일을 받들고, 절굉(折肱)의 수고로움으로 분주하여 시간이 없지만, 경서(經書) 수천 권을 눈여겨보았고, 수천 리 밖의 사람도 벗 삼아 명수(冥搜)[107]를 좇았을 뿐입니다. 사신이 우리 동무(東武)에 모여들었음을 한번 듣고, 목을 빼고 발돋움해 큰 나라 예절의 아름다움과 인문(人文)[108]의 성함을 보고자 바랐던 때부터 오직 하루로 한해를 삼았을 것입니다. 대체로 모의(毛衣)[109]와 변발(辮髮)[110]이 비록 우리

바다 나루에 이르러 배를 잇대고 중역(重譯)[111]하더라도 격설(鴃舌)[112]의 종류이니, 어찌 대체로 문물의 성함을 알겠습니까? 지금 은주(殷周)의 관(冠)을 드러내고 풍아(風雅)[113]의 음악을 울리며 와서 우리와 사귀

107 명수(冥搜): 어두운 곳에서 찾음. 무턱대고 찾음. 눈을 감고 깊이 생각함.

108 인문(人文): 인류사회의 문화, 인물(人物)과 문물(文物).

109 모의(毛衣): 사람의 용모와 의복의 비유. 짐승 털가죽 옷.

110 변발(辮髮): 머리를 땋음. 또는 땋은 머리. 북방 민족의 풍속. 변발(編髮).

111 중역(重譯): 번역한 것을 다시 다른 언어(言語)로 번역함. 이중 번역.

112 격설(鴃舌): 남쪽 오랑캐의 말을 이름.

113 풍아(風雅): 『시경(詩經)』「국풍(國風)」·「대아(大雅)·「소아(小雅)」. 교화와 규범. 시문(詩文).

니, 어찌 나라가 몸소 그 사람들을 접하고 그 예(禮)를 봄에만 머무르겠습니까? 진심으로 서로 비춰주고 붓과 벼루를 서로 갖추어 한때 경개(傾蓋)[114]함에 일찍이 기쁘지 않음이 없습니다. 오직 만남이 바빠서 글의 뜻은 아쉽기만 합니다. 가까이 수레를 돌릴 기약이 있고, 상삼(商參)[115]의 만남입니다. 하루아침에 별이 흩어지면, 우리로 하여금 시문(詩文)의 그리움을 남기리니, 오직 아름다운 시와 글을 거친 대자리에 보관해 때때로 연패명구(聯貝鳴球)[116]를 입겠습니다. 이는 군자의 음성과 용모를 미루어 앎이며, 바로 왕로(王老)[117]께서 이른바 '사물을 보고 다른 사람을 그리워한다.'는 것일 테지요. 저희들이 크게 온화한 덕에 녹아듦은 얼마나 다행이겠습니까? 하늘을 이고 땅을 밟으며, 앉아서 다른 나라 문화(文和)의 아름다움을 보게 되었고, 손님을 방문하여 이 세상 50이 가까운 나이에 그것을 얻었습니다. 다만 잠깐 그것을 잃었다가 또한 한때나마 저와 일이 함께 달려가서 영원히 크게 통쾌한 일을 이때에 얻었으니, 슬픔과 기쁨이 뒤얽힙니다. 많지 않은 물건이나마 머나먼 길에 잊지 못할 선물이라 드립니다. 험한 산에 구름장들이 겹치고 큰 물결이 뗏목을 흔들 텐데, 말이 달라 뜻을 다하지 못합니다. 일상생활에 스스로를 아끼십시오.

114 경개(傾蓋): 수레의 일산을 마주 댐. 길에서 우연히 만나 수레를 가까이 대고 이야기 나눔을 이르는 말. 또는 처음 만나거나 우의 맺음을 이름.

115 상삼(商參): 상성(商星)과 삼성(參星). 상성은 동쪽에, 삼성은 서쪽에 있어 동시에 두 별을 볼 수 없는 데서, 친한 사람과 서로 헤어져서 만나지 못함의 비유. 삼상(參商).

116 연패명구(聯貝鳴球): '연패'는 소라 껍데기로 만든 고대 악기인 '패'를 연결함. '명구'는 옥으로 만든 경쇠인 '구'를 울림.

117 왕로(王老): 노인(老人)의 높임말.

글 자리에서 애오라지 저절로 화운(和韻)을 배웠는데 文筵聊自學郢和
경개만 하고 머물기 어려우니 봄빛이 지나가네 傾蓋難留春色過
돌아갈 길 조금 늦춰 꽃핀 데서 말 내리니 歸路策遲花下馬
그윽한 창문에 달 속의 항아(姮娥) 꿈처럼 비치누나 幽牕夢照月中娥
십주의 행차 광경 단관[118]으로 들어가고 十洲行景入丹管
홍관의 이별 노래 옥가[119]로 답한다네 鴻館離歌答玉珂
어찌 장부에게 이별 눈물 없다 말하리오 寧道丈夫無別淚
그대 위해 오늘은 긴 강에 뿌리리라 爲君今日灑長河

대답 추월

은혜로운 글 때문에 돌아가는 수레에서 잠시 급하게 붓을 휘둘러 애오라지 앞 시에 차운함

날은 곧 하늘 맑고 길이 조화롭게 나아가는데 日卽天淸晉永和
그윽한 꽃 땅에 떨어지고 대숲 그늘 지난다네 閒花落地竹陰過
사귄 정은 봄 골짜기 숲속 새처럼 울어대고 交情春谷鳴林鳥
이별의 한은 안개 낀 강 거문고타는 항아 같네 離恨煙江鼓瑟娥
호저[120]는 은근하게 상자 뒤를 따라오고 縞紵慇懃隨去篋
여구[121]는 추창[122]하여 옥가 치며 나아가네 驪駒惆悵動征珂
다른 때 조각 꿈 붕익[123]에 의지하면 它時片夢依鵬翼

118 단관(丹管): 붉은 피리. 향굴(香窟). 향기가 풍기는 동굴. 향기가 배어 나오는 샘.
119 옥가(玉珂): 5품(品) 이상의 관원이 말(馬)에 다는 옥 장식. 옥으로 장식한 말의 굴레.
120 호저(縞紵): 생사(生絲)로 만든 띠와 모시옷. 우정이 매우 깊음의 비유. 오(吳)의 계찰(季札)과 정(鄭)의 자산(子産)이 흰 비단 띠와 모시옷을 주고받은 고사.
121 여구(驪駒): 검은 망아지. 검은 말. 일시(逸詩)의 한 편명. 이별할 때 부르는 노래.
122 추창(惆悵): 실망하여 탄식하고 괴로워함.

구름 가에도 닿지 않는 강가 붉은 언덕이리　　不屬雲邊赤岸河

세 분 서기께 별서(別序)와 시를 드림　양암

조선의 세 분 서기께서 장차 고국으로 돌아가시게 되었기에 여기 서(序)를 드려 아룁니다. 조선이란 나라는 예전에 기자(箕子)를 봉(封)해 세운 나라라고 일컫는데, 토규(土圭)[124]가 성하고, 그 예악(禮樂)·시서(詩書)와 의약(醫藥)·복서(卜筮)의 책이 그 덕화를 널리 퍼뜨리지 않음이 없었을 것입니다. 아득히 은주(殷周)가 남긴 가르침이 전해져 지금에 이름이 어찌 오래되었다고 하겠습니까? 비록 그러하나 중세(中世)에 일단 나라가 나뉘어 세 나라가 만들어졌고, 그 후 창들이 꽃부리처럼 날았습니다. 비록 예악의 모습은 조정에서 작았다 하더라도 시서의 소리는 저자에 간직했으니, 그 태정(台鼎)[125]을 빼앗아 사새(四塞)[126]로 삼지 못했을 것입니다. 마땅히 우리 일본의 서북쪽 나라가 비록 큰 바다로 떨어져 있다 하더라도 우리와 함께 서로 이웃이고, 먼 옛날부터 동맹이 오래일 것입니다. 환히 빛나고 아름다운 우리나라의 역사책과 짝하니, 지금 계단(鷄壇)[127]의 오래됨을 따르고, 크게 빛나는 덕을 받듭니다. 멀고 먼 땅에서 깃발을 메고 예물을 받들어 옛 맹세의 생각을 거듭하니, 우리 도읍이 두터워져 이에 높은 대문을 열고, 높은

123 붕익(鵬翼): 붕새의 날개. 인신해 붕새. 벼슬길에 현달한 사람의 비유.

124 토규(土圭): 일영(日影) 또는 토지를 재는 데 쓰는 옥(玉).

125 태정(台鼎): 삼공(三公)의 지위. '태'는 삼태성(三台星), '정'은 발이 셋 달린 솥으로 삼공을 상징함.

126 사새(四塞): 사방 국경의 요해처(要害處).

127 계단(鷄壇): 친구끼리 모이는 장소.

휘장을 펼칩니다. 단단한 성채(城砦)는 빛나고 있고, 변두(籩豆)[128]에는 초(楚)나라 술잔이 있습니다. 많은 재물을 들어 올려 고(觚)[129]라 하여 영원히 받드니, 그 모습이 곧 같습니다. 상치(商徵)[130]는 때와 더불어 변해 점점 〈기취(旣醉)〉[131]를 노래하는데, 끝마침이 어찌 이때에 마땅하겠습니까? 바야흐로 겸손한 예절의 아름다움이 있을 것입니다. 저는 보잘것없는 신하입니다. 비록 준조(樽俎)[132]의 사이에서 한번 우러르고자 했으나 벼슬은 그 직책이 아니어서 익여(翼如)[133]의 모습을 그 자리에서 몸소 뵙고 사귈 수 없었으니, 개인적으로 한스럽게 생각합니다. 오직 대체로 나라가 지금에 이르렀으니, 오히려 옛 예절을 배움과 옛 음악을 전함과 옛 글을 읽음과 옛 시를 노래함이 있겠습니까? 옛 도(道)에 통달할 수 있고, 다스리는 방법을 쌓을 수 있는 사람은 학사라는 벼슬이 아니라면, 서기라는 벼슬이겠지요? 다행히 어진 정치의 나머지 은택에 올라타 이곳 홍관(鴻舘)을 방문해 맑은 모습을 접할 수 있었습니다. 제가 비록 기술이 가식(家食)[134]해 천박하고 졸렬하지만, 가만히 옛 제도를 숭상하는 뜻을 지녔습니다. 대체로 옛날의 이른

128 변두(籩豆): 제사와 연회에 쓰이는 그릇. '변'은 대나무로 만든 것. '두'는 나무로 만든 그릇. 인신해 제사(祭祀).

129 고(觚): 술잔. 아가리는 나팔 모양이고, 허리 부분이 가늘며, 배와 권족(圈足) 사이에 모가 있는, 의식 때 쓰는 술잔.

130 상치(商徵): 동양 5음계의 정음(正音) 중 하나인 '상'과 '치'음. '치'는 맑고 청아한 소리.

131 〈기취(旣醉)〉: 『시경』「대아(大雅)」의 편명. 태평성대에 술에 취하고, 덕(德)을 충분히 지녀 사람마다 사군자(士君子)의 행실이 있음을 노래함.

132 준조(樽俎): 술을 담는 그릇과 고기를 괴어 놓는 적대. 연회석(宴會席) 또는 연회.

133 익여(翼如): 새가 양 날개를 편 것 같은 모양. 자태가 단정하고 아름다움의 형용.

134 가식(家食): 벼슬을 하지 않고 놀면서 먹고 지냄.

바 예악시서(禮樂詩書)는 겸손한 아름다움이란 것이니, 경개(傾蓋)의 사이에 제 낯으로 견해(見解)[135]할 바가 아닙니다. 그 사람됨의 돈후(敦厚)[136]함과 그 말의 예스럽고 우아함을 기뻐하며, 이별에 임하여 글로 아뢸 뿐입니다.

용연(龍淵)과 이별함

양암(良菴)

다른 나라 시인이 이곳에선 동문[137]인데	殊方詞客此同文
몸소 옷자락 끌어당기며 길이 헤어지네	親引雲裳長爲分
돌아가는 길 신선 산 지나면 볼 수 있으려나	歸路仙山行可望
십주의 기억은 밝은 그대만 받들 수 있겠네	十洲記得奉明君

화답함

용연

꽃 지는 숲속에서 함께 문장을 논하고	落花林下與論文
봄빛에 시 근심 함께 가득하네	春色詩愁共十分

135 견해(見解): 일정한 사물이나 현상에 대해 판단하는 의견이나 체계적인 생각. 견지(見地).

136 돈후(敦厚): 순박하고 돈독(敦篤)함. 친절하고 극진함. 독후(獨厚).

137 동문(同文): 동일한 문자. 사용하는 문자가 같음. 인신해 같은 왕조의 지배 아래에 있음을 이름.

내일이면 육경[138]은 강위로 떠나가리니 明日六卿江上去
흰 구름 향기로운 풀에 틀림없이 그대만 생각하겠지 白雲芳草定思君

현천(玄川)과 이별함

양암(良菴)

돌아가는 말 푸른 버들가지에 머무르기 어렵고 歸馬難留翠柳絲
깨끗한 술그릇으로 이별하니 어느 때나 만나랴 淸樽分袂合何時
이별 자리 웃음 없이 두 줄기 눈물만 離筵無笑兩行淚
오늘에야 비로소 생이별을 알겠네 今日始知生別離

화답함

현천

물가에 우는 말 버들가지에 매어두니 水邊嘶馬繫烟絲
버드나무 한들한들 해 뜨는 때로구나 楊柳依依出日時
이 길이 마츠모토 선생의 마음을 아프게 하니 此路傷心松本子
가슴속 새긴 정 차마 말로 헤어지지 못하겠네 含情不忍使言離

138 육경(六卿): 주대(周代) 6관(官)의 우두머리. 천관(天官)의 우두머리로 궁중(宮中)의 일을 맡아보던 총재(冢宰), 지관(地官)의 우두머리로 내정(內政)·교육(敎育)을 맡아보던 사도(使徒), 춘관(春官)의 우두머리로 제사·예악을 맡아보던 종백(宗伯), 하관(夏官)의 우두머리로 군사를 맡아보던 사마(司馬), 추관(秋官)의 우두머리로 사법·외교를 맡아보던 사구(司寇), 동관(冬官)의 우두머리로 영조(營造)·공작(工作)을 맡아보던 사공(司空)을 말함. 조선시대 육조(六曹) 판서(判書)의 아칭(雅稱).

퇴석(退石)과 이별함

양암

부평초 한번 헤어지면 무엇에 의지할까 浮萍一別復何依
이별 다리 없애지 못하고 여기서 전송하네 不滅河梁此送歸
이로부터 험한 산으로 이별하고 떠나갈 텐데 自是千山分手去
시편만 오운[139] 향해 날아가누나 詩篇只有五雲飛

화답함

퇴석

긴 정자[140]에 해지고 버들은 한들한들 長亭落日柳依依
우뚝 빛나는 산 앞에서 돌아가는 손님 보내네 旭曜山前送客歸
동과 서로 멀리 떨어져 훗날 밤 꿈속이라면 萬里東西他夜夢
응당 오직 해동 향해 날기만 하겠지 只應惟向海東飛

---

139 오운(五雲): 오색 빛의 구름으로, 제왕의 기운을 뜻함. 여기서는 조선 한양의 대궐을 뜻함.

140 긴 정자[長亭]: 옛날 길에 5리와 10리마다 각각 정자를 두어 행인들이 쉴 수 있도록 하였는데, 5리마다 있는 것을 단정(短亭)이라 하고, 10리마다 있는 것을 장정(長亭)이라 함.

손 맞잡고 차마 이별하지 못해 절구 한 수를 지어 떠나보냄

양암

말 멈추고 흘린 눈물자국 계집아이와 비슷하니 休道淚痕似女兒
사귄 정 아름답던 자리 생각 어찌 다하랴 交情何盡雅筵思
꿈속의 넋 멀리 삼신산(三神山) 향해 맺히니 夢魂遙向三山結
절류[141]해 차라리 한 번의 이별 참아볼거나 折柳寧忍一別離

화답함

추월(秋月)

이는 연남 유협아[142]가 아니니 不是燕南游俠兒
어찌하여 옛 칼로 그리움을 말할까 如何古劍道相思
파릇파릇 돋은 풀잎 아스라이 깔린 길 天涯目極靑靑草
한스러운 이별 오직 수양버들 피리에만 있구나 惟有垂楊管恨離

화답함

용연(龍淵)

형초[143]의 인재 모아도 아이라 할 만한데 荊楚人才總可兒

141 절류(折柳): 송별(送別)함. 한대(漢代)에 장안(長安)을 떠나는 이를 배웅하면서 버들가지를 꺾어주었던 데서 연유함.

142 연남(燕南) 유협아(游俠兒): 연남조북(燕南趙北) 유협아. 전국시대 연나라 남쪽과 조나라 북쪽 지역에서 협객들이 많이 배출되었기 때문에 일컫는 말.

짧은 시간 고한 이별 생각만 깊어지네　片時逢別亦凝思
외로운 소나무는 다시 간절한 마음을 머금으니　孤松更帶叮嚀意
버드나무 봄 하늘에 이별만 가장 섭섭하네　楊柳春天最惜離

화답함

퇴석(退石)

삼나무 꼭대기로 초승달이 조그맣게 드러나고　杉巓新月露些兒
손수 찬 매화 꺾으니 사무치는 생각 있네　手折寒梅有所思
외로운 감나무는 깊은 밤 끝없이 한스럽고　孤柿殘更無限恨
남쪽 하늘 돌아가는 기러기 이별을 원망하네　楚天歸雁怨相離

화답함

현천(玄川)

문거[144]는 아름답게 대소아(大小兒)[145]를 닮았고　文擧阿脩大小兒

143 형초(荊楚): 초(楚). 초의 최초 영토가 고대 형주(荊州) 땅에 해당하는 데서 이르는 말. 지금의 호북성(湖北省)·호남성(湖南省) 일대의 땅.

144 문거(文擧): 공융(孔融, 153-208)의 자(字). 중국 후한 말의 정치가, 유학자로, 공자의 20세손. 예주(豫州) 노국(魯國) 곡부현(曲阜縣) 사람. 헌제(獻帝) 때 북해상(北海相)으로 있으면서 학교를 세워 유학(儒學)을 전파, 발전시켰음. 뒤에 조조(曹操)에게 살해되었음.

145 대소아(大小兒): 한(漢)대 이형(禰衡)이 당시의 명사들을 평하면서, '대아(大兒)는 공문거(孔文擧)이며, 소아(小兒)는 양덕조(楊德祖)요, 그 밖에는 볼 것이 없다.'고 하였음.

그대 대하노라면 공연히 종명[146] 생각 갖게 되네 對君空有鬷明思
청낭은 초라하나 높은 뜻 가지런하니 青囊草草齊高志
부질없이 화인[147]은 이별만 슬프구나 謾向華人惜別離

삼사(三使)께 드리는 시인데, 이 시편이 전달되었는지는 모르겠음

양암(良菴)

정사(正使) 제곡(濟谷)께 드림
예정[148]이 멀리 부상의 하늘로 들어오니 霓旌遠入扶桑天
지금까지 동맹의 우의 전함이 얼마나 기쁜가 幾喜從來盟好傳
구토의 산하 오히려 험한 지형에 의지하나 九土山河寧恃嶮
먼 나라 사절은 본래 어진 이를 천거했네 遐邦使節本推賢
명시[149]에는 부금[150]의 모임 말할 것도 없고 明時勿論缶琴會
총애해 대우하며 준조의 자리도 높인다네 寵待且高樽俎筵
조당을 바로 인정해 장차 예물의 날로 삼으려 하니 正識朝堂將幣日

146 종명(鬷明): 중국 춘추전국시대 정(鄭)나라의 대부. 외모가 매우 못생겼으나 훌륭한 재능을 지니고 있어 진(晉)나라의 대부 양설힐(羊舌肹)이 그의 목소리만 듣고도 종명임을 간파했다는 고사가 전해짐.

147 화인(華人): 중국(中國) 사람이 스스로 자기(自己) 국민(國民)을 높여 일컫는 말. 여기서는 현천을 가리킴.

148 예정(霓旌): 임금 의장(儀仗)의 일종. 5색(五色)의 새털로 장식한 기. 인신해, 임금. 예정(蜺旌).

149 명시(明時): 깨끗한 정치가 이루어지는 태평한 시대. 고대에는 흔히 자기가 섬기고 있는 조정을 기릴 때 쓰던 말. 천시(天時)의 변화를 밝힘.

150 부금(缶琴): '부'는 고대의 타악기인 '질장구', '금'은 현악기(絃樂器)의 일종인 '거문고'.

상을 받고 누가 〈녹명〉[151]편을 노래하려나　　享賞誰唱鹿鳴篇

부사(副使) 길암(吉庵)께 드림

조선 조정의 옥절 먼 지방을 향하고　　韓廷玉節向遐方
탈 없이 배들은 물길로 길이 이어지네　　無恙舟船道自長
짙푸른 산봉우리 겹겹이 기색을 맞이하고　　蒼嶺疊纍迎氣色
흰 파도 흩뿌리며 차가운 빛 보내누나　　白波灑練送寒光
화총[152] 타고 봄바람 부는 길 가다 멈추니　　花驄行駐春風路
화려한 작은 새 사신의 상서로움 멀리 따르네　　采雀遙隨使者祥
기이한 만남 자리에서 비단 띠 한번 우러르고　　奇遇一仰縞帶座
조용히 애오라지 취귀장[153]만 읊조리네　　從容聊詠醉歸章

종사(從事) 현암(弦庵)께 드림

큰 바다 거센 파도 백 길로 나뉘는데　　溟海驚濤百丈分
사신 배 멀리서 소미 무리를 보네　　星帆遠見少微群

151 〈녹명(鹿鳴)〉: 『시경(詩經)』「소아(小雅)」의 편 이름. 군신과 빈객을 연향하는 시.
152 화총(花驄): 총이말. 털빛이 아름다운 말. 어사가 타는 말.
153 취귀장(醉歸章): 두보(杜甫)의 시 〈곡강(曲江)〉에 "퇴근하면 날마다 봄옷을 전당잡혀, 날마다 강가에서 실컷 취해 돌아오네.[朝回日日典春衣 每日江頭盡醉歸]"라는 구절을 가리킴.

닭 울음소리 아침에 부상수[154]에서 들었고 鳴鷄朝聽扶桑樹
시인은 저녁에 현포[155]의 구름 사랑하네 詞客夕憐玄圃雲
다른 나라에서 짝지어 좋은 모임 길이 닦고 殊域久脩雙好會
성대히 맞이해 한때 글을 우연히 접하네 盛延偶接一時文
〈양춘곡〉[156]엔 참으로 그대 집안의 격조가 있고 陽春定有君家調
시 지어 우리들로 하여금 마땅히 듣게 하네 詩就須令我輩聞

질문 사항을 드림

양의(良醫) 부사(副司) 모암(慕菴) 책상 오른쪽에 드림 마츠모토[松本] 양암(良庵)

우리나라는 예로부터 과(科)를 나눠 의원이 되는데, 제 집안은 구설(口舌)의 과입니다. 대대로 시의(侍醫)의 벼슬을 받았고, 아버지도 세 왕을 섬겨 벼슬을 이어 지냈습니다. 저는 비록 재능 없고 학식이 천박하지만, 그 일을 받았기 때문에 업으로 삼은 일을 들어서 질문마다 흰 종이를 사이에 끼워 뛰어나신 의원의 식견 넓은 말씀을 기다립니다. 다만 묻는 글의 제 글자가 서투르고, 글자의 격식이 잘못되었거나 잡되며, 글자 모양이 도아(塗鴉)[157]함에 대해서는 그대께서 굽어 살펴

154 부상수(扶桑樹): 동쪽 바다의 해 돋는 곳에 있다는 신목(神木). 일본을 가리킴.
155 현포(玄圃): 곤륜산(崑崙山) 정상에 있다고 하는, 선인(仙人)이 사는 곳. 기이한 꽃과 돌이 많다고 함.
156 〈양춘곡(陽春曲)〉: 옛 노래의 이름. 고아(高雅)해 배우기 어려움. 인신해 고아한 곡조의 범칭.

밝혀주시기를 바랍니다.

질문 사항

공경히 여쭙겠습니다. 구설(口舌)의 병은 처방 서적에 실린 것들이 경험에 의해 병을 논했습니다. 비록 크고 작은 것이 다 갖추어졌지만, 제 얕은 식견으로 일삼기에는 오히려 간략한 듯 보입니다. 따라서 의심되거나 막히는 것을 모았으니, 높은 가르침을 간절히 바랍니다.

질문 1

대개 40세 이상의 사람이 구설에 창(瘡)[158]이 생겨서 끝내 치료하지 못하는 데 이르는 경우가 있습니다. 그 병자를 살펴보면 참으로 튼튼함을 타고났지만, 기름지고 맛있는 음식과 술을 대단히 좋아하여 7정(情)[159]이 번거롭고 난잡해져서 드디어 이 병이 되는 경우가 많이 있습니다. 그 맥(脈)은 양관(兩關)[160] 이상이 허대(虛大)[161]하고 삭맥(數脈)[162]을 띠는데, 병이 중한 데 이르면 가끔 척맥(尺脈)[163]까지 이어져 침색

157 도아(塗鴉): 그림이나 글씨가 치졸함의 비유. 흔히 자기의 그림이나 글씨에 대한 겸사로 쓰임. 도말(塗抹).

158 창(瘡): 창양(瘡瘍). 몸 겉에 생기는 여러 가지 외과적 질병과 피부 질병의 총칭. 창에는 종양·궤양·옹·저·정창·절종·류주·류담·라력 등이 포함됨.

159 7정(情): 사람의 일곱 가지 감정. 희(喜)·노(怒)·애(哀)·구(懼)·애(愛)·오(惡)·욕(慾).

160 양관(兩關): 촌구맥(寸口脈)에서 양쪽 관맥(關脈)을 이른 말.

161 허대(虛大): '허맥(虛脈)'과 '대맥(大脈)'. '허맥'은 맥상의 하나. 가볍게 짚으면 힘없이 뛰고, 세게 눌러 짚으면 속이 빈 것 같은 감을 주는 맥. 음맥에 속함. '대맥'은 맥상의 하나. 정상 맥보다 폭이 넓게 나타나는 맥. 양맥에 속함.

162 삭맥(數脈): 맥상의 하나. 한번 숨 쉬는 동안에 5-6번(1분에 90-110번) 정도 뛰는 맥. 양맥에 속함.

(沉濇)[164]한 사람도 있습니다. 처음 창이 생길 때에는 대부분 혀뿌리에 작게 좁쌀 같은 것들이 돋아나고, 가끔 치아가 손상된 것 같은 사람도 있습니다. 가렵지 않고 아프지도 않다가 점점 커져서 때때로 통증이 날마다 거듭되고 해를 넘기면 점차 부어오르거나 점차 썩어들어 가는데, 어떤 사람은 혀가 말려 움츠러들어서 버섯과 같고, 어떤 사람은 썩어문드러져 썩은 오이와 같습니다. 말하기는 혀가 굳어서 어렵고, 턱과 목에 괴루(塊瘰)[165]가 생겨서 머리를 끌어당겨 아프게 됩니다. 창구(瘡口)[166]가 이미 문드러지면 묽은 침을 흘리고 코피를 자주 쏟는데, 음식이 날마다 줄어들고 기력이 이미 다하여 마침내 절정에 이르는 듯합니다. 제가 일찍이 병세의 더딤과 빠름을 살펴보았는데, 빠른 사람은 반년쯤, 더딘 사람은 2~3년 만에 쓰러져 죽습니다. 지난번 사용한 약물을 물어보니, 어떤 경우는 차고 서늘한 것이며, 어떤 경우는 자보(滋補)[167]하는 것이었습니다. 백가지 다스림이 이미 다 끝났다면, 화저(火筯)[168]와 피침(鈹針)[169]으로 그 열을 몰아내고 그 피를 흘리게 해

163 척맥(尺脈): 촌구3부맥의 하나. 척 부위에서 나타나는 맥.

164 침색(沉濇): '침맥(沈脈)'과 '색맥(濇脈)'. '침맥'은 맥상의 하나. 가볍게 짚으면 잘 알리지 않고, 세게 눌러 짚으면 잘 알리는 맥. 음맥에 속함. '색맥'은 '삽맥(澁脈)'과 같은 뜻. 맥상의 하나. 원활하지 못하고 거칠게 짚이는 맥. 음맥에 속함.

165 괴루(塊瘰): 피부 표면에 결절(結節) 같은 것이 여러 개 생긴 것.

166 창구(瘡口): 창상이 곪아서 터진 구멍.

167 자보(滋補): 보법(補法)의 하나. 자음강장약인 찐지황, 산수유, 새삼씨, 구기자, 남생이배딱지, 록각교 등으로 신음을 보하는 방법.

168 화저(火筯): 부젓가락. 화로에 꽂아 두고 불덩이를 집거나 불을 헤치는 데 쓰는 쇠로 만든 젓가락.

169 피침(鈹針): 옛날에 쓰던 9가지 침의 하나. 길이는 4치이고, 너비는 2.5푼인 검(劍)처럼 생긴 침. 고름집을 째는 데 사용했음.

서 없애는데, 도리어 그 죽음을 빠르게 합니다. 우리 과(科)를 업으로 삼는 사람들은 이름하기를 '설저(舌疽)'라 합니다. 그대 나라에도 이러한 병이 있습니까? 무엇이라고 이름합니까? 어떤 약을 사용합니까? 높은 가르침 내려주시기를 엎드려 바랍니다.

대답　모암(慕菴)

대체로 혀라는 것은 심장의 싹인데, 경락(經絡)이 5장(五臟)을 관통하기 때문에 5미(五味)를 주관할 수 있습니다. 그 맥(脈)이 허대(虛大)하며 잦고 빠른 것은 허화(虛火)가 상염(上炎)함[170]입니다. 척맥(尺脈)까지 이어져 거친 것은 실열(實熱)[171]이 가라앉아 녹은 것입니다. 증세의 변동에 대해서는 모름지기 논할 수 없지만, 마땅히 맥의 허실(虛實)을 따라서 허한 사람은 오로지 명문(命門)[172]을 보(補)해 화(火)를 내리고 근본으로 돌아가게 하며, 실한 사람은 청열(淸熱)[173]·자음(滋陰)[174]하여 따뜻함을 눌러줍니다. 수화기제(水火旣濟)[175]하면 어떤 질병인들 치료

170 허화(虛火)가 상염(上炎)함: 허화상염(虛火上炎). 신음(腎陰)의 쇠약으로 인해 수(水)가 화(火)를 억제하지 못하므로 허화가 상승하게 되는 병리.

171 실열(實熱): ① 사기가 성할 때 나타나는 열. ② 몸에 침범한 외감사기가 속으로 들어가면서 열로 변하여 일으키는 병리적 현상.

172 명문(命門): 우신(右腎). 사람의 정기(精氣)가 모이는 곳인 데서 이름. 생명의 근본.

173 청열(淸熱): 차고 서늘한 성질의 약물을 써서 화열증(火熱證)을 제거하는 것.

174 자음(滋陰): 음허증(陰虛證)을 치료하는 방법. 육음(育陰)·양음(養陰)·보음(補陰)·익음(益陰)이라고도 함.

175 수화기제(水火旣濟): 심신상교(心腎相交). '심'과 '신' 두 장기는 밀접한 생리적 관계를 갖고 있다는 것을 이르는 말. '심'과 '신' 두 장기가 서로 돕고 제약하면서 정상적으로 생리적 기능을 유지하는 것. 5행(五行)에서 '심'은 화(火)에, '신'은 수(水)에 소속시켰기 때문에 '수화기제'라고 함.

하기 어렵겠습니까?

질문 2 양암(良菴)

대체로 '명칭이 바르지 못하면, 일이 이루어질 수 없다.'[176]고 했는데, 하물며 병명(病名)이 바르지 못하면 약을 사용해도 간혹 호리천리(毫釐千里)[177]의 어긋남이 있게 됩니다. 제가 섭렵한 처방 서적 중에는 이미 '설저'라 이름한 것이 없었는데, 정확히 어떤 책에 나옵니까? 어느 시대 명칭입니까? 또 저(疽)[178]라고 이름한 것은 그 모양을 말한 것입니까? 그러나 그 모양의 비슷함만으로 이름했다면 부당할 것입니다. 일찍이 「옹저론(癰疽論)」[179]을 조사해보니, '옹(癰)[180]이란 것은 가벼워 골수(骨髓)까지 들어가지 않고, 안으로 5장(五臟)을 손상시키지 않는다. 저(疽)란 것은 무거워 살가죽이 움푹 들어가고, 안으로 5장까지 연결된다. 영위(營衛)[181]가 경맥(經脈)[182]에 머물러 있어서 기혈(氣血)이 막

176 '명칭이 바르지 못하면, 일이 이루어질 수 없다.': '명칭이 바르지 못하면 말이 순조롭지 못하고, 말이 순조롭지 못하면 일이 이루어지지 않는다.[名不正 則言不順, 言不順則事不成]' 『논어(論語)』 「자로(子路)」편.

177 호리천리(毫釐千里): 호리지실차이천리(毫釐之失差以千里). 처음에 조금 틀리면 나중에 큰 차이가 난다는 말.

178 저(疽): 창양(瘡瘍)이 평평하고 넓게 부어오르며, 피부색이 변하지 않고 열이 나지도 않으며, 통증도 없고 곪지 않으면서 쉽게 없어지지 않으며, 곪더라도 잘 터지지 않고 터진 후에는 멀건 액체가 나오며, 잘 아물지 않는 것을 모두 '저'라고 함.

179 「옹저론(癰疽論)」: 『황제내경(黃帝內經)』 「영추(靈樞)」의 제81편 이름.

180 옹(癰): 몸의 겉 층과 장부 등이 곪는 병증. 외감 6음, 내상 7정, 식상, 외상 등으로 기혈에 열독이 뭉쳐서 생김. 크게 몸의 겉 층에 생기는 '외옹'과 '내옹'으로 나눔.

181 영위(營衛): '영'과 '위'를 합해서 이른 말. '영'과 '위'는 다 같이 음식물의 정미로운 물질에서 생기는데, '영'은 혈맥 속으로 온몸을 순환하면서 영양작용을 하고, '위'는 혈맥 밖에서 분육 사이를 순환하면서 외사의 침입을 막는 기능을 하는데, '영'은 '위'의 보호를

힌 것이니, 열증(熱證)이 만드는 것이다.'라고 했습니다. 이 말은 이미 오랫동안 표준이 되었는데, 구설(口舌)에 발저(發疽)[183]하는 일은 처방 서적에 실린 것이 매우 드뭅니다. 예나 지금이나 의술의 큰 줄기에는 비록 구설에 발저하는 일이 실려 있다 하더라도, 그러나 그 일이 간략해 표준으로 삼기에 어렵습니다. 대체로 옹저(癰疽) 20여 가지는 각각 비록 그 이름이 구별되지만, 모두 열증(熱證)에서 나왔습니다. 대체로 설저(舌疽)라 일컫는 증세는 밖에 생기는 저(疽)에 비하면 그 병세가 점차 더디고 늦으며, 피고름이 터져 흐른다거나 종창(腫脹)[184]의 모양도 밖에 생기는 저(疽)와 비슷하지 않습니다. 제가 생각해보니 심장의 구멍이 혀를 여는데, 혀란 것은 수소음심경(手少陰心經)[185]에 이어지고, 혀뿌리란 것은 족소음신경(足少陰腎經)[186]에 이어지며, 또 여러 경맥(經

받고, '위'는 영'의 영양을 받는 관계에 있음.

182 경맥(經脈): 인체 내부에 기혈을 운행하며, 체내의 각 부분을 연결하는 주요 간선. 크게 정경(正經)과 기경(奇經)으로 나눌 수 있으며, 공동으로 경맥의 계통을 이룸.

183 발저(發疽): 저(疽)의 하나. 증상이 심하고 몸 겉으로 두드러지는 저를 말함. 유두저(有頭疽)와 같은 뜻으로도 쓰임. 밖으로부터 사기를 받거나 몸 안에 습열독이 머물러 있어 영위가 조화되지 못하고 기혈이 뭉쳐서 생김. 그 이름을 생긴 부위와 모양, 혈 이름 등에 따라 여러 가지로 부름.

184 종창(腫脹): 온몸이 붓고 배가 창만한 것을 통틀어 이르는 말. 온몸이 붓는 것을 '종', 배가 창만한 것을 '창'이라고 함.

185 수소음심경(手少陰心經): 12경맥의 하나. 그 순행하는 경로는 체내에서는 심장에 속하고, 소장으로 연락되며, 인(咽)·안(眼)에 이어짐. 체표에서는 겨드랑이 아래에서부터 팔의 내측을 따라 내려가 새끼손가락 끝에 이름.

186 족소음신경(足少陰腎經): 12경맥의 하나. 그 순행하는 경로는 체내에서는 신(腎)에 속하고, 방광으로 연결되며, 척수·간·격막(膈膜)·후(喉)·설근(舌根)·폐·심장·흉강(胸腔) 등과 이어짐. 체표에서는 새끼발가락부터 발바닥·내측 복사뼈·다리의 내측·복부를 거쳐 흉부에 이름.

脈)이 모두 모이니 상부(上部)[187]의 중요한 곳입니다. 가령 발저와 밖에 생기는 저(疽)는 치료에 대한 논의를 함께 할 수 있겠습니까? 가르침을 내려주십시오.

대답 모암(慕菴)

이것은 바로 '설창(舌瘡)'인데, 우리나라에도 있습니다. 치료하는 방법은 맥(脈)의 허실(虛實)과 병의 한열(寒熱)을 따라 그 병의 근원을 연구함에서 벗어나지 않습니다. 또한 심신(心腎)의 불교(不交)[188]에서 나온 것이 아니라, 간혹 외감(外感)[189]의 남아있는 독기가 심폐(心肺)에 온결(蘊結)[190]했다가 이 증세로 변해 다르게 되는 경우도 있습니다. 마땅히 위로 올려 흩어지게 하며 차고 서늘한 약을 그곳에 사용합니다. 저(疽)와 창(瘡)은 다른 점이 있는데, 어찌 저(疽)라고 말할 수 있겠습니까? 여러 가지 옛일을 조사해보았지만, 또한 설저라는 명칭은 없을 뿐이었습니다.

질문 3 양암(良菴)

제가 앞에서 언급된 증상을 조사해보건대, 혀라는 것은 심장의 꽃

187 상부(上部): 목 윗부분. 머리와 얼굴 부분. 또는 횡격막 윗부분. 몸 윗부분.

188 심신(心腎)의 불교(不交): 심신불교(心腎不交). 심양(心陽)과 신음(腎陰)의 생리적 관계가 장애된 것. 신음이 부족해지거나 심화가 몹시 왕성해져서 둘 사이의 정상적 협조관계가 장애된 것.

189 외감(外感): 병인과 병증의 분류에서 6음(六淫)·역려지기(疫癘之氣) 등의 외사(外邪)를 받은 것. 이들 병사(病邪)는 먼저 인체의 피부를 침범하거나 혹은 코와 입으로 먼저 흡입되기도 하며, 동시에 발생되기도 함.

190 온결(蘊結): 걱정 때문에 마음이 울결(鬱結)함. '울결'은 가슴이 답답하게 막힌 것. 즉, 기혈이 한곳에 몰려 흩어지지 않는 것.

으로 수소음(手少陰)과 족궐음(足厥陰)[191]에 이어지고, 혀뿌리란 것은 족양명(足陽明)[192]과 족소음(足少陰)과 족궐음에 이어지며, 5미(五味)를 주관해 맛보아 신체를 잘 모시니, 진실로 사람 몸의 중요한 관문입니다. 촌맥(寸脈)[193]이 허대(虛大)하고 척맥(尺脈)까지 이어져 미색(微濇)[194]한 사람이 있는데, 이것은 심혈(心血)의 부족함을 따라 허화상염(虛火上炎)함입니다. 오직 건장한 사람이란 것은 늘 화(火)가 많은데, 나이 들어 늙으면 심로(心勞)[195]하고 기혈(氣血)이 모두 쇠퇴하지만, 기름지고 맛있는 음식으로 봉양해 화(火)를 돕게 됩니다. 따라서 화(火)가 홀로 상염(上炎)하고 그것을 눌러 진정시킬 수 없게 됩니다. 하허상성(下虛上盛)[196]해 그 열이 점차 혀뿌리에 맺히고, 모여서 돌던 피가 머물러 쌓여 마침내 대체로 창(瘡)을 일으킵니다. 그러므로 그 병 때문에 생기는

191 족궐음(足厥陰): 족궐음간경(足厥陰肝經). 12경맥의 하나. 그 순행하는 경로는 체내에서는 간(肝)에 속하고 담(膽)으로 연락되며, 생식기 · 위(胃) · 횡격막 · 인후 · 안구와 이어짐. 체표에서는 엄지발가락에서 다리의 내측을 따라 허벅지로 오르고, 외음부 · 복부를 거쳐 흉부 외측에 이름.

192 족양명(足陽明): 족양명위경(足陽明胃經). 12경맥의 하나. 그 순행하는 경로는 체내에서는 위(胃)에 속하고 비(脾)로 연락된다. 체표에서는 코에서부터 머리 측면 · 얼굴 · 목 · 흉부 · 복부를 거쳐 다리의 외측을 지나 발의 두 번째 발가락에 이름.

193 촌맥(寸脈): 촌구 3부맥의 하나. 촌부위에서 나타나는 맥. 관부(요골경상돌기)에서 앞으로 1치 되는 곳에서 봄. 왼쪽에는 심장과 소장, 오른쪽에는 폐와 대장의 상태가 나타남.

194 미색(微濇): '미맥(微脈)'과 '색맥(濇脈)'. '미맥'은 맥상의 하나. 가늘고 약하게 뛰기 때문에 잘 알 수 없는 맥. 음맥에 속함. '색맥'은 '삽맥(澁脈)'과 같은 뜻. 맥상의 하나. 원활하지 못하고 거칠게 짚이는 맥. 음맥에 속함.

195 심로(心勞): 5로(五勞)의 하나. 심혈(心血)이 소모되어 나타남. 주요 증상은 가슴이 답답하고 초조하며, 잠을 이루지 못하고 가슴이 두근거리며, 쉽게 놀람.

196 하허상성(下虛上盛): 상성하허(上盛下虛). 상실하허(上實下虛). 상체는 혈액순환이 잘되고 풍성해 열이 나지만, 하체는 허하고 냉해 차가운 현상.

열과 문드러지기 시작함은 또한 모두 느립니다. 대체로 구설(口舌)의 병에 화저(火筯)로 그 열을 몰아내고, 피침(鈹針)으로 그 피를 흘리게 해서 없애면, 효과를 얻는 경우가 많이 있다고 했는데, 이러한 창(瘡)은 지지거나 침을 쓰면, 도리어 헐어서 짓무른 헌데를 더하고 원기(元氣)를 거의 줄어들게 합니다. 제 집안에 처방이 있는데 그것을 사용하면, 처음 시작된 사람은 10명 중에서 3명이 효과를 얻습니다. 만약 그대께서 드러내실 신방(神方)[197]이 있다면, 늙었다는 이유로 아끼지 마시고 가르침을 내려주십시오. 마음에 부족하나마 어리석은 제 생각을 드리며, 드넓은 군자께 질문합니다.

질문 4　양암(良菴)

우리 정덕(正德)[198] 신묘(辛卯·1711) 가을에 대패(大旆)[199]가 동쪽으로 왔을 때에 제 할아버지 되시는 분이 그대 나라 의관(醫官) 상백헌(嘗百軒)[200]과 함께 앞에서 언급된 증세에 대해 이야기 나누었는데, 그 글이 상자에 간직되어 있습니다. 또 연향(延享)[201] 무진(戊辰·1748) 여름에 같은 일을 맡은 카와무라 슌코[河村春恒][202]와 그대 나라의 조활암(趙活

197 신방(神方): 신효가 있는 약방문(藥方文). 효험이 신통한 약방문. 신기(神奇)한 방술(方術).

198 정덕(正德): 일본 제114대 나카미카도(中御門) 천황의 연호. 재위 1711-1716.

199 대패(大旆): 해와 달이 그려진 천자(天子)의 기(旗).

200 상백헌(嘗百軒): 기두문(奇斗文)의 호. 조선 의관으로 서울 장의동(壯義洞)에 살았으며, 숙종 37년(1710)에 의원이 되어 이듬해 통신사를 따라 일본으로 건너갔었음. 당시 벼슬은 조산대부(朝散大夫) 전연사직장(典涓司直長).

201 연향(延享): 일본 제116대 고모모조노(桃園) 천황의 연호. 재위 1747-1762.

202 카와무라 슌코(河村春恒): 자는 자승(子升)·장인(長因). 호는 원동(元東). 도호토(東

菴)[203]이 이 증세에 대해 논의했습니다. 그러나 그 설명이 반듯하지 못하기 때문에 그 설명을 모아 책상 아래에 드립니다.

우리나라 카와무라 슌코 물음

"설저(舌疽)라는 증세는 예로부터 치료하기 어려운데, 그대에게 귀중한 처방이 있다면 보여주시기를 청합니다."

그대 나라 조활암(趙活菴) 대답

"설저(舌疽)는 군화(君火)[204]가 생기게 하는 병입니다. 군화가 일으키게 되었다면 치료 또한 어려울 것입니다. 그 중요한 방법은 그 수(水)를 보(補)해서 화(火)로 하여금 아래로 내려가게 하면 낫습니다. 그런 뒤에 혹은 지지거나 혹은 상처를 내고, 새살이 돋는 약을 붙입니다. 그러나 낫지 않으면 쓸 수 없습니다."

내 할아버지 물음

"혀끝에 저(疽)가 생기면 치료하기 매우 어렵습니다. 우리나라에서는 이름하여 설저라고 부릅니다. 설저라는 명칭이 어느 책에서 나왔는지 모르겠고, 약 쓰는 방법은 무엇을 쓰면 치료할 수 있는지, 높으신 식견으로 살펴 가르쳐주십시오."

都)의 의관.

203 조활암(趙活菴): 조숭수(趙崇壽). 자는 경로(敬老). 호는 활암(活庵). 조선의 의관. 1748년에 조선통신사 일행으로 일본을 방문하였음.

204 군화(君火): 심화(心火). 즉, 심장에 열이 왕성한 것. 또는 심양(心陽)과 심의 기능이라는 뜻.

그대 나라 상백헌(嘗百軒) 대답

"처방 서적에는 원래 설저라는 명칭이 없기 때문에 치료법을 보지 못했습니다. 그 부스럼 자리를 본 뒤에야 알 수 있을 뿐입니다."

질문 5

제가 조씨(趙氏)의 설명에 의거해 생각해보면, 설저의 명칭이 처방 서적에 있는 듯하고, 기씨(奇氏)의 설명에 의거하면 실려 있지 않은 듯한데, 군자의 답변을 바랍니다.

대답 모암(慕菴)

어찌 다만 군화가 상염(上炎)함이겠습니까? 또한 상화(相火)[205]가 위로 올라가 타는 경우도 있을 것입니다. 6음(六淫)[206]이나 7정(七情)에 손상된 바를 살펴서 허(虛)함을 보(補)하고 실(實)함을 사(瀉)하는 약을 쓴다면, 가장 완전한 효과를 얻을 수 있을 것입니다. 보여줄 것이 삼가 다되었고, 어리석은 제가 보잘것없는 재주로 끄트머리에 망령되이 논했으니, 마음이 스스로 편안치 못합니다. 모름지기 사정을 헤아려 용서하고 평해주시면 다행이겠습니다.

---

205 상화(相火): 심장(心臟)의 화기(火氣). 일설에는 간·담·신·삼초의 화를 통틀어 이르는 말.

206 6음(六淫): 풍(風)·한(寒)·서(暑)·습(濕)·조(燥)·화(火)의 병을 일으키는 여섯 가지 원인을 통틀어 이르는 말.

양동투어(兩東鬪語) 곤(坤)

보력(寶曆)[1] 갑신(甲申·1764) 춘(春) 2월에 조선통신사가 도호토[東都]에 왔고, 예를 갖춘 방문을 이미 마침에 이르렀다. 관의(官醫) 마츠모토[松本][2]·타키[多紀][3] 두 사람과 함께 태명(台命)[4]을 받들어 홍려관(鴻臚館)을 여러 번 방문했고, 양의와 제술관 또 삼서기를 만났으며, 중당(中堂)[5]에서 글로 사귀었다.

처음 뵙습니다.

관지(款識)[6]를 정중히 통합니다. 제 성은 요코타[橫田]이고, 이름은

1 보력(寶曆): 일본 제116대 고모모조노[桃園] 천황이 1751년부터 1763년까지 사용한 연호.

2 마츠모토[松本]: 마츠모토 오키나가[松本興長, 1730-1784]. 자는 천리(千里). 호는 양암(良庵). 막부의 법안(法眼)이었던 마츠모토 오키마사[松本興正, ?-1692]의 큰아들. 당시 도호토[東都]의 구과(口科) 시의(侍醫).

3 타키[多紀]: 타키 모토노리[多紀元德, 1732-1801]. 타키 안겐[多紀安元]으로도 알려져 있음.

4 태명(台命): 3공(三公)의 명령과 같다는 뜻으로, 상대방의 부탁에 대한 경칭.

5 중당(中堂): 천태종(天台宗)의 본존(本尊)을 안치(安置)하는 본당(本堂).

6 관지(款識): 종정(鐘鼎)·이기(彝器)의 명문(銘文). 음각(陰刻)한 글자를 '관', 양각(陽刻)한 글자를 '지'라 한다는 설, 종정 등의 외부에 새긴 것을 '관', 내부에 새긴 것을 '지'라 한다는 설, 그리고 도안이나 도형을 '관', 전각(篆刻)을 '지'라 한다는 등 세 가지 주장이

준다이[準大]이며, 자는 군승(君繩)이고, 호는 동원(東原)입니다. 집안 기술은 헌기(軒岐)[7]의 보잘것없는 무리인데, 삼대가 도호토[東都]에 살았고, 비로소 관의(官醫) 타키 안겐[多紀安元]의 가숙(家塾)[8]에서 배웠습니다. 직업은 아버지와 할아버지를 따랐고, 묵하(墨河)[9]의 옆에 살구나무를 심었기 때문[10]에 세상에서는 묵수자(墨水子)라고 부르지만, 재주가 서툴러 싹트지도 않았습니다.

불초(不肖)한 준다이[準大]가

태명(台命)을 공손히 받들어 대조선국 양의(良醫) 모암(慕庵) 이군(李君)[11] 자리 아래에 아룁니다. 제가 엎드려 생각하건대, 높고 큰 대국(大國)의 영토는 중국과 더불어 이웃을 이루고, 법도는 동화(同化)되어 훈지(壎篪)[12]와 같습니다. 호생지덕(好生之德)[13]은 민심을 적시고, 성인의

있음.

7 헌기(軒岐): 헌원씨(軒轅氏)와 기백(岐伯). 모두 전설적인 의술의 개조(開祖). 인신해 뛰어난 의술.

8 가숙(家塾): 주대(周代)에, 25가(家)로 된 한 마을의 자제를 교육하던 곳. 뒤에는, 교사를 초빙해 집에서 사르치는 사숙(私塾)을 일컬음.

9 묵하(墨河): 도쿄도[東京都]의 동부를 관류하는 하천인 스미다가와[隅田川]의 다른 이름.

10 살구나무를 심다[種杏]: 행림(杏林). 살구나무 숲. 병을 잘 고치는 의사. 중국 삼국(三國) 때 오(吳)의 동봉(董奉)이 여산(廬山)에 은거하면서 환자를 치료해, 돈은 받지 않고 중병이 나은 사람은 살구나무 다섯 그루, 병이 가벼워진 사람은 한 그루를 심게 했는데, 몇 해 되지 않아 울창한 숲을 이루게 되었다는 고사. 따라서 여기에서는 이곳에서 의술을 베풀었다는 의미임.

11 이군(李君): 이좌국(李佐國). 자는 성보(聖甫). 호는 모암(慕庵). 1764년 통신사 양의(良醫) 부사용(副司勇).

12 훈지(壎篪): '훈'과 '지'. 모두 고대 악기로, 둘을 합주하면 소리가 잘 어울리는 데서

가르침은 아직도 땅에 떨어지지 않았으며, 기봉(箕封)[14]이 남긴 풍속과 교화는 엄연히 오늘날에도 남아 있는 듯합니다. 따라서 하늘도 인재를 낳았고 훌륭한 사람을 만듦에 이르렀으며, 준조(俊造)[15]를 빼어나게 가려 뽑아 일찍이 사군자(士君子)[16]가 모자라지 않았습니다. 비록 그 방맥(方脈)[17]의 군자라 하더라도 바로 보면 중국과 더불어 동반자가 됩니다. 아! 아름답도다. 모암(慕庵) 이군(李君)은 유편(兪扁)[18]처럼 깨끗하고 순수한 바탕이니, 빼어나도다! 자못 천리구(千里駒)[19]와 같아서 뛰어난 발로 굳세게 잡았으니, 여러 현인(賢人) 중에서도 영탈(穎脫)[20]함입니다. 의술(醫術)의 지극한 바는 그 성취함을 막론하고, 옛날 여러 학자의 책에 해박(該博)하지 않음이 없습니다. 깨달아 환하게 알고 총명하며 민첩하여 거의 '담장 너머 안에 있는 사람이 보였다.'[21]고 함에 까

형제가 화목함의 비유로 쓰임. 『시경(詩經)』 「소아(小雅)」 〈하인사(何人斯)〉 편의 '백씨는 훈을 불고, 중씨는 지를 분다[伯氏吹壎, 仲氏吹篪]'에서 온 말.

13 호생지덕(好生之德): 생명이 있는 것을 살상(殺傷)하지 않는 덕. 곧, 죽일 형벌에 처한 죄인을 살려주는 덕을 이름.

14 기봉(箕封): 기자(箕子)의 나라. 즉, 조선을 말함. 주무왕(周武王)이 기자(箕子)를 조선에 봉건(封建)했다는 말에서 나왔음.

15 준조(俊造): 준사(俊士)와 조사(造士). 재지(才智)가 출중한 사람을 이름. 또는 과거(科擧)를 가리킴.

16 사군자(士君子): 학문이 해박(該博)하고, 인품이 고상한 사람.

17 방맥(方脈): 맥을 변별하다. 맥을 다스리다. 내과(內科).

18 유편(兪扁): 황제(黃帝) 때의 유부(兪跗)와 주대(周代)의 편작(扁鵲). 모두 이름난 의원임.

19 천리구(千里駒): 천리마(千里馬). 유능한 젊은 인재(人才)의 비유. 천리기(千里驥).

20 영탈(穎脫): 주머니 안의 송곳 끝이 밖으로 나옴. 재능을 충분히 드러냄의 비유.

21 담장 너머 안에 있는 사람이 보였다[視垣一方人]: 시견원일방인(視見垣一方人). 뛰어난 의술. 『사기(史記)』 105권 45편 〈편작(扁鵲)〉의 '편작이 그 말대로 약을 복용한지 삼

깝도다! 나와 같은 사람은 역사(櫟社)[22]의 쓸모없는 나무이니, 장백(匠伯)[23]이 버린 것입니다. 비록 진실로 그 들보가 될 만한 큰 재목이 아니라고 하더라도, 나머지 교화를 황공히 받들어 스스로 제 분수를 잊고 석진(席珍)[24]의 사이를 뒤따르겠습니다. 고루(固陋)하게 폐추(弊箒)[25]의 말을 함부로 늘어놓았으니, 저산(樗散)[26]을 용서하시기 바랍니다. 그 쓸모 있는 재목과 더불어 곁에서 함께 얻는다면 다행이겠으며, 여기에서 고개 숙여 도끼를 기다립니다. 두려워 거듭 절하며 삼가 아룁니다.

모암 말함: "아름다운 글이 먼지 낀 눈을 갑자기 트이게 하니, 깊이 공경하며 사모하지 않을 수 없습니다. 저는 재주가 없기 때문에 여기에 왔고, 이미 명목상 의원(醫員)이기 때문에 시문(詩文) 창화(唱和)는 진실로 직분 안의 일이 아닙니다. 그대들이 바라는 의학의 이치를 함께 논의한다면 다행이겠습니다."

십일 만에 담장 너머 안에 있는 사람이 보였다[扁鵲以其言飲藥三十日, 視見垣一方人]' 에서 유래함. 통원지견(洞垣之見).

22 역사(櫟社): 사(社)의 상징으로 심은 상수리나무.

23 장백(匠伯): 장석(匠石). 고대의 이름난 장인(匠人). 이름은 석(石), 자(字)는 백(伯). 인신해, 기예가 뛰어난 공장(工匠), 또는 글을 잘 쓰는 사람의 범칭. 장인(匠人)의 우두머리.

24 석진(席珍): 진귀한 것을 베풂. 옛 성인의 바르고 착한 도리를 베풂. 일설에는, 자리 위에 놓인 보배라는 뜻으로, 유자(儒者)의 학덕의 비유. 석상진(席上珍).

25 폐추(弊箒): 닳아서 못쓰게 된 비. 아무 가치도 없는 물건의 비유. 곧 자기 작품에 대한 겸칭.

26 저산(樗散): 가죽나무는 재질이 좋지 않아 쓰이지 않는 데서, 세상에 쓰이지 않고 한가롭게 지냄의 비유. 또는 자신에 대한 겸사(謙辭).

동원(東原) 말함: "의학의 이치에 대한 이야기는 집안 기술의 중요한 바이니, 비록 진실로 바라는 바이지만, 창화도 한때 친구 사이의 정의(情誼)입니다. 큰 나라 군자의 곁에 그러한 문장과 풍아(風雅)가 없을 수 없겠지요. 저도 변변치 못한 재주를 일삼으면서 문장과 풍아만 함께하는 사람은 아닙니다. 그러나 머나먼 곳에서 같은 재주로 애오라지 그 좋은 인연을 축하하지 않겠습니까. 갑자기 거칠게 절구 시 한 수를 지어 감히 책상 오른쪽에 드립니다." 동원

아장일편[27] 구름 사이로 내려오니	牙檣一片下雲間
관원들 우뚝하여 신선의 얼굴일세	冠佩飄然仙子顔
조선 조정 지금 마땅히 공교로움 업신여기고	韓廷今須傲工巧
산중재상[28]은 조반[29]에 있도다	山中宰相在朝班

요코타[橫田] 동원(東原)에게 화답함

모암(慕菴)

화려한 누각 단청은 두우[30] 사이로 흘러내리고	畫閣流丹牛斗間

27 아장일편(牙檣一片): 아장금람(牙檣金纜). 상아로 만든 돛대와 비단으로 만든 닻줄. 화려한 배의 형용.

28 산중재상(山中宰相): 산중에 은거하면서도 매양 국사를 자문 받았던 중국 양(梁)나라 때의 도홍경(陶弘景). 그는 은사(隱士)로서 자호가 화양은거(華陽隱居)이고, 일찍이 제(齊)나라 고제(齊高帝) 때에 제왕시독(諸王侍讀)을 지냈으며, 뒤에 구곡산(句曲山)에 은거하였음. 그는 특히 음양(陰陽)·오행(五行)·선술(仙術)·의술(醫術) 등에 뛰어났는데, 양무제(梁武帝) 때에는 모든 국가의 대사(大事)를 반드시 그에게 자문하였으므로 당시 산중재상(山中宰相)이라는 칭호가 있었음. 『남사(南史)』 권76 「은일(隱逸)」 하(下).

29 조반(朝班): 조차(朝次). 조정에 있어서의 백관(百官)의 석차. 조열(朝列).

시 짓는 자리에서 질서 있게 신선 얼굴에 읍하누나 詩筵秩秩揖仙顔
봄바람은 일찍부터 신농초에 조급하니 春風早卞神農艸
어찌 문사가 마반[31]과 같을 수 있으랴 豈有文詞埒馬班

앞 시에 첩운(疊韻)해 모암이 보답한 작품에 화답함

동원

조선 조정의 문물이 자리 사이를 비추니 韓朝文物照筵間
태평한 세상 한때나마 활짝 웃는다네 昭代一時堪解顔
선가[32]의 만년정을 찾아 얻었으나 探得仙家萬年鼎
다른 나라에 같은 반열 없음을 도리어 근심하네 還愁異域不同班

모암 말함: "재차 화답해야 하나 우선 뒷날을 기다려 화답해드릴 뿐입니다." ○동원 말함: "감히 재차 화답을 바라지 않습니다. 오직 뜻밖의 만남을 축하할 뿐이니, 다른 날 만약 여유가 있다면 화답해주십시오."

준다이[準大]가 삼가 동원

명(命)을 받들어 대조선국 학사(學士) 추월(秋月) 남군(南君) 책상 오른쪽에 아룁니다. 삼가 생각하건대, 큰 나라가 기자(箕子)의 풍속으로

30 두우(斗牛): 28수(二十八宿) 중의 북두성(北斗星)과 견우성(牽牛星).
31 마반(馬班): 한대(漢代)의 사가(史家)인 사마천(司馬遷)과 반고(班固).
32 선가(仙家): 선교(仙敎)를 체득(體得)한 사람. 선교를 닦는 사람. 신선이 사는 집.

제위(帝位)를 이어 진신(縉紳)[33] 대부(大夫)는 찬란함을 지녔고, 군자도 많습니다. 추월 남군은 특히 그 신령한 구슬을 쥐어서 학문은 천인(天人)[34]을 아우르고, 덕은 그 아름다움을 성취합니다. 대명(大命)을 받들어 가졌고 문학의 반열에 첫째가니, 집규(執圭)[35] 삼거(三車)[36]를 보좌하여 함께 큰 물결치는 밖으로 삼가 군명(君命)을 받들어 멀리 오셨습니다. 아! 빛나도다. 국기(國器)[37]의 광채는 사방으로 빛나고, 또 하늘은 오로지 이미 우리 해동(海東)을 비춤에 미치니, 미연(靡然)[38]하고 향풍(鄕風)[39]하여 서와 동으로부터 사복(思服)[40]하지 않음이 없습니다. 법도가 모두 거친 천공(賤工)[41]과 같아서, 비록 물이 가득 찬 우물의 개구리가 우물에 쌓아올린 벽돌의 끝에 엎드려 있는 것과 같다고 하더라도, 함께 우러러 부러워하고 성인의 유풍(遺風)이 오래임을 그리워합니다. 큰 가뭄에 무지개를 바라듯하고, 날마다 하늘에 빎을 말미암아 하늘은 비천하고 무식한 저에게 용을 내려주셨습니다. 황공하게도 덕

33 진신(縉紳): 홀(笏)을 큰 띠, 곧 신(紳)에 꽂음. 전해, 그런 복장을 할 수 있는 신분의 사람. 공경(公卿) 또는 널리 고관(高官)의 일컬음.

34 천인(天人): 천상(天象)과 인사(人事). 유덕(有德)한 사람. 비상히 뛰어난 사람. 인걸.

35 집규(執圭): 초(楚)나라의 작위(爵位) 이름. 지위(地位)가 부용(附庸)의 임금과 비등함.

36 삼거(三車): 불교의 『법화경(法華經)』 비유품(譬喩品)에서 말하는 양거(羊車)·녹거(鹿車)·우거(牛車)의 세 수레. 즉, 성문(聲聞)·연각(緣覺)·보살(菩薩)의 삼승(三乘)에 비유한 말임.

37 국기(國器): 나라를 다스릴 만한 재능이 있는 인물. 종(鐘)·솥 등 나라의 보물.

38 미연(靡然): 초목이 바람에 쓰러지는 모양. 소문만 듣고 순종함의 비유.

39 향풍(鄕風): 소문을 듣고 흠모함. 추종하여 교화(敎化)됨.

40 사복(思服): 늘 잊지 않고 마음속으로 그리워함.

41 천공(賤工): 보잘것없는 기능인. 또는 기능인에 대한 별칭.

화(德化)를 받들어 글 짓는 자리에 모시고 늘어서서 붓을 써서 혀를 대신함으로써 염지(染指)[42]에 이른 듯합니다. 지금 이미 자리 아래에 엎드려 삼가 덕으로 큰 가슴속을 헤아리니, 거의 운몽(雲夢)[43]을 삼켰고, 형향(馨香)[44]하며 영택(瑩澤)[45]하십니다. 진실로 그 그릇이 됨을 논할 수 없습니다. 뿐만 아니라 사물을 이야기함에 이르면, 어찌 그 옳음과 그름을 가릴 수 있겠습니까? 좋은 분과 함께 지내며 지란지실(芝蘭之室)[46]에서 국류(掬溜)[47]하여 장차 후배들에게 보여서 그것을 탐낼 수 있게 되기를 바랍니다. 그래서 글을 받들어 밝게 살피시기를 삼가 청하며, 머리를 조아려 거듭 절합니다.

삼가　동원(東原)

국명(國命)을 받들어 대조선국 서기(書記) 의원(醫員) 여러분 자리 아래에 아룁니다. 제가 엎드려 방금 두 나라의 밝은 교화를 받았으니, 황룡(黃龍)[48] 오봉(五鳳)이 장차 이 해를 기록할 것입니다. 때는 우리나

42 염지(染指): 손가락을 담금. 손가락에 찍어 묻힘. 분수 밖의 이익을 탐냄. 부당한 이득을 취함.

43 운몽(雲夢): 중국 초(楚)나라 대택(大澤)의 이름. 사방이 9백 리나 됨.

44 형향(馨香): 멀리까지 풍기는 향기. 후대에까지 전해지는 명성의 비유. 향기가 매우 짙은 모양.

45 영택(瑩澤): 투명하고 반짝반짝 윤이 남.

46 지란지실(芝蘭之室): 구리때와 난초가 있는 방. 어진 사람이 거처하는 곳. 또는 좋은 환경의 비유.

47 국류(掬溜): '두 손으로 물을 떠서 공손히 물을 뿌린다.'는 '국류파쇄(掬溜播灑)'의 줄임말. 이른바 『소학(小學)』에 나오는 '쇄소응대(灑掃應對)'의 절차임. 중국 당(唐)나라 유종원(柳宗元)의 〈독모영전후제(讀毛穎傳後題)〉에 나옴.

48 황룡(黃龍): 전설상의 동물 이름. 제왕의 상서로운 징조로 여겼음. 인신해, 천명(天命)

라가 선대(先代)의 유업(遺業)을 이어 그 큰 도량을 크게 계승해 문덕(文德)[49]을 드러낸 데 이르렀습니다. 큰 나라가 마침내 오래된 우의(友誼)를 찾아 함장(含章)[50] 군자로 하여금 머나먼 곳에 수빙(修聘)[51]하게 했는데, 그 사절(使節)[52]이 영토(領土)를 나온 때부터 하늘은 때마침 강령(降靈)[53]했으니, 좋은 징조는 해와 달에 응했고, 옥촉(玉燭)[54]은 바람과 비가 알맞은 상서로움이 날마다 있지 않음이 없었습니다. 명발(溟渤)[55]은 크고 산천은 험한데, 비비(閟毖)[56]한 바 없어 행렬들이 편안하고 가지런하게 드디어 우리 도호토[東都]에 이르렀습니다. 이것은 두 나라가 화목하여 편안한 복록(福祿)이 막대한 것입니다. 비록 제가 진실로 보잘것없는 사람이라 감히 그 일을 맡지 못한다 하겠지만, 황공하게도 신령한 허락을 받들어 붓과 먹으로 일을 처리하며 위엄을 가벼이 범합니다. 이는 비록 그것이 이른바 '추함을 판다.'고 함과 같지만, 상(商)나라의 유풍(遺風)을 우러름이 간절하여 부끄러운 것도 모르

을 받은 천자(天子).

49 문덕(文德): 문인(文人)이 갖춘 위엄(威嚴)과 덕망(德望).

50 함장(含章): 아름다움을 속에 지님. 덕을 깊이 간직함.

51 수빙(修聘): 서로 불러 길을 틈. 인사를 닦음.

52 사절(使節): 정부의 대표로 외국에 나가 있는 사람. 사자(使者). 사범(使範).

53 강령(降靈): 신령스런 모습으로 인간 세상에 강림함. 신령이 하늘에서 내려옴. 또는 내려온 그 신령. 도교(道教)에서 쓰는 말.

54 옥촉(玉燭): 사철의 기후(氣候)가 화창함. 태평성세의 형용.

55 명발(溟渤): 명해(溟海)와 발해(渤海). 인신해 큰 바다. 창해(滄海).

56 비비(閟毖): '비(閟)'는 막혀서 통하지 않는 것이고, '비(毖)'는 어렵고 쉽지 않음을 뜻한 것. 『서경(書經)』「대고(大誥)」에 '하늘이 통하지 않게 하고 어렵게 함은 나를 성공시키기 위함이다.'라고 한 데서 유래함.

겠습니다. 우둔한 사람이 형예(形穢)[57]하여 아름다운 글을 함부로 더럽혔을 뿐입니다. 함홍(含弘)[58]으로 너그럽게 용납하는 은혜를 베푸시기 바랍니다. 송사리를 가르쳐 용문(龍門)[59]을 오를 수 있는 바람을 이룬다면 다행이겠습니다! 오랜 명망이 자못 이때에 있습니다. 여러분께서 자세히 살피시기를 머리 조아리고 조아립니다.

추월(秋月) 대답: "삼가 글을 받고 일본 문화의 성대함을 보았습니다. 저희들은 이웃과 사이좋게 지내는 아름다움을 만났고, 그대와 함께 한때의 기쁨을 만나 다행입니다. 조용히 날을 중히 여길만할 뿐입니다." ○퇴석(退石) 대답: "멀리서 아름다운 글이 이르렀으니, 군자임을 머리 조아려 알겠습니다. 지금 이미 용모를 만나보는데 이르러서 달과 해가 오랫동안 아름다운 자연 속에 있었다는 생각조차 깨뜨립니다. 매우 다행입니다." ○용연(龍淵) 대답: "산과 바다 머나먼 곳으로 사신의 방문을 따라와서 문득 군자의 용모를 바라보니, 다행히 객지의 외로움이 위로가 됩니다. 편안하여 정치(情致)[60]를 다 할 만할 뿐입니다." ○동원(東原) 말함: "해와 달과 별은 함께 화려한 사물인데, 모두 빛까지 머금었으니 아름답도다! 세 분은 거의 현상(懸象)[61]이 뚜렷

57 형예(形穢): 모습이 추악하고 속됨. 초라하고 못생김. 겸사로 쓰임.

58 함홍(含弘): 널리 포용(包容)함. 은덕(恩德)을 널리 입히며 관후(寬厚)하고 인자(仁慈)함.

59 용문(龍門): 땅 이름. 산서성(山西省) 하진현(河津縣) 서북과 섬서성(陝西省) 한성시(韓城市) 동북에 있음. 황하(黃河)가 이곳에 이르면, 양쪽 언덕의 깎아지른 듯한 절벽이 대문처럼 맞서 있으므로 이름. 우문(禹門).

60 정치(情致): 좋은 감정을 자아내는 흥치.

하고 분명하여 찬란하구나! 어리석음마저 비추네."

추월 학사(學士)께 갑자기 지어 드림

동원

붕제[62]에 구름 떠가는 바다 한쪽	鵬際雲飛海一方
표연히 날던 새 부상을 바라보네	飄然逸翮望扶桑
큰 바람에 물을 3천리나 박차고[63]	長風水擊三千里
곧게 날개 쳐 해와 달빛 휘어잡네	直奮懸攀日月光

요코타[橫田] 동원(東原)에게 답함

추월

앙상한 병든 몸 타향에 머무르며	崚嶒病骨滯殊方
절간에 남은 인연 숙상[64]에서 마치네	禪閣餘緣了宿桑
약장수 주머니 속 결정함을 따르니	賣藥囊中應有決

61 현상(懸象): 천체의 현상. 해·달·별 등의 현상. 천상(天象).

62 붕제(鵬際): 붕새가 나는 높고 넓은 하늘가. 끝없이 먼 곳.

63 물을 3천리나 박차고[水擊三千里]: 붕정만리(鵬程萬里)의 원대한 뜻을 품었다는 말. 『장자(莊子)』「소요유(逍遙遊)」에 '붕새가 남쪽 바다로 날아갈 때는 물을 3천 리나 박차고 회오리바람을 타고 9만 리나 날아오른 뒤에야 6월의 대풍을 타고 남쪽으로 날아간다. [鵬之徙於南冥也, 水擊三千里, 摶扶搖而上者九萬里, 去以六月息者也.]'라 하였음.

64 숙상(宿桑): '상하일숙지연(桑下一宿之緣)'의 준말. 뽕나무 밑에서 하룻밤을 지낸 인연이란 뜻인데, 잠시 동안 머문 곳을 가리키는 말로 쓰임.

십주 어느 곳에서 금빛이 나오는지　　十洲何處産金光

퇴석 서기(書記)께 갑자기 지어 드림

동원

예원[65]의 온갖 꽃 한관[66]으로부터 와서　　藝苑群芳自漢關
맺힌 꽃봉오리 온갖 꽃다운 용모 풀어놓네　　含榮爭解百花顔
도리어 천길 늙은 소나무 바라보니　　故看千丈老松樹
인렵[67]이 푸르고 우거져 휘어잡기 쉽지 않네　　鱗鬣蓊葱不易攀

요코타[横田] 동원(東原)에게 화답함

퇴석(退石)

봄바람에 주리[68]가 삼관[69]을 지나오니　　春風珠履度三關

65 예원(藝苑): 전적(典籍)을 모아 보관하는 곳. 인신해 문학과 예술의 세계. 예원(藝園). 예림(藝林). 예포(藝圃).

66 한관(漢關): 중국 한(漢)대 변방의 관.

67 인렵(鱗鬣): 용의 비늘 조각이 갈기의 털과 조화를 이룸. 여기서는 소나무의 껍질과 가지.

68 주리(珠履): 구슬로 꾸민 신을 신은 빈객. 즉, 상등의 빈객을 말함. 초(楚)나라 춘신군(春申君)과 조(趙)나라 평원군(平原君)은 각각 식객(食客)이 3천 명이었음. 평원군이 자기의 식객을 춘신군에게 보내면서 호화로움을 자랑하기 위해 대모잠(玳瑁簪)을 꽂고 칼집도 주옥(珠玉)으로 장식했더니, 춘신군의 식객은 모두 주옥으로 신을 만들어 신었음. 『사기(史記)』「춘신군전(春信君傳)」.

69 삼관(三關): 에도 막부가 있던 현재의 도쿄[東京]를 방어하기 위한 관문인 하코네노세

봉도[70]의 구름과 노을 얼굴에 이미 가득하네 蓬島煙霞已滿顔
『주후』 청낭[71]은 어느 곳 나그넨가 肘後青囊何處客
동쪽 나라 옥수[72] 아득해 따라잡기 어렵구나 東國玉樹渺難攀

용연(龍淵) 서기께 갑자기 지어 드림

동원(東原)

파도 거세게 일어나 용연이 타향을 여니 浪動龍淵開異方
아홉 겹 봄물 향기 되어 흐르네 九重春水自流芳
만난 자리에서 숨어 잠자는 용을 몸소 찾으니 逢場親探潛鱗睡
오늘에야 턱밑의 광채를 처음 보겠네 今日初看頷下光

요코타 동원에게 화답함

용연(龍淵)

함께 책 상자에 기대어 약 처방을 살피는데 共倚書箱撿藥方
산앵도나무 꽃[73] 봄빛에 향기를 서로 잇네 棣華春色互聯芳

키[箱根關]·코보토케노세키[小佛關]·우스이노세키[碓氷關]의 3개 관문. 이곳을 기준으로 동쪽에 위치한 지역이 관동(關東) 지방임.

70 봉도(蓬島): 봉래산(蓬萊山). 신선이 산다는 삼신산(三神山)의 하나로, 전하여 선경(仙境)을 가리킴.

71 청낭(青囊): 의생(醫生)이 의서(醫書)를 넣는 주머니. 인신해 의생·의술.

72 옥수(玉樹): 전설상의 선목(仙木) 이름. 아름답고 훌륭한 자제(子弟).

73 산앵도나무 꽃[棣華]: 우애 있는 형제를 가리킴. 『시경(詩經)』「소아(小雅)」〈당체(常

서쪽으로 돌아가 혹시 쌍남[74]의 값을 묻는다면　　西歸倘問雙南價
명주[75]가 밤마다 빛난다고 먼저 말하리라　　先道明珠夜夜光

동원 말함: "아름다운 화답이 맑고 고와서 품격은 거의 조류(曹劉)[76]를 압도하고, 풍격과 격조는 사안(謝顔)[77]의 고결함을 능가하니, 실로 이는 큰 나라 문단의 대가(大家)이십니다" ○추월(秋月) 말함: "묵은 창고의 겨와 쭉정이니, 사람의 뱃속을 채우기에 부족합니다." ○동원(東原) 말함: "금옥(金玉)[78]의 소리를 만들어낸 것이 어찌 한갓 〈천태부(天台賦)〉[79]뿐이겠습니까? 그대의 시를 땅에 내던진다면, 거의 또한 그러

棣)〉편의 '산앵도나무 꽃, 그 꽃송이 울긋불긋 아름답네. 오늘의 모든 사람 중에, 형제보다 좋은 건 없네.[常棣之華, 鄂不韡韡. 凡今之人, 莫如兄弟.]'에서 유래함.

74 쌍남(雙南): 쌍남금(雙南金). 품질이 좋아 두 배의 값이 나가는 구리. 또는 황금.

75 명주(明珠): 진주(珍珠). 귀중한 사람이나 물건의 비유.

76 조류(曹劉): 조식(曹植, 192-232)과 유정(劉楨, ?-217). '조식'은 조조(曹操)의 셋째 아들이며 조비(曹丕)의 동생. 자는 자건(子建). 시문을 잘해 조조가 조비 대신에 후사로 삼으려 하자 조비의 심한 질시를 받아 평생 뜻을 펴지 못했음. '유정'은 중국 삼국시대 위(魏)나라 사람. 자는 공간(公幹). 문재(文才)가 뛰어나 왕찬(王粲)·공융(孔融) 등과 함께 건안7자(建安七子)로 꼽혔는데, 조조 밑에서 벼슬하다가 불경죄(不敬罪)로 처형당했음.

77 사안(謝顔): 사영운(謝靈運, 385-433)과 안연지(顔延之, 384-456). '사영운'은 남조(南朝)때 송(宋)의 양하(陽夏) 사람. 사현(謝玄)의 손자. 강락공(康樂公)을 습작(襲爵)했기 때문에 사강락(謝康樂)이라고도 부름. 박학(博學)하고 서화(書畵)에 뛰어났으며, 산수(山水)를 잘 읊어 후대 시풍에 큰 영향을 미쳤음. 족제(族弟)인 혜련(惠連)에 상대해 대사(大謝)로 일컬어짐. '안연지'는 남조(南朝) 송(宋)의 임기(臨沂) 사람. 자는 연년(延年). 문장에 뛰어나 이름이 사영운과 아울러 일컬어짐. 성격이 격렬하고 곧으며, 말을 꺼리는 바가 없어 안표(顔彪)라 불림.

78 금옥(金玉): 금과 옥. 황금과 주옥. 귀중하거나 찬미할만한 사물의 비유.

79 〈천태부(天台賦)〉: 중국 진(晉)나라 때 문장가인 손작(孫綽)이 지은 작품. 그는 이 작품을 짓고 나서 매우 자신만만한 표정으로 친구인 범영기(范榮期)에게 보이면서 '경(卿)은 시험 삼아 이 글을 땅에 던져 보라, 의당 금석 소리가 날 것이다.'라고 말한 데서 대단히

할 것입니다." ○퇴석(退石) 말함: "〈파유(巴歈)〉[80]라서 진실로 영중지음(郢中之音)[81] 적수가 못되니, 한스러워할 만합니다." ○동원 말함: "마음씨는 비단에 수놓은 듯하며, 붓끝을 굴리고 뒤쳐 조각해 수놓은 무늬가 자못 사람의 눈에 가득 차니, 기이하고 기이하도다!" ○용연(龍淵) 말함: "모과 한 개에 공연히 아름다운 시문(詩文)으로 보답하시니, 촌스럽고 천한 이가 만든 시편에 웃음은 버리시기를 청합니다."

앞 시에 첩운(疊韻)해 추월이 보답한 작품에 화답함

동원

한원[82]의 문풍[83] 다른 나라를 움직이고	漢苑文風動異方
음양(陰陽)의 조화로운 향기 부상에 가득 차네	氤氣和氣滿扶桑
글 짓는 붓은 한 조각 곤산의 옥[84]이요	裁毫一片崑山玉
자리 위에 보내오니 야광[85]을 내놓네	席上投來放夜光

잘된 시문을 일컬음.

80 〈파유(巴歈)〉: 〈파유가(巴歈歌)〉의 약칭. 가곡(歌曲)의 이름. 『후한서(後漢書)』「남만전(南蠻傳)」에 "풍속이 가무(歌舞)를 좋아했는데, 고조(高祖)가 그를 관찰하고 말하기를 '이는 무왕(武王)이 주(紂)를 정벌하던 노래이다.'라 하고 악인(樂人)에게 명해 익히게 했으니, 이것이 이른바 〈파유가〉이다."라 하였음.

81 영중지음(郢中之音): 고아(高雅)한 시(詩)의 비유. 영중곡(郢中曲). 영중편(郢中篇).

82 한원(漢苑): 중국 장안(長安)의 궁원(宮苑). 한(漢)대 상림원.

83 문풍(文風): 문장의 풍격(風格). 글을 숭상하는 기풍. 문덕(文德)과 교화(敎化)의 기풍.

84 곤산의 옥[崑山玉]: 곤산편옥(崑山片玉). 곤륜산(崑崙山)에서 나는 좋은 옥의 한 조각. 구하기 어렵고 소중한 인재(人才)나 물건의 비유.

85 야광(夜光): 야광주(夜光珠). 야광벽(夜光璧). 밤에 빛을 낸다는 진주나 옥.

앞 시에 첩운해 퇴석이 보답한 작품에 화답함

동원

전해 듣기로 큰 나라의 한 선비가 참여했다던데　傳聞大國一儒關
이 선생에서 유래하니 체면도 빌지 않았네　李子由來不借顏
짝하여 풍류 이루고 다른 나라 사랑하니　偶爲風流憐異域
용문에서 이날 나로 하여금 매달리게 하는구나　龍門此日使吾攀

앞 시에 첩운해 용연이 보답한 작품에 화답함

동원

문성[86]이 봄밤에 동방을 비추고　文星春夜照東方
구름 위 진한 향기 저절로 향기로움 지녔다네　雲外氤氳自有芳
수풀 누대 달빛까지 더해 얻었으니　添得林臺月花色
문단에 며칠이나 여광[87]을 빌릴 수 있을까　詞場幾日借餘光

추월(秋月) 말함: "오늘은 대수롭지 않은 병이 있어 물러나기를 청합니다. 다른 날을 기약함이 어떠신지요?" ○동원(東原) 말함: "안개와 구름이 빛을 가리니, 이는 태양에게는 근심이 됩니다. 듣건대 그대에게 오늘 가벼운 병이 있어 어진 덕의 빛을 가린다니, 마음이 답답하고 우

86 문성(文星): 문곡성(文曲星). 문운(文運)을 주관한다는 별의 이름. 인신해, 중요한 문관(文官)이나 출중한 문장가. 문곡(文曲). 문창성(文昌星).

87 여광(餘光): 남아도는 빛. 인신해, 남이 베푼 은덕. 미덕이나 위세가 드러나거나 남긴 영향의 비유.

울하여 빨리 물러나겠습니다. 상유(桑楡)[88]에 쉬시고, 내일은 회복하십시오. 은택을 우러러 아침 해가 떠오르기를 기다림이 마땅할 뿐입니다." ○추월 말함: "이미 작별을 고했지만, 오직 다시 화답하는 보답을 빠뜨려 한스럽습니다. 원컨대 뒷날을 기약하여 화답하리니, 허물하지 마시기를 청합니다." ○동원 말함: "다른 날 반드시 비단 주머니를 열어 아름다운 화답을 내려주신다면, 상자 속에 길이 이어받는 시편(詩篇)으로 삼겠습니다." ○퇴석(退石) 말함: "늙은 몸이 머나먼 길에 몹시 지쳤습니다. 비록 병든 날이라 굽힘을 더하면서도 여러분의 부름에 응했지만, 원컨대 작별을 고하고 물러나서 병상으로 나아가겠습니다. 다시 화답함도 뒷날을 기다려야 보답해드릴 수 있을 것입니다." ○동원 말함: "연세 많으신 분이 고생하고 애쓰셨으니, 진실로 무딘 정성의 소치(所致)입니다. 그 비록 건강하더라도 어찌 원망과 괴로움이 없겠습니까? 빨리 물러나셔서 편안히 쉬십시오. 아름다운 화답 같은 것은 반드시 다른 날의 모습이 아름다우실 때를 기다리겠습니다."

동원에게 거듭 보답함

용연(龍淵)

화초와 나무로 짙은 그늘 산 위의 절 끌어안고	花木濃陰擁上方
초란[89]의 새잎은 다시 향기 내뿜네	楚蘭新葉更抽芳

88 상유(桑楡): 저녁때. 저녁 해가 뽕나무와 느릅나무 가지에 걸려있다는 뜻에서 이르는 말. 일모(日暮).

해질 무렵 시 짓는 자리의 빚도 갚지 못했으니 斜陽不盡文筵債
매화 핀 창가에 달빛 이를 때까지 머무르며 기다리리 留待梅窗到月光

동원 아룀: "창화(唱和)는 잠시 쉬시고, 마땅히 의문 나는 것이 있어 청합니다." ○용연 대답: "아름다운 작품이 있다면 화답할 수 있고, 의문이 있다면 대답할 수 있습니다." ○동원 말함: "중니(仲尼)께서 노(魯)나라에서는 봉액(縫掖)[90]을 입으셨고, 송(宋)나라에서는 장보(章甫)[91]를 쓰셨습니다. 비록 유생(儒生)의 옷은 정해지지 않았다 하더라도 그대 나라 지역과 우리나라는 관(冠)이 다르고 복(服)도 같지 않습니다. 그 복식과 의관(衣冠)에 대해 감히 물으니, 명칭을 자세히 가르쳐주십시오." ○용연 말함: "복식과 의관의 다름은 각각 풍토(風土)를 따르는데, 그것에 대해 물으신다면 마땅히 대답하겠습니다." ○동원 말함: "그대가 쓰고 있는 것은 무엇입니까?" ○대답: "우리나라에서는 이것을 동파관(東坡冠)[92]이라고 합니다." ○"추월이 쓴 것은 무엇입니까?" ○대답: "이름하기를 종관(騣冠)이라고 합니다." ○"추월·퇴석 두 분은 관(冠)이 같고, 모두 틀림없는 유생(儒生)이며, 진실로 당연합니다. 그대도

89 초란(楚蘭): 초(楚)나라 굴원(屈原)의 〈초사(楚辭)〉 중에 많이 나오며, 고결한 난초라는 뜻임. 굴원이 조정에서 쫓겨난 뒤 택반(澤畔)을 방황하면서 난초를 캐어 허리에 찼다는 데서 온 말.

90 봉액(縫掖): 소매가 크며 겨드랑이를 터놓지 않은 도포. 유생(儒生)이 입은 데서 유학자를 이름. 봉액(縫腋).

91 장보(章甫): 장보관(章甫冠). 은(殷) 때의 관 이름. 공자가 쓴 후로 유자(儒者)의 관이 됨. 치포관(緇布冠).

92 동파관(東坡冠): 두건의 한 가지. 소동파(蘇東坡)가 사용한 데서 생긴 말.

문관(文官)인데, 왜 혼자만 다릅니까?" ○"저도 추월과 함께 똑같은 처지입니다. 우리나라 문관의 관복(冠服)은 어떤 경우에는 같고 어떤 경우에는 다르니, 스스로 거리낄 바가 없습니다." ○"모암(慕菴)은 그대와 더불어 관복(冠服)이 모두 같은데, 어째서 다르지 않습니까?" ○"똑같이 유생(儒生)이기 때문일 뿐입니다." ○"의원(醫員)도 유생과 더불어 벼슬이 모두 같습니까?" ○"예로부터 유의(儒醫)[93]는 많습니다. 그대는 박학(博學)한 분인데, 어찌 그것을 모르고 이러한 의문을 지니십니까?" ○"예로부터 유의(儒醫)라는 명칭이 있었고, 비록 진실로 그러함을 알고 있었으나, 유생은 별도로 유생이고 의원은 별도로 의원이니, 어찌 동료(同僚)이겠습니까? 그대 나라의 제도에는 유생과 의원이 함께 동료입니까? ○"의술의 재주를 지녔다면 의원과 함께 일을 같이하고, 유학의 학문을 지녔다면 유생과 함께 일을 같이하기 때문에 관복(冠服)도 다를 바가 없을 뿐입니다." ○"여러분의 포복(袍服)[94]은 대동소이(大同小異)한데, 각각 나누는 명칭이 있는지요? ○"똑같이 도복(道服)[95]이라 하고, 감히 나누는 바는 없습니다." ○용연(龍淵) 말함: "심부름하는 아이가 사신(使臣)의 숙소에 와서 아뢰기를 급히 부르는 명(命)이 있답니다. 지금은 이미 평온함을 잃었으니, 다른 날을 기약해 평온하게 이야기할 수 있기를 청합니다." ○ 동원(東原) 말함: "듣건대 그대에게 관리의 부름이 있다하니, 빨리 가셔서 일을 도모하십시오. 문아(文雅)[96]

93 유의(儒醫): 유생(儒生)으로서 의원(醫員) 노릇을 하는 사람.

94 포복(袍服): 포자(袍子). 중국식 긴 옷의 한 가지. 고대에 관복으로 썼음.

95 도복(道服): 도포(道袍). 선비의 통상 예복인 겉옷.

96 문아(文雅): 예문(藝文)과 예악(禮樂). 예악에 의한 교화(敎化). 문교(文敎).

의 이야기는 오늘 뿐만이 아니겠지요. 다시 내일을 기다려 몸소 영화로운 만남을 빌림이 마땅하겠습니다."

동원 아룀: "오늘은 관의(官醫) 여러분이 함께 그대와 더불어 의술의 이치를 논의하기로 했기 때문에 저도 어렵사리 그대에게 매달립니다. 잠시 유생(儒生) 여러분과 함께 시문(詩文)을 지어 주고받았는데, 여러 분 모두 까닭이 있어 그대에게 사양했습니다. 이제 조금이나마 시간이 있으신듯하니, 청컨대 잠시 수고로우시게 할듯한데, 어떠신지요?" ○모암(慕菴) 대답: "그대의 논의를 오래 기다렸으니, 의술의 이치에 대해 순후(淳厚)한 논의는 반드시 말을 아끼지 마십시오." ○동원 말함: "의술의 이치는 진실로 제가 원하는 바입니다. 그대가 이미 허락하셨으니, 평생 의혹된 바를 들어 물을 수 있겠군요. 그 어렵다고 여기게 되는 가운데에 「소문(素問)」[97]·「영추(靈樞)」[98]·『난경(難經)』[99]은 옛 현철(賢哲)이 이미 염려했던 것이고, 얻고 풀 수 없는 것이 가장 수두룩합니다. 저는 오랫동안 큰 나라의 군자(君子)에게 나아가 논의하고자 했었는데, 이제야 하늘에 좋은 인연을 빌어 다행히 그대를 만났으니,

97 「소문(素問)」: 『황제내경소문(黃帝內經素問)』. 저자에 대해서는 황제 등 여러 설이 있지만, 수세기에 걸쳐 많은 학자들에 의해 저술된 것으로 봄. 각 81편으로 구성된 소문과 영추(靈樞)의 두 부분으로 되어 있는데, 동양의학 기초이론의 최고 고전으로 과학사 및 철학사에도 중요한 위치를 점하고 있음. 음양오행설을 근원으로 하여 황제가 기백(岐伯) 등 6인의 신하와 문답한 형식으로 구성되어 있음.

98 『영추(靈樞)』: 원래 18권인 『황제내경(黃帝內經)』의 후반 9권으로, 침구(鍼灸)와 도인(導引) 등 물리요법을 상술하고 있음.

99 『난경(難經)』: 전국(戰國) 때 편작(扁鵲)이 『황제내경(黃帝內經)』의 뜻을 밝힌 의서(醫書). 문답 형식으로 『황제내경』 경문 중의 의문을 해석하였음. 2권.

세밀하게 그 찾는 바를 들어 논의를 올립니다. 저온(底蘊)[100]을 열어 뛰어난 분별을 더해주셔서 장차 오랜 세월의 의혹을 풀 수 있게 되기를 바랄 뿐입니다." ○모암 말함: "「소문」·「영추」·『난경』은 옛 사람도 어려워했던 것이니, 마음이 정밀하고 힘을 다하지 않으면 얻을 수 없습니다. 여행 중이라도 게을리 논의할 수 없으니, 잠시 남겨두겠습니다. 만약 서로 어렵사리 말했다가 마침내 이치 가운데에 그친다면, 함께 억설(臆說)[101]에 떨어질 것입니다. 눈앞에 병을 치료하는 기술은 크게 논의할 수 있으나, 말씀드리는 것이 도리어 낮은 것에도 있으니, 그대는 자세히 살피십시오." ○동원(東原) 말함: "제 잘못일 것입니다. 옛 경서는 정밀하고 미묘하게 온오(蘊奧)를 말했으니, 짧은 시간에 논의할 수 없습니다. 이는 어리석은 사람이 망령되이 어두워 동가구(東家丘)[102]를 알지 못함과 같을 뿐입니다. ○동원 말함: "『금궤옥함(金匱玉函)』 동(同) 『요략(要略)』[103]·『상한론(傷寒論)』[104] 등은 간혹 깨달아 환하

100 저온(底蘊): 마음속에 간직한 재지(才智)와 식견. 온오(蘊奧).

101 억설(臆說): 근거와 이유가 없이 고집을 세우는 말. 억측하는 말.

102 동가구(東家丘): 공자(孔子). 공자의 서쪽 이웃에 사는 사람이 공자가 훌륭한 인물임을 모르고, '동쪽 이웃인 구(丘)'라고 불렀다는 고사.

103 『금궤옥함(金匱玉函)』 동(同) 『요략(要略)』: 『금궤옥함경(金匱玉函經)』. 『금궤요략(金匱要畧)』. 한(漢)대 장기(張機)의 저작. 3권. 북송(北宋)의 왕수(王洙)는 『금궤옥함요략방(金匱玉函要略方)』 3권을 기록해 전하는데, 상권은 상한변증(傷寒辨證)이고, 중권은 잡병(雜病)에 대해 논했으며, 하권은 그 처방을 실었을 뿐 아니라, 부인병(婦人病)의 치료를 논했음. 임억(林億)은 『금궤옥함방론(金匱玉函方論)』의 잡병과 관련 있는 처방을 취해 『금궤요략방론(金匱要略方論)』을 편집했음. 내용은 내과잡병(內科雜病)·부과(婦科)·구급(救急)·음식금기(飮食禁忌) 등 25편이며, 262가지 처방을 포괄하고 있음.

104 『상한론(傷寒論)』: 219년 한(漢)대 장기(張機)의 저작. 『상한잡병론(傷寒雜病論)』의 상한(傷寒) 부분을 서진(西晉)의 왕숙화(王叔和)가 정리하고 편집해 제목을 '상한론(傷寒論)'이라고 함. 육경변증(六經辨證)으로 급성 열병을 치료하는 방법을 논술함. 10권.

게 알기에는 어려운 것들이 있습니다. 그대께서 명확하게 살펴 정하신 확실한 논의가 있으신지요?" ○모암(慕菴) 말함: "역대(歷代) 명철(明哲)[105]이 힘써 설명한 말들이 있으니, 저는 그 마땅함을 따를 뿐입니다." ○동원 말함: "저도 비록 그 마땅함을 따른다 하더라도 그러나 그 감추어진 뜻에 이르면, 옛 사람에게도 억측해 판단함이 있습니다. 우리나라에는 요즈음 그것을 얕잡아보고 멸시하는 무리가 있습니다. 또한 오직 깊지 않아 감히 언기에 충분치 않을 뿐입니다." ○모암 말함: "후세(後世) 천한 무리들은 대체로 모두 실질 없이 겉만 화려합니다. 비록 중국(中國)이라 하더라도 그러한데, 하물며 다른 나라이겠습니까?" ○동원 아룀: "질병은 같지 않고 각각 풍토(風土)의 변화를 따릅니다. 성창(聖瘡)[106] 한 증세는 화이(華夷)[107]에 함께 유행하지 않음이 없으니, 비록 그대 나라라 하더라도 진실로 그러할 것입니다. 비록 그러하나 지금 사행(使行) 중인 사람들을 보면 대부분 두반(痘瘢)[108]이 없더군요. 이는 그 흉터가 없는 사람들을 뽑은 것입니까? 혹은 또 그대 나라에는 두(痘)[109]가 적은 것입니까?" ○모암 대답: "우리나라라고 어찌 두(痘)가 적겠습니까? 흉터 있는 사람도 있고, 가끔 흉터 없는 사람도 있을 뿐입니다." ○"두진(痘疹)[110]의 어떤 증세에는 대부분 가볍거나 무

105 명철(明哲): 현명해 판단이 정확하고 사리에 밝음. 또는 그런 사람.
106 성창(聖瘡): 두창(痘瘡). 급성 발진성 전염병. 현재의 병명은 천연두.
107 화이(華夷): 중화(中華)와 이적(夷狄). 곧 한민족과 주변의 소수 민족.
108 두반(痘瘢): 두흔(痘痕). 천연두를 앓아서 얽은 자국. 마마자국. 마마자리.
109 두(痘): 마마. 천연두.
110 두진(痘疹): 두창(痘瘡)과 마진(痲疹)을 포함한 발진성 질병을 통틀어 이르는 말.

거움이 있는데, 그 가벼운 사람은 치료하지 않고 그 무거움에 이른 사람만 치료합니다. 비록 힘써 치료를 더하더라도 낫지 않는 사람이 많습니다. 그대가 정하신 기술이 있다면, 청컨대 본보기로 들려주십시오." ○"우리나라에는 별도로 두과(痘科)가 있습니다." ○"별도로 두과가 있다고 말씀하셨는데, 그대는 즐겨 두(痘)를 치료하지 않으십니까?" ○"그렇습니다. 저는 두과가 아닙니다." ○"두과 사람이 아니면, 반드시 두(痘)를 함께 다루지 못합니까?" ○"반드시 함께 다루지 못하는 것은 아닙니다. 비록 함께 치료하더라도 대부분 마침내 두과에 양보할 뿐입니다." ○"그렇다면 그대도 두(痘)를 치료하셨을 텐데, 그 치료 방법을 따르는 것은 어떤 책을 오로지 주로 하십니까?" ○"일단 중양(仲陽)[111]의 처방을 따를 뿐입니다." ○"우리나라에는 요즈음 『구편쇄언(救偏鎖言)』[112]·『두과건(痘科鍵)』[113] 등의 책이 있어서 세상에 오로지 유행하고 있습니다. 그대 나라에서도 이러한 처방론을 취합니까?" ○"들려주신 책들에 대해 저는 자세하지 못합니다." ○동원(東原) 말함: "허준(許浚) 선생은 견문이 넓고 학식도 넓으며, 지으신 책들은 후세에 크게 이롭습니다만, 그대 나라 어느 왕조의 사람이 되시는지 모르겠습니다.

111 중양(仲陽): 전을(錢乙)의 자(字). 북송(北宋)대 혼주(지금의 산동성 동평) 사람. 소아과의 시조. 장부병리학설을 세웠고, 허실한열에 따라 처방을 내렸으며, 비교적 체계적으로 치료의 사례를 기록하였음. 저서에 『소아약정진결』이 있음.

112 『구편쇄언(救偏鎖言)』: 명(明)대 비계태(費啓泰) 지음. 콜레라인 '사(痧)'와 천연두인 '두(痘)'의 치료에 대한 고법(古法)을 비판하고, 자신의 견해를 덧붙여 지은 의서(醫書). 5권, 부방(附方) 1권.

113 『두과건(痘科鍵)』: 중국 명(明)대 주손(朱巽)이 편찬한 의서. 두진(痘疹)에 관해 다룬 의서임.

우리나라에서 유행하는 『동의보감(東醫寶鑑)』에 비록 이미 서문과 발문이 있다 하더라도 우리나라 제언(題言)[114]의 말 속에는 그러한 일이 자세하지 않습니다. 그렇다면 어느 때 살아계셨는지요? 제가 조선본(本)을 보지 못했기 때문에 여쭤볼 뿐입니다." ○모암(慕菴) 말함: "선조(宣祖)대왕 조정의 의관(醫官)이셨습니다." ○동원 말함: "묻고 대답한 지 한참이고, 무릎을 맞대고 사귄지도 이미 오래입니다. 그대가 점점 자리에서 피로하신 듯하니, 물러나 숙소로 나아가시고, 다른 날을 기약함이 마땅하겠습니다." ○모암 말함: "다시 오시겠다고 일러주셔서 매우 감사합니다. 바라건대 뒷날을 기다리겠습니다."

두 번째 알현(謁見)

동원 아룀: "전에 처음 정황[淸況]을 받들어 윤택한 덕이 두루 미친 것에 기뻐했습니다. 목마름을 푼 뒤에 다시 그 의범(懿範)[115]을 찾아 얻고자 했지만, 차차 오늘에 이르도록 이루지 못한 것은 조화소아(造化小兒)[116]가 세상 사람들에게 대신 책임지었기 때문이고, 저는 날마다 책을 마주해 그 사악한 꾀를 막았습니다. 이는 비록 공경하고 사모하는

114 제언(題言): 책 따위의 첫머리에 적은 말. 머리말. 권두언(卷頭言).

115 의범(懿範): 훌륭한 도덕규범. 아름다운 모범.

116 조화소아(造化小兒): 고칠 수 없는 중한 병. '소아(아이)'는 병마(病魔)의 뜻. 춘추시대 진경공(晉景公)이 병들었을 때, 두 아이[二豎子]가 고황(膏肓)으로 들어가는 꿈을 꾸었는데, 그 후 의원을 데려왔으나 의원은 병이 고황에 들어 고칠 수 없다고 한 데서 유래함. 『좌전(左傳)』 '성공(成公) 10년'조(條).

서늘함을 점점 닮아감이라 하더라도, 그러나 속세의 집안 의술로는 오로지 어찌 하지 못합니다. 마침내 군자의 가르침을 저버리고 똑같은 의술에 힘쓰기만 꾀했으니, 감히 허물할 것도 없습니다. 바라건대 잠시 돌봐주신다면, 큰 다행이겠습니다." ○모암 대답: "머나먼 곳에 왕명(王命)을 받들고 파견되어 군자를 만나 뵈니, 다만 객지의 외로움만 풀리는 것이 아닙니다. 서로 함께 방법을 논의해 의술의 이치를 지극히 하고자 하니, 한번 만나 사귄 뒤에 다시 신발소리를 듣지 못한다면, 그 기대를 크게 잃을 것입니다. 오늘은 받은 은혜를 고맙게 여겨 아름다운 분과 거듭 사귀니, 밝은 빛이 비추어 환하게 근심이 풀릴 뿐입니다." ○동원 말함: "군자의 덕에 한번 취해서 머리 조아려 두세 가지 의문을 글로 지었습니다. 내용이 비록 진흙이나 헛소리 같다 하더라도 장차 자리 아래에 드려서 그 갈라진 틈을 기다리겠습니다. 감히 칭찬을 아끼지 않으시고, 자황(雌黃)[117]을 자세히 더해주신다면, 마땅히 그 가르쳐주신 의론을 지키고, 아우와 조카에게 보여줄 수 있겠습니다." ○모암 말함: "보여주신 큰 가르침을 삼가 알겠고, 머나먼 곳에서 같은 재주와 오늘 서로 만나 다행입니다. 그러나 저는 재주가 뒤떨어지고 글에 서투르니, 스스로 몹시 부끄럽습니다. 어찌 다른 사람을 가르칠 재주가 있겠습니까? 저도 여쭤볼 것이 있는데, 꼭 여쭤보는 것을 가르쳐주시면 다행이겠습니다." ○동원 말함: "위로는 「소문」·「영추」·『난경』으로부터 아래로는 『상한론』·『금궤옥함』 등에 이르기까지

117 자황(雌黃): 글을 고쳐 씀. 황지(黃紙)에 글씨를 쓰다 잘못되면 자황을 발라 지우고 그 위에 다시 쓴 데서 온 말.

글의 뜻과 이치를 깨달아 알기에 매우 어려운 곳이 있습니다. 그런데 여러 학자의 해석 같은 것도 가끔 본론과 더불어 서로 어긋납니다. 저는 비록 천박하고 졸렬하지만, 여러 해 얕은 지식으로 마음에 부족하나마 추측해 논의한 것이 거의 이미 수십여 편입니다. 지금 그 어리석은 논의에 대해 여쭙고자 책상 오른쪽에 바치려고 합니다. 그러나 옛 경서 같은 것은 하룻저녁에 논의할 것이 아니기 때문에 잠시 남겨두었습니다. 오직 손바닥 위에서 논의하기 쉬운 것만 들어서 감히 그 물음을 일으킵니다. 온화하고 너그러우신 군자께서 다행히 엄격하게 살펴보기를 허락하신다면, 마땅히 베껴 써서 자리 아래에 드리겠습니다. 원컨대 총과 도끼를 휘둘러 비천한 의론을 아프도록 바로잡아주십시오." ○모암(慕菴) 말함: "무딘 도끼 같은 재주이니, 도리어 대들보에게 부끄러울 뿐입니다." ○동원(東原) 아룀: "우리나라 수명(壽命)은 대체로 노두(老杜)[118]가 말한 것과 같습니다. 그대 나라 사람들에게 성력(星曆)[119]은 멀고 오래되었는데, 중수(中壽)[120]의 사람들 나이는 100수(壽)가 어렵지 않습니다. 비록 하수(下壽)[121]라 하더라도 거의 강로(絳老)[122]에 양보하지 않습니다. 우리나라 민간에서 어떤 사람들이 그렇게 일컫는데, 정말 그렇습니까?" ○모암 대답: "민간에서 일컫듯이 실제로

118 노두(老杜): 당(唐)대의 시인 두보(杜甫). 두목(杜牧)은 소두(小杜)라 함.

119 성력(星曆): 성도(星度)를 고찰해 만든 역법(曆法).

120 중수(中壽): 사람의 수명을 상·중·하로 나누었을 때 그 중간을 이름.

121 하수(下壽): 사람의 수명을 상·중·하로 나눈 최하의 나이. 또는 80세.

122 강로(絳老): 진(晉) 강현(絳縣)의 노인이라는 뜻으로, 늙은 사람을 이르는 말. 춘추(春秋) 때 진도공(晉悼公)의 아내가 기(杞) 땅의 성을 쌓는 인부들에게 음식을 대접하는데, 강현에서 온 노인이 끼어 있어 그의 나이를 물으니, 73세였다는 고사.

그렇습니다. 이것은 우리나라에서 예사로운 일입니다." ○모암 아룀: "그대가 평소 읽은 의술(醫術) 서적은 오로지 어떤 학파를 취했습니까?" ○동원 대답: "장사(長沙)[123]로부터 아래로 하간(河間)[124]·대인(戴人)[125]·동원(東垣)[126]·단계(丹溪)[127]까지 되풀이해서 보았을 뿐입니다.

123 장사(長沙): 장기(張機, 150-219)의 별칭. 자는 중경(仲景). 후한(後漢)대 하남성(河南省) 남양(南陽) 사람. 장사태수(長沙太守)를 지냈으므로 '장사'라 일컬어짐. 그의 일족이 열병으로 목숨을 잃자 의학에 깊은 관심을 갖게 되었음. 저서에 『상한잡병론(傷寒雜病論)』이 있음.

124 하간(河間): 유완소(劉完素)의 호. 자는 수진(守眞). 호는 통현처사(通玄處士). 금원의학(金元醫學)의 사대가(四大家) 중 한 사람. 하간(하북성(河北省))에 거주하면서 활동했기 때문에 '하간선생'이라고도 불림. 『황제내경소문』을 연구했으며, 장중경(張仲景)의 처방을 즐겨 사용했음. 금(金)나라 황제의 부름을 받았으나, 관직에 오르지 않고 민간의 원으로 활동했음. 질병을 목(木)·화(火)·토(土)·금(金)·수(水)의 '5운(五運)'과 풍(風)·열(熱)·온(溫)·화(火)·조(燥)·한(寒)의 '6기(六氣)'로 분류했는데, 특히 화(火)·열(熱)을 중시한 '화열론'을 주창했음. 한량약제(寒凉藥劑)를 즐겨 사용했기 때문에 '한량파(寒凉派)'라고도 일컬어짐. 저서에는 『운기요지론(運氣要旨論)』, 『정요선명론(精要宣明論)』, 『소문현기원병식(素問玄機原病式)』 등이 있음.

125 대인(戴人): 장종정(張從正)의 호. 자는 자화(子和). 휴주(睢州) 고성(考城) 사람으로 의술에 뛰어나 금(金)의 흥정(興定)연간에 태의원(太醫院)의 직에 있었으며, 『난경(難經)』과 「소문(素問)」에 밝았음. 저서에 『유문사친(儒門事親)』 15권, 『상한심경(傷寒心鏡)』 1권, 『육문이법(六門二法)』 등이 있음.

126 동원(東垣): 이고(李杲, 1180-1251)의 호. 금(金)대 진정(眞定) 사람. 유명한 의학자로 금원사대가(金元四大家)의 한 사람. 자는 명지(明之)이고, 호는 동원노인(東垣老人). 명의 장원소(張元素)를 스승으로 모셨고, 학술에 있어서도 오장변증론치(五臟辨證論治) 등 그의 영향을 많이 받았음. 당시 전란 등으로 기아와 질병이 만연하여 백성들에게 내상병(內傷病)이 많은데 착안하여 '내상학설(內傷學說)'을 제기하였고, 안으로 비위(脾胃)가 손상되면 온갖 병이 이로부터 생긴다고 생각하여 비위(脾胃)를 조리하고 중기(中氣)를 끌어올릴 것을 강조한 '비위학설(脾胃學說)'을 제기하였으며, 보중익기탕(補中益氣湯) 등 새로운 방제를 스스로 만들었음. 모든 병의 주된 치료를 비위의 치료에서 시작하였다 하여 그를 보토파(補土派)라 불렀음. 원(元)대 나천익(羅天益), 왕호고(王好古) 등이 그의 이론을 이어 받았으며, 『비위론(脾胃論)』, 『내외상변혹론(內外傷辨惑論)』, 『난실비장(蘭室祕藏)』, 『醫學發明(의학발명)』, 『藥象論(약상론)』 등의 저서가 있음.

『천금방(千金方)』[128]·『외대비요(外臺秘要)』[129]도 늘 이리저리 뒤적였지만, 되풀이해서 볼만큼 한가롭지 못했습니다. 원(元)나라 말(末)과 명(明)나라 때 여러 학자의 뛰어난 논의는 비록 각각 식견(識見)이 있지만, 취하기에는 감히 충분치 못할 뿐입니다." ○모암(慕菴) 말함: "저도 그대와 함께 조금은 같습니다. 대체로 네댓 대가를 오로지 합니다." ○동원(東原) 아룀: "『태평성혜방(太平聖惠方)』[130]·『성제총록(聖濟總錄)』[131]은 스승으로부터 받아 집안에 간직하며, 틈틈이 읽어 많은 처방을

127 단계(丹溪): 주진형(朱震亨, 1281-1358)의 호. 원(元)대 유학자이자 의원으로 금원사대가(金元四大家)의 한 사람. 자는 언수(彦修). 상화론(相火論)을 주장하여 화(火)의 병리적인 면뿐 아니라 치법으로 자음강화(滋陰降火) 즉, 음(陰)을 보(補)하고 화(火)를 내리게 하는 용약법을 주로 사용했음. 이외 주요 이론으로 '양유여음부족론(陽有餘陰不足論)'이 있고, 저서에 『격치여론(格致餘論)』, 『단계심법(丹溪心法)』, 『단계의요(丹溪醫要)』, 『단계치법심요(丹溪治法心要)』, 『국방발휘(局方發揮)』 등이 있음.

128 『천금방(千金方)』: 당(唐)대 손사막(孫思邈)이 650년 무렵에 저술한 의학서. 원제는 『비급천금요방(備急千金要方)』이며, 중국에서 체계적으로 편찬된 가장 오래된 의학전서임. '인명(人命)은 소중해 천금(千金)의 가치가 있으며, 하나의 처방으로 인명을 구한다는 것은 덕이 천금을 초월하는 것과 같다.'는 데서 책이름이 붙여졌음. 30권인데, 대개는 출전(出典)이 기록되어 있지 않고, 대부분 당시의 처방을 수록했음. 이 책은 당대부터 송(宋)대에 걸쳐 널리 이용되었으며, 후에 보충을 위해 『천금익방(千金翼方)』 30권이 저술되었음.

129 『외대비요(外臺秘要)』: 당(唐)대 왕도(王燾) 지음. 당대 이전의 많은 의약저서를 수집해 1,104문(門)으로 편성하고, 6천여 처방을 수록해 752년에 펴냈음. 40권.

130 『태평성혜방(太平聖惠方)』: 중국 북송 992년에 간행된 방서(方書). 북송의 진소우(陳昭遇)와 한림의관원(翰林醫官院) 왕회은(王懷隱)이 민간 효방을 광범위하게 수집하고, 북송 이전의 각종 방서에서 관련 내용을 집성해 편찬한 것임. 수록된 방제가 1만여 방에 달하며, 일부 고전 의서의 일문(佚文)도 보존하고 있음. 이 책은 10세기 이전의 자료를 총결한 대형 방서로, 임상 연구에 참고 가치가 있으나 선택 자료가 충분히 정련되지 못한 것이 단점임. 100권.

131 『성제총록(聖濟總錄)』: 『정화성제총록(政和聖濟總錄)』. 중국 송(宋)나라 휘종(徽宗) 때, 조정에서 편찬한 방서. 정화(政和) 연간(1111-1117)에 간행된 후, 금나라 대정(大定)

얻었는데, 기이한 징험이 가장 많습니다. 그대도 자주 보셨는지요?" ○모암 대답: "저는 볼 수 없었으니, 한스럽게 여길 뿐입니다." ○모암 아룀: "그대는 항상 치료 방법을 행하시면서 오로지 이론서에 근거하십니까? 앞으로는 처방서를 오로지 하시겠습니까?" ○동원 대답: "이론 이란 것은 처음이고, 처방이란 것은 나중입니다. 처음과 끝을 고르게 서로 행하지 않는다면, 얻을 수 없겠지요!" ○모암 말함: "매우 확실해 틀림없는 말씀이라 한마디도 더할 수 없습니다. 비록 그러하나 제 사적인 생각으로는 이론에 얽매여 선철(先哲)의 처방을 함부로 깨뜨리는 것이 있다면, 그대도 이와 비슷함이니, 이 때문에 시험 삼아 물었을 뿐입니다." ○동원 말함: "그대는 흘겨보기를 그만두십시오. 저는 그 따위가 아닙니다. 저도 늘 실제를 돌아보며 그대께서 보고 움직이는 것처럼 합니다. 이론의 형세를 굽혀 감히 그 문지방 밖으로 나갈 수는 없습니다. 대개 학문으로 의술을 행함에 이르면, 진실로 그 이론의 밖에서 이론을 제 마음대로 다루는 사람은 없습니다. 어찌 묘하고 좋은 것을 얻을 수 있겠습니까?" ○모암 말함: "이론 가운데에 정신을 두고, 이론 밖에서 의술을 이루었으니, 그대는 진실로 마음을 써서 있을 곳을 얻었다고 이를만하군요! 아! 그대란 사람은 의원(醫員) 중의 의원이십니다." ○동원 아룀: "의원 단애(丹涯) 군께 전에 대수롭지 않은 병이 있었는데, 지금은 이미 나으셨는지요? 제게 파조(巴調)[132]가 있

연간과 원나라 대덕(大德) 연간에 2차례에 걸쳐 중간되었음. 이에 따라 『대덕중교성제총록(大德重校聖濟總錄)』이라고도 함. 역대 의적(醫籍)을 채집(採輯)하고, 민간 험방(驗方) 및 의학자의 헌방(獻方)을 모아 정리 편집한 것임. 200권.

132 파조(巴調): 파가(巴歌). 파인조(巴人調). 중국 파(巴)지방 사람들이 불렀던 속된 노

는데, 그대를 인연삼아 부쳐드리고자 하니, 마땅히 전해주시겠지요?"
○모암 대답: "단애는 오히려 병상(病牀)에 계십니다. 그대에게 시가 있다니, 주시면 제가 전해드릴 수 있습니다."

이군(李君) 자리 위에 율시 한수를 드려 단애(丹涯) 의원께 부침

동원(東原)

뗏목 흘러 바다 동쪽으로 아득히 멀리 온 해	流槎遙極海東年
『주후방』 금방[133]을 다른 나라에 전했다네	肘後禁方殊域傳
오갔던 새벽과 저녁 나로 하여금 그립게 하고	來往晨昏令我憶
영접했던 낮과 밤 누구 있어 동정하랴	逢迎日夜有誰憐
진리 찾아 유낭[134]의 술에 취하려 했건만	尋眞欲醉油囊酒
흥 지닌 채 도리어 글 짓는 자리 근심하네	携興還愁詞墨筵
모름지기 삼산[135]의 빼어난 아름다움 주웠는데	須是三山拾靈秀
어찌 헛되이 신선께서 병들어 베개에 기대시는가	何空憑枕病神仙

○동원 말함: "전에 이미 학식 있는 유생(儒生) 여러분과 함께 오늘 다시 만나기로 기약했습니다. 머물러 기다렸다가 저는 지금 장차 그

래, 이상은(李商隱)의 시 '歌能莫雜巴'에서 유래함.

133 금방(禁方): 비전(秘傳)의 약방문. 비밀에 붙여 함부로 가르쳐주지 않는 방술.

134 유낭(油囊): 동유(桐油)에 결은 천으로 만들어, 액체를 담을 수 있는 자루.

135 삼산(三山): 삼신산(三神山). 신선이 살고 있다는 세 산. 삼구(三丘). 중국 전설에 나오는 봉래산(蓬萊山)·방장산(方丈山)·영주산(瀛洲山).

곳으로 떠나가려고 합니다. 그대에게 청컨대 내일도 허락하시면, 또 와서 나머지 논의를 주고받음이 마땅하겠습니다."

○모암(慕菴) 말함: "예. 예. 내일 용모와 마음 얻기를 기약함이 마땅하겠습니다."

○동원 아룀: "한낱 평범한 돌이 옥(玉) 덩이에 어지러이 섞였는데, 그 너그러운 접대를 입게 되고 그 얼굴을 한번 만나봄으로부터 돌덩이가 점점 옥돌의 빛을 얻는 것 같으니, 옛날에 보았던 원례(元禮)[136]이십니까? 문충(文忠)[137]이십니까? 이원례(李元禮)란 사람은 한때 재지(才智)가 뛰어난 사람이었는데, 평범한 사람들이 그 너그러운 접대를 한번이라도 입게 됨으로부터 이를 이름하여 '용문(龍門)'이라 일컫게 되었습니다. 문충공(文忠公)이란 사람은 이 세상의 이름난 선비인데, 평범한 사람들이 그 얼굴을 한번이라도 만나보면 물러나 다른 사람들에게 자랑했습니다. 여러분과 저는 바다 건너 머나 멀리 그 구역은 다르지만, 실제로 그 너그러운 접대를 입게 되고 그 얼굴을 만나봄에 이르

136 원례(元禮): 이응(李膺, 110-169)의 자. 영천(潁川) 양성(襄城)사람. 청렴하고 정령(政令)이 엄격해 여러 관직에 있으면서 환관들을 통제하였음. 학문이 높으며 사람됨이 강인하고 정직했기 때문에 사회적 명망이 높아서 사람들의 추앙을 받았음. 선비들이 모두 그와 사귀기를 원했는데, 그와 사귀는 것을 '등용문(登龍門)'에 비길 정도였음. 한환제와 한영제를 보좌했고, 관료파 당인에 대한 대탄압인 '당고의 금'사건으로 환관에 의해 두밀(杜密) 등 100여 명과 함께 살해되었음.

137 문충(文忠): 구양수(歐陽脩, 1007-1072)의 시호(諡號). 송(宋)의 여릉(廬陵) 사람. 자는 영숙(永叔). 호는 취옹(醉翁) 또는 육일거사(六一居士). 당송8대가(唐宋八大家)의 한 사람. 저서에 『신5대사(新五代史)』·『모시본의(毛詩本義)』·『집고록(集古錄)』 등이 있음.

니, 똑같습니다. 아! 원례여! 문충이여! 저는 장차 자리 아래에 나아가 날마다 그 본보기를 받들고, 물러나면 다른 사람들에게 자랑하며, 특히 그 용문에 오르게 되도록 할 것입니다. 오직 한스러움은 성스러운 후예의 자손이면서 다른 사람을 치료하는 데 급급하다 늙어서, 드디어 그 아름다운 면모를 잃어버린 것입니다. 비록 그러하나 예로부터 이미 인술(仁術)이라 일컬어졌으니, 또한 오직 소홀히 할 수 없습니다. 군자는 오직 바라건대 집안 기술의 간절한 방법만을 근심하고, 감히 업신여겨 버리지 말아야합니다. 저는 또 장차 옥(玉) 덩이의 사이에 섞여 그 나머지 빛을 거듭 빌어 다른 사람들에게 자랑할 것입니다. 여러분이 밝으셔서 다행입니다." ○추월(秋月) 대답: "한번 만났다가 한번 헤어져 황홀하고 자취조차 없었는데, 지금 다시 때마침 얼굴을 뵈니, 신비롭고 기이하다는 것이 이치에 맞는다고 하겠군요!" ○퇴석(退石) 대답: "동원(東原)이십니까? 그대의 이름을 들었고, 그대 시에 화답했습니다. 그대도 제 시에 화답했으나 볼 수 없었으니 슬퍼할만합니다. 지금 때마침 그것을 보았기 때문에 근심이 풀릴 뿐입니다."

동원에게 거듭 보답함

추월

봄새 서로 정답게 지저귀며 다른 나라에서 울고	春鳥嚶嚶啼異方
강남은 잠월[138]이라 이미 뽕잎을 따네	江南蠶月已條桑

138 잠월(蠶月): 누에치기로 바쁜 달. 음력 3월이나 4월.

그대 집안 맏이와 둘째는 미산[139]의 기운이니 君家伯仲眉山氣
향기는 매화 핀 창가에 다가와 체악[140]을 빛내네 香逼梅窗棣萼光

요코타[橫田] 동원에게 거듭 화답함

퇴석

병든 몸 봄추위에 방문 닫아건 지 오래인데 病骨春寒久掩關
시를 보고 지금 또 그대 얼굴도 보네 見詩今又見君顏
난형난제 맑기는 옥과 같은데 難兄難弟淸如玉
후지산[富岳]에 손잡고 오르지 못함만 한스럽네 恨不同携富岳攀

○동원 말함: "두 분의 시와 글은 빛나기가 비단을 걸친듯하여 아름답지 않은 곳이 없습니다." ○추월 말함: "와부(瓦缶)[141]의 울림이니, 매우 부끄럽고 부끄럽습니다." ○퇴석 말함: "새나 그리는 재주이니, 몹시 부끄럽고 부끄럽습니다." ○동원 아룀: "넓은 바다에 용솟음치는 물은 사람들이 넓게 물결치는 모양을 바라보지 않아도 큼을 압니다. 저는 전에 위대한 명성을 들었고, 큰 그릇임을 어렴풋이 알게 되었으니, 그 끼친 영향을 한번 끌어당겨 축축하게 적심을 얻고자 합니다. 작은 연못의 추생(鯫生)[142]은 도리어 무섭게 밀려오는 큰 파도를 두려워하는

139 미산(眉山): 중국 송(宋)의 소식(蘇軾). 그가 사천성(四川省) 미산 사람인데서 이르는 말.

140 체악(棣萼): 당체 꽃의 꽃받침. 형제의 비유.

141 와부(瓦釜): 질솥. 어리석은 사람이나 천한 물건의 비유.

데, 지금 이미 그것을 우러르면서 처음 그 큰 바다를 바라보았습니다. 군자께서 싫증나 버리지 않으신다면 다행이겠으니, 너그럽게 받아들여주십시오." ○현천(玄川) 대답: "그대의 이름은 한번 들었으나 이미 그대의 재주를 압니다. 제가 전에 대수롭지 않은 병이 있어서 그 얼굴을 보게 됨이 늦어졌으니, 매우 한탄할만합니다."

현천 서기(書記)에게 갑자기 지어 드림

동원

검은 봉 하늘에 올라 은하수 건너니 玄鳳沖天凌漢河
빙빙 돌며 나는 천인[143]에 고운 빛 구름도 많구나 回翔千仞彩雲多
하루아침에 멀리 큰바람 붙잡아 가서 一朝遙搏長風去
곧바로 큰 바다 만 리 물결을 무찌르누나 直破滄溟萬里波

○동원 아룀: "우연히 만난 하루로는 그 정을 다하지 못하지만, 그 정을 다하는 사람은 진실로 그대이십니다! 그대는 전에 저와 만났던 여러분과는 자못 다르십니다. 옛말에 '경개여고(傾蓋如故)'[144]라 했으니,

142 추생(鯫生): 천박하고 어리석은 사람. 소인(小人). 자기를 겸손하게 일컫는 말. 소생(小生).

143 천인(千仞): 산이나 바다가 몹시 높거나 깊음.

144 경개여고(傾蓋如故): 두 사람이 서로 처음 만났으나 오래된 친구를 대하는 것처럼 느껴질 때. '흰머리가 되도록 오래 사귀었어도 처음 만난 사이처럼 생소하기만 하고, 수레를 처음 맞댄 사이면서도 오랜 옛 친구를 대하는 것처럼 느껴진다.[白頭如新 傾蓋如故]'『사기(史記)』83「추양전(鄒陽傳)」.

그 벗이라 일컫는 데 이르렀습니다. 진실로 새로움과 오래됨을 논할 수 없습니다." ○용연(龍淵) 대답: "탄관(彈冠)[145]의 깨달음과 결수(結綏)[146]의 사귐은 오직 이익과 명예에 달려있을 뿐입니다. 그 신교(神交)[147]에 이름은 스스로 다른 데 있을 것이니, 그대와 저는 거의 이 경우와 같습니다."

네 분 문학(文學)께 율시 한 수를 갑자기 지어드림

동원(東原)

절 누각에서 뜻밖의 만남에 감탄하고	梵閣嘆奇遇
한여름 무더위에 물가에서 마음을 논하네	論心朱火隈
집에 돌아가도 얼굴 알아보리니	還家看認面
베개 괴고 다시 인재를 아끼리	支枕更憐才
봄밤의 달은 떨어지는 별을 아우르고	春月兼星落
밤꽃은 새벽 열어 맞이하네	夜花迎曉開
숲 끝에서 아침 햇살 찾으며	林頭探朝景
일찌감치 모시고 노닐 이들에게 묻네	早已問遊陪

145 탄관(彈冠): 관의 먼지를 털. 친구 간에 서로 돕고 이끌어 벼슬에 나가게 함의 비유.

146 결수(結綏): 인끈을 묶음. 벼슬에 나아감.

147 신교(神交): 신령을 통해 사귐. 정신적으로 사귐. 만나지는 못했지만, 인품을 앙모(仰慕)해 벗으로 삼음.

요코타[橫田] 동원에게 보답함

현천(玄川)

가을바람에 사절은 은하수까지 이르고자 했건만　秋風使節欲窮河
봄풀에 마음 상한 말 머리만 많구나　春草傷心馬首多
나무 많은 누대에서 제비 새로 사귀는데　萬樹樓臺新燕子
아득한 석양에 물결은 일지 않네　悠悠斜日水無波

요코타[橫田] 동원에게 거듭 보답함

추월(秋月)

요코타는 형제들 훌륭하고　橫田好兄弟
집은 예산 물가에 있다네　家住叡山隈
도를 공경하고 뛰어나게 예를 알며　敬道奇知禮
시를 논하니 재주 있음을 알겠네　論詩識有才
못 바람에 꽃향기 흩어지고　池風花馥散
달무리진 성의 나무 어둠을 연다네　城月樹冥開
헤어지는 날 크게 멀어지지 않으리니　別日無多隔
끝내 자리에서 다시 만나길 묻네　終筵問重陪

요코타 동원에게 보답함

퇴석(退石)

두 젊은이 뉘 집 자식인지　二妙誰家子

적수[148] 물가에서 서로 만났네 相逢赤水隈
높은 이름 화타(華陀)와 편작(扁鵲)의 재주 名高華扁技
시 짓기 빨라 사령운(謝靈運)과 굴원(屈原)의 재주 詩捷謝江才
월벽[149]은 지극히 빛나 이어지고 越璧連輝至
밭 가시나무엔 작은 가시 열려 한데 모였네 田莉幷蒂開
어찌 손 마주잡고 떠나갈 수 있으랴 安能攜手去
현포[150]의 여러 신선 짝해 따르리 玄圃列仙陪

요코타[橫田] 동원(東原)에게 화답함

용연(龍淵)

돌탑은 숲 속에 높고 石塔脩林裡
꽃밭은 못가에 굽이졌네 花棚曲沼隈
도규[151]는 훌륭한 기술임을 알겠고 刀圭知妙技
글로는 뛰어난 재능임을 보았네 文墨見英才
나란한 날개는 나는 큰기러기에 가깝고 竝翼翩鴻近
연지[152]에는 찬란한 꽃 피었네 連枝彩蕚開

148 적수(赤水): 황하의 물이 천 년에 한 번씩 맑아지는데, 먼저 3일 동안 청수(淸水)가 되고, 그 다음은 백수(白水), 적수(赤水), 현수(玄水), 황수(黃水)의 순으로 되돌아감. 성군(聖君)이 출현해 태평 시대가 전개되는 상서(祥瑞)로 꼽힘. 『역건착도(易乾鑿度)』.

149 월벽(越璧): 아주 좋은 구슬. 뛰어난 사람.

150 현포(玄圃): 곤륜산(崑崙山) 정상에 있다고 하는, 선인(仙人)이 사는 곳. 기이한 꽃과 돌이 많다고 함.

151 도규(刀圭): 가루약의 분량을 재는 작은 숟가락. 작은 칼과 같은 모양에 끝부분이 규벽(圭璧)처럼 모가 나고 오목하므로 붙여진 이름. 의술(醫術)을 이름.

솜씨와 거동 진실로 아낄 만하니	手儀眞可愛
시 짓는 자리 긴 만남 기쁘기만 하네	詞席喜長陪

○동원 말함: "향기로운 화답으로 갑자기 이른 형향(馨香)[153]이 한 자리 안에 거의 가득 찰뿐입니다." ○현천(玄川) 말함: "글귀가 서투른데 사례는 무거우니, 몹시 부끄러워 얼굴이 붉어집니다." ○동원 말함: "아름다운 작품 한편이 마치 옥산(玉山)에 오르는 듯하고, 빛이 나 사람을 비춥니다." ○추월(秋月) 말함: "바다 속 소금 돌처럼 가볍게 뜨고, 물거품과 같습니다." ○동원 말함: "처음 핀 연꽃이 어찌 그대의 시와 글에 감사할 뿐이겠습니까? 또한 스스로 꽃을 피우셨습니다." ○용연 말함: "강아지풀이 도리어 벼와 기장을 더럽혔으니, 몹시 부끄러워할 만합니다." ○동원 말함: "시문이 군사(軍事)에 노련한 장수와 같으니, 문단(文壇)의 뛰어난 스승이라 이를만합니다." ○퇴석(退石) 말함: "견마지치(犬馬之齒)[154]라 구덩이나 채우고자 하는데, 어찌 글을 지어드리기에 충분하겠습니까?"

---

152 연지(連枝): 두 나무의 가지가 이어져 함께 남. 친형제 자매의 비유.

153 형향(馨香): 멀리까지 풍기는 향기. 후대까지 전해지는 명성의 비유. 향기가 매우 짙은 모양.

154 견마지치(犬馬之齒): 자기 나이의 겸칭.

앞 시를 이어 추월 학사께 드림

동원

글 맡은 사신 동벽[155]을 비추고 文旌映東壁
고운 빛 날아 성 모퉁이에 맹렬하다 飛彩武城隈
전하는 소문 구름과 안개 업신여기니 傳聞凌雲氣
놀라서 파도 헤치는 재주를 바라보네 驚看破浪才
표낭[156]엔 눈을 가득 채우고 縹囊令雪滿
상아 붓대로 꽃을 피워 주네 象管與花開
들보와 마룻대 저산을 받아들이니 梁棟容樗散
글의 숲에서 날마다 만날 수 있네 詞林日可陪

퇴석(退石) 서기(書記)께 함께 드림

같음

훌륭한 명성은 성안 나무 흔들고 英風動城樹
아름다운 곡조에 온갖 꽃 굽이졌네 雅調百花隈
봄은 연하고[157]를 끌어안았고 春抱烟霞痼
천종[158]은 사직[159]의 재주일세 天縱社稷才

155 동벽(東壁): 별자리 이름. 28수(二十八宿) 중 북방의 현무7수(玄武七宿)의 하나인 벽수(壁宿).

156 표낭(縹囊): 옥색 비단으로 만든, 책을 넣어두는 자루. 또는 그 책.

157 연하고(煙霞痼): 연하고질(煙霞痼疾). 산수(山水)를 매우 좋아하는 버릇. 연하벽(煙霞癖).

158 천종(天縱): 하늘이 풀어 놓음. 하늘이 마음대로 하게 해주었다는 뜻으로, 성인(聖人)

사봉[160]은 붓끝에서 일어나고 詞峯毫末起
분별의 풍요로움 혀끝에서 열리네 辨海舌端開
잡답[161]한 도읍 선비들 雜沓都人士
오가며 무릎 맞대고 사귀네 去來交膝陪

용연(龍淵) 서기께 함께 드림

갈음

관원들 구름이나 안개와 같아 冠佩如雲霧
자리 사이에 모퉁이를 만드는 것 같네 筵間似作隈
글씨는 우군[162]의 묘함을 찾고 書尋右軍妙
글은 마경[163]의 재주를 빼앗네 文奪馬卿才
높은 덕과 뛰어난 재능은 상을 탐하기에 마땅하고 大雅須貪賞
큰 뜻은 열기가 쉽지 않네 高懷不易開
돌아갈 차비에 감히 아뢰어 쉬게 하니 歸裝休敢告
한번 떠나가면 또 만나기 어렵겠지 一去又難陪

이나 제왕(帝王)이 태어날 때부터 훌륭함을 이름.

159 사직(社稷): 나라에서 제사지낸 토지의 신과 곡식의 신. 국가나 조정을 이르는 말. 국가의 존망(存亡)에 따라 사직의 제사가 행해지고 폐지되는 데서 이름.

160 사봉(詞峯): 예리한 글이나 말재간.

161 잡답(雜沓): 어지럽게 섞이고 매우 많은 모양. 잡답(雜遝).

162 우군(右軍): 진(晉)의 왕희지(王羲之). 그가 우군장군(右軍將軍)을 지냈던 데서 이름.

163 마경(馬卿): 사마상여(司馬相如). 사마상여의 자(字)가 장경(長卿)인 데서 온 말.

○용연 말함: "시 빚은 이미 다 갚았으니 그만두겠습니다. 글로 이야기 나눔이 마땅하겠습니다." ○추월(秋月) 말함: "시를 지을 수 있다면 시를 짓고, 그만두고자한다면 그만두시지요." ○동원(東原) 말함: "다시 장차 현천(玄川)께 보답코자 하여 서투른 화답시도 이미 만들었습니다. 곧 두 분과는 함께 바삐 오가며 사귐이 마땅하겠습니다."

앞 시를 이어 현천 서기께 드림

동원

그대의 시부를 어찌 산과 강이 알까　　知君詩賦幾山河
객지에서 주머니 여니 경치도 화려하다　　客裏開囊風色多
이 마음속엔 강물을 끌어옴이 마땅하니　　須是腸中引江水
시냇물도 오늘은 파도가 이는듯하구나　　潭溪此日似揚波

○용연(龍淵) 말함: "평오(平吳)[164]의 이로움은 두 육씨[二陸][165]를 얻은 데 있습니다. 저는 오늘 떠나가는데, 이미 동쪽을 향해 달려가느라 급히 서두르기만 하니, 한탄할만합니다. 지금 또 찾아주신 은혜를 입음에 매우 감사드리고 감사드립니다." ○동원(東原) 말함: "자루 긴 호

---

164 평오(平吳): 중국 진(晋)나라 왕준(王濬)이 배를 타고, 대군을 거느리고 가서 오(吳)나라를 평정하였음.

165 두 육씨[二陸]: 육기(陸機)와 육운(陸雲) 형제를 말함. 『진서(晉書)』 〈육기전(陸機傳)〉에 "육기의 자는 사형(士衡)이요, 오군(吳郡) 사람인데, 오가 멸망하자 아우 운과 함께 낙(洛)에 들어갔다. 장화가 본래 그들의 명성을 존중하여 '오를 정벌해서 두 인재를 얻었다.'고 했다."라 하였음. 여기에서는 동원(東原) 부자도 이와 같다는 뜻으로 인용했음.

리병박처럼 겨우 자식을 데려왔을 뿐입니다. 어찌 평오의 이로움이 마땅하겠습니까? 비록 그러하나 진(晋)의 문장가들을 만났고, 운 좋게 와서 군자를 더럽히게 되었습니다. 유상(劉尙)[166]을 본받아 저희들로 하여금 실망하지 않도록 하시기를 바랍니다." ○용연 말함: "그대는 평생에 좋아하는 것이 시(詩)입니까? 글입니까? 마땅히 음악입니까?" ○동원 말함: "제가 늘 즐기는 것은 이따금 시문을 벗 삼는 사이에 우연히 저절로 맛좋은 술을 그리워하는 것이니, 오직 왕무공(王無功)[167]을 만나지 못함이 한스럽습니다." ○용연 말함: "그대의 문아(文雅)로 어찌 옛 사람을 만나지 못함이 한스럽다 하십니까? 오직 옛 사람이 그대를 만나지 못함이 한스럽습니다." ○동원 말함: "굳세고 크게 휘두른 붓은 불길이 들판을 태우는 것 같으니, 가까이 갈 수 없습니다." ○용연 말함: "현하사수(懸河瀉水)[168]가 어찌 한갓 재치 있게 말을 잘함뿐이

166 유상(劉尙): 후한(後漢) 때 위무장군(威武將軍). 무릉(武陵) 오계(五溪)의 만이(蠻夷)를 정벌하러 갔다가 군대가 전멸하자 마원(馬援)이 출정(出征)하겠다고 자청하였음. 그의 나이 62세라 무제(武帝)가 늙었다고 걱정하자 그는 강건한 모습으로 말을 타고 좌우를 돌아보았고, 이에 무제가 웃으며 '확삭(矍鑠)하도다, 이 늙은이여!' 라고 하였다는 고사가 전함. 『후한서(後漢書)』 권54 〈마원열전(馬援列傳)〉

167 왕무공(王無功): 왕적(王績, 585?-644). 중국 수(隋)대 말기, 당(唐)대 초기 시인. '무공(無功)'은 그의 자, 호는 동고자. 산서성(山西省) 하진현(河津縣) 출생. 사상가 왕통(王通)의 아우로 수나라 대업(大業, 605-617) 연간에 과거급제해 비서성정자(秘書省正字)를 지냈고, 당나라 때 문하성대조(門下省待詔) 등을 역임했음. 관직을 그만둔 뒤 도연명(陶淵明)에 심취했고, 술과 노자(老子)·장자(莊子)의 책을 벗 삼아 여생을 보냈음. 육조(六朝) 말기 이래 화려한 시가 유행하던 무렵에 소박한 시풍을 지녀 이채를 띠었는데, 『당시선(唐詩選)』에 수록된 〈야망(野望)〉이 널리 알려져 있음. 저서에 『취향기(醉鄕記)』, 『오두선생전(五斗先生傳)』, 『무심자선(無心子傳)』, 『동고자집』 3권 등이 있음.

168 현하사수(懸河瀉水): 말을 쉬지 않고 계속하거나 글이 힘차고 자유분방함의 비유. 현하주수(懸河注水).

겠습니까? 글씨에 있어서도 그러할 것입니다. 그대의 재치와 역량도 거의 현하사수이고, 초원의 불길과 같으니, 없애버리지 않을 수 없습니다." ○동원 말함: "몇 편 아름다운 문필이 거의 밝은 빛을 드날리니, 가을 달의 부르짖음이 실로 빈 말이 아닙니다." ○추월(秋月) 말함: "가을 달을 감상하며 밝은 빛을 찬탄한 사람은 큰 송대(宋代)의 문아함으로 이름났던 선비입니다. 그대도 가을 달을 감상했으니, 실로 해동(海東)의 문아한 이름난 선비십니다." ○추월 말함: "그대는 의원(醫員)이자 선비인데, 한 몸으로 두 일을 하기에 괴로움은 없으십니까? ○동원 말함: "그대는 필탁(畢卓)[169]과 사종(嗣宗)[170]을 생각함이 마땅합니다. 게 한 마리 술 한 잔을 늘 옆에 두고 즐기니, 대개 이러한 무리일 뿐입니다." ○동원 말함: "날이 이미 해질 무렵이니, 청컨대 내일을 기약하여 함주(頷珠)[171]를 찾음이 마땅하겠습니다." ○용연 말함: "내일은 우리들에게 일이 있으니, 모레를 기약하심이 어떻겠습니까?" ○동원 말함: "예. 모레를 기약하며, 태양이 부상(扶桑)에서 솟기를 다시 기다리겠습니다." ○동원 말함: "여러분은 물러나셔서 안정을 취하십시오. 다른 날도 군대를 단련시켜 필진(筆陣)을 깨뜨리실 수 있습니다." ○추월 말

169 필탁(畢卓): 동진(東晋) 때 죽림7현(竹林七賢)의 한 사람. 이부랑(吏部郎)이 되어 이웃 친구의 집에서 술을 훔쳐 마시다 붙잡힌 일이 있음. 『진서(晉書)』 권49 「필탁열전(畢卓列傳)」. 또한 끔찍이도 술을 좋아하면서 "한 손엔 집게 발 안주, 한 손엔 술 한 잔, 이만하면 일생을 보낼 만하지 않나.[一手拿着蟹螯 一手捧着酒杯 便足以了一生]"라고 말했던 '지오파주(持螯把酒)'의 고사가 있음. 『세설신어(世說新語)』 「임탄(任誕)」.

170 사종(嗣宗): 삼국(三國) 때 위(魏)의 시인 완적(阮籍)의 자(字). 죽림7현(竹林七賢)의 한 사람. 노장학(老莊學)을 좋아하고 술을 즐겼음.

171 함주(頷珠): 함하지주(頷下之珠). 검은 용의 턱밑에 있다는 구슬. 매우 구하기 어려운 귀중한 보물의 비유.

함: "우리들은 오히려 진(陣)을 다 베풀었으니, 다시 와서 반드시 활과 화살을 다 쓰겠습니다."

세 번째 알현(謁見)

동원(東原) 아룀: "찬란한 옥수(玉樹)가 사람으로 하여금 맑고 밝음을 잊지 못하게 하여 저절로 이미 속세에 찌든 눈을 비추고, 날마다 그 기이한 보배를 생각하게 합니다. 지금 또 와서 장차 옥빛 광채를 찾고자 하니, 다시 맑은 눈을 열어 제 초라하고 못난 모습을 비춰주시면 다행이겠습니다." ○모암(慕菴) 대답: "찾아주셔서 하하(荷荷)[172]. 오직 말할 바를 감당하지 못하겠으니, 부끄럽다고 할 만합니다." ○모암 말함: "그대가 전에 보여주신 질문에 대해 잘 알겠다고 말씀드렸지만, 제 서투른 재주로 감히 끄트머리에 평론하자니, 마음이 매우 불편합니다. 마땅히 용서하고 양해해주시면 다행이겠습니다." ○동원 말함: "세월이 산과 바다에 다시 쌓이고, 아름다운 경치가 우역(郵驛)[173]을 옮겨 번갈아 드는데, 인간 세상에서 마음에 품은 생각은 쌓인 번민(煩悶)을 잊을 수 없습니다. 만남의 사이에 객지의 외로움을 위로하는 데 힘씀이 마땅하나 도리어 몇 마디 말씀을 드려 군자를 번거롭게 합니다. 아! 군자께서는 가액(加額)[174]의 두터움을 감히 허물하지 마시고, 참되고

172 하하(荷荷): 원망하며 화내거나 영광스럽고 좋아서 웃을 때에 발(發)하며 감탄하는 말.

173 우역(郵驛): 역참. 또는 보체(步遞)와 마체(馬遞). '보체'는 걸어서, '마체'는 말을 이용해 공문서를 전송(傳送)하는 일.

성실한 규범으로 비속한 말을 찾아주시면 황공하겠습니다. 말을 주고받는 사이에 어리석은 눈으로 잠깐 지나쳐서 만약 다시 의심할만한 것이 있으면, 바로 법도를 바로잡아주시기 바랍니다." ○모암 말함: "말씀은 고상하고 뛰어나며, 글은 우아하고 순수하여 한번 살펴보니 기이함을 알겠습니다. 나그네가 말씀드리고 평론한다면, 아마도 두찬(杜撰)[175]이 되겠지요. 거듭 여쭤볼 곳이 있다면 다시 어리석은 의견을 말씀드리겠습니다." ○동원 말함: "삼가 응답하신 귀중한 말씀을 살펴보고, 옛 사람이 밝힌 이치를 자세히 살펴서 제가 여러 해 가졌던 의혹이 얼음 녹듯 풀렸습니다. 비록 그러하나 그 답하신 것과 여쭈었던 것을 보면, 빠뜨린 것이 조금 있는 듯하니, 다시 자세히 밝혀주시기 바랍니다." ○모암 말함: "일일이 답해드렸는데, 어찌 다하지 못한 일이 있겠습니까? 그러나 번거롭고 장황한 가운데 아마도 빠뜨린 것이 있겠지요."

의문8조(醫問八條)　　동원(東原)

"방금 군자께서 중경(仲景)을 일컬으셨습니다. 무리들이 간혹 『내경(內經)』이란 것에 대해 논의하기를 '위서(僞書)이니, 옛 책이 아니고 황홀한 도가(道家)의 헛된 말이며, 선진(先秦)의 즈음에 나와 헌기(軒岐)의 이름에 슬며시 의지하여 후세의 학자들을 속이고 있다. 지금까지도 법(法)을 취하지만 실로 옛 관습을 그대로 따를 수는 없다. 오직 그 옛

174 가액(加額): 이마에 손을 얹음. 곧, 경의를 표하거나 간절히 기도함.

175 두찬(杜撰): 전거(典據)와 출처가 없이 지은 억지 글. 두전(杜田).

관습을 그대로 따를 수 있음에 대해서는 장사(長沙)의 책 두세 권이 무엇보다 의가(醫家)의 연원이니, 같지 않은 데 힘쓸 수는 없다.'고 말합니다. 높도다! 좋도다! 다만 중경만 칭찬하는구나! 아! 어둡도다! 다만 『내경』만 업신여기는구나! 대체로 『내경』이란 것은 의학계의 중심이니, 예나 지금이나 이 책과 같으면 규범으로 세우고, 같지 않으면 없앱니다. 오히려 비록 중경이라 하더라도 어찌 홀로 이 책을 버리고, 어디를 말미암아 규범을 세웠겠습니까? 제가 『상한론(傷寒論)』의 자서(自序)를 살펴보니, 중경이 이미 '「소문(素問)」, 9권, 『81난(八十一難)』, 『음양대론(陰陽大論)』, 『태려약록(胎臚藥錄)』 아울러 『평맥변증(平脈辨証)』[176]을 가려 써서 『상한잡병론(傷寒雜病論)』을 만들었다.'고 말했는데, 「소문」과 9권에 이르면 그것들로 하여금 인용한 다른 책들의 으뜸으로 삼았으니, 오로지 「소문」을 근본삼아 그 논의를 세운 것이 밝고 뚜렷해 볼만할 따름입니다. 그러나 위서(僞書)임을 인정하는 사람들은 대개 '이때 별도로 다른 「소문」이 있었고, 지금의 이른바 「소문」은 없었다.'고 말하는 듯합니다. 어찌 별도로 「소문」이 있었겠습니까? 『한서예문지(漢書藝文志)』를 조사해보건대, 『황제내경(黃帝內經)』 18권의 목록이 실려 있습니다. 비록 그것이 「영추」와 「소문」을 나누어 싣지 않았다 하더라도 이미 『내경』이란 이름이 갖추어졌으니, 마땅히 「소문」에 대한 증거이고, 중경의 논의 가운데 가끔 '지금 세상에 유행하는 「소문」'이란 말이 있으니, 지금의 「소문」을 말했음이 분명할 것입

---

176 9권, 『81난(八十一難)』, 『음양대론(陰陽大論)』, 『태려약록(胎臚藥錄)』 아울러 『평맥변증(平脈辨証)』: '9권'은 「영추(靈樞)」, '『81난』'은 『황제81난경(黃帝八十一難經)』, '『음양대론』'과 부인 및 소아과 관련 의서인 '『태려약록』'과 '『평맥변증』'은 실전(失傳)되었음.

니다. 오히려 지금 의심스러운 것은 대개 옛 사람에게 본받았다 함입니다. 옛 사람들에게 이미 '『내경』이란 것은 선진(先秦)의 여러 선비들이 모아서 완전히 갖추어졌다.'는 말이 있으니, 대개 이러한 말부터일 것입니다. 대개 모아서 완전히 갖추어졌다는 것은 '위서'란 말을 이름이 아니라, 전해지는 말을 모아서 완전히 갖추어졌다는 것입니다. 그 말은 마땅히 옛 말씀입니다. 저는 오랜 세월 그 사이에서 헤엄치며 말의 맥락을 깊이 생각해보았는데, 아름답고 훌륭한 상고(上古)[177]의 말은 실제로 전국(戰國)시대까지 내려가지 않으니, 그 글은 가령 헌기(軒岐)의 글이 아니더라도 그 말은 헌기의 말씀입니다. 이는 대개 성주(成周)[178] 사이에 명철(明哲)한 무리들이 나왔고, 헌기의 방법을 배운 사람들이 구수(口授)[179]해 전할 수 있었음이 마땅합니다. 중간에 비록 어떤 유파(流波)의 말로 그 글의 이치를 보충했다 하더라도, 또한 오직 옛 말이라면 여러 옛 말씀에서 얻었으니, 한 마디 말에 천금의 가치가 있습니다. 어찌 참과 거짓으로 논의할 수 있겠습니까? 당시의 유자(儒者)들은 점필(佔畢)[180]했고, 설경(舌耕)[181]한 학자들은 방언을 써서 옛 말씀을 풀이했으니, 오로지 그 속담(俗談)을 따라 당시의 인정과 풍속을 깨

177 상고(上古): 시대 구분의 하나. 문헌이 있는 범위에서 가장 오랜 옛날. 중국사에서는 선진(先秦)시대까지.

178 성주(成周): 서주(西周)의 동도(東都)인 낙읍(洛邑). 서주시대.

179 구수(口授): 말로써 학술 따위를 전수함. 입으로 구술해 받아쓰게 함.

180 점필(佔畢): 글을 눈으로 보기만 하고 그 뜻은 잘 알지 못함. '점'은 엿봄. '필'은 간책(簡冊).

181 설경(舌耕): 글을 부지런히 읽음. 강학(講學)으로써 생계의 수단으로 삼음을 농사짓는 일에 비유한 말.

달았습니다. 이 때문에 그 휘장 아래에 나아가거나 물러나는 사람들은 이식(耳食)[182]하고 입으로 토해냈으며, 또한 그 속담을 다시 전해 번갈아 선인(先人)의 자취를 따랐습니다. 이는 부수말학(膚受末學)[183]이고 도청도설(途聽途說)[184]이니, 그 긍경(肯綮)[185]을 엿보지 못한 사람들이 어찌 참과 거짓을 분별할 수 있겠습니까? 비록 이러한 거짓말과 망령된 말은 감히 취할 수 없는 듯하지만, 그러나 근본이 이미 나무로 자랐고 가지와 잎도 무성할 것입니다. 이 때문에 어쩔 수 없이 드디어 군자께 질문을 드리니, 큰 나라 군자께서 큰 소견이 있으시면, 회옥(懷玉)[186]을 깨뜨려 제가 말씀드린 것들을 비춰주시기 바랍니다. 다른 날 장차 그대께서 부르시면, 뜻이 서로 같은 사람을 보여드리겠습니다."

또 물음: "『내경(內經)』이란 것은 아득합니다. 옛 경서는 비록 깊고 자세한 넓은 학식으로 매우 세밀하게 생각을 다한 사람이라 하더라도 쉽게 이치를 얻을 수 없습니다. 이 때문에 예로부터 여러 학자들이 잇달아 다투어 나와서 제각기 갖춘 식견이 있게 되었습니다. 저는 머리털이 말랐을 때부터 전심전력한 것이 이미 여러 해입니다. 그러나 재

182 이식(耳食): 듣기만 하고 그 맛을 판단함. 살펴보지도 않고 남의 말을 곧이들음의 비유.

183 부수말학(膚受末學): 말학부수(末學膚受). 학문을 함에 있어서 근본을 추구하지 않고 피상적인 것을 아는 데 그치는 일.

184 도청도설(途聽途說): 도청도설(道聽塗說). 길에서 듣고 이내 길에서 옮겨 말함. 근거 없는 풍문.

185 긍경(肯綮): 뼈와 살이 접한 곳. '경'은 힘줄이 모인 곳. 사물의 핵심이나 관건이 되는 부분의 비유.

186 회옥(懷玉): 훌륭한 덕(德)이나 재능을 지니고 있음의 비유.

주가 거칠고 보잘것없어 근거 없는 데 처해있기 때문에 문장의 뜻과 말의 맥락을 깨달아 환하게 알지 못합니다. 이에 깊은 뜻을 억지로 구해 연구하려고 하나 도리어 망양향약(望洋向若)[187]과 같습니다. 마침내 그 표준에 미혹됨을 따라 우선 여러 학자의 지식에 의지해 서로 끌어서 합해도 이치와 뜻이 나누어집니다. 비록 여러 학자가 그 아름다움과 바름을 다했다고 하더라도 옥(玉)과 돌이 뒤섞여 구분할 수 없으며, 또한 오직 그 밝은 빛을 온전히 볼 수 없습니다. 이에 눈과 마음으로 헤아리고 그 옥과 돌을 키질해 스스로 제게 절충해서 그 마땅히 그러한 바를 취하고, 그러하지 않은 바는 버렸습니다. 좌우를 돌아보며 하루 종일 힘써 노력해서 비록 곤옥(崑玉)[188]을 얻지 못했다 하더라도 난초가 자라는 땅에는 어렴풋이 들어간 듯합니다. 큰 나라 군자께서 본디 재주와 식견이 많으시니, 비록 자구(字句)의 해석에 수긍하지 못하신다 하더라도 한둘 취할 바가 있다면, 그 여러 학자들을 취한 바에 이르러 누가 양(楊)·전(全)[189] 두 학자를 많이 취해 우선 남겨두었습니

187 망양향약(望洋向若): 망양이탄(望洋而歎). 다른 사람의 위대함을 보고 자신의 보잘것없음을 개탄함. 또는 일을 처리하면서 능력이 미치지 못함을 한탄함의 비유. 『장자(莊子)』「추수(秋水)」편에서 '황하(黃河)의 신 하백(河伯)이 북해(北海)에 이르러 바다를 바라보며 자신의 견문이 좁음을 탄식했다[望洋向若而歎]'고 하는 고사.

188 곤옥(崑玉): 곤륜산(崑崙山)에서 나는 아름다운 옥. 뜻이 고결함, 또는 문장이 정미(精美)하거나 인물이 뛰어남을 비유해 이르는 말.

189 양(楊)·전(全): '양'은 양상선(楊上善)이고, '전(全)'은 전원기(全元起). '양상선'은 수당(隋唐)시대의 의학자. 본적(本籍)은 분명하지 않음. 대업(大業) 연간(605-616)에 태의시어(太醫侍御)를 지냈고, 명망이 높았음. 『황제내경태소(黃帝內經太素)』 30권을 지었고, 『내경(內經)』을 주해(注解)한 맨 처음 의사의 하나로 후세의 『내경』 연구에 대해 큰 이바지를 하였음. '전원기'는 중국 수(隋)대 의원. 소원방(巢元方)과 양상선(楊上善)의 학문을 계승했고, 의술의 바탕을 『내경(內經)』에 두었으며, 환자를 공경했음. 저서에 『내

까? 누씨(樓氏)[190]의 주(注)도 또한 자세하거나 많지 않아서 저는 가끔 옛 말씀을 따라서 맞추어 봅니다. 그러므로 말이 점점 간략하고 처음 배웠던 데서 멀어집니다. 마(馬)·오(吳)[191]가 주(註)냄과 같은 것들도 개빈(介賓)[192]보다 협소(狹小)합니다. 장씨(張氏)의 유주(類註)[193]는 저것과

경훈해(內經訓解)』가 있음.

190 누씨(樓氏): 누영(樓英, 1320-1389). 명(明)대 의학자. 일명 공상(公爽)이라고도 함. 자는 전선(全善). 절강성(浙江省) 소산(蕭山) 사람. 30여 년간 의학을 공부하고 주원장(朱元璋)의 부름을 받아 남경(南京)에 가서 병을 치료하였음. 『내경(內經)』 등의 고전적 의학 이론을 따르고, '끝없이 변화하는 병의 상태'는 모두 음양오행(陰陽五行)을 떠나지 않는다고 생각하였음. 저서에 『의학강목(醫學綱目)』 40권, 『선암문집(仙巖文集)』 2권, 『기운류주(氣運類註)』 4권 등이 있음.

191 마(馬)·오(吳): '마'는 마시(馬蒔)이고, '오(吳)'는 오곤(吳崑, 1552-1620). '마시'는 명(明)대 의사. 자는 현대(玄臺) 또는 원대(元臺). 일설에는 중화(仲化). 현재 절강성(浙江省) 소흥(紹興)인 회계(會稽) 사람. 반고(班固)의 『한서(漢書)』「예문지(藝文志)」에 적혀 있는 『황제내경(黃帝內經)』 권18 및 「소문(素問)」〈이합진사론(離合眞邪論)〉에 실려 있는 9침9편(九針九篇)의 논법에 근거해 『내경』을 「소문」과 「영추(靈樞)」 각 9권으로 나누어야 한다고 봄. 또한 왕빙(王冰) 등이 주해(註解)한 권수와 옛 책의 기록이 맞지 않으며, 「영추」는 문체가 심오하고 이해하기 어려워 예로부터 주해가 없었다고 여겨 「소문」과 「영추」를 다시 여러 권으로 나누어 주해함으로써 최초의 전체 주석본인 『황제내경소문주증발미(黃帝內經素問注證發微)』와 『황제내경영추주증발미(黃帝內經靈樞注證發微)』 각 9권을 간행하였음. 특히 『황제내경영추주증발미』의 주석이 좋으며, 경락혈도(經絡穴道) 부분이 상세하고 분명해 후대에 많은 도움이 되었음. '오곤'은 명(明)대 의사. 자는 산보(山甫). 호는 학고(鶴皐). 안휘성(安徽省) 흡현(歙縣) 사람. 강소성(江蘇省)·절강성(浙江省)·안휘성 등지를 돌아다니며 스승을 구했고, 선성(宣城) 일대에서 의술을 행해 이름을 얻었음. 의학 이론에서는 『내경(內經)』을 따랐고, 치료에서는 침과 약을 병용할 것을 주장해 후대 의학에 큰 영향을 미쳤음. 저서에 『의방고(醫方考)』, 『맥어(脈語)』, 『황제내경소문오주(黃帝內經素問吳注)』, 『침방육집(針方六集)』 등이 있었음.

192 개빈(介賓): 장개빈(張介賓, 1563-1640). 자는 경악(景岳). 또 다른 자는 회경(會卿). 호는 통일자(通一子). 중국 명(明)대 의원. 온보학파(溫補學派)의 대표인물로 명나라의 대표적 종합의학서 『경악전서(景岳全書)』 64권을 간행했고, 조선후기 실용의학에 많은 영향을 끼쳤음.

193 유주(類註): 『유경(類經)』의 주(註). '유경'은 명(明)대 장개빈(張介賓)이 지은 책 이

이것에 널리 합하니, 이것은 처음 배우는 사람들에게 그 편리함을 따르게 하므로 자제들에게 그것을 늘 보게 합니다. 이에 앞서 무진(戊辰·1748)년, 도호토[東都]에 온 통신사를 맞이했을 때 양의(良醫) 조군(趙君)[194]이 우리 관의(官醫) 아무개[195]에게 말하기를 '나는 장개빈(張介賓)이 어떠한 사람인지 모르겠습니다. 따라서 나는 개빈에게서 취하지 않습니다.'라 했습니다. 대체로 개빈이란 사람은 명(明)나라의 재지(才智)가 뛰어난 사람으로서 이름이 이 세상을 크게 덮었는데, 조군 홀로 말하기를 '그를 모르겠다.'고 한 것은 틀림없이 개빈을 내버림입니다. 대체 무슨 죄가 있어 그를 업신여겼을까요? 대개 그 잃을 것은 많고 얻을 것은 적기 때문입니까? 대체로 그 성현(聖賢)이 아님으로부터 한 가지 이익이 있으면 한 가지 손실도 있으니, 여러 학자들의 무리에게도 그러한 바가 있고, 개빈도 다만 그것을 지녔구나! 개빈은 후세에 가장 뛰어나리니, 풀이한 말도 또한 후세에는 그 백세(百世)의 아래로써 백세 위의 끝을 풀이할 것입니다. 비록 그것이 예조(枘鑿)[196]와 비슷

름. 32권. 『황제내경(黃帝內經)』 속의 「소문(素問)」과 「영추(靈樞)」 두 책의 내용을 거듭 새롭게 조정(調整)·분류하고 다시 고쳐 엮었음. 내용이 서로 비슷한 것끼리 모아 12류(類)로 나누어 엮었기 때문에 책 이름을 '유경'이라고 하였음. 책 속에서 『내경』의 원문을 넓고 깊게 연구하고 풀이했기 때문에 『내경』의 학습과 연구에 중요한 참고서임.

194 조군(趙君): 조숭수(趙崇壽): 자는 경로(敬老). 호는 활암(活庵). 조선의 양의(良醫). 1748년에 조선통신사 일행으로 일본을 방문하였음.

195 우리 관의(官醫) 아무개: 카와무라 슌코(河村春恒). 자는 자승(子升)·장인(長因). 호는 원동(元東). 1748년 당시 도호토(東都)의 의관으로서 조숭수와 만나 나눈 필담을 정리한 『상한의문답(桑韓醫問答)』을 남겼음.

196 예조(枘鑿): 서로 맞지 않거나 서로 모순(矛盾)됨의 비유. 『초사(楚辭)』 〈구변(九辯)〉에 '둥근 장부에 네모진 장부 구멍이여. 서로 저촉되어 들어맞기 어려움을 알겠구나.[圜枘而方鑿兮 吾固知其鉏鋙而難入]'라고 한 데서 유래함.

하여 다른 사람들의 편리함을 막더라도 여러 학자들에게 얼마나 뛰어난 것입니까? 마침내 그 경락(經絡)[197]·수부(兪府)[198]·운기(運氣)[199]의 순서 같은 데 이르면, 손바닥 위에 올려놓고 정확히 볼 수 있으니, 낮은 데로부터 높은 데 오르는 계단이자 사다리라고 이를만합니다. 그것은 처음 배우는 사람들을 잘 이끌어 백인(伯仁)·온서(溫舒)[200]보다 매우 뛰어날 것입니다. 그대는 그 장씨(張氏)에게 뜻이 있습니까? 그렇지 않다면 또한 조군과 더불어 뜻을 함께 합니까? 그 자세함을 청합니다."

197 경락(經絡): 경맥(經脈)과 낙맥(絡脈). 인체 내의 기혈(氣血)이 운행하는 통로의 줄기와 갈래.

198 수부(兪府): 족소음신경(足少陰腎經)의 혈위(穴位). 앞정중선에서 2치 옆으로 가서 쇄골(鎖骨)과 제1늑골 사이에 있음. 딸꾹질, 기관지염, 폐기종, 천식, 늑막염, 식도협착, 갑상선종 등에 씀.

199 운기(運氣): 5운 6기. '5운'은 수(水)·화(火)·토(土)·금(金)·목(木)의 상호 추이(推移)를 뜻하며, 6기'는 풍(風)·한(寒)·서(暑)·사(瀉)·조(燥)·화(火).

200 백인(伯仁)·온서(溫舒): '백인'은 활수(滑壽)의 자(字)이고, '온서'는 유온서(劉溫舒). '활수'는 14세기 원(元)대의 의학자. 만호(晩號)는 영녕생(攖寧生). '활백인(滑伯仁)'이라고도 함. 원적은 하남성(河南省) 양성(襄城)이지만, 나중에 강소성(江蘇省) 의진(儀眞)과 절강성(浙江省) 여요(餘姚) 등지로 옮겨 다녔음. 어려서부터 유학(儒學)을 배워 시문에 능했음. 현재 진강(鎭江)인 경구(京口)의 명의였던 왕거중(王居中)이 의진에 살 때 그를 따라 「소문(素問)」·『난경(難經)』 등 의학을 배웠고, 『독소문초(讀素問鈔)』·『난경본의(難經本義)』·『진가추요(診家樞要)』 등을 지었음. 뒤에 동평(東平)의 고동양(高洞陽)에게 침법을 배워 침술에 정통하였음. 일찍이 침폄법(針砭法)을 사용해 난산 등 여러 병증을 치료했음. 아울러 경락(經絡)이론을 연구해 독맥(督脈)·임맥(任脈)을 12경(十二經)과 똑같이 논해야 한다고 여겼으며, 1314년에 『14경발휘(十四經發揮)』를 지었음. 경락수혈(經絡兪穴)을 고증해 바로잡는 데 많은 이바지를 했고, 침구학 발전에 큰 영향을 미쳤음. '유온서'는 11세기 송(宋)대의 의사. 일찍이 조산랑태의학사(朝散郎太醫學司)에 임명되어 5운6기(五運六氣) 학설을 토대로 의학 이론을 결합해 『소문론오(素問論奧)』·『운기전서(運氣全書)』·『소문입식운기론오(素問入式運氣論奧)』 등을 편찬했음.

모암(慕菴) 대답: "옛날의 군자들이 평론을 이미 많이 했고, 또한 「영추(靈樞)」·「소문(素問)」에 전문인 사람들도 있습니다. 저는 재주가 변변치 못하기 때문에 어찌 감히 그것에 끼어들겠습니까? 장개빈(張介賓)은 명(明)나라의 재능이 걸출한 선비입니다. 비록 깊고 자세히 아는 방법이 있다 하더라도 이미 「영추」·「소문」의 신기하고 묘함이 많아 유완소(劉完素)·주진형(朱震亨)·장종정(張從正)·이고(李杲)가 명확히 판별했는데, 하필 오로지 개빈에게서만 취하겠습니까?" ○동원(東原) 말함: "「영추」·「소문」의 논의를 홀로 개빈에게서만 취하자고 말함이 아닙니다. 이미 장씨(張氏)라는 오목한 구덩이에 빠진 사람들은 오직 장차 처음 배우는 길의 계단과 사다리에 있게 될 뿐입니다." ○또 말함: "옛 사람들은 간혹 「영추」·「소문」이 선진(先秦) 간에 처음 나왔다고 말하며, 황(黃)·기(岐)[201]의 때에는 이 글이 없었다고 합니다. 지금 세상에서도 또한 그것을 따라 가끔 위서(僞書)라 하는 사람들이 있습니다. 이러한 질문이 이미 갖추어졌는데, 그대가 대답하지 않는 것은 어째서입니까?" ○모암 말함: "옛날의 여러 현인(賢人)들 사이에 그러한 논의가 있었는데, 유완소·장종정·이고·주진형을 백대의 으뜸으로 좇으며 스승으로 삼으니, 어리석은 제가 보잘것없는 의원으로서 어찌 감히 그 사이에서 함부로 논의하겠습니까?" ○동원 말함: "『내경(內經)』에 대한 여러 학자들의 자구(字句) 해석이 비록 각각 잃거나 얻

201 황(黃)·기(岐): '황'은 황제(黃帝)이고, '기'는 기백(岐伯). '황제'는 전설상의 임금. 소전(少典)의 아들. 성(姓)은 공손(公孫). 헌원(軒轅)의 언덕에 살았으므로 헌원씨라고도 하고, 희수(姬水)에 거주해 성을 희로 고쳤으며, 유웅(有熊)에 나라를 세워 유웅씨라고도 함. '기백'은 황제 때의 명의. 황제와 함께 의서인 『내경(內經)』을 지었다 함.

을 것이 있다 하더라도 그러나 또 감히 제가 개인적으로 우열(優劣)을 정해 취한 것이 있습니다. 그대는 누가 뛰어나다고 생각하십니까?" ○모암 말함: "각각 장단점이 있으니, 의원 자리에 있는 사람은 그 장점을 취하고 단점은 없앨 뿐입니다." ○동원 말함: "말은 비록 진실로 그러하더라도 여러 학자들 가운데 이를 위해 알맞은 사람이 있겠지요." ○모암 말함: "성무기(成無己)[202]가 뛰어날 따름입니다." ○동원 물음: "「영추」 〈9침론(九鍼論)〉[203]에 9침의 방법이 실려 있는데, 논의 가운데 자세한 자법(刺法)[204]과 침의 모양이 명백해 지금도 이해할 수 있습니다. 그러나 우리 일본에서 예로부터 그 전해진 바를 보면, 오직 호침(毫鍼)[205] 한 가지 방법일 뿐인데, 그 호침이 길거나 짧고 방법이 점점 달라져서 그 옛 방법을 따르는 사람이 있는가하면 새로운 방법을 만

202 성무기(成無己): 금(金)대 의학자. 현재 산동성(山東省) 요성(聊城) 서쪽인 요섭(聊攝) 사람. 대대로 의원 집안의 출신으로 장중경(張仲景)의 『상한론(傷寒論)』을 깊이 연구했고, 표리허실(表裏虛實)의 분석에 뛰어났음. 『내경(內經)』·『난경(難經)』 등의 이론을 근거로 『상한론』에 주해(注解)를 달고 분석해 1144년 『주해상한론(注解傷寒論)』 10권을 지었는데, 이는 『상한론』을 주해한 현존하는 최초의 책임. 이외 저서에 『상한명리론(傷寒明理論)』 3권, 『상한론방(傷寒論方)』 1권 등이 있음.

203 〈9침론(九鍼論)〉: 「영추(靈樞)」의 편명. 본편에서 침의 탄생·명명·형상·성능·임상응용 등에 대해 논술했음. '9침'은 옛날에 쓰던 9가지 침. 참침(鑱鍼)·원침(員鍼)·제침(鍉鍼)·봉침(鋒鍼)·피침(鈹鍼)·원리침(員利鍼)·호침(毫鍼)·장침(長鍼)·대침(大鍼)임. 모양과 쓰이는 용도가 다름.

204 자법(刺法): 침법(針法)·침자(針刺). 금속제의 침을 써서 인체의 일정한 체표 부위를 자극함으로써 치료목적에 도달하는 것. 고대에는 9침(九針)이 있었으나, 현재 주로 사용되는 것으로는 호침(毫針)·삼릉침(三稜針)·피내침(皮內針)·매화침(梅花針) 등임.

205 호침(毫鍼): 옛날에 쓰던 9가지 침의 하나. 침대가 가늘며 침 끝은 머리카락처럼 가늚. 현재는 탄력성이 좋은 금속으로 만든 가는 침을 말함. 굵기와 길이가 여러 가지 있는데, 침 치료 대상으로 하는 대부분의 병에 다 쓰임. 길이는 5푼~5치 또는 그 이상 되는 것도 있으며, 침 자루·침 날·침 끝으로 되어 있음.

든 사람도 있습니다. 각각 한 집안에 전해지는 것을 품어가지고 그 촌법(寸法)[206]을 이루었습니다. 이 때문에 자법도 또한 「영추」와 더불어 같지 않습니다. 이른바 '그 한열(寒熱)·통비(痛痺)[207]가 주로 낙맥(絡脈)[208]에 있는 것'이 아니라면, 그 기(氣)의 역순(逆順)과 맥(脈)의 허실(虛實)을 따라 보사(補瀉)[209]를 행하여 물리치거나 약화시키고, 임기응변(臨機應變)으로 대강 많은 병에 취합니다. 호침 외에 삼릉침(三稜鍼)[210]이 있는데, 대개 이는 9침 가운데 실려 있는 봉침(鋒鍼)[211]이란 것인 듯합니다. 비록 옹저(癰疽)[212]에만 정통하지만, 늘 그 쓰는 것에는 매우 많은 침이 있고, 또한 오직 「영추」와 더불어 생김새가 조금 같고

206 촌법(寸法): 침이나 뜸을 놓을 때 혈(穴)의 위치를 정하는 방법. '촌'은 혈의 위치를 정하는 기준 단위. 이는 사람의 몸을 기준으로 정하는 동신촌(同身寸) 등을 사용함.

207 한열(寒熱)·통비(痛痺): '한열'은 8강(八綱)에서 질병의 성질을 분별하는 한증(寒證)과 열증(熱證). 음양이 성하거나 치우쳐 성하거나 약해져서 생기는데, 양이 치우쳐 성하면 열증이 생기고, 음이 치우쳐 성하면 한증이 생김. '통비(痛痺)'는 '한비(寒痺)'의 다른 이름으로 전풍(箭風)이라고도 함. 비증(痺證)의 하나로서 풍한습(風寒濕)의 사기가 팔다리의 관절과 경락에 침입해 생기는데, 그 중에서 한사(寒邪)가 성한 비증. 관절이 몹시 아프고 아픈 곳이 일정하며, 차게 하면 더 아프고 덥게 하면 경해지며, 때로 손발이 오그라들기도 함.

208 낙맥(絡脈): 맥락(脈絡)·해맥(解脈)이라고도 함. 경맥에서 갈라져 나온 가지. 경맥보다 가늘고 보다 얕은 곳에 분포함. 15락맥(十五絡脈)과 365락(三百六十五絡)이 있음.

209 보사(補瀉): 한의학적 치료 원칙의 하나. 한의학적 치료에서 정기(正氣)가 허한 증상인 허증(虛證)에는 보(補)하는 방법을, 실증(實證)에는 사(瀉)하는 방법을 씀.

210 삼릉침(三稜針): 봉침(鋒針). 9침(九針)의 일종. 침 끝이 세모꼴이고 날이 있음. 주로 피하정맥(皮下靜脈)과 소혈관(小血管)을 찔러 옹종(癰腫)·열병(熱病)·급성위장염(急性胃腸炎) 등을 치료함.

211 봉침(鋒鍼): 옛날에 쓰던 9가지 침의 하나. 길이가 1치 6푼(약 5cm)이며, 침날이 둥글고 침 끝이 날 창처럼 세모진 침. 피를 뽑거나 옹저(癰疽) 및 열병 치료에 썼음.

212 옹저(癰疽): '옹'은 몸의 겉 층과 장부 등이 곪는 병증. '저'는 옹저의 하나로, 창면이 깊고 잘 낫지 않는 것.

많이 다를 것입니다. 중간에 또 때때로 의원들이 평침(平鍼)이라 일컫는 것이 있는데, 옹저·창절(瘡癤)[213]이 장차 그 짓물러 터지려고 할 때에 이르러 꼭대기를 째서 터뜨려 그 더러운 독(毒)을 빼내니, 논의 가운데 피침(鈹鍼)[214]이라 일컫는 것이 거의 이것인 듯합니다. 이것들을 뺀 나머지는 일찍이 「영추」 속에서 논의한 침을 보지 못했습니다. 큰나라에는 일찍이 이러한 침법이 다 전해지는 듯합니다. 그러나 또 일본과 같다면 온전히 전해지지 않을 듯합니다. 전대(前代)의 임금이 통신사를 맞이해 받아들인 해에 그대의 앞선 관리(官吏) 조(趙)선생이 우리나라를 보고 말하기를 '이 세상의 치료법이 비록 각각 같지 않다 하더라도 단지 미심(微甚)[215]만은 있을 뿐인데, 그 원침(圓鍼)[216]을 없앨 수 있겠습니까?'라 했습니다. 조공(趙公)의 이러한 말이 이미 있었으니, 그대 나라에는 원침이 있어 전해집니까? 그 원침이 있다면 또 다른 침도 있어 전해집니까? 제가 개인적으로 9침과 자법을 조사해보았는데, 가령 지금까지 전해질 수 있었지만, 그 방법에 한두 가지는 행하기 어려운 것이 있는 듯 보입니다. 그런데 큰나라에 이미 원침이 있다면, 또 비록 다른 침이라하더라도 감히 쓰는 것이 있겠지요. 그대 또한 그

---

213 창절(瘡癤): 피부에 얕게 생긴 헌데.

214 피침(鈹鍼): 옛날에 쓰던 9가지 침의 하나. 길이는 4치이고 너비가 2.5푼인 검처럼 생긴 침. 고름집을 째는 데 썼음. 현재는 잎침을 씀. 파침(破鍼)·비침(鈚鍼).

215 미심(微甚): 얼굴빛이 연한 것과 진한 것을 두루 일컬음. '미'는 얼굴빛이 연한 것이고, '심'은 진한 것. 또는 같은 성질의 맥상(脈象)의 차이 정도를 표현하는 말.

216 원침(圓鍼): 옛날에 쓰던 9가지 침의 하나. 길이가 1치 6푼이고, 침 끝이 둥실하게 뭉툭해 살갗을 뚫고 들어가지 않게 되어 있음. 사기(邪氣)가 근육 사이에 있는 비증(痺証)에 씀. 침을 혈 위에 대고 비비며 살갗 면만 자극함. 돌개침.

러한 방법을 이미 얻었습니까? 마침 행장(行裝) 속에 지니고 오신 것이 있으면 한번 볼 수 있기를 바라니, 자제들에게 전하고자 합니다."

○모암(慕菴) 대답: "「영추」·「소문」에 9침의 방법을 이미 밝혔고, 우리나라는 그것을 높여 쓰니, 어찌 홀로 원침으로 병을 치료하겠습니까? 저는 외과(外科)가 아니라 마침 지닌 것이 없어서 받들어 맞이할 수 없으니, 한스러워할만합니다." ○동원(東原) 말함: "9침의 방법이 어찌 다만 외과뿐이겠습니까? 비록 내과(內科)라 하더라도 소홀히 할 수 없습니다. 그대 나라는 '이미 그것을 높여 쓴다.'고 말씀하셨으니, 그대는 그 침 모양을 자세히 아시겠지요. 그것을 보여주시기 바랍니다." ○모암이 곧 품속에서 침 세 개를 꺼내 말함: "큰 것은 종기를 터뜨리는 침의 가장 작은 것인데, 대·중·소 세 가지 방법이 있습니다." ○ "이것이 바로 삼릉침(三稜鍼)이니 여러 경락(經絡)에 취하는데, 이 침 또한 큰 것이며 대·중·소 세 가지 방법이 있습니다." ○"이것이 바로 원침(圓鍼)입니다. 이것은 중간 것이고 대·중·소 세 가지 방법이 있으니, 합하여 9침이라 할 것입니다." ○동원(東原) 말함: "〈9침론(九鍼論)〉에 9침의 모양이 실려 있고, 각각 그 방법이 있어서 그 병을 치료합니다. 지금 그대가 보여주신 것을 보니, 오직 이 세 가지 침으로 9가지 방법을 나누어 이루고 있습니다. 대개 「영추」의 방법과 차이나고 어긋나는데, 그렇지 않다면 다른 유래가 있어서 그렇게 말씀하셨습니까? 정말 모르겠습니다." ○모암은 거듭 대답하지 않았다.

○동원이 또 물음: "『금궤옥함(金匱玉函)』에 4백4병(四百四病)에 대한 논의가 갖춰져 있습니다. 이것이 비록 의학자들에게 매우 중요해 후

세에 행해졌더라도, 오직 그 네 종류만 자세하며 일찍이 그 병은 세밀하게 나누어 보지 않은 것입니다. 대체로 네 종류라는 것은 이른바 4기(四氣)이고, 4기라는 것은 이른바 지(地)·수(水)·화(火)·풍(風)입니다. 중경(仲景)은 이미 '경왈(經曰)' 두 글자보다 낮으니, 비록 그것을 증명해서 밝혔다하더라도 그러나 「영추」·「소문」에 대한 질책은 감히 보인 바가 없습니다. 저는 개인적으로 『유마(維摩)』[217]에 설명된 바를 조사해보았는데, 후진(後秦·384-417)의 라습(羅什)[218]이 지·수·화·풍의 주(註)에서 말하기를 '각각 1백1병(一白一病)이 생겨난다.'고 했습니다. 이에 불교를 믿는 사람들에게 물었는데, 어떤 사람은 라습의 이러한 말이 〈대론(大論)〉[219]에 연유한다고 말한 바 있습니다. 어떤 사람은 또 『오왕경(五王經)』[220]에서 나왔다고 합니다. 「영추」·「소문」에는 진

217 『유마(維摩)』: 『유마경(維摩經)』. 대중구제를 소홀히 하고 자기 이익만 중시하던 부파불교를 비판한 대승불교의 경전. 병든 유마힐과 문병 온 부처 제자들의 대화로 이야기가 전개되는데, 내용을 통해 누구나 보살이 될 수 있고, 누구나 깨달음을 얻을 수 있다고 말함. 구마라습(鳩摩羅什)의 한역본(漢譯本)이 유명함.

218 라습(羅什): 구마라습(鳩摩羅什, 344-413). 중국 오호십육국시대의 인도 승려. 7세 때 출가하여 대승 불교에 능통하였으며, 수많은 경전을 한역(漢譯)하여 중국 불교계에 큰 영향을 끼쳤음. '구마라습'은 '쿠마라지바(Kumārajīva)'의 음역어임.

219 〈대론(大論)〉: 〈4기조신대론(四氣調神大論)〉. 「소문(素問)」 제2편으로, 인체는 네 계절의 기후에 따라 잘 보살펴야 질병에 걸리지 않음을 논하였음. '4기'는 봄·여름·가을·겨울의 온(溫)·열(熱)·냉(冷)·한(寒)의 기(氣)를 뜻하고, '조신'은 봄·여름·가을·겨울의 따뜻하고 덥고 서늘하고 추운 기에서 신기(神氣)를 잘 보살핀다는 뜻임.

220 『오왕경(五王經)』: 『불설오왕경(佛說五王經)』. 빈궁한 한 노인의 과거 인연과 부처에게 귀의하게 되는 과정 등을 설하고 있는 불경. 내용 중 '어떤 것이 앓는 괴로움인가. 사람에겐 4대(大)가 있어 그것이 화합하여 몸을 이루었습니다. 무엇이 4대인가. 지대(地大)·수대(水大)·화대(火大)·풍대(風大)입니다. 이중 한 대(大)라도 고르지 못하면 101가지 병이 생기고, 4대가 모두 고르지 못하면 404가지 병이 한꺼번에 일어납니다.'라는 구절이 있음.

실로 이 말이 없는데, 불교의 논의에 이미 이 말이 있으니, 대개 이는 장사노인(長沙老人)이 불교도(佛敎徒)를 따라서 경(經)에 말한 것입니까? 불교도의 이른바 4백4병은 번뇌(煩惱)로 몹시 어두움이니, 의가(醫家)가 간여할 바가 아닙니다. 중경이 어찌 그것에서 말미암았겠습니까? 그렇다면 무슨 책에 근본해서 그것을 말했습니까? 『상한론(傷寒論)』 자서(自序)에 인용된 바의 여러 책들에 나아가 살펴보고 그것을 말했습니까? 중경의 시대에 별도로 경(經)을 만든 것이 있었는지 모르겠습니다. 아마도 있었겠지요. 비록 그렇더라도 그 분명한 글을 보지 못했으니, 이러한 논의는 중경을 처음 시작한 사람으로 삼을 수 있습니다. 진인(眞人) 손(孫)선생[221] 또한 『천금방(千金方)』에 실었는데, 오직 중경만 따라서 그 글 전체를 기록했음을 유감으로 여겼을 뿐입니다. 다른 여러 학자들을 뒤져서 찾았지만, 또한 오직 분명하게 분별한 것만 보지 못했습니다. 만약 그 분별한 것이 있다면, 지나간 여러 대의 책들이 한우충동(汗牛充棟)[222]과 같더라도 되풀이해서 책 펴기를 서두르지 않고, 우선 의문스러워 빼놓은 것만을 따랐겠습니까? 큰 나라 군자께서는 여러 학자를 자세히 찾아 구하고, 그 널리 알려진 책들을 자세히

221 진인(眞人) 손(孫)선생: 손진인(孫眞人). 손사막(孫思邈). 중국 수(隋)·당(唐)대 의원. 섬서성(陝西省) 요현(耀縣) 사람. 음양·천문·의약에 정통했고, 수나라 문제(文帝), 당나라 태종과 고종이 벼슬을 주려 했으나 사양하고 태백산에 은거했음. 어려서 풍증에 걸려 가산을 탕진했기 때문에 평생 의학서를 존중하고 가까이했음. 그는 여러 약방문을 모아 보기 쉽고 알기 쉽게 『비급천금요방(備急千金要方)』 30권을 편찬했음. 저서에 『섭생진록(攝生眞錄)』·『침중소서(枕中素書)』·『복록론(福祿論)』·『천금익방(千金翼方)』 등이 있음.

222 한우충동(汗牛充棟): 수레에 실으면 소가 땀을 흘리고, 방에 쌓으면 들보에 닿음. 책이 많음의 비유.

살피셨을 듯합니다. 혹시 스스로 지식이 있으시다면, 일찍이 그것을 설명해주시겠습니까? 대체로 동한(東漢)[223] 때와의 거리가 대개 이미 2천년이니, 선철(先哲)이 일으키지 못했던 것을 지금에 일으킬 수 있다면, 그것은 장사(長沙)를 도와주는 것입니다. 저는 이로써 장차 장기(張機)의 충신이 될 수 있을 것이니, 따라서 군자를 질책하겠습니다."

○모암(慕菴) 대답: "지(地) · 수(水) · 화(火) · 풍(風)의 설명이 어찌 다만 장씨(張氏)의 논의뿐이겠습니까? 대저 자연의 이치에도 있으니, 반드시 의심할 문제는 아닙니다." ○동원(東原) 말함: "지 · 수 · 화 · 풍은 자연의 이치에 있습니다. 저도 진실로 그것을 알지만, 오직 그 4백4병(四百四病)에만 이르면, 나누어 짝지은 바를 보지 못했습니다. 세밀하게 나눈 것이 있다면, 자세한 가르침 보여주시기를 청합니다." ○모암 말함: "어수선하고 바쁘게 일본으로 건너왔고, 곧 서쪽으로 돌아갈 때가 멀지 않아서 세밀하게 우러러 말씀드리기 어려울 따름입니다."

○동원(東原)이 또 물음: "대인(戴人)선생은 일찍이 『유문사친(儒門事親)』[224]을 지었는데, 논의 가운데 책의 일부에서, 토(吐) · 한(汗) · 하(下)

223 동한(東漢): 중국 왕조의 하나로서, '후한(後漢)'이라고도 부르며, 전한(前漢)이라 불리는 서한(西漢)과 대비되는 나라. 25년에 왕망(王莽)에게 빼앗긴 한(漢)왕조를 광무제 유수(劉秀)가 되찾아 낙양에 도읍을 정하고 부흥시킨 나라. 220년에 위(魏)나라의 조비에게 멸망당하였음.

224 『유문사친(儒門事親)』: 종합의학서. 15권. 금(金)대 장자화(張子和)가 지었음. 그가 쓴 3가지 치료 방법인 한(汗) · 토(吐) · 하(下)에 대한 학술 견해와 각과 여러 병증의 임상 실천을 소개하였음. 이 책은 장자화가 마지기(麻知幾) · 상중명(常仲明) 등에게 가르쳐 준 내용을 마지기 등이 정리해 만들었다고 전해짐. 병증을 풍(風) · 서(暑) · 화(火) · 열(

3법(三法)으로 병을 치료함에 대해 완전하게 갖추었고, 그 당시의 동류(同類)들과 후세에 자세히 설명해 보인다고 서술하면서 말하기를 '내가 이 토·한·하 3법의 자세한 설명을 저술함은 병 치료하는 방법을 마련코자 했기 때문이니, 조목(條目)을 갖춰 세우되 6문(六門) 3법으로 나누어 싣는다. 대체로 6기(六氣)의 음(淫)[225]으로부터 여러 허(虛)와 온갖 손(損)에 이르기까지 3법으로 모두 치료한다.'고 했습니다. 대개 3법의 치료에 관해서는 다만 자화(子和)에게서만 어렴풋이 보이는 것이 아닙니다. 옛날에 비록 이미 이 법칙이 고르게 있었더라도, 그 허손(虛損)[226]을 치료함에 이르면 그러한 것은 일찍이 보지 못했습니다. 이에 단계(丹溪) 주씨(朱氏)는 이미 논의해 이르기를 '자화의 책은 자화가 쓰지 않았다. 명성이 중국 멀리까지 퍼져서 그 방법이 동류(同類)를 밝히는 데 지나친 것이 반드시 있으니, 어찌 그 책의 말한 것만 홀로 『내경(內經)』·중경(仲景)과 더불어 그 뜻하는 바가 다르겠는가?'라고 했습니다. 제가 가만히 조사해보니, 언수(彥修)의 이러한 논의는 표준에 알맞지만, 『유문(儒門)』 한 책의 의론과 구성법은 재주가 변변치 못한 사람

熱)·습(濕)·조(燥)·한(寒)·내상(內傷)·내적(內積)·외적(外積) 등 모두 10형(形)으로 나누어 논술했음.

225 음(淫): 지나치게 많아서 몸에 해를 주는 것. 사기(邪氣)를 말함. 예컨대, 6음(六淫) 등.

226 허손(虛損): 허로(虛勞)·허손로상(虛損勞傷)·노겁(勞怯). 오장(五臟)의 기혈음양(氣血陰陽)이 허(虛)하고 부족해 나타나는 여러 질병의 개괄이기도 함. 선천적으로 부족하거나 혹은 후천적으로 그 균형이 깨졌거나, 오랜 병으로 인해 허한 증상이 회복되지 않았거나 혹은 정기(正氣)의 손상 등에서, 각 종의 허약증후가 나타나는 것은 모두 이 범위에 속함. 그 병변과정은 대부분 점차적으로 이루어짐. 병이 오래되어 체질이 허약한 것이 '허'이고, 오랫동안 허한 증상이 회복되지 않는 것이 '손'이며, 허손(虛損)이 오래되면 '노(勞)'임.

이 그 월등하게 뛰어난 바를 보고 지을 수 있는 것이 아닙니다. 아마도 자화(子和)의 글일 것입니다. 뿐만 아니라 그 6문(六門) 10형(十形)을 법률로 세움과 같음도 자못 옛 관습을 그대로 따른 것이라고 할 수 있습니다. 비록 그러하더라도 3법(三法)의 자세한 설명은 그 허손(虛損) 치료하는 것을 고르게 하여 차이가 없고 의혹이 없습니다. 대체로 허손의 병에 대해서 어찌 정탈(精脫)[227]이라고 말하지 않을 수 있겠습니까? 그러나 허탈(虛奪)[228]을 함부로 취하고 아울러 그것을 공격한다면, 오히려 허(虛)함을 더 허하게 하는 잘못이 어리석음에 있게 되는 데 머무름입니다. 아마도 얼마간 한둘은 치료할 수 있겠지만, 그 천명(天命)을 그르치는 사람이 거의 십중팔구(十中八九)가 될 것입니다. 이 때문에 그 의론의 대부분은 취할만한 것이 있습니다. 이에 그 치료법에 이르지만 뒷걸음질 쳐서 의심하게 됩니다. 큰 나라 군자께서는 진실로 식견이 있으시니, 이른바 언수(彦修)가 잘못됨을 공격해 말한 것과 같다면, 마땅히 이 책은 자화의 글이 아닙니까? 마땅히 실제로 자화가 만들었고, 이 3법에서 법도로 취할 것이 있겠습니까? 두루 분별함에 이르러 저의 의혹을 풀어주시기 바랍니다."

○모암(慕菴) 대답: "토(吐)·한(汗)·하(下) 3법은 맥(脉)이 실(實)한 사람에게 씀이 마땅합니다. 어찌 맥이 허(虛)한 사람에 대해 논의하겠습니까? 많은 분별이 필요하지 않으니, 자명(自明)할 것입니다." ○동원

227 정탈(精脫): 정기(精氣)가 몹시 부족해진 것. 또는 유정(遺精). 몽설(夢泄)이 자주 있는 것.

228 허탈(虛奪): 기(氣)가 허하여 탈진함. 몸이 쇠약해 기운이 쭉 빠짐.

(東原) 말함: "3법의 치료는 그 맥이 실한 데 씀이 마땅합니다. 옛 사람들의 논의도 진실로 그러할 것입니다. 단계(丹溪)는 이미 '자화의 책은 자화의 글이 아니다.'라고 말했습니다. 그대는 자세히 대답하지 않으셨습니다. 제가 빼어나고 통달한 의론을 개인적으로 판단하건대, 아마도 자화입니까? 그대는 어떻게 말씀하시겠습니까?" ○모암 말함: "비록 언수(彦修)의 논의가 가장 이치가 없지는 않다고 하더라도 책은 자화로부터 말미암으니, 어찌 의심할 수 있겠습니까?" ○동원 말함: "이 책이 그대 나라에 유행하여 요사이 이 논의를 따라 치료에 사용하는 사람이 있습니까? 그대 또한 그것을 취하십니까?" ○모암 말함: "우리 나라에서도 진실로 유행하여 이 책을 말미암는 사람이 없지는 않습니다. 저 또한 그것을 갖추어두고 보는데, 얻을 수 있는 것은 얻고 버릴 수 있는 것은 버려서 그것을 뒤에 사용할 뿐입니다."

○동원이 또 물음: "하감(下疳)[229] · 변독(便毒)[230] · 양매창(楊梅瘡)[231]은 각각 그 증상이 다르지만, 그 원인이 되는 것은 똑같습니다. 우리 도

229 하감(下疳): 하감창(下疳瘡) · 투정창(妒精瘡). 매독(梅毒)으로 외생식기 부위에 생긴 헌데. 흔히 표피나 귀두 · 대음순 · 항문 등에도 생길 수 있음. 단발성이고 가렵지도 아프지도 않으며, 고름이나 진물이 없음.

230 변독(便毒): 횡현(橫痃). 양매창(楊梅瘡) 때 자개미에 멍울이 생긴 병증. 음저(陰疽)에 속함. 터져서 고름이 나온 다음 잘 아물지 않는데, 그 모양이 물고기 입 같다고 해 '어구(魚口)'라고도 했음.

231 양매창(楊梅瘡): 매창(霉瘡) · 광창(廣瘡) · 시창(時瘡) · 면화창(棉花瘡). 성병의 하나. 매독(梅毒)을 말함. 창양(瘡瘍)의 겉모양이 양매(楊梅)와 비슷하다고 해 양매창이라고 함. 간접 전염 또는 접촉 전염됨. 말기에 독이 골수 · 관절이나 장부에까지 침범한 것을 '양매결독(楊梅結毒 · 梅毒)'이라고 함.

호토[東都] 사이에도 요즈음 가장 유행했는데, 낮고 미천한 사람들 중에 특히 앓는 사람이 또한 자못 적지 않을 것입니다. 병을 얻은 처음에는 대체로 사간(瀉肝)[232]하는 약을 급히 써서 나쁜 독을 급히 없애면, 증세가 가벼운 사람은 1달을 넘김에 이르지 않고 효험을 얻습니다. 비로소 무거운 증세가 가벼워지면, 한갓 속만 치료하는 잘못을 따르지 않으며, 밖을 치료하되 상처 위에 고약(膏藥)을 붙이고, 종기 위에 쑥을 붙이면, 며칠 안에 그 효과를 얻는 사람이 있습니다. 이는 비록 조금은 병이 나은 듯하지만, 인하여 완전히 치료됨은 아닙니다. 계속 잇닿아 나쁜 독을 깊고 단단하게 해서 1달을 넘기고 1년이 지나거나 가끔 2~3년을 지냄에 이르면, 드디어 병이 다시 생겨납니다. 이때에는 사기(邪氣)[233]가 독을 더욱 더해서 머리가 아프고 마음이 어지러우며 근육과 뼈에 경련이 일어나 통증이 매우 심합니다. 곧 그 눈이 멀거나 그 귀가 들리지 않게 되기도 합니다. 이에 저 선유량(仙遺糧)[234]을 용량이 많게 하거나 또 다른 기이한 처방을 썼지만, 조금도 효험을 얻지 못했습니다. 오래되면 끝내 현문(玄門)[235]·양근(陽根)[236]이 없어져 제

232 사간(瀉肝): 사청(瀉青)·청간화(清肝火)·청간사화(清肝瀉火)·사간화(瀉肝火). 치료법의 하나. 맛이 쓰고 성질이 찬약으로 간화(肝火)를 없애는 방법.

233 사기(邪氣): 풍(風)·한(寒)·서(暑)·습(濕)·조(燥)·화(火)와 여기 등 병을 일으키는 요인. 일반적으로는 외감병(外感病)을 일으키는 외인을 말함. 외인(外因)이란 몸밖으로부터 침입한 사기를 말하므로 외인을 외사(外邪)라고도 함.

234 선유량(仙遺糧): 비해(萆薢)·냉반단(冷飯團). 마과 식물인 큰마의 뿌리줄기를 말린 것. 위경(胃經)·간경(肝經)에 작용함. 풍사(風邪)와 습사(濕邪)를 없애고 소변이 잘 나오게 함. 비증(痺證), 허리와 무릎이 아픈 데, 임증(淋證), 백탁(白濁), 대하증, 배뇨 장애, 헌데 등에 씀.

235 현문(玄門): '비(鼻·코)'의 다른 이름. 옛 의학서에 코는 천기(天氣)가 통하는 곳이라 하여 현문이라 하고, 입은 지기(地氣)가 통하는 곳이라 하여 빈호(牝戶)라 하였음.

구실을 할 수 없는 사람의 무리에 이르니, 어찌 낱낱이 열거할 수 없겠습니까? 오직 그 오보단(五寶丹)[237] 등이 있어 비록 기이한 효과를 간간이 얻는다 하더라도 겨우 다만 열에 두셋입니다. 세상의 의원들이 일가(一家)의 기이한 처방이라고 일컬으며, 경분(輕粉)[238]·수은(水銀)·독충(毒蟲) 등을 모아 합해서 환(丸)이나 가루로 만들어 억지로 그것을 주는 사람들이 있는데, 병이 낫는 것은 두셋일 정도로 아주 적습니다. 도리어 그 해로움을 더해 마침내 변하여 괴물처럼 되려고 하는 사람을 또한 오직 이루다 셀 수 없습니다. 저는 번번이 이 병을 진찰할 때마다 여러 학자들을 따라 처방을 찾았고 그것을 두루 시험했지만, 기이한 처방이라 할 만한 기이한 처방을 온전히 보지 못했습니다. 진해령(陳海寧)[239]의 『미창비록(黴瘡秘錄)』[240]이 세상에 오랫동안 유행해 비

236 양근(陽根): 남자의 외생식기인 음경(陰莖).

237 오보단(五寶丹): 양매(楊梅)로 인해 독(毒)이 뭉치고 몸이 허한 증상이나 독창(毒瘡) 등을 치료하는 데 쓰는 약. 진주(珍珠)·적유분(滴乳粉)·호박(琥珀)·주사(朱砂) 등의 약재를 뭉쳐 녹두알만한 크기의 환(丸)으로 만듦.

238 경분(輕粉): 수은분(水銀粉)·홍분(汞粉)·이분(膩粉)·초분(峭粉). 수은을 원료로 하여 만든 한약으로서 염화제1수은을 주성분으로 하는 수은 화합물. 기생충을 구제하고 가래를 삭이며, 적취(積聚)를 없애고 대소변이 잘 통하게 함. 악성 종기, 경부 림프절염, 변비, 복부 팽만, 부종 등에 씀.

239 진해령(陳海寧): 진사성(陳司成). 17세기 명(明)대 의사. 자는 구소(九韶). 절강성(浙江省) 해령(海嶺) 사람. 그의 집안은 8대째 의업에 종사했고, 가업을 계승해 의술을 연구했음. 매독 치료에 뛰어났으며, 1632년에 현존하는 최초의 매독학 전문서인 『매창비록(霉瘡秘錄)』을 지었음.

240 『미창비록(黴瘡秘錄)』: 『매창비록(霉瘡秘錄)』. 중국 명(明)대 진사성(陳司成)이 편찬해 1632년에 간행된 의서. 전 2권. 매독(梅毒)을 논술한 전문서로서, 내용은 총례(總例), 혹문(或問), 치험(治驗), 방법 및 의기(宜忌) 등의 5부분으로 나뉨. 내용 중에 매독의 증치에 대한 서술이 상세함.

록 그 받아들일 수 있는 것이 많다고 하더라도 감히 그 처방법을 시험하지 못했습니다. 그렇게 된 까닭은 여석(礜石)[241] 한 종류를 얻지 못했기 때문입니다. 『본경(本經)』[242]에 이 광물이 이미 있고, 이씨(李氏)[243]의 『강목(綱目)』[244]도 『별록(別錄)』[245]을 인용했으며, 혹은 『당본초(唐本草)』[246]에도 2품(品) 여석(礜石)을 별도로 실었습니다. 그것이 생산되는

---

241 여석(礜石): 비소가 삼산화(三酸化)된 것. 흰색 가루의 형태로 산이나 알칼리에 녹고 독성이 강하며, 목탄과 함께 가열해서 비소를 뽑아냄. 방부제, 쥐약, 안료의 원료, 광학 유리 제조의 청정제 따위로 쓰임.

242 『본경(本經)』: 『신농본초경(神農本草經)』. 『본초경(本草經)』. 중국 최초의 약물학(藥物學)에 관한 전문 서적의 하나. 원서(原書)는 일찍 없어졌고, 진(秦)·한(漢) 시기에 책으로 나왔다는 설과 이미 전국시대에 나왔다는 설이 있음. 옛날 백성들이 오랫동안 의료 실천을 통해 얻은 약물학 성과를 총결한 것임. 약물 365종을 상(上)·중(中)·하(下) 3품(品)으로 나누어 실었음. 약물의 다른 이름, 성질과 맛, 성장 환경 및 주치와 효능 등을 설명했음.

243 이씨(李氏): 이시진(李時珍, 1518-1593): 자는 동벽(東璧). 호는 빈호(瀕湖). 명(明)대 기주(蘄州) 사람. 35세에 약물의 기준서(基準書)를 집대성하는 일에 착수하여 생전에 탈고하였지만, 그가 죽은 후인 1596년에 『본초강목』 52권이 간행됨. 저서에 『기경팔맥고(奇經八脈考)』·『빈호맥학(瀕湖脈學)』 등이 있음.

244 『강목(綱目)』: 『본초강목(本草綱目)』. 중국 명(明)대 이시진(李時珍)이 전대 제가(諸家)의 본초학을 총괄하여 보충·삭제하고 바로잡아 저술한 책.

245 『별록(別錄)』: 『명의별록(名醫別錄)』. 약물학 저서. 작자는 미상인데, 도씨(陶氏)라는 설도 있음. 대략 한(漢)나라 말기에 의사들이 『신농본초경(神農本草經)』을 토대로 약성의 효용과 새로운 약물의 품종을 보충·기재해 만든 것임. 양(梁)대의 도홍경(陶弘景)이 『본초경집주(本草經集注)』를 편찬할 때 『신농본초경』의 약물 365종을 기록하고 이 책의 약물 365종도 함께 기록함으로써 책의 내용이 보존되게 되었음. 원문은 『증류본초(證類本草)』와 『본초강목(本草綱目)』 등에서 볼 수 있음.

246 『당본초(唐本草)』: 『신수본초(新修本草)』. 최초로 국가에서 펴낸 약물학에 관한 책. 54권. 당(唐)대 소경(蘇敬) 등이 659년에 지었음. 본문·그림·도경(圖經)의 세 부분으로 구성되어 있음. 『본초경집주(本草經集注)』를 바탕으로 옥과 돌·풀·나무·날짐승과 길짐승·벌레(곤충)와 물고기·열매·남새·곡식 및 이름만 있고 쓰이지 않는 것 등 9종류로 나누었고, 모두 850종의 약물을 실었음.

곳은 대체로 여러 산 끄트머리의 골짜기 사이에는 모두 많으니, 본디 얻기 어려운 것은 아닙니다. 비록 그러하나 『비록(秘錄)』을 조사해보았는데, 어떤 사람이 물으니 말하기를 '계유(癸酉 · 1753) 봄에 내가 무림(武林)[247]에서 객지살이하며 약 파는 가게를 두루 방문했지만, 진품(眞品)은 가지고 있지 않았다. 우연히 대대로 벼슬하는 집안이 맡은 지역에서 돌아오다가 그것을 얻었는데, 모양을 보니 활석(滑石)[248]과 비슷했고, 두드리니 굳세고 강했으며, 잘게 부수니 풀 먹인 솜과 같았다. 나는 모두 사서 돌아왔다.'고 했습니다. 또 〈갑자화독(甲字化毒)〉[249] 조목 아래에 말하기를 '내가 이 처방을 안지 3년 만에 비로소 여석을 얻었다. 이것으로 인하여 살펴보건대, 쉽게 얻을 수가 없다.'고 했습니다. 우리 도호토[東都]의 약 파는 가게 속에서 그것을 여러 번 찾았었고, 또 쌓아놓은 사이에서 여석이라 이름하면 그 값을 기다리는 사람들이 있지 않았습니다. 또한 진짜와 가짜를 분별하지도 못하고, 저 또한 진짜와 가짜를 알지 못하니, 얻는 것 같지만 얻지 못하는 것입니다. 이 때문에 『비록』 한 책만 시험할 수 없었던 것이 늘 한스러웠던 듯합니다. 큰 나라에서도 이 병을 많이 볼 수 있습니까? 『비록』의 여러 처방을 이미 시험했습니까? 여석은 그대 나라에 늘 있으며, 진짜와 가짜

247 무림(武林): 중국 절강성(浙江省)의 성도인 항주(杭州) 서쪽 지역.

248 활석(滑石): 곱돌 · 액석(液石) · 탈석(脫石) · 번석(番石) · 공석(共石). 단사정계(單斜晶系)의 규산마그네슘을 주성분으로 하는 천연광석. 소변이 잘 나오게 하고 습열사(濕熱邪)와 서사(暑邪)를 없앰. 임증(淋證), 소변이 잘 나오지 않는 증상, 부종, 서습증(暑濕證), 습진 등에 씀.

249 〈갑자화독(甲字化毒)〉: 『미창비록(黴瘡秘錄)』 중 매독(梅毒)에 사용하는 약인 '갑자화독환(甲字化毒丸)'에 대해 설명해 놓은 항목.

를 바로잡을 수 있습니까? 혹은 다른 기이한 처방이 있어 불치의 병을 지극히 치료할 수 있습니까? 바라건대, 금궤(金匱)[250]를 열어 자세한 가르침을 지금 보여주시면, 뒤에 가끔 제 구실 할 수 없는 사람들을 치료하겠습니다. 어찌 저의 어줿만 날개를 폅이겠습니까? 마땅히 그대의 어진 덕이 멀리 우리 일본에 두루 미침입니다."

○모암(慕菴) 대답: "양매(楊梅)라는 것은 습열(濕熱)을 번성케 하는데, 또한 허실(虛實)의 구분이 있습니다. 청열사습(淸熱瀉濕)[251]이 마땅히 기이한 처방이 됩니다." ○동원(東原) 말함: "청열사습이 당연한 이치임은 저도 진실로 압니다. 오직 그 간절히 바라는 바에 이르면, 별도로 다른 기이한 처방에 있을 뿐입니다." ○모암 말함: "비록 기이한 처방이 매우 많이 있다 하더라도 전하여 집안의 비밀이 되었기 때문에 받들어 돕기 어려울 뿐입니다." ○동원 말함: "한두 가지 보태주시기 바랍니다. 저 또한 영원히 집안의 비밀로 삼겠습니다. ○모암 말함: "내일 와서 개인적으로 전할 수 있을 것입니다." ○동원(東原) 말함: "그대는 이미 『비록(秘錄)』을 시험하셨습니까? 혹은 여석(礜石)을 써보셨습니까?" ○모암(慕菴) 말함: "『비록』 한 책은 아직도 시험하지 못했으나, 여석에 이르면 우리나라에 간간이 쓰는 사람들이 있습니다." ○동원 말함: "여석은 진짜와 가짜에 대해 자세히 알지 못합니다. 청컨대, 어떻게 뛰어난 감식(鑑識)을 할까요? ○모암 말함: "저 또한 자세히

---

250 금궤(金匱): 구리로 만든 궤. 고대에 문헌 등을 간수하는 데에 썼음. 인신해, 길이 전함.

251 청열사습(淸熱瀉濕): '청열'은 성질이 찬 약으로 열을 내리는 것이고, '사습'은 습(濕)이 병을 일으키는 사기(邪氣)인 '습사(濕邪)'를 버리거나 덜어내는 것.

알지 못할 뿐입니다."

○동원이 또 물음: "예나 지금이나 치료의 어려움은 허손(虛損)보다 어려움이 없는데, 그 중에서도 어렵다고 일컬음은 전시(傳尸)·노채(勞瘵)[252]가 가장 그 어려운 데 있을 것입니다. 그러므로 예로부터 여러 학자의 처방 논의가 뒤섞여 어지럽고 책들에 가득 찼습니다. 저는 여러 해 여러 학자를 좇아 그것을 두루 시험했으나, 반드시 여러 가지 가운데 그 중심에 꼭 들어맞음을 보지 못했습니다. 이 어찌 다만 제가 의원의 할 바에 대하여 대체로 함께 머무름이겠습니까? 저뿐만 아니라 이보다 오륙십년 앞서 우리나라 오사카[大阪]의 의원이 명(明) 오산(吳山) 사람[253]이 지은 『의방고(醫方考)』의 미루어 헤아림을 이어받아, 그 노채의 처방 뒤에 이르기를 '나는 여러 번 노채를 치료했고, 여러 학자를 오랫동안 시험했으나, 감히 효능을 얻지 못했다. 우연히 갈씨(葛氏)가 지은 『십약신서(十藥神書)』[254]라는 것을 얻어 그것을 증험해서 가끔 그 기이한 효과를 얻었다.'고 했습니다. 저는 그것을 따라 믿고

252 전시(傳尸)·노채(勞瘵): 전염성 있는 만성적 소모성 질병. 폐결핵의 부류. 그 발병원인은 어떤 요인에 의해 저항능력이 약해져서 호흡기관에 결핵균이 감염되어 생김. 그래서 이를 '전시로(傳尸癆)'라고도 하는데, 이는 병이 서로 전염되는 것임을 형용한 말임. 노채(癆瘵)·폐로(肺癆).

253 명(明) 오산(吳山) 사람: 명(明)대 의사인 오곤(吳崑, 1552-1620).

254 『십약신서(十藥神書)』: 중국 원(元)대 갈가구(葛可久)가 편찬하고, 1348년에 간행된 의서. 전 1권. 이 책은 10개 항의 허로(虛勞), 토혈(吐血)을 치료하는 경험방이 갑·을·병·정 등으로 나누어 배열되어 있음. 치료 방제가 기묘하면서도 정도에서 벗어나지 않았는데, 대개가 실용적이고 효험이 있음. 이 책의 증보 평주본(評注本)이 매우 많이 간행되었고, 현재 영인본이 전함.

이른바 그 『신서(神書)』를 보았는데, 의론과 방법은 거의 평범한 데서 나왔고, 비록 10가지 방법의 차례가 자세히 나뉘어 후세(後世)의 감계(鑑戒)를 갖췄다 하더라도 대개 모두 늘 시행되는 방법이었습니다. 또 그 6대(六代)[255]의 전충(傳蟲)[256]같은 것은 모양을 풀이함에 무고(巫蠱)[257]의 언론(言論)으로 사람들을 두렵고 당혹케 하니, 즐겨 믿고 쓸 수 없습니다. 이 때문에 비록 저들이 홀로 칭찬하더라도 저는 감히 시험하지 못했을 뿐입니다. 『최씨사화혈법(崔氏四花穴法)』[258]은 늘 의원들이 대략 그것을 믿고, 저 또한 늘 이 방법을 취합니다. 대체로 병의 초기에 그것을 빨리 행하면 우연히 그 효과를 볼 수도 있고, 점점 달을 넘김에 이르면 한갓 이로움이 없지는 않으나, 점차 그 해로움을 더하게 됩니다. 오직 대체로 옛날에만 이미 그 특별한 효험이 있었고, 지금은 또 그 특별한 효험이 없으니, 어째서입니까? 이는 다름이 아니라 겉만 진찰하는 잘못 때문입니다. 바야흐로 지금의 의원들은 그 옛것만을 자세히 살피고, 실제로는 그 서투른 재주만도 못합니다. 또 오직 어찌할 수 없을 뿐입니다. 따라서 지금 세상의 치료를 생각해보면, 그 옛 처방의 신묘한 경지에 들어가지 못하니, 어찌 효과를 얻겠습니

---

255 6대(六代): 중국의 당(唐)·우(虞)·하(夏)·은(殷)·주(周)·한(漢) 왕조.

256 전충(傳蟲): 전시(傳尸)를 일으키는 벌레라는 뜻. 결핵균. 전시충(傳尸蟲)·노충(癆蟲)·노채충(勞瘵蟲).

257 무고(巫蠱): 무당이 사술(邪術)을 써서 사람에게 해를 입히는 일.

258 『최씨사화혈법(崔氏四花穴法)』: 중국 당(唐)대 언릉(鄢陵) 사람인 최지제(崔知悌)의 저서. 골증(骨蒸)·전시(傳尸)·노채(勞瘵) 등의 초기에 사화혈에 뜸을 뜨는 방법 등을 담고 있음. 최지제는 이외에도 『노채방(勞瘵方)』·『골증병구방(骨蒸病灸方)』 등의 저술을 남겼음.

까? 큰 나라에서는 일찍이 이 병을 진찰하여 누구의 처방 논의를 늘 첫째로 삼으십니까? 그대는 이미 기이한 처방을 얻어 여러 번 효과를 보신 적이 있으십니까? 최지제(崔知悌)의 『혈법(穴法)』은 오래된 방법이라 할 수 있는데, 자주 그것을 시험하여 늘 효과를 얻을 수 있었습니까? 그대가 그 진귀하고 소중한 것을 간직만하지 않으신다면 다행이겠습니다."

○모암(慕菴) 대답: "5로7상(五勞七傷)[259]은 아래로부터 비롯하여 각각 그 경(經)에 있게 되고, 또한 허실(虛實)이 있습니다. 맥(脈)의 허실을 살핌이 마땅하고, 몸의 한열(寒熱)을 조사할 수 있으면 반드시 수승화강(水升火降)[260]으로 하여금 심장은 번성케 하고 허파는 축축하게 한다면, 응당 조금도 실수 없는 효과가 있을 것입니다. 뜸은 틀림없이 혈(血)을 줄어들게 하니, 두루 시험할 수 없을 따름입니다." ○동원(東原) 말함: "음(陰)을 올리고 양(陽)을 내린다면 오로지 축축히 젖게 함이니, 예나 지금이나 허로(虛勞)에 대한 명확한 논의입니다. 뜸불은 본래

---

259 5로7상(五勞七傷): '5로'는 오장이 허약해서 생기는 허로(虛勞)를 5가지로 나눈 것. 심로(心勞)·폐로(肺勞)·간로(肝勞)·비로(脾勞)·신로(腎勞)를 말함. 원인에 대해 심로는 혈(血)을 상한 것이고, 간로는 신(神)을 상한 것이며, 비로는 음식에 상한 것이고, 폐로는 기가 부족한 것이며, 신로는 정(精)을 상한 것임. '7상'은 몸에 허손증(虛損證)을 생기게 하는 7가지 원인. 지나치게 먹으면 비(脾)가 상하고, 몹시 성을 내면 간(肝)이 상하며, 억지로 힘을 몹시 쓰거나 습한 곳에 오랫동안 있으면 신(腎)이 상하고, 찬 기운을 받거나 찬 음식을 잘못 먹으면 폐(肺)가 상하며, 지나치게 근심하고 생각하면 심(心)을 상하고, 바람·비·더위·추위를 받으면 형체를 상하고 몹시 두려워하면 마음이 상함.

260 수승화강(水升火降): 신장에서 발생한 '수'의 찬 기운이 '승(위로 올라감)'하여 상체를 차게 하고, 심장에서 발생한 '화'의 뜨거운 기운이 '강(아래로 내려옴)'하여 하체를 따뜻하게 하는 것.

양(陽)을 도우니, 양이 왕성하면 음(陰)은 약해집니다. 혈(血)이란 것은 본래 음이니, 음이 약해지면 또한 혈을 잃지 않음이 없습니다. 혈을 줄어들게 한다는 분별은 옛 사람들이 진실로 지니고 있었습니다. 그러나 옛 사람들 중 간혹 뜸불을 더해 사회(死灰)[261]를 일으키는 사람도 있었습니다. 그대는 특별히 '두루 시험할 수 없다.'고 말씀하셨는데, 그대 나라에서는 이러한 증세에 대해 모두 뜸법을 그만둡니까?" ○모암 말함: "허로 한 가지 증세만큼은 우리나라에서 뜸 치료를 모두 꺼립니다." ○동원 말함: "그렇다면 비록 『최씨사화지법(崔氏四花之法)』이라 하더라도 또한 반드시 쓰지 않습니까?" ○모암 말함: "그렇습니다. 절대로 쓰지 않을 따름입니다." ○동원 말함: "이른바 오래되었다고 할 수 있는 『십약신서(十藥神書)』는 그대 나라에서 세상에 유행합니까? 그대 또한 이미 시험하셨습니까?" ○모암 말함: "우리나라 의원들 중 가끔 쓰는 사람도 있을 것입니다." ○동원 말함: "그대는 쉴 곳으로 나아가셔야하고, 저 또한 헤어졌다가 내일을 기다려 나머지 논의를 드림이 마땅합니다." ○모암 말함: "묵재(默齋)·삼계(三桂)[262]가 그대로 자리에 있고, 그대는 의담(醫談)으로 피곤할 테니, 두 선생과 함께 시를 지어 서로 주고받으시지요." ○동원 말함: "봄비도 자주 내리면 귀중한 가치가 점점 줄어듭니다. 시문(詩文)을 지어 서로 주고받음 또한 내일

---

261 사회(死灰): 식은 재. 불기가 없는 재. 의기소침함, 실망함의 형용. 실패해 망한 사람이나 그러한 일의 비유.

262 묵재(默齋)·삼계(三桂): '묵재'는 조선 측 수행원 중 종사반인(從事伴人) 통덕랑(通德郎) 홍선보(洪善輔)이고, '삼계'는 조선 측 서방(書房)으로서 마츠모토 오키나가[松本興長] 등과 나눈 창화(唱和)가 『양동투어』 건(乾)권에 수록되어 있음.

밤을 기약하겠습니다." ○모암 말함: "내일 만남이 비록 확실하다 하더라도 헤어지는 마음으로 서운하기만 합니다."

동원 아룀: "여러분은 다행히 건강하십니까? 저는 위로 부모를 섬기고 아래로 아내와 자식을 기르며, 생활하기에 바쁘지 않아 날마다 약파는 늙은이의 모양으로 지내고 있습니다. 그러므로 몇 번 왔어도 손모아 읍할 수 없었으니, 한스러워할만할 뿐입니다." ○추월(秋月) 대답: "전(田)선생[263] 오셨습니까? 내 하루라도 그대를 보지 못하면 천박하고 속된 마음이 이미 생겨납니다." ○동원(東原) 말함: "밝은 덕과 빛나는 재주를 군자께서 진실로 지니셨으니, 저희들 소인(小人)은 때맞춰 와서 그 훌륭한 도덕규범을 오래도록 누려, 깨끗함과 욕심 없음은 날마다 쌓이고 더러운 찌꺼기는 날마다 빠져나갑니다." ○퇴석(退石) 말함: "저는 병이 있어 윗도리를 입지 못하고, 또 격식을 차리지 않고 편히 앉았으니, 허물하지 마십시오. 어떠하십니까?" ○동원 말함: "전에 병 때문에 사양하시더니, 지금 또한 병이라 일컬으시니, 그렇다면 무슨 병이 있으십니까? 어리석은 저는 이 지경에 이른 것이 한스럽고, 마음은 매우 불안합니다." ○퇴석 말함: "우역(于役)[264]으로 머나먼 곳에서 쇠약해졌고, 앓는 날이 더해졌을 뿐입니다." ○동원 말함: "가득 찬 병에도 다른 사람들과 함께 우연히 앉으셨는데, 어찌 예의범절 지키는 태도를 허물하겠습니까? 그대는 마음대로 하실 수 있습니다."

263 전(田)선생: 동원(東原) 요코타 준다이[橫田準大]의 성(姓) 중 '전'자만 따서 부른 호칭.
264 우역(于役): 임금의 명(命)을 받들어 외국에 사신(使臣)으로 가거나, 병역(兵役)이나 노역(勞役)으로 밖에서 바쁨.

동원에게 다시 화답함

추월(秋月)

연이은 봄 동산의 모임 袞袞春園會
못가 굽이에 대숲이 우거졌네 芳池竹樹隈
잇달아 밝혀 타고난 기품 알겠고 聯明知稟氣
갈고 닦아 재주 이루기에 힘썼다네 磨琢勉成才
물 뿌리고 쓺은 인륜의 시작이고 灑掃人倫始
글 읽는 소리는 성인 가르침에 비롯하네 伊唔聖訓開
걱정 없이 멀리서 온 벗 알아주니 未愁知友遠
시부도 우리들과 짝하겠네 詩賦爲吾陪

동원에게 거듭 보답함

퇴석

우리 집은 어느 곳에 있는가 我家何處在
쌍수 옛 성[265] 모퉁이라네 雙樹古城隈
늘그막에 다른 나라에 왔으니 垂老來殊域

---

265 쌍수(雙樹) 옛 성: 충청남도 공주의 쌍수산성(雙樹山城). 조선시대 이괄의 난을 피해 공주로 피난 온 인조(仁祖)가 6일간 머무르다 난이 평정되었다는 소식을 듣고 기뻐하며 자신이 기대고 있던 쌍수(두 그루가 짝을 지어 자라는 나무)에 정3품의 작위를 내린 데서 유래된 명칭. 이는 백제가 서울인 한성에서 웅진(공주)으로 도읍을 옮긴 이후 공주를 지키던 백제의 산성으로, 당시에는 '웅진성'으로 불리다가 고려시대에는 '공산성', 조선 인조 이후에는 '쌍수산성'이라고 불림. 충청남도 공주는 퇴석(退石) 김인겸(金仁謙)의 고향이기도 함.

사람 만나도 재주 없어 부끄럽네	逢人愧不才
아양[266]은 누구를 향해 화답하나	峨洋向誰和
글은 그대 얻어 펼치네	文墨得君開
내일은 헤어져 떠나가리니	明日分携去
서쪽으로 돌아가는 조정(朝廷)의 신하일세	西歸玉階陪

동원(東原)에게 보답함

용연(龍淵)

절간 안에서의 거듭된 만남	重逢僧院裡
구름 낀 바닷가 언덕에 마주앉았네	耦坐海雲隈
서촉의 소씨 집안[267]처럼 오묘하고	西蜀蘓家妙
동오 육씨[268]의 재주일세	東吳陸氏才

266 아양(峨洋): 〈아양곡(峨洋曲)〉. 〈아양곡〉은 춘추시대 백아(伯牙)가 타고 그의 벗 종자기(鍾子期)가 들었다는 거문고 곡조로, 〈고산유수곡(高山流水曲)〉, 〈유수곡(流水曲)〉이라고도 함. 백아는 거문고를 잘 탔는데 종자기가 이것을 잘 알아들어서 백아가 '높은 산[高山]'을 염두에 두고 거문고를 타면 종자기는 이를 알아듣고 "아, 훌륭하도다! 험준하기가 태산과 같다.[善哉! 峨峨兮若泰山]"고 하였으며, 백아가 '흐르는 물[流水]'을 염두에 두고 거문고를 타면 종자기는 이를 알아듣고 "아, 훌륭하도다! 광대히 흐름이 강하와 같다.[善哉! 洋洋兮若江河]"고 하였음. 이를 '지음(知音)'이라 하여 서로 상대의 포부나 경륜을 알아주는 친한 친구 사이를 비유하게 되었음. 『열자(列子)』「탕문(湯問)」.

267 서촉의 소씨 집안: '서촉'은 중국 사천(四川) 지방. 고대에 촉(蜀)에 속했고, 서쪽에 위치하므로 이름. '소씨 집안'은 중국 송(宋)대 문인 소순(蘇洵)과 그의 두 아들인 소식(蘇軾)·소철(蘇轍) 부자를 말함. 현재 사천성(四川省) 미산(眉山)이 이들의 고향임.

268 동오 육씨: '동오'는 삼국시대 오(吳)나라. '육씨'는 육기(陸機, 261-303)임. 진(晉)의 오군(吳郡) 사람. 자는 사형(士衡). 오(吳)가 망하자 10년 동안 은거하며 독서에 전념한 후, 낙양(洛陽)에 들어가 문명(文名)을 떨쳤음. 저작에 『문부(文賦)』, 문집에 『육사형집

밥 짓는 연기에 지저귀는 제비 한 쌍　　簷煙雙燕語
비 내린 숲에 꽃 뒤섞여 피었구나　　林雨雜花開
지척에 봉래산(蓬萊山) 가는 길이니　　咫尺蓬山路
신선은 비범함을 한결 보태네　　眞仙倘一陪

○동원 말함: "여러분의 절묘한 경지는 현포적옥(玄圃積玉)[269]이자 야광(夜光) 아님이 없습니다. 늘 맑고 깨끗함을 내놓으셔서 자못 사람의 눈을 비춥니다." ○퇴석(退石) 말함: "비록 모래를 헤치고 금을 가려냈다 하더라도 감히 보배는 보지 못했으니, 부끄러워할만할 뿐입니다." ○퇴석 아룀: "후지[富士]산은 홀로 기이하지만, 도리어 우리나라의 금강산(金剛山)·묘향산(妙香山)·태백산(太白山)·지리산(智異山)·덕유산(德裕山)·구월산(九月山)·속리산(俗離山)만 못합니다." ○동원 대답: "그대는 이미 후지산 봉우리를 대충 보셨겠지만, 저 같은 사람은 일찍이 큰 나라를 두루 돌아다니며 그 산들에 올라갈 수 없었습니다. 이 때문에 그 거짓말을 막아야겠습니다. 다른 사람들은 감히 대답할 바를 알지 못합니다." ○동원 아룀: "마츠시마[松島][270]·기사카타[象瀉][271]·스마[須磨][272]·아카이시[赤石][273]·비와[琵琶]호[274]·와카우라[和

(陸士衡集)』이 있음.

269 현포적옥(玄圃積玉): 현포에 쌓인 옥. 곧, 정수(精粹)를 한 곳에 모음. 아름다운 시문의 비유.

270 마츠시마[松島]: 미야기[宮城]현에 있는 일본 3대 절경 중 하나. 에도시대에 일본 전국을 돌아다니면서 수학한 유학자 하야시 가호우[林鵞峰]가 『일본국사적고(日本國事跡考)』에서 교토[京都]의 아마노하시다테[天橋立], 히로시마[廣島]의 이쓰쿠시마[嚴島]와 함께 '일본3경(日本三景)'이라 언급한 데서 유래함.

271 기사카타[象瀉]: 기사카타구치[象瀉口]. 일본 혼슈[本州] 북서쪽 해안에 있는 초카이

歌浦][275]의 명승고적(名勝古跡)은 비록 훌륭한 그림처럼 뛰어나더라도 진실로 본떠서 묘사하기 어렵습니다. 우리나라에 우연히 그린 것들이 있지만, 실제로 그 경치나 상황을 본뜬 데 이르면 겨우 일부분일 뿐입니다. 여러분이 만약 여기에서 돌아보신다면, 거의 하의(下衣)의 옷자락을 걷어 올리고 구름까지 올라가는 기운이 있을 것입니다." ○퇴석(退石) 대답: "아울러 말씀하신 곳은 뛰어나게 아름다운 경치라고 대강 들었지만, 자세한 바는 듣지 못했습니다." ○동원(東原) 말함: "네댓 명이 저를 뒤따라 일찍이 그에 대해 기록했습니다. 그 글은 비록 참으로 서투르지만, 경치나 상황은 조금 자세합니다. 지금 장차 여러 여행 용구를 갖추어둘 것인데, 탈고(脫稿)하지 못했으니, 이것만이 한스러울 뿐입니다." ○퇴석 말함: "그대의 호(號)가 '동원'인데, 이 또한 땅이름을 따랐습니까? ○동원 말함: "그렇습니다. 도성과의 거리가 10여리인

[鳥海]산 지역. 초카이산은 야마가타[山形]현과 아키타[秋田]현에 걸쳐있는 도호쿠[東北] 지방에서 두 번째로 높은 산. 일본의 국정공원(國定公園)으로 100대 명산에 속하고, 후지산과 외관이 닮아 '데와후지[出羽富士]'라고도 불림.

272 스마[須磨]: 효고[兵庫]현 고베[神戶]시 해변 지역. 현재는 '스마해변공원'으로 조성되어 있음. 고베의 '꽃의 명소 50선' 중의 하나로서 벚꽃이 유명함.

273 아카이시[赤石]: 혼슈[本州] 중앙부의 야마나시[山梨]・시즈오카[靜岡]・나가노[長野]현 등에 걸친 산맥 지역. 히다[飛驒]・기소[木曾]산맥과 아울러 해발 3,000m급의 고봉들이 있어서 이른바 '니혼 알프스'라고 통칭되며, 일본 최고봉 후지[富士]산도 이 중앙부에 있음.

274 비와[琵琶]호: 혼슈[本州] 중서부 시가[滋賀]에 있는 일본에서 가장 큰 담수호. 그 모양이 비파를 닮았다 하여 이런 이름이 붙었음. 일본 역사 초기에 동해와 세토나이카이[瀨戶內海] 사이를 오가는 중요한 수로였음. 아름다운 경치와 히에이[比叡]산 꼭대기에 있는 사원들로 유명하여 수많은 시의 주제가 되어왔음.

275 와카우라[和歌浦]: 와카야마[和歌山]현 세토나이카이[瀨戶內海]국립공원에 속하는 해안경승지.

서쪽에 오오하라[大原]가 있는데, 이곳은 무사시하라[武藏原]라고도 합니다. 동원이란 곳은 곧 이곳입니다. 〈우공(禹貢)〉[276]에 말하기를 '동원 땅이 평평함에 이르도다.'라고 했는데, 글이 그곳과 더불어 합하기 때문에 사사로이 그것을 근거로 삼았을 뿐입니다." ○퇴석 말함: "동원은 큼을 가지고 일컬음입니다. 그러나 아마도 우리의 대동(大同)·소양(昭陽)·압록(鴨綠) 등의 큰 강만 못할 것입니다." ○동원 말함: "일컬으신 곳은 그 큼을 알지 못하겠습니다. 우리 동원의 땅이 이러한 땅들과 같이 크다고 감히 일컫지 못하겠습니다. 우리나라는 중국보다 매우 작습니다. 눈 속에 바라보이는 것이 동서남북으로 겨우 8백리 남짓인데, 끝없이 넓고 멀리 평평하게 이어져 길게 뻗었으며, 모모(牡茅)[277]와 복(菖)[278] 덩굴만 평평했습니다. 흙을 덮어 처음 나라를 세운 뒤로 백년 남짓에 쇠퇴하고 나쁜 운수는 크게 통하고, 덕화(德化)가 널리 베풀어졌으며, 어루만져 편안하게 한 까닭에 백성들이 날로 번영했습니다. 비록 좁고 누추하다 하더라도 배를 두드리며 교화됨을 즐거워했습니다. 그러므로 멀지 않은 과거 시대에 여러 곳에 마을을 만들었고, 근본 되는 일을 힘써 길렀습니다. 저는 그 곁에서 태어났기 때문에 호(號)로 지었습니다." ○퇴석 말함: "넓고 큼이 동원을 뛰어넘는 곳은 달리 어디에 그 땅이 있습니까?" ○동원 말함: "미야기[宮城]들판[279]·간

---

276 〈우공(禹貢)〉: 『서경(書經)』「하서(夏書)」의 편명. 중국을 9주(九州)로 나누고, 각 구역의 교통·지리 및 산물과 공부(貢賦)의 등급 등에 대한 내용임.

277 모모(牡茅): 속(藗). 백모(白茅·흰 띠)에 속하는 열매를 맺지 않는 띠. 또는 아직 이삭이 패지 않은 띠.

278 복(菖): 복(葍). 나복(蘿菖·蘿葍). 무. 『이아(爾雅)』에서 그 생태에 대해 '땅에 덩굴지어 자란다[蔓地生]'고 하였음.

코우[菅荒]들판 · 아다치[安達]벌판[280] · 노부오[信夫]벌판[281] 등의 넓이가 동원보다 두세 배 됩니다." ○퇴석 말함: "'동하(東河)'는 또한 강물의 이름입니까?" ○동원 말함: "그렇습니다. 동하란 것은 도읍 지역의 '묵수(墨水)'에서 이름을 얻었습니다. 강은 비록 크지 않지만, 경치가 아름답고 매우 기묘하여 도호토[東都]에서 가장 뛰어날 것입니다. 달리 웅장한 경관(景觀)도 있지만, 이 뛰어난 자취와 같은 곳은 없기에 그 아름다운 경치를 따라 이름을 얻었습니다." ○퇴석 말함: "일찍이 묵하(墨河)가 굉장한 경관이라고 사람들에게 들었습니다. 실제로 도호토에서 유명하다니, 오직 잠깐이라도 보지 못하는 것 때문에 한스럽습니다." ○동원 말함: "흐뭇하게 마음에 맞는 아름다운 경치는 반드시 큰 데 있지 않습니다. 한없이 넓고 아득한 강의 흐름이나 숲의 나무가 무성해 빽빽함도 자못 호복한상(濠濮閒想)[282]에 있으니, 새와 짐승과 물고기가 스스로 와서 사람들과 친해짐을 깨달으면 됩니다.[283]" ○퇴

---

279 미야기[宮城]들판: 혼슈[本州] 북부에 있는 미야기현(縣) 센다이[仙台]시 북동부의 평야지대.

280 아다치[安達]벌판: 혼슈 북동부에 있는 후쿠시마[福島]현 니혼마츠[二本松]시 지역. 사람들을 잡아먹고 살았다는 오니바바[鬼婆 · 마귀할멈] 전설과 무덤으로 유명함.

281 노부오[信夫]벌판: 혼슈 북동부에 있는 후쿠시마[福島]현 지역.

282 호복한상(濠濮閒想): 한가롭고 고요한 생각. 장자(莊子)와 혜자(惠子)가 호수(濠水)에서 물고기 노는 것을 보면서 거닐었던 일과 장자가 복수(濮水)에서 낚시질하면서 초왕(楚王)의 부름에 응하지 않았던 고사.

283 새와 짐승과 물고기가 스스로 와서 사람들과 친해짐을 깨달으면 됩니다: 양(梁)나라 제2대 황제(503-551)로서 중국 역대 제왕 중 뛰어난 문재(文才)로 알려진 간문제(簡文帝)가 화림원(華林園)에 들어가서 좌우를 돌아보며, '마음에 맞는 곳을 찾으려면 굳이 멀리 갈 필요가 없다. 울창하게 우거진 이 수목 사이에 들어서니, 호량과 복수 가에 와 있는 듯한 느낌이 저절로 든다. 새와 짐승과 물고기가 스스로 와서 사람들과 친해짐을 깨달으면 된다.[會心處, 不必在遠. 翳然林水, 便自有濠濮閒想也. 覺鳥獸禽魚自來親

석 말함: "풍경은 진실로 혜장(惠莊)[284]으로 하여금 생각하게 하겠지만, 저는 머릿속으로 그려보는 데 어두워 마음과 정신이 함께 달려 나감만 깨닫겠습니다." ○동원(東原) 물음: "복식(服飾)과 의관(衣冠)에 자세히 알지 못하는 것이 있습니다. 화산군자(花山君子)가 쓴 것은 무엇입니까?" ○용연(龍淵) 말함: "세상 사람들이 말하기를 '고자건(高子巾)'이라 합니다." ○동원 말함: "여러분은 이미 수십 수백 리(里)나 산을 넘고 강을 건너셨습니다. 바닷가 봉우리에서 자연을 바라보고 살피며 머무르시면, 아름다운 일이 많습니다. 그대는 진실로 임지(臨池)[285]에 힘써서 뽑히셨고, 붓을 휘둘러 자유자재한 운필(運筆)을 일으키시니, 마땅히 환아(換鵝)[286]를 바랍니다." ○용연 말함: "비록 시와 비슷한 것이 있더라도 받들어 써드릴 겨를이 없으니, 살피는 데 어려울 수 있습니다." ○동원 말함: "그대는 진실로 동화(東華)[287]의 좋은 솜씨이니, 그 근육을 얻으셨습니다. 이묘(二妙)[288]보다 매우 뛰어나시니, 다른 날 편

人.]'고 한 데서 유래함. 『세설신어(世說新語)』「언어(言語)」.

284 혜장(惠莊): 혜자(惠子)와 장자(莊子). '혜자'는 '혜시(惠施)'. 전국(戰國) 때 송(宋) 사람. 명가(名家)의 대표적 인물로, 합동이설(合同異說)을 주장함. 사물의 동일성을 지나치게 과장하여 궤변으로 흐르는 일이 많았음. 장의(張儀)의 연횡책에 대항하고자 위(魏)로 하여금 제(齊)·초(楚)와 연합하게 했으나 실패했음.

285 임지(臨池): 서법(書法)을 익힘. 또는 서법. 후한(後漢)의 장지(張芝)가 못가에서 글씨 연습을 하고 벼루를 씻어 못물이 새까맣게 되었다는 고사.

286 환아(換鵝): 남의 글씨 얻기를 청함. 진(晉)의 왕희지(王羲之)가 어느 도사(道士)에게 『도덕경(道德經)』을 써주고 거위를 답례로 받았다는 고사.

287 동화(東華): 동화제군(東華帝君). 남자 선인(仙人)들을 영도하는 위치에 있는 선인. 여자 선인을 인도하는 서왕모(西王母)와 병칭됨. 성은 예(倪). 자는 군명(君明). 동왕공(東王公)이라고도 함.

288 이묘(二妙): 재능이나 기술이 뛰어난 두 사람. 초서(草書)에 뛰어난 진(晉)의 위관(衛

지를 드리면 큰 붓에 먹물을 묻혀 시문을 지어주심[289]이 마땅합니다." ○용연 말함: "쓰기는 어렵지 않으나 실제로 손쓸 겨를이 없습니다." ○동원 말함: "구름처럼 한가롭고 자유롭게 멀리 생각하심이 한결같은 풍류입니다. 어찌 그 아낌이 심하신지요?" ○용연 말함: "잠시 다른 날을 기다려 서투른 시문(詩文)을 흩뿌림이 마땅하겠습니다."

네 분 문학(文學)께 거친 시 한편을 지어 드림

동원

산 넘고 물 건너 말 통하니 옛 맹세 길고 梯航通譯舊盟長
아름다운 교화 글 짓는 자리에 활짝 펼치네 韶化全開翰墨場
왕 도울 재주와 명망 고향까지 들리고 王佐才名聞故國
유종[290]의 명성과 덕망 타향에 가득 차네 儒宗聲望滿殊鄉
봄 화조[291]는 훈풍[292]을 기다리며 곱고 春華藻待薰風豔

瓘)과 삭정(索靖). 또는 시를 잘 지었던 당(唐)의 송지문(宋之問)과 사무 처리에 능숙했던 위유(韋維). 당시에 호부이묘(戶部二妙)라 불렀음. 또는 문장으로 이름난 금(金)의 단극기(段克己)와 단성기(段成己) 형제.

289 큰 붓에 먹물을 묻혀 시문을 지어주심[染椽翰]: 염한(染翰). 연필(椽筆). 대작(大作)을 이름. 또는 다른 사람의 문재(文才)를 칭송하는 말. 진(晉)의 왕순(王珣)이 꿈에 어떤 사람에게서 서까래만큼 큰 붓을 받은 후 황제의 애책시의(哀冊諡議)를 쓰는 등 중요한 글을 썼던 고사에서 유래함.

290 유종(儒宗): 유자(儒者)의 종사(宗師). '종사'는 대중에게 숭앙을 받으며, 사표(師表)가 되는 사람. 스승으로 삼아 본받음.

291 화조(華藻): 꽃과 말. '말'은 물속에서 자라는 민꽃식물의 총칭. 또는 문맥상 문장(文章). 문장을 화려하게 꾸밈.

292 훈풍(薰風): 온화한 바람. 초여름에 부는 동남풍.

백설조[293]는 밝은 달빛 머금었네　　白雪調含明月光
뛰어난 네 분 풍류 세월까지 구별하니　　四傑風流分歲序
자리에서 네 철 향기 함께 뿜어내네　　筵間倂吐四時芳

동원께 거듭 보답함

추월(秋月)

돌아갈 길 물과 뭍으로 아득히 이어졌고　　歸程川陸屬悠長
봄 지난 물가 성은 전쟁터 같네　　春盡津城百戰場
삼도[294]의 안개와 구름 약초밭을 덮고　　三島烟雲迷藥圃
오계[295]의 풍물은 강마을에 쇠해가네　　五溪衣服老江鄕
다른 나라 선비의 절조 빛나는 기운 보겠고　　殊邦士節看銀氣
옛 절 시 짓는 자리 부처의 광명 접하겠네　　古寺詩筵接佛光
어여쁜 그대 이난[296]처럼 재주 성품 아름답고　　憐子二難才性美
푸른 싹 일찍 빼어나 아름다운 향기 뿜어내네　　青苗早秀吐瓊芳

293 백설조(白雪調): 고대의 유명한 금곡(琴曲) 이름. 곡이 너무 고상해 창화(唱和)할 이가 극히 드물었으므로, 전하여 위인(偉人)을 칭찬하는 말로 쓰임.

294 삼도(三島): 신선(神仙)이 산다는 봉래(蓬萊)·방장(方丈)·영주(瀛洲)의 세 섬. 삼신산(三神山).

295 오계(五溪): 호남성(湖南省)과 귀주성(貴州省) 사이에 위치한 만지(蠻地). 동한(東漢) 광무(光武) 때에 복파장군(伏波將軍) 마원(馬援)이 정복하였던 곳임.

296 이난(二難): 우열을 가리기 힘들 정도로 똑똑한 형제. 난형난제(難兄難弟).

동원께 거듭 화답함

퇴석(退石)

이별 슬픔 바다 같아 비록 더욱 길더라도	離愁如海更雖長
만남 이별 분주하니 한바탕 꿈일세	逢別悤悤夢一場
괴이해라 마음만은 옛 벗과 한가지인데	却怪心知同舊友
어찌 헤어져 타향에 살며 견디겠는가	可堪分手在殊鄕
약상자 속 인삼·백출 신선 비결 가득하고	籠中參朮多仙訣
주머니 속 아름다운 시문 모두 야광일세	囊裡瓊瑤摠夜光
대숲에 비 매화 등불에 오락가락하는데	竹雨梅燈來又去
영특한 형제는 이어지는 향기 좋아하네	英英棣蕚喜聯芳

동원께 거듭 보답함

용연(龍淵)

서쪽 하늘 돌아갈 길 아득한 생각만 들어오고	西天歸路入思長
절간은 안개비에 문마저 닫아걸었네	煙雨禪門閉道場
삼도의 신선될 인연 바다 배 헤매게 하고	三島仙緣迷海舶
봄철 꽃놀이 강마을에 가득하네	九春花事滿江鄕
뜬 구름 이별의 포구 기러기 울음만 들리고	浮雲別浦聞鴻唳
맑은 밤 성긴 발에 달빛만 내려앉네	淸夜疏簾坐月光
거문고 소리 끝나니 이별 도리어 섭섭한데	彈罷瑤琴還惜別
소산의 계수나무[297] 가지 하나 향기롭네	小山叢桂一枝芳

동원께 거듭 화답함

현천(玄川)

넘실대는 푸른 바다 절로 매우 깊고　盈盈碧海自深長
요코타 알고 머무르다 이별 마당 섭섭하네　留識橫田惜別場
계수나무 떨기로 난 산 아래 계곡　桂樹叢生山下谷
봉의 깃털 나래 치니 두남[298]의 마을일세　鳳毛雙拂斗南鄕
청낭이 슬픔 그치니 관문 관리 문을 열고　靑囊已惜關司柝
흰 옥은 도리어 무부혼광[299] 가엾게 여기네　白玉還憐碔混光
탁상 위에는 다만 형설[300]의 일만 있으니　獨有一牀螢雪業
그대 위해 늦도록 향기 나길 서로 기다리리　爲君相待晩芬芳

○동원(東原) 말함: "그윽한 밤에 빛을 마음대로 거리낌 없이 놀게 하는 것이니, 맑은 하늘에 가을달이 높이서 비춰 시와 글을 채웁니다." ○추월(秋月) 말함: "그대는 방망이를 갖추었으니, 매달아놓은 북이 바

---

297 소산의 계수나무: 회남왕(淮南王) 유안(劉安)에게 초빙된 문객 중에 소산이라 일컫던 부류들이 있었는데, 여기에 속한 문사(文士)가 지은 〈초은사(招隱士)〉라는 시부(詩賦)의 첫 행에 "계수나무 떨기로 나니 산 더욱 그윽하다. 구불구불 길게 뻗어 가지 서로 얽혔구나.[樹叢生兮山之幽, 偃蹇連蜷兮枝相繆.]"라는 구절이 있다. 은자(隱者)가 사는 곳의 산 속 풍경을 읊은 것임.

298 두남(斗南): 북두성(北斗星) 남쪽에 있는 상성(相星). 재상(宰相)의 지위를 이르는 말로 씀.

299 무부혼광(碔砆混光): 무부혼옥(碔砆混玉). 속임수로 진실을 은폐함을 비유해 이르는 말. '무부'는 붉은 바탕에 흰 무늬가 있는 옥과 비슷한 아름다운 돌.

300 형설(螢雪): 형창설안(螢窓雪案). 가난 속에서도 부지런하게 꾸준히 학문을 닦음. 집이 가난했던 진(晉)의 차윤(車胤)은 반딧불로, 손강(孫康)은 창 밖에 쌓인 눈빛으로 어렵게 공부를 했다는 고사.

로 있다면, 한 번 쳐서 일본에 널리 들리게 할 수 있습니다." ○동원 말함: "포금열수(鋪錦列繡)[301]이니, 새긴 무늬가 자못 눈 속에 가득 찹니다." ○퇴석(退石) 말함: "꼴꾼이나 나무꾼의 말이자 미친 사람의 말인데, 그것을 품어주시니 참으로 군자이십니다." ○동원 말함: "문장이 다섯 빛깔을 이룬 것은 용연(龍淵)이십니다. 일어났다 없어졌다 하는 생각이 매우 깊어 헤아릴 수 없습니다." ○용연(龍淵) 말함: "홍곡(鴻鵠)[302]이 도호토[東都]를 이리저리 돌아다니니, 천리에 날개로 바람을 일으키도록 비로소 한번 날아올라 있는 사람은 그대이십니다." ○동원 말함: "비단에 수놓은 병풍이 빛나 큰 숙소를 가립니다. 비록 이미 그것을 받았지만, 그러나 도리어 모려(茅廬)[303]임이 부끄러울 뿐입니다." ○현천(玄川) 말함: "뒤섞여 쌓여있는 나무가 무슨 예원(藝苑)[304]을 갖출 수 있겠습니까?" ○동원 말함: "그대에게 짬이 조금 있다니, 개인적으로 여행기를 드립니다. 글이 반드시 글은 못되지만, 오직 묵수(墨水)의 아름다운 경치만은 자세히 기록했을 뿐입니다." ○퇴석 말함: "어리석은 눈을 빨리 닿게 해서 마땅히 한때의 졸음을 풀겠습니다."

유묵수기(遊墨水記) 동원

묵수는 도성의 동쪽 종담(鐘潭)을 따라 돌아 남쪽으로 전서(佃嶼)에

---

301 포금열수(鋪錦列繡): 비단을 펴고 수를 늘어놓음. 곧, 아름다운 글을 지음.

302 홍곡(鴻鵠): 고니. 인신해, 포부가 원대한 사람의 비유.

303 모려(茅廬): 띠로 지붕을 인 집. 초가집. 모암(茅庵).

304 예원(藝苑): 예림(藝林). 예원(藝園). 전적(典籍)을 모아 보관하는 곳. 인신해, 문학과 예술의 세계.

이른다. 대개 10리(里) 남짓 원림(園林)[305]과 마을이 굽이진 강 언덕에 끼어 양 옆에 기대어 앉았는데, 그 가운데 아름다운 경치라고 일컫는 것은 여러 곳을 낱낱이 열거할 수 없다. 나는 여러 번 이곳을 여행하면서 그 뛰어남을 찾았던 것이 이미 여러 해일 것이다. 그러나 집안의 재능으로 한가하지 못했기 때문에 다할 수 없었다. 이에 때는 임오(壬午·1762) 3월에 손님 두세 사람과 함께 배를 사서 함께 또한 이곳을 여행했다. 보름 하루 전날 코마구치[駒口]를 따라 배를 띄우고, 말린 물고기와 탁주(濁酒) 싣는 것을 기록하여 도왔다. 점점 포구를 벗어나 중류(中流)로 이동해 나아가니, 매우 밝게 빛나는 것이 때때로 이미 봄날의 밝고 고운 풍광(風光) 속에 있는 듯했다. 화창해 바람도 없고, 물결의 긴 흐름은 꾸불꾸불 멀리서 세 갈래로 갈라져 호탕하게 바다로 흘러들었다. 멀리 바라보아 두루 이른 곳은 더욱 매우 기묘했다. 구진(廐津)으로부터 유교(柳橋)[306]에 이르기까지 거리는 2리(里) 쯤 되는데, 어름(御廩)[307]의 마룻대와 기와가 줄지었고, 용마루들이 비늘처럼 늘어서서 강 서쪽 기슭에 치우쳐 줄지어 서있으며, 동쪽에는 제후의 별장이 차례대로 개 이빨처럼 들쭉날쭉 구불구불 구름을 뚫고서 붕새의 날개가 펼쳐진 것과 같다. 험한 강물은 어름과 더불어 객관(客館) 윗부분 사이에 두 쿠니[國][308]의 다리를 만들게 했는데, 놓여있는 것이 서

305 원림(園林): 꽃과 나무 및 정자가 있는 휴식처.

306 유교(柳橋): 야나기바[やなぎばし]. 현재 도쿄도[東京都] 타이토구[台東區] 남쪽 끝의 칸다[神田]강에 있는 다리.

307 어름(御廩): 임금이 조상의 제사에 쓰기 위해 친히 경작해 거둔 곡식을 넣어 두는 곳간. 또는 제후의 보물 창고. 국고(國庫)를 이르기도 함.

308 쿠니[國]: 일본의 옛 행정 구역 단위. 나라 시대에서 메이지 시대 초기까지 일본의

리고 있는 용과 같으며, 무총(武總)에 걸쳐놓았다. 다리로부터 이미 서쪽으로는 성루(城樓)의 담장과 권세 있는 부자들의 집과 매우 많은 담장과 상점들이 빽빽하게 많아서 마치 물이 샘솟는 것처럼 길게 급히 달려가니, 그 사이를 보면, '아! 웅장하도다.'라고 탄식하게 된다. 소대(昭代)[309]의 운수가 비록 영유(嬴劉)[310]의 성대한 교화라 하더라도 반드시 이와 같은 부강한 바에 있지는 않다. 하늘을 우러러보고 탄식하며 노를 돌려 흐름을 거슬러 올라가서 1,000무(武)[311] 쯤 되는 죽방진(竹坊津)에 이르렀다. 이곳은 도읍 아래 카츠시카[葛飾][312]와 더불어 교역하는 인민들이 막힘없이 잘 통하는 곳이다. 나루에 시장을 만들어 배들이 마치 깃발과 같았고, 길로 나아가 북쪽으로 가면, 겨우 몇 무(武)에 킨류지[金龍寺] 영허(靈墟)[313]가 잇닿아 있다. 강가 언덕 입구에 배를 멈춰두고 산꼭대기를 우러러 바라보니, 대비각(大悲閣)[314]·환희전(歡喜殿)이 나무 밖으로 우뚝하게 드러나서 환히 빛나며 하늘을 비추었다. 구성과 배치의 아름다운 바가 거의 하늘이 그리고 신이 새긴 솜씨를 다했다. 비록 자세히 살펴봄이 가장 마땅하지만, 그러나 배가 나아가

지리 구분에서 기본 단위로 사용되었음. 료세이고쿠쿠니[令制國]나, 리쓰료고쿠쿠니[律令國]라고도 함.

309 소대(昭代): 잘 다스려지는 태평한 세상. 대개 자기가 섬기는 조정이나 당대(當代)를 칭송하는 말. 여기서는 고사쿠라마치[後櫻町] 천황 치세(治世). 1762-1770.

310 영유(嬴劉): 진(秦)과 한(漢).

311 무(武): 반보(半步). 1보(步)의 반(半). 곧, 3척(尺).

312 카츠시카[葛飾]: 도쿄도[東京都] 카츠시카구(區)에 있는 지명(地名).

313 킨류지[金龍寺] 영허(靈墟): '킨류지'는 도쿄도[東京都] 타이토구[台東區]의 아사쿠사[淺草]에 있는 사찰이고, '영허'는 사당·불각 등이 있는 신령한 고적(古迹).

314 대비각(大悲閣): 관세음보살의 상을 모신 법당.

서 자세히 살피지 못했는데, 다른 날을 기약하면서 올라가지 않고 물가를 따라 산기슭을 돌았다. 배를 저어가며 고개를 돌려 서쪽과 동쪽을 보니, 안개가 비단길을 내고 바람결에 돌다 흩어져 서쪽으로는 킨류지와 마을에 영대(映帶)[315]했고, 동쪽으로는 카츠시카의 하늘에 길게 뻗쳤다. 카츠시카라는 곳은 모두가 아래 고을인데, 평탄하고 기름진 땅이 수십 리이고, 무성한 초목이 감벽(紺甓)색으로 끝없이 넓고 아득해서 마치 푸른 물결이 흩날리는 듯하다. 남쪽으로는 강 왼쪽을 따라서 제후의 집들이 잇닿아 있고, 장전(莊田)[316]이 가끔 있다. 누대(樓臺)와 큰 건물이 푸른 들에 의지하여 청록색은 주문(朱門)[317]과 더불어 크고 작은 배들을 속까지 비추며, 또 그와 함께 보내고 맞이하는데도, 마침내 어리석은 바를 깨닫지 못했다. 물결이 밀려드는 물가로 나가니, 물 흐름이 이곳으로부터 끊어져 빙빙 돌다 논밭 사이의 수로(水路)에 빠져들었는데, 이를 '삼곡거(三谷渠)'라 한다. 수로 가운데에 배를 매었는데, 1백 쯤 되는 수의 민가(民家) 중 몇몇은 언덕에 접해 살고 있었고, 이는 모두 뱃사공들이 잠시 몰리는 곳이다. 수로를 지나면 일본 둑인데, 둑의 반 되는 곳은 창문(倡門)[318]이다. 배 안에서 그곳을 바라보니, 기와와 용마루가 높고 화려하여 산수(山水)의 경치와 거의 서로 같은 듯했다. 이곳을 따라 세차고 빠른 물살이 가로막지만, 카츠시

---

315 영대(映帶): 경물(景物)이 서로 비쳐서 돋보임. 서로 호응해 조화를 이룸. 연대(連帶).

316 장전(莊田): 황실이나 귀족·관료 또는 지주가 점유한 광대한 토지.

317 주문(朱門): 붉은 칠을 한 대문. 귀족이나 부호(富豪), 왕후(王侯)나 귀족의 집 대문에 붉은 칠을 해 존귀함을 표시했던 데서 유래함.

318 창문(倡門): 창가(倡家). 음악·가무를 하는 악인(樂人)이나 기녀인 창부(倡婦)의 집. 기생집. 기루(妓樓). 창루(倡樓).

카[葛飾]의 원주둔지로 나아가서 물가 곁에 배를 묶고, 큰 술통을 열어 술을 마셨으며, 점점 이미 취함에 이르러서 배를 버려두고 육로(陸路)로 나아갔다. 곧 그 뱃사공으로 하여금 매류산(梅柳山)[319] 기슭에서 배에 오르도록 시켰고, 지팡이를 끌며 둑을 오르락내리락 구불구불 나아갔다. 둑 아래는 곡물을 재배하는 밭이고, 큰 밭과 낮은 늪지대 중간은 제사지내는 총사(叢祠)[320]이니, 삼잡사(三匝祠)라고 하는데, 삼호신(三狐神)[321]에게 제사지내는 곳이다. 뱃머리에서 그곳을 바라보면, 마치 하나의 분석(盆石)[322]을 대하는 것과 같다. 속담에 '교활한 여우가 신령이 되어 1년에 큰 밭을 3번 돌며 경상(耕桑)[323]을 지킨다.'고 했기 때문에 '삼잡(三匝)'이란 이름이 있게 되었다고 이른다. 곁에 뽕나무와 느릅나무를 붙잡고 평평한 밭으로 가는 길을 올라가 총사에서 굿을 했다. 굽은 평지를 지나 장차 큰 둑으로 나아가 좁은 길을 따라가려고 했다. 한 부인이 앞에 가는데, 아름답고 고우며 향기가 풍겨 사람을 에워쌌다. 그 뒤를 따라가서 그녀를 보니, 아름답고 예뻐 무리에서 더욱 뛰어났는데, 자못 천상에서 내려온 듯했다. 손님 하나가 가만히 생각을 부쳐 상간복상(桑間濮上)[324]의 그 정을 다하고자 했다. 나는 말하

319 매류산(梅柳山): 도쿄도[東京都] 스미다구[墨田區]에 있는 산. 천태종(天台宗) 사찰인 목모사(木母寺)가 있음.

320 총사(叢祠): 수목이 우거진 곳에 있는 사당(祠堂).

321 삼호신(三狐神): 일본의 농가에서 모시는 전답(田畓)의 수호신.

322 분석(盆石): 쟁반에 자연석, 모래 등으로 산수의 풍경을 꾸미어 놓은 것.

323 경상(耕桑): 농사짓기와 누에치기. 농업에 종사함의 범칭. 경잠(耕蠶).

324 상간복상(桑間濮上): 음란한 음악. 또는 망국(亡國)의 음악. 『예기(禮記)』「악기(樂記)」의 '상간복상의 음악은 망국의 음악이다.[桑間濮上之音 亡國之音也.]'에서 유래함. 인신해, 남녀가 밀회하는 장소.

기를 "그 정을 버리세요. 땅이 여우 굴에 가까우니, 그 요망하고 음탕한 재난을 어찌할까 두렵습니다."라고 했다. 이에 사양하고 물러나서 눈으로 전송하고 길을 갔다. 차츰 나아가 둑으로 나왔는데, 오고가다 서로 만나는 곳이요, 배를 타고 가다 서로 만나보는 곳이다. 전부 도읍에 사는 사람들이고, 성인 남녀들은 겉치레가 매우 사치스러웠고, 많아서 눈에 가득 찼다. 배와 육지에서 어여쁨을 다투는데, 날아가는 기러기처럼 정연하게 질서가 있고 치열(齒列)처럼 나란히 벌여 있었다. 함께 그 사이를 앞서거니 뒤서거니 나아가 우저(牛渚)에 이르렀다. 사당(祠堂) 앞에 술집이 있는데, 이는 카츠시카의 이름난 곳으로써 이곳을 가장 뛰어난 곳으로 꼽는데, 카제[風]씨가 좋다고 하며 품평한 곳이니, 우리나라의 난릉(蘭陵)[325]이다. 술집 앞에서는 하탑(下榻)[326]하여 주머니를 흔들며 술 취해 떠들어댄다. 이는 비록 그것이 이른바 울금향(鬱金香)[327]은 아니더라도 상락(桑落)[328]은 겨우 면했으니, 손님들이 크게 취한 기세로 웃으며, 많이 해이해져 오만(傲慢)하게 길을 지나갔다. 나는 겸손하지 않음을 꾸짖었지만, 듣지 않고 도리어 나에게 말하기를 "내 주광(酒狂)[329]은 많은 사람들이 아는 바입니다. 그대는 사람

325 난릉(蘭陵): 전국(戰國)시대 초(楚)의 읍(邑). 지금의 산동성(山東省) 창산현(蒼山縣)의 서남쪽.

326 하탑(下榻): 손님을 극진히 대접함. 후한(後漢)의 진번(陳蕃)이 예장태수(豫章太守)로 있을 때, 다른 손님은 접대하지 않았으나, 서치(徐穉)가 오면 달아매둔 의자를 내려 접대했다는 고사.

327 울금향(鬱金香): 생강과의 다년초인 울금. 울금을 원료로 만든 향료나 술.

328 상락(桑落): 상락주(桑落酒). 중양절(重陽節)에 마시는 술.

329 주광(酒狂): 술을 마구 마시고 주정함. 또는 그러한 사람. 주망(酒妄).

들이 술을 마셨는데, 올바른 예절을 요구하시니, 어찌 배숙칙(裴叔則)[330]을 생각하지 않으십니까?"라고 했다. 나는 말하기를 "내가 그 청통(淸通)이 아니라, 술 마시는 즐거움에 대해 함부로 실수했으니, 다시 말씀하지 마십시오."라고 했다. 일어나는데 또한 자꾸만 기우뚱거려서 지팡이를 짚었다. 절간 문을 두드려 철우선사(鐵牛禪師)의 석실(石室)[331]을 찾아가서 일전어(一轉語)[332]를 이어 받았고, 걸음을 되돌려 호방(豪放)하게 물을 건너 구불구불한 길을 걸어 아키바[秋葉] 산사(山祠)[333]에 이르렀는데, 옛날 이 산에는 땔나무를 하는 땅이 있었고, 산 사이에 일찍이 많은 사당(祠堂)이 있었는데, 이를 '천재도하(千載稻荷)'[334]라고 한다. 제사지내며 기원하고 묻는 토착민들이 아키바 신사(神祠)와 더불어 제사지낸다. 세월이 얼마 지나지 않아 나무들이 크게 우거져 마침내 이름난 지역을 이루었다. 내 진실로 산수(山水)를 매우 좋아하는 버릇 때문에 일찍이 이 산의 뛰어남을 살핀지가 이미 오래되었다. 지금 또 이곳을 여행하니, 익숙한 눈에 뛰어남을 더하고, 경치에

---

330 배숙칙(裴叔則): 배해(裴楷, 237-291). 진(晉)의 하동(河東) 사람. '숙칙'은 그의 자(字). 많은 서적을 섭렵하였는데, 특히 노자(老子)와 역(易)에 정통했음. 종회(鍾會)가 그의 '청통(淸通)'을 높이 평가해 문제(文帝)에게 천거했다는 '배해청통(裴楷淸通)' 고사가 『몽구(蒙求)』에 전함. '청통'은 청렴하며 식견이 높아 사물의 이치에 두루 통하는 것을 의미함.

331 석실(石室): 산중의 은거(隱居)하는 방.

332 일전어(一轉語): 참선(參禪)할 때, 심기(心機)를 일전(一轉)시켜 깨닫게 하는 한마디 말.

333 아키바[秋葉] 산사(山祠): 도쿄도[東京都] 스미다구[墨田區]에 있는 신사(神社).

334 도하(稻荷): 도하신(稻荷神). 도하대명신(稻荷大明神). 일본 신화 중 곡물과 음식의 신.

대한 회포를 문득 헤아리게 된다. 땅의 면적은 대개 만여 경(頃)이고, 이름난 초목과 괴이한 암석이 대체로 사람들에게서 뜻밖에 나왔으니, 그 눈앞에 빼어난 곳과 뒤에 도사린 곳으로 눈길을 돌릴만하다. 빼어난 경치는 멋스런 자태를 서로 바꾸어 봄철의 꽃과 가을밤의 달이요, 여름철엔 바람 불고 겨울철엔 눈 내리니, 조화와 기교가 네 계절 교대한다. 고요한 마음으로 살펴보기에 비록 늘 넉넉하더라도 마침내 봄과 여름의 교대는 가장 뛰어나고 풍성함이 될 것이다. 때는 지금 모춘(暮春)[335]의 가운데에 있으니, 사방이 청록색이고 꽃과 나무가 향기를 토해낸다. 지체 높은 여인네와 소년들이 저쪽에 천막을 쳐서 이쪽까지 이어지고, 노래와 현악기 소리가 어울려 거의 온갖 새와 함께 소리를 다툰다. 우리들은 진실로 문아(文雅)한 무리이니, 비록 감히 관여하는 사람들은 아니라 하더라도 귀와 눈에 미치는 바가 어찌하여 없겠는가? 잠시 아름다운 덕을 더럽힐 따름이다. 이윽고 사당을 둘러싸고 뒤쪽까지 에워싸기에 큰 나무에 기대었는데, 꾀꼬리가 옮겨 다니며 그 울음을 지저귀었다. 이에 시를 짓고자 하는 마음이 일어났고, 우리들은 보고 감상할 수 있었으며, 따라서 갑자기 술과 마른안주를 쥐고, 꽃과 나무 사이에서 이리저리 돌아다녔다. 소리 높여 시와 노래를 읊조려 척박함을 오랫동안 다스렸고, 좁은 길에서 일어나 대숲 속을 뚫고 닦아서 농사짓는 땅 사이로 잘못 나왔는데, 편안하고 즐거운 곳이었고, 평탄하고 기름진 땅이었다. 장포(場圃)[336]가 사방에 열렸으니, 진

335 모춘(暮春): 봄의 끝. 음력 3월. 만춘(晩春).

336 장포(場圃): 봄·여름에는 채마 밭으로, 가을에는 타작(打作) 마당으로 쓰는 곳. 채소를 재배할 때는 '포', 타작 마당으로 쓰일 때는 '장'이라 함.

실로 하늘이 창성하게 바꾸어 보답함이다. 잘 자란 보리는 이삭을 흔들고, 쟁기와 호미로 논밭을 갈고 김을 매며, 제왕의 은덕에 아침저녁으로 알현하고, 목동이 부는 피리와 나무꾼이 부르는 노래가 섞여 합해 바람결에 전해진다. 길가 언덕의 시골 마을이 대강 그 사이에 넓게 펼쳐져있는데, 필문(篳門)·상추(桑樞)[337]에 탱자나무가 담장을 둘러쌌고, 절구질 메김 소리와 농부들의 이야기가 번갈아 귀를 뚫는다. 어떤 농부 아무개란 사람은 나와 함께 대대로 사귀어 오는 정분 있는 집안이다. 그 사람은 소박하고 정이 도타우며 순박하고 정직하며, 한 마을의 우두머리인 사람으로서 어진 사람이 사는 곳을 만들었는데, 아름답지는 않았지만 일찍이 이미 종적을 감추었다. 10묘(畝)의 사이에 환도(環堵)[338]와 뽕나무 사이에서 이락(籬落)[339]의 사귐을 통하려고 나아갔지만, 낭패(狼狽)[340]한 방문이었다. 서로 맞이하여 즐겁게 손을 잡고 이끌려 한 방에서 만났었는데, 각각 서로 곽삭(钁鑠)[341]한 용모로 장수(長壽)를 빌었다. 자못 엄숙하게 쓴 차를 마시고 상락주(桑落酒)를 따라

337 필문(篳門)·상추(桑樞): '필문'은 가시나무로 만든 사립문이고, '상추'는 뽕나무로 문지도리를 삼음. 모두 가난한 사람의 집을 이름.

338 환도(環堵): 동서남북에 각각 1장(丈) 사방의 담을 둘러친 집. 협소하고 누추한 집의 형용. 인신해, 빈궁한 사람의 집.

339 이락(籬落): 이파(籬笆). 갈대나 대 또는 나뭇가지를 역어 만든 울타리. 바자울. 파리(笆籬).

340 낭패(狼狽): 계획한 일이 뜻대로 되지 않거나 바라던 일이 어그러짐. '낭'과 '패'는 모두 전설상의 짐승으로, '낭'은 뒷다리가 매우 짧고 '패'는 앞다리가 매우 짧아서 다닐 때는 항상 '패'가 '낭'의 등에 업혀 '낭'의 앞다리, '패'의 뒷다리 네발로 다녀야 하기에, 둘이 서로 떨어져서는 움직일 수 없음.

341 곽삭(钁鑠): 확삭(矍鑠). 노인의 눈빛이 번쩍거리며 빛나고 정력이 왕성한 모양.

주고받았다. 잠깐 사이에 이야기가 이미 무르익자, 주인은 일어나 어린아이를 부르고 요리하는 사람을 찾아 음식을 갖추었다. 향기로운 보리밥과 맛좋은 나물국은 그리 진하지 않았으나 오히려 맛볼만했다. 때는 이미 정오(正午)였으니, 배도 텅 비었고 또 그 맛있는 음식 때문에 마음 내키는 대로 먹었다. 주인이 말하기를 "그대들은 태어나 도읍에서 살던 사람들이니, 진실로 순공(郇公)의 풍성함[342]을 배불리 드셨을 텐데, 그러나 또 가난한 벗을 좋아하시니, 종일 창성함을 욕되게 합니다. 이와 같은 술과 음식이나마 실컷 드시니, 이는 농부에게 다행이라고 말할 만합니다."라고 했다. 내가 말하기를 "푸성귀 반찬과 나물국은 자연히 현미(玄味)[343]이며, 마침내 이러한 맛있고 신선한 음식에 이르니, 멀리 순갱(蓴羹)[344]에 거의 대적할만합니다. 이처럼 큰 도움이 아니라면, 어찌 때 묻은 창자를 깨끗이 하겠습니까? 우리들에게는 다행이라고 말할 만합니다."라고 했다. 이미 정오를 지나 각기 장차 헤어지려고하자 주인이 말하기를 "억지로 되돌려 머무르시게 하고 싶지만, 조용히 감상하심에 방해가 되겠고, 비록 명(命)이라하더라도 일어나 문에서 전송함이 어찌 기쁘겠습니까?"라고 했다. 내가 말하기를 "뜻하지 않게 오늘 여곽(藜藿)[345]을 나누었습니다. 다른 날 다시 올 수

342 순공(郇公)의 풍성함: 순공주(郇公廚). 순국공(郇國公)의 부엌. 당(唐)의 순국공 위척(韋陟)의 부엌에 맛있는 음식이 많았던 데서, 인신해 음식이 맛있는 집.

343 현미(玄味): 심오하여 헤아리기 어려운 뜻. 인신해, 노장(老莊)의 도(道).

344 순갱(蓴羹): 순갱노회(蓴羹鱸膾). 순채국과 농어회. 고향을 잊지 못하고 생각하는 정의 비유. 진(晉)의 장한(張翰)이 고향의 순채국과 농어회가 그리워서 벼슬을 그만두고 고향으로 돌아갔다는 고사.

345 여곽(藜藿): 명아주 잎과 콩잎. 인신해, 보잘것없는 반찬.

있다면, 서로 인사하고 작별할 것입니다."라고 했다. 내가 개인적으로 그를 생각하건대, 대체로 사람이 세상을 살아감에 이익과 명예 사이에 머무르고 서두르면, 마침내 본성을 잃는다. 주인 같은 사람에 이르면, 진실로 그 지위를 얻었도다! 몸은 아득하고 텅 빈 들판에 살면서도 편안하고 여유가 있으며 한가롭게 즐긴다. 초료일지(鷦鷯一枝)·언서만복(偃鼠滿腹)[346]의 즐거움도 그 속에 있으니, 어찌 다만 그 염담(恬憺)[347]에만 감동하겠는가? 나도 나만 소중히 여겨 장루(杖屨)[348]가 이룬 바를 몰랐었다. 또한 큰 둑으로 나왔는데, 둑은 꽉 들어찬 나무숲으로 덮였고, 속에 사당(祠堂)이 있으니, '백염노옹묘(白髥老翁廟)'라고 한다. 나무들 사이로 바라보다 둑 위를 거닐며 읊조렸다. 고리버들은 길 양쪽에 늘어서 무성한데, 가지런히 줄지어 늘어선 푸른 가지가 바람에 나부끼고, 흰 버들개지는 둑을 따라 눈처럼 날리니, 봄 경치가 대개 볼만하였다. 이윽고 매류산(梅柳山)에 이르러서 '매아묘(梅兒廟)'에 조상(弔喪)했다. 옛 무덤은 우거진 계곡 속에 걸터앉았고, 버드나무가 그늘을 만들었다. 그 연대를 생각해보니, 아득히 오래되었다. 그러므로 돌누각은 허물어졌고, 이끼에 파묻혔으며, 나무이끼와 칡덩굴이 쌓여있

346 초료일지(鷦鷯一枝)·언서만복(偃鼠滿腹): '초료일지'는 뱁새가 숲속에서 살고 있지만, 차지하고 있는 것은 나뭇가지 하나에 불과하다는 뜻. '언서만복'은 두더지가 물을 마시는 데는 배를 채울 물만 있으면 된다는 뜻. 사람이 안분지족(安分知足)해야 함의 비유. '뱁새는 깊은 숲 속에 둥지를 틀지만 나무 가지 하나에 지나지 않으며, 두더지는 강물을 마시지만 배를 채우는 데 지나지 않는다.[鷦鷯巢於深林, 不過一枝, 偃鼠飮河, 不過滿腹.]'고 한 데서 유래함. 『장자(莊子)』「내편(內篇)」〈소요유(逍遙遊)〉.

347 염담(恬憺): 명리(名利)를 탐내지 않고 담박함.

348 장루(杖屨): 지팡이와 짚신. 노인이 지팡이 짚는 일을 자주하는 것. 지팡이가 땅바닥을 짚은 자국이 많은 것. 인신해, 선생님.

다. 절은 '목모(木母)'[349]라고 한다. 잠시 감궁(龕宮)[350]에 올랐다가 담배를 피우며 쉬었다. 절 뒤로 묵수(墨水)가 갈라져 길게 산을 둘러쌌고, 바위 여울물이 졸졸 흘러 옅은 황색 옥처럼 매끄럽게 흘렀다. 곁에 소나무 들판이 있는데, 이는 덕묘(德廟)로부터 내려와 사냥놀이 장막을 친 곳이다. 물가에 술가게 하나가 높고 너른 둑과 더불어 마주하고 있었다. 경치가 매우 훌륭해 제일 완상할 만했기 때문에 잠시 바위에 두 다리를 뻗고 앉아 우거진 나무 그늘에서 바람을 쐬었다. 맑게 울리는 물소리는 맑고 밝았으며, 불어오는 바람은 언덕에 가로막혀 얼굴을 두드리니, 상쾌함을 어떻게 말할 수 있겠는가? 여기에 이르러 또한 술통을 열고 고주(酤酒)[351]를 계속해서 아주 많이 마셨더니, 잠시 흥겨운 짓이 다시 일어났다. 이미 함께 하의(下衣)의 옷자락을 걷어 올리고 물결을 따라 오르내리니, 마음도 물처럼 편안하고 고요했다. 오로지 나아가 어떤 사람은 갓끈을 씻었고, 어떤 사람은 술잔을 씻었는데, 아름다운 흥취와 그윽한 회포가 자못 산음(山陰)의 수계(脩禊)[352]와 같았다. 어느 때 바람 있어 소리 내며 북쪽에서 강위로 불어올까? 바위가 물결과 다투어 잔물결이 세차게 일어나 숲을 울리니, 오싹한 바람을 두려워할만했다. 매아(梅兒)가 도적에게 죽은 일을 고개 숙여 생각해보니, 주르륵 눈물이 흘러내렸다. 비록 그 전하는 바는 자세하지 않더라도

349 목모(木母): 매화나무의 다른 이름. '梅'의 파자(破字).

350 감궁(龕宮): 신주(神主)나 불상(佛像)을 모셔 두는 석실(石室)이나 작은 집.

351 고주(酤酒): 계명주(鷄鳴酒). 하룻밤 사이에 익어 다음날 먹을 수 있도록 빚은 술.

352 산음(山陰)의 수계(脩禊): '산음'은 산의 북쪽. 진(晉)의 왕희지(王羲之). 왕희지가 회계산(會稽山) 북쪽에 산 데서 일컬음. '수계'는 3월 3일 물가에 모여서 술 마시고 노는 것. 왕희지(王羲之)가 3월 3일에 난정(蘭亭)에서 여러 명사들과 수계한 일이 있었음.

마음에 느낀 바를 따라 시를 지어 지난 일을 조상(弔喪)했다. 천천히 둑으로 나왔는데, 바람은 더욱 세차게 불어 버드나무 가지를 부러뜨렸고, 이에 〈백양비풍지탄(白楊悲風之嘆)〉[353]을 지었다. 밭길을 걸어 지나자 묵수가 가로막았고, 오래된 나루터에서 배를 타고 나아갔다. 이것이 세상에서 이른바 한려공자(閑麗公子)[354]의 자취인 것이니, 널리 사람들의 귀에 간직되어있다. 내 일찍이 칸표[寬平][355]의 궁인(宮人)[356] 이세[伊勢]가 지은 글을 읽었는데, 늘 공자(公子)가 사람들에게 악하게 했고, 그 자신이 몸소 왕족(王族)으로부터 나와서 임금의 위엄을 능멸했으며, 마땅히 음란한 이름이 몇 백 몇 천 년 이후까지 전해졌다. 아! 대체로 훗날 지금을 본다면, 지금 옛날을 봄과 같으리라. 이에 그 쇠락한 지난 일을 생각하며 시를 짓고, 지나면서 읊어 견주었다. 점차 강가 언덕으로 나아가 곧장 이시하마[石濱] 사우(祀宇)[357]에 제사지냈는데, 화표(華表)[358]와 종궁(宗宮)이 엄숙했고, 묵수를 향해 있다. 이곳

353 〈백양비풍지탄(白楊悲風之嘆)〉: '백양'은 고리버들. 사시나무. 버드나무인 양류(楊柳)와 달리 서인(庶人)의 묘에 있음. '비풍'은 구슬픈 바람. 늦가을 바람. 『전당시(全唐詩)』 권(卷) 157 맹운경(孟雲卿)의 시 〈고별리(古別離)〉 중 "鬥酒將酹君, 悲風白楊樹."라는 구절이 있음.

354 한려공자(閑麗公子): '한려'는 조용하고 욕심이 없으며 아름답고 고운 것. '공자'는 제후(諸侯)의 적장자(嫡長子)를 제외한 아들. 또는 제후의 모든 아들이나 딸. 귀한 집안의 어린 자제. 귀공자(貴公子).

355 칸표[寬平]: 일본 59대 우다[宇多]천황(887-897)의 연호(年號).

356 궁인(宮人): 비(妃)·빈(嬪)과 궁녀(宮女)의 통칭. 또는 군왕의 일상생활에 관한 사무를 맡은 관리.

357 사우(祀宇): 가문에 이름 있는 선조나 훌륭한 인물을 모셔 제사 지내는 곳.

358 화표(華表): 궁전이나 성곽 또는 묘소 앞에 아름답게 조각해 세운 돌기둥. 또는 건물 외부의 화려한 장식.

또한 삼호신(三狐神)에게 제사지내는 곳인데, 마사키[眞先]라 이름하며, 제사지내고 빌면서 '이곳이 영험하다.'고 말한다. 사람들이 이미 제사지내려고 이르렀는데, 진실로 다른 마음이 있다면, 가령 다른 사우(祀宇)라 할지라도 그 제물(祭物) 받기를 허락하지 않으니, 이 제사가 이름난 까닭이었다고 말들을 한다. 제사지낸 뒤에 또 이시하마[石濱] 신명(神明)을 위한 제사가 있었으니, 임금이 종묘신(宗廟神)에게 이곳에서 은밀히 제사지냈었는데, 참으로 천백 년이 지났다. 자잘한 제단은 무너졌고, 숲은 무성했으며, 나무들은 모두 두 팔로 둘러 안을 수 있을 만큼 굵고 컸다. 생유경(鼪鼬徑)[359]이 논밭 두둑으로 이어졌는데, 삼호굴(三狐窟)을 등지고 빙 돌아가야 했으며, 논밭 사이의 물길에 가깝고 넓어져서 감히 활보할 수 없었다. 계속 뒤를 이어 발을 움츠리고 구불구불 나아가서 얕은 곳까지 가자 띠[茅] 들판이 앞에 치솟았다. 속에 선굴(禪窟)[360]이 있고, 편액(扁額)에 '교우보장(橋羽寶藏)'이라 하였으니, 이곳은 도호토[東都]의 절 중에 삼대찰(三大刹)이라 일컫는데, 그 하나로서 본디 담마(曇磨)[361]의 도(道)로써 시끄럽고 어지러운 속세를 벗어나 죽 이어져왔다. 건물 누각(樓閣)과 전각(殿閣)이 늘어섰으니, 세상 밖에 있는 듯했다. 이미 절에 올라 선동(禪洞)에 함부로 들어가서 마음에 둔 정기를 모아 확 트인 안목을 찾고자 했다. 두루 승방(僧房)을 두드리고, 역풍가(逆風家)[362]의 말을 들으며, 곧 맑고 시원함을 따라

359 생유경(鼪鼬徑): 생유지경(鼪鼬之逕). 족제비가 다니는 길. 산이나 계곡 사이에 난 좁고 외진 길을 이름.

360 선굴(禪窟): 사원(寺院)내의 승사(僧舍). 선당(禪堂). 선방(禪房).

361 담마(曇磨): 담마(曇摩). 범어(梵語) dharma의 음역. 법(法). 또는 불법(佛法).

이른 곳에서 갑자기 인간세상의 뜻을 모조리 쓸어버렸으니, 거의 선기(禪機)[363]를 낳았고, 참으로 사랑할 만할 뿐이다. 잠시 후 이끼 낀 길을 지나서 왔던 때의 길로 돌아왔는데, 잡초가 땅을 가려 덮고 있었다. 마침내 그윽하고 깊숙한 데서 길을 잃었다가, 무덤 앞길을 지나 살그머니 문안으로 들어갔다. 깜짝 놀라 그 안을 대하였는데, 무덤이 진실로 말갈기 같이 생겼고, 그 연대는 알 수 없었다. 아! 어질거나 슬기롭거나 어리석거나 어질지 못한 사람 누가 이곳으로부터 달아날 수 있겠는가? 문득 윤회(輪回)[364]를 면하기 어렵다는 데 생각이 미쳐 마음이 슬프고 아팠으며, 정신을 어지럽게 해서 황급히 지팡이를 돌려 앞서 지나왔던 곳으로 차츰 나아갔고, 세상살이가 대몽(大夢)[365]처럼 느껴져 잠자코 말하지 않았다. 소리를 삼키며 육자(陸子)의 〈탄서부(歎逝賦)〉[366]를 읊었고, 다시 논밭을 거쳐 가서 이시하마[石濱] 술집에 올라갔으며, 우선 무덤에서의 근심을 위로했다. 젊은 여자가 술을 팔았는데, 도읍의 옷을 입었고 단아한 모습이었으며, 자못 문군(文君)[367]의 아름다움이 몸에 익었다. 곁에서 장막(帳幕)으로 가로막고, 현악기와 관악기로 연달아 염가(艶歌)[368]를 연주했다. 위곡(韋曲)[369]에서 번갈아 소리를 다

---

362 역풍가(逆風家): 덕(德)과 재능이 매우 뛰어나 기릴 만한 사람. 승려.

363 선기(禪機): 고승(高僧)이 설법할 때 언행과 기물로써 교리를 암시해 깨닫게 하는 비결. 선법(禪法)의 주요한 기밀.

364 윤회(輪回): 수레바퀴가 돌고 돌아 끝이 없는 것과 같이, 중생은 번뇌와 업(業)에 의해서 3계6도(三界六道)를 돌며 생사를 거듭함을 이름.

365 대몽(大夢): 긴 꿈. 덧없는 인생의 비유.

366 육자(陸子)의 〈탄서부(歎逝賦)〉: '육자'는 진(晉)대 육기(陸機, 261-303). 〈탄서부〉는 세월이 빨리 지나감을 한탄한 내용의 작품.

367 문군(文君): 한(漢)의 탁문군(卓文君). 미인(美人). 미녀(美女).

투니, 마치 금심(琴心)[370]이란 것을 돋우어 일으키는 듯했으며, 마음과 귓속을 두드리고 메우는 듯했다. 얼마 동안 자리에서 게으름을 피우다 일어나서 난간에 기대어 서쪽 숲 쪽을 돌아보았다. 지는 해가 흘러 닥쳐 장차 엄자(崦嵫)[371]에서 쉬려 하니, 봉주(鳳洲)[372]가 이른바 '자금정(紫金鉦)'[373]이란 것과 같았다. 나무 사이를 따라 천천히 움직이며 드리워진 노을은 생초(生綃)[374]로 만든 예정(霓旌)[375]처럼 아스라이 멀었다. 뒤를 따라서 지는 해의 남은 빛이 겨우 실 한 가닥 남짓했고, 저녁 무렵의 햇빛이 물결에 비치니 빛남을 다투는 마지막 장소였으며, 아득히 멀리 희미하게 하늘을 적셨다. 이에 풍경을 기리면서 강 위를 멀리 바라보며 내려가 물이 흘러가는 곳을 바라보다 한숨 쉬고 탄식하기를 "물이 흘러가는 것은 이와 같이 무릇 밤낮으로 머무르지 않으니, 이보(尼父)[376]의 말씀에 감동하여 천지의 가득함과 빔을 한스러워 하도다."

---

368 염가(艶歌): 남녀의 애정을 읊은 노래.

369 위곡(韋曲): 섬서성(陝西省) 장안현(長安縣)의 남쪽에 있는 명승지. 당(唐)대 망족(望族)인 위씨(韋氏)들이 화수회(花樹會)를 결성하고 대대로 이곳에서 살았음. 흔히 두씨(杜氏)가 살던 두릉(杜陵) 지방과 병칭되어, 명망 있는 가문이 세거(世居)하는 곳을 뜻함.

370 금심(琴心): 거문고로 자기 마음을 알림. 또는 남의 마음을 움직이게 함.

371 엄자(崦嵫): 감숙성(甘肅省)의 서쪽에 있는 산 이름. 해가 지는 곳이라고 전함.

372 봉주(鳳洲): 왕세정(王世貞, 1526-1590)의 별칭. 명(明)의 정치가·문인. 자는 원미(元美). 호는 엄주산인(弇州山人). 이반룡(李攀龍)과 함께 문필서한(文必西漢)·시필성당(詩必盛唐)을 주장해 그 시대의 기풍이 되었으며, 후7자(後七子)의 영수(領袖)가 되었음.

373 자금정(紫金鉦): '자금'은 다른 것이 섞이지 않은 순수한 구리. 또는 구리 색. '정'은 악기인 징.

374 생초(生綃): 생사(生絲)로 짠 얇은 비단.

375 예정(霓旌): 임금 의장(儀仗)의 일종. 5색(五色)의 새털로 장식한 기. 인신해, 임금. 예정(蜺旌).

376 이보(尼父): 공자(孔子)에 대한 존칭.

라고 했다. 오래지 않아 달이 동쪽으로부터 솟으니 질 좋은 금빛이고, 나는 듯한 옥처럼 은백색 물결이 허공을 때렸다. 꿰뚫어보아 깨달음이 끝없고, 또한 이미 배로 나아가 달빛에 반짝이는 맑은 물을 두드리며, 물결 따라 흐르는 달빛을 거슬러 올라갔다. 밝은 바탕이 하늘로 점점 더 오르니, 조각구름조차 보지 못하겠고, 밝은 풍경이 흘러 먼 곳까지 비추니, 눈 한번 깜박이는 사이에 이어졌다. 이에 서로 함께 손뼉을 치면서 장약허(張若虛)[377]가 지은 〈춘강화월야(春江花月夜)〉 노래를 읊조리며, 한가로이 거닐었고, 그것을 위해 잔에 술을 가득 따라 마셨다. 뱃사공 또한 어떤 술 좋아하는 사람이 그에게 커다란 질그릇 잔을 던져줘 거나하게 취했다. 마침내 취해서 지팡이를 울리고 노를 두드리며, 소리를 길게 뽑아 뱃노래를 불렀으니, 대개 오(吳)나라의 법칙과 같았는데, 지난번에는 이랬다저랬다 장(章)을 바꾸었다. 비록 노랫말은 지극히 볼품없었지만, 자못 다시 흥을 도왔다. 때때로 한밤중 시간을 알리는 종소리가 귀를 울렸고, 갑자기 노를 되돌려 작은 배가 가는 곳을 따랐다. 흐름을 따라서 내려가자 산들바람이 물결을 움직였고, 물빛은 노를 에워쌌다. 구부려 그 뱃전을 돌아보자 때때로 물을 받아 시원하고 산뜻해 마음이 매우 유쾌했다. 또한 뱃전을 거닐면서 우주 사이 사방을 돌아보니, 푸른 하늘이 물과 이어져서 마음은 하늘을 걷는 듯했다. 양옆으로 발길 닿는 땅에는 자욱하게 안개가 끼어 있

377 장약허(張若虛): 660-720. 강소성(江蘇省) 양주(揚州) 사람. 연주(兗州)의 병조(兵曹)를 역임했음. 705년 중종(中宗)이 복위한 뒤, 문사(文詞)로 경사(京師)에서 이름을 떨쳤음. 하지장(賀知章)·장욱(張旭)·포융(包融) 등과 함께 오중4사(吳中四士)라고 불렸음. 시는 〈춘강화월야(春江花月夜)〉 등 2수만 남아 있음.

었다. 오직 눈 속에 스치는 것은 까치인지 학인지, 춤추듯 가볍게 동남쪽으로 날아가는데, 울음소리가 배를 에워쌌다. 이에 또한 함께 키[枻]를 두드리며 위공(魏公)[378]의 단가(短歌)를 노래했고, 자첨(子瞻)[379]의 부(賦)를 읊었다. 또 이미 큰 잔에 술을 따랐고, 준비한 술이 다 없어질 만큼 술을 마셨다. 손님들이 모두 크게 취해 지쳐서 선실 안에 누웠고, 나도 이미 지쳐 함께 베개에 기대려고 했다. 그러나 아름다운 흥(興)을 자랑하고 싶은 근심이 다시 가득 찼으니, 다만 뱃전에 기대기를 그만두지 못하고 물을 내려다보고 앉아서 그 긴 흐름의 끝없음과 조화의 사이가 끊어짐이 없음을 바라보면서 삶의 유한함을 깨달았다. 고개 숙여 탄식하느라 코마츠[駒津][380]의 옆에서 내려야함도 깨닫지 못했다. 대체로 묵수(墨水)라는 것은 도호토[東都]의 큰 강이고, 문인(文人)과 글 잘 짓는 사람들이 모두 이곳을 웅장한 경관(景觀)이라 한다. 나 또한 그 아름다운 경치를 사랑해서 적은 문재(文才)에 그윽한 흥취를 늘 받았고, 내 정원의 이름을 빌린 것도 그곳을 따랐다. 시간은 모두 같은데, 척확지굴(尺蠖之屈)과 용사지칩(龍蛇之蟄)[381]은 이 몸을

378 위공(魏公): 조비(曹丕, 187-226). 삼국 때의 위문제(魏文帝). 자는 자환(子桓). 조조(曹操)의 맏아들로, 조조가 죽은 뒤에 위왕(魏王)이 되어 후한(後漢)의 헌제(獻帝)를 폐하고 제위에 올랐음. 시부(詩賦) 40여 편과 전론(典論)이 전함.

379 자첨(子瞻): 소식(蘇軾, 1036-1101)의 자(字). 송(宋)의 미산(眉山) 사람. 호는 동파(東坡). 순(洵)의 아들로 당송8대가(唐宋八大家)의 한 사람. 저서에 『역전(易傳)』·『서전(書傳)』·『논어설(論語說)』·『구지필기(仇池筆記)』·『동파지림(東坡志林)』 등이 있음.

380 코마츠[駒津]: 일본 혼슈[本州] 중앙부의 야마나시[山梨]현에 있는 지명.

381 척확지굴(尺蠖之屈)과 용사지칩(龍蛇之蟄): '척확지굴'은 자벌레가 몸을 움츠리는 것. '용사지칩'은 용과 뱀이 엎드려 있는 것. 후일의 성공을 위해 잠시 몸을 움츠리거나 엎드려 있음의 비유. '자벌레가 몸을 움츠리는 것은 펴기를 구함이요. 용과 뱀이 엎드려 있는 것은 몸을 보존하기 위함이다.[尺蠖之屈, 以求信也, 龍蛇之蟄, 以存身也.]'라고 한 데서

보존하고자 함이니, 어찌 이익과 명예의 사이에서 오래도록 허둥지둥 충굴(充詘)[382]하겠는가?

○퇴석(退石) 말함: “유기(遊記) 한 편(篇)은 화순(和順)한 아운(雅韻)[383]의 말이고, 써주신 말마다 자못 매우 기묘하여 여러 날의 병도 거의 나을 따름입니다.” ○현천(玄川) 말함: “뒤섞여 엉클어졌던 이치가 촘촘하니, 자못 한유(韓柳)[384]의 오묘함에서 나온듯합니다.” ○용연(龍淵) 말함: “말씀마다 깊고 높으며 크고 우뚝하니, 읽을 때마다 몸과 정신이 거의 뛰어넘습니다.” ○동원(東原) 말함: “제동야어(齊東野語)[385]이니, 군자의 신안(神眼)[386]을 점차 더럽혔습니다. ○퇴석 말함: “절필(絶筆)·묘어(妙語)[387]로 온갖 풍경을 모두 기록했으니, 한 눈 속에 보는 듯합니다. 우리나라에 아름다운 경치를 전할 수 있도록 받아서 돌아가기를 원합니다.” ○동원 말함: “한 지역의 정경(情景)은 오직 장차 여행 중의 마음을 위로하고자 함일 뿐입니다. 어찌 큰 나라에 전함이 마땅하겠습니까? 만약 어쩔 수 없이 감히 가져가려고 하시더라도, 서쪽으로 돌

유래함. 『주역(周易)』「계사(繫辭)」하(下).

382 충굴(充詘): 너무 기뻐서 절도(節度)를 잃은 모양.

383 아운(雅韻): 기품이 높고 우아한 운율. 풍아한 운치.

384 한유(韓柳): 당(唐)대 문장가 한유(韓愈)와 유종원(柳宗元)의 병칭(竝稱).

385 제동야어(齊東野語): 제(齊)의 동부 지방에 사는 시골뜨기의 말. 믿을 수 없는 말을 이름.

386 신안(神眼): 지술(地術)이나 상술(相術)에 정통한 사람의 눈. 귀신을 능히 볼 수 있는 눈.

387 절필(絶筆)·묘어(妙語): ‘절필’은 비할 데 없이 뛰어난 시문(詩文)이나 서화(書畫). ‘묘어’는 의미가 깊거나 감동적인 말.

아가신 뒤에는 반드시 부주옹(覆酒甕)[388]일 것입니다. ○퇴석 말함: "말씀마다 참됨을 본받습니다. 비록 제가 명승지를 등반하는 무리는 아니지만, 마음과 정신이 날아오르는 듯합니다." ○동원 말함: "여명견폐(驢鳴犬吠)[389]이니, 어찌 함께 말할 수 있겠습니까?" ○동원 말함: "저녁 북소리가 자주 들리니, 사례하고 물러감이 마땅하겠습니다." ○퇴석 말함: "내일도 오셔서 붓과 벼루를 일으켜 깨끗이 하심을 기다림이 마땅하겠습니다."

다섯 번째 알현(謁見)

동원 아룀: "장마 같은 큰 비와 체루(涕淚)[390]가 함께 흘러내립니다. 장차 헤어질 정으로 하늘과 사람이 근심을 함께 하는군요." ○모암(慕菴) 대답: "빗속에 헤어지려 오셨으니, 매우 감사하고 감사합니다." ○동원(東原) 말함: "전날 개인적으로 베풀어 바친 좁은 논의는 바로 옛 사람의 것을 모아 거칠고 소박합니다. 재주와 식견이 많은 군자께서 마땅히 엄격한 눈으로 한번 보셨으니, 군자께 웃음거리가 되었습니다. 비록 그러하나 어떤 편 속에서 사리를 따져 말한 바와 같은 것은 가끔 세상에 치료를 베풀었던 것이 보입니다. 비록 눈으로 이미 그 책을 보

388 부주옹(覆酒甕): 술독을 덮음. 가치가 별로 없는 저작(著作)을 이름.

389 여명견폐(驢鳴犬吠): 당나귀가 울고 개가 짖음. 들을 가치가 없음. 또는 문장이 졸렬함의 비유.

390 체루(涕淚): 콧물과 눈물. 콧물과 눈물이 함께 흘러내림. 소리내어 서럽게 욺.

았고, 입으로 또한 이미 그 논의를 꾸짖는다고 하더라도, 그 방법에 이르면 그 치우침에 빠져 움직이는 것입니다. 동생과 조카들도 이러한 형편에 있음을 근심하지만, 감히 그만둘 수 없습니다. 마음에 부족하나마 그 거칠고 소박함을 말씀드렸을 뿐입니다." ○모암 말함: "이 책은 진실로 옛 사람들의 매우 깊은 뜻을 얻었으니, 매우 축하할 만합니다. 어리석은 저는 이 책을 다만 한 개인의 사사로움으로 삼아서는 안 된다고 생각합니다. 단지 널리 퍼뜨림을 쌓아서 오랫동안 전해야 합니다. 저는 그것을 받아서 배들을 따라 서쪽으로 돌아간 뒤에 두루 퍼지게 하고, 또 뜻을 같이 하는 사람들에게 전하기를 원합니다. ○동원 말함: "옛 사람의 거칠고 소박함은 동생과 조카들을 위해 말씀드렸을 뿐입니다. 어찌 오랫동안 전할 수 있겠습니까? 그러나 그대가 저를 위해 장차 큰 나라에 전하시겠다니, 오직 우리나라에만 전하더라도 오히려 부끄러운 바가 있는데, 하물며 큰 나라이겠습니까? 만약 어쩔 수 없이 가져가려고 하신다면, 우선 우역(郵驛)의 자리 깔개로 삼아주시기를 원합니다. 그것은 서쪽 바다를 건너다 해약(海若)[391]에게 줌으로써 장졸(藏拙)[392]함이 알맞습니다." ○모암 말함: "그대는 감히 사양하지 마십시오. 주장과 견해가 진실로 선철(先哲)의 매우 깊은 뜻을 지극히 했습니다. 한 글자도 얕고 근본 없는 학문의 어긋난 말을 따르지 않았으니, 이것은 실제로 귀하다고 할 만하기에 충분합니다." ○동원 말함: "비록 이미 한 마디 말씀을 간절히 구했으나 그대께서 서쪽으로

391 해약(海若): 전설상의 북해(北海)의 신. 또는 해신(海神)의 범칭.

392 장졸(藏拙): 자기의 단점을 감춰 남에게 보이지 않음. 자겸(自謙)하는 말.

돌아갈 급박함 때문에 마침내 글을 허락하지 않으셨습니다. 역관(驛館)이나 우정(郵亭)[393]에서 감히 조그마한 틈을 엿보아 보잘것없는 제 간절한 소망을 마땅히 채워주실 수 있기를 바랍니다. 문재(文才)를 발휘함은 이미 이루셨으니, 쓰시마[馬島] 기실(紀室)[394]에게 맡겨 도호토[東都]에 보내주십시오. 글의 첫머리로 길이 높여서 동생과 조카들에게 자물쇠로 삼겠습니다." ○모암 말함: "용렬(庸劣)한 재능으로 붓을 휘둘러 글을 써서 문장을 따르자니, 두렵고 어렵습니다. 그러나 군자께서 필요로 하는 바이니, 어찌 또 굳이 사양하겠습니까? 도읍인지요? 오사카[大坂]인지요? 잠시 머무르기를 기다려 비루(鄙陋)한 말을 펴겠지만, 즐겨 그 명확한 의논을 밝힘은 아닙니다. 그대의 지극한 정성에 감사할 뿐입니다." ○동원 말함: "그대가 마땅히 계씨일낙(季氏一諾)[395]에 익숙하기를 원합니다. 반드시 저로 하여금 미생(尾生)[396]이 되게 하지 마십시오." ○동원 말함: "돌아갈 행장(行裝)은 이미 내일 새벽에 있으니, 그대의 마음도 평온하지 않겠지요. 내일이면 길가에서 이별하겠지요." ○모암 말함: "이승에서는 다시 만나기 어려울 테니, 어찌 서운

393 역관(驛館)이나 우정(郵亭): '역관'은 역참(驛站)에 설치한 객사(客舍). 여사(旅舍). '우정'은 역참에 설치한 여관. 우관(郵館).

394 쓰시마[馬島] 기실(紀室): 대마도 기씨 집안사람. 1764년 갑신사행 당시 대마도 서기(書記)였던 기국서(紀國瑞). 또는 '키무로'라는 성(姓)으로 볼 수도 있음.

395 계씨일낙(季氏一諾): 계포일낙(季布一諾). 약속을 지켜서 신의를 잃지 않음. 일낙천금(一諾千金). 초(楚)의 계포(季布)는 평소에 신의를 중히 여겨 한번 언약한 것은 꼭 지켰으므로 당시 초의 사람들이 '황금 100근을 얻는 것보다 계포의 승낙을 한번 얻는 것이 더 낫다'고 한 말에서 유래함.

396 미생(尾生): 약속을 굳게 지킨 전설상의 남자. 그가 한 여자와 다리 밑에서 만나기로 약속을 해 기다리는데, 별안간 큰 비가 내려 물이 불었으나 가지 않고 기다리다가 마침내 다리 기둥을 껴안은 채 익사했다고 함.

하지 않겠습니까? 갑야(甲夜)[397]에 점을 쳤으니, 조용하고 부드러워지기를 원합니다." ○동원(東原) 말함: "머리말에 또 7언고시(七言古詩)와 보잘것없는 예물로 헤어지는 정을 함께 드러냅니다. 마음으로 그 자광(藉光)[398]에 감사드릴 뿐입니다." ○모암(慕菴) 말함: "정성이 지극한 시문(詩文)과 두텁게 인정어린 예물이 아울러 헤어지는 마음을 황공하게 하니, 삼가 드리며 매우 감사드립니다." ○동원 말함: "타키 안조우[多紀安長]가 어제 그대와 함께 오늘을 기약했었는데, 마침 대수롭지 않은 병이 있어서 밝지 않은 저로 하여금 의견을 묻게 하며, 정성스럽고 간절하게 이러한 뜻을 보내왔습니다." ○모암 말함: "약속이 있었는데, 만나보지 못하니 서운합니다." ○동원 말함: "아득히 먼 곳으로 영원히 헤어져 거듭된 인연을 기약할 방법이 없으니, 곤경에 처한 듯 마음이 아픕니다." ○모암 말함: "이별을 섭섭하게 여기는 마음은 그대나 저나 똑같으니, 강물처럼 끊임없이 흘러갑니다." ○동원 말함: "비유컨대, 그 나라가 같더라도 그리워 바라봄을 이루다 할 수 없을 텐데, 하물며 또 다른 곳으로 생이별합니다. 그대는 언행과 몸가짐을 신중히 하셔서 그 먼 바다를 뛰어넘으신다면 다행이겠습니다. 저 같은 사람은 다른 날 그 여풍(餘風)[399]을 빌려 그대의 얼굴로 삼겠습니다." ○모암 말함: "많은 보살핌에 감사드립니다. 그대는 모름지기 스스로를 아끼십시오. 이는 우러러 위로하는 바입니다." ○동원 말함: "간절하고

397 갑야(甲夜): 하룻밤을 다섯으로 나눈 첫째 부분. 오후 8시부터 10시까지. 초경(初更).

398 자광(藉光): 남의 남는 빛을 빌린다는 뜻. 남들 덕분에 편리나 명예나 이익을 보게 되었을 때 일컫는 말.

399 여풍(餘風): 과거로부터 전해온 풍속과 교화. 전인의 풍도.

깊은 정이 지극히 밝아 다할 수 없습니다. 그대는 물러나셔서 편안함을 이루셨다가 내일을 꾀하십시오. 새벽 수탉의 알림을 기다려 길의 중간에서 떠나보내 드리겠습니다." ○모암 말함: "정성스럽고 간절하여 잊을 수 없으나, 오히려 내일 새벽을 기약할 뿐입니다."

○추월(秋月) 말함: "동원(東原)께서 오셨습니까? 문득 맑은 바람이 갑자기 불어와 사람을 스쳐 지나감을 깨닫겠습니다." ○동원 말함: "변변치 못하고 뒤떨어지는데, 어찌 그런 기품이 있겠습니까? 그대의 풍재(風裁)[400]는 진실로 한위(漢魏)의 풍격이 있으니, 저로 하여금 회고(懷古)의 정을 다시 또 깊게 합니다." ○퇴석(退石) 말함: "쓸쓸한 비가 자주 내린 이녕(泥濘)[401]의 사이에서 발을 몹시 더럽히셨으니, 길에서의 괴로움을 생각할 뿐입니다." ○동원 말함: "옛 사람은 벗을 좋아하면, 한번 그리울 때마다 번번이 먼 길도 명가(命駕)[402]했는데, 하물며 지극히 가까운 거리이겠습니까?" ○현천(玄川) 말함: "날마다 오셔서 여행의 회포(懷抱)를 위로하시니, 오랜 옛날 만남의 유쾌함이 이 모임에 있습니다." ○동원 말함: "하루라도 여러분을 만나지 못하면, 몸과 마음으로 다시 서로 친하지 못함을 깨닫습니다." ○용연(龍淵) 말함: "어제는 사내 아우를 만났었는데, 말이 또 그대에게 미쳤습니다. 오늘은 다른 사람들이 요구한 바를 위해 붓과 벼루 속에 파묻혀 시달리는데, 손

400 풍재(風裁): 훌륭한 풍채(風采)나 호탕한 기백(氣魄).

401 이녕(泥濘): 질척질척한 흙 또는 진창. 미끄러운 진흙탕 길. 낮은 지위의 비유. 이뇨(泥淖).

402 명가(命駕): 길을 떠나기 위해 마부에게 거마(車馬)를 준비시킴.

님까지 오셔서 평온함을 잃었으니, 한스럽고 부끄러워할만합니다." ○ 동원 말함: "편안히 다른 사람들의 요구를 빌리겠습니다. 저는 우선 여러분과 함께 시를 지어 서로 주고받으면서 일이 끝나기를 기다리겠습니다."

앞 시에 첩운(疊韻)해 추월 학사(學士)께 드림

동원

하늘 동쪽 분야[403]에서 바야흐로 길이 사귀니	天東分野撈方長
별빛은 전적의 마당에 상서로움 내리네	星彩降祥典籍場
묘략[404]으로 누가 장군부를 분별하랴	廟略誰知將軍府
문웅[405]만 제왕 고을에서 홀로 분발하네	文雄獨奮帝王鄉
은혜 긴 패옥은 영화와 부귀 머금었고	兼恩佩玉含榮貴
공무(公務) 받든 휘호[406]에는 은총 입은 영광 있네	奉職揮毫有寵光
화대[407]에 한번 성색[408]이 핀 뒤로	一自花臺開盛色
봄바람이 성 위로 군방[409]을 이끄네	春風城上引群芳

403 분야(分野): 중국 전토를 12성차(十二星次)와 28수(二十八宿)에 분속시켜 나눈 지역. 영역(領域). 한계.

404 묘략(廟略): 조정에서 세우는 국가 대사에 관한 계책. 묘모(廟謀·廟謨). 묘책(廟策). 묘획(廟畫).

405 문웅(文雄): 문호(文豪). 크게 뛰어나고 이름이 높은 작가.

406 휘호(揮毫): 붓을 놀림. 글씨를 쓰거나 그림 그림을 이르는 말. 휘필(揮筆).

407 화대(花臺): 둘레를 벽돌로 쌓은 화단. 기원(妓院).

408 성색(盛色): 말씨와 안색이 근엄함. 아름다운 얼굴빛. 미인(美人). 훌륭한 옷차림.

퇴석(退石) 서기(書記)께 함께 드림

동원(東原)

아득히 먼 곳 나그네의 꿈 다시 길이 응하니　天涯客夢更應長
서검[410]은 우선 선불장[411]에 남겨두네　書劍姑留選佛場
가을에 갔던 서쪽 바다에 채익[412]을 보태고　秋去西溟陪彩艗
봄에 왔던 동쪽 바다에서 선향[413]을 물으리　春來東海問仙鄕
낮에는 숲속 누각에 올라 꽃 피는 때를 읊고　晝攀林閣唫花際
밤에는 높은 누대에 누워 달빛을 읊조리네　夜臥雲臺嘯月光
곽삭함은 한갓 명승지 오를 도구가 아니니　钁鑠非徒濟勝具
사단[414]의 건필[415]이 날마다 향기롭네　詞壇健筆日芬芳

---

409 군방(群芳): 군화(群花). 많은 꽃. 여러 현인(賢人) 또는 여러 미인의 비유.

410 서검(書劍): 책과 검. 학문을 닦고 무예를 익힘.

411 선불장(選佛場): 불조(佛祖)를 선축하는 불교 도량(道場). 선당(禪堂). 승당(僧堂). 당(唐)대 천연선사(天然禪師)가 일찍이 글을 읽어 과거를 보러 가는 길에 황매산(黃梅山)을 지나다가 한 중을 만났는데, '어디로 무엇 하러 가는가?'라고 물으니, 천연은 '과거를 보러 간다.'고 하였음. '거기는 무엇 하는 곳인가?'라고 물으니, '벼슬을 뽑는 곳[選官場]이다.'라고 하였음. '그러면 이 산중에 부처를 뽑는 곳[選佛場]이 있으니 그리로 가라.'고 하니, 천연은 즉시 황매산으로 들어가서 중이 되었음.

412 채익(彩艗): 채익(彩鷁). 물새의 일종. 뱃머리에 이 새를 그려 채색했던 데서, 배[船]를 뜻하는 말로 씀. 화익(畵鷁).

413 선향(仙鄕): 선경(仙境). 남의 고향에 대한 미칭. 사랑하는 사람이 있는 곳을 이르는 말.

414 사단(詞壇): 문인(文人)들의 사회. 문단(文壇).

415 건필(健筆): 웅건(雄健)한 붓. 글을 잘 지음 또는 웅건한 문장의 비유. 건호(健豪).

현천(玄川) 서기께 함께 드림

동원

한 시대 글에 능한 한자장[416]인데	一代能文漢子長
기이함 찾은 다른 나라 문단(文壇)은 얼마인가	探奇殊域幾詞場
밤에는 금궤 찾아 구름 낀 산 오르고	夜尋金櫃攀雲嶽
새벽에는 돌다리 밟고 수향[417]에 배 띄우네	曉蹈石梁浮水鄉
주머니 속 산수(山水) 경치 광채 내는 듯하고	囊底烟霞若流彩
붓끝의 아름다운 경치 햇빛과 비슷하네	豪端花月似飛光
부상 성 밖으로 봄바람 불어오니	扶桑城外春風路
다시 먼 삼산에 향기를 거두어야 하리	更遶三山須拾芳

416 한자장(漢子長): 한(漢)대 사가(史家)인 사마천(司馬遷). '자장'은 그의 자(字).
417 수향(水鄉): 강이나 호수 등이 많은 마을. 수국(水國). 수촌(水村).

용연(龍淵) 서기(書記)께 함께 드림

동원(東原)

머나먼 왕정[418]에 긴 물결 무릅쓰고	萬里王程凌浪長
봄 돛은 해를 떠받들어[419] 염장[420]이 풍요롭네	春帆捧日海鹽場
십주의 꽃과 새가 유자[421]를 맞이하니	十洲花鳥迎遊子
3월의 벼슬아치는 취향[422]에 들어오네	三月冠裳入醉鄉
수호[423]의 호방한 재주 진대(晉代)의 유풍(流風)이고	繡虎豪才晉遺韻
조룡[424]의 웅대한 기상 한대(漢代)의 여광[425]일세	雕龍雄氣漢餘光
기쁨은 이어져 완연히 풍운의 만남[426]과 같으니	驩莚宛似風雲會
읊조리며 서로 화답하니 함께 향기롭구나	吟嘯相和共有芳

○용연 말함: “요리사가 손으로 소나 닭의 뼈와 살을 발라낼 수 있듯이 글자마다 모두 금련(禁臠)의 자미(滋味)[427]에 여유가 있습니다.” ○

418 왕정(王程): 왕사(王事)를 위해 떠나는 여정(旅程).

419 해를 떠받들어: 제왕을 충심으로 보좌함의 비유. ‘日’은 제왕의 비유.

420 염장(鹽場): 제염소(製鹽所). 소금을 만드는 곳.

421 유자(遊子): 먼 곳을 유람하거나 타향에서 지내는 사람.

422 취향(醉鄉): 취중(醉中)에 느끼는 몽롱한 경지.

423 수호(繡虎): 문장이 화려하고 재주가 뛰어난 사람의 비유. ‘수’는 시문(詩文)의 문채가 화려함을, ‘호’는 풍격(風格)이 웅건함을 이름.

424 조룡(雕龍): 용무늬를 새김. 글을 다듬는 솜씨가 뛰어나거나 글을 정성 들여 다듬음의 비유.

425 여광(餘光): 남아도는 빛. 인신해, 남이 베푼 은덕. 여명(餘明). 미덕이나 위세가 드러내거나 남긴 영향의 비유.

426 풍운의 만남: 명군(明君)과 양신(良臣)이 만나 서로 의기투합하는 것. ‘구름은 용을 따르고 바람은 범을 좇는다.[雲從龍 風從虎]’라는 말에서 나온 것. 『주역(周易)』「건괘(乾卦)」〈문언(文言)〉.

동원 말함: "홑옷과 첨유(襜褕)[428]로 몸 하나 가릴만한데, 모자라고 자질구레한 시 한 수가 어찌 여유가 있을 수 있겠습니까? 우선 높여 칭찬하심을 그만두십시오." ○용연 말함: "이난(二難)[429]이 함께 오묘함을 갖추었는데, 제가 어찌 지나친 칭찬을 하겠습니까?" ○동원 말함: "백중(伯仲)[430]의 오묘함은 우리 일이 아니니, 그대는 꼭 실수하지 마십시오." ○동원 아룀: "질문 드릴 두 편으로 장차 덕이 높으신 분을 더럽히겠군요. 저는 의가(醫家)에서 태어나 자랐고, 또 저녁이면 먹고사는 방편으로 삼는 의술(醫術)에만 급하게 허둥지둥해서 문장을 익힐 수 없었습니다. 원컨대 그대에게 나아가 큰 나라 학문의 교화를 받아 미혹됨을 풀고자합니다. 잠깐 동안 틈이 있어 가르침을 내려주신다면 다행이겠습니다." ○추월(秋月) 대답: "저는 비록 학사(學士) 자리에 있지만, 학문의 교화에 대해 자세한 바를 알지 못합니다." ○동원 말함: "많은 사람들 가운데 다만 문형(文衡)[431]으로 가려 뽑혀 멀리 아름다운 덕을 드러내 드날리셨는데, 어찌 그 선발된 인재가 아니며 이러한 일을 하시겠습니까?" ○추월 말함: "바야흐로 급히 주고받은 시가 있으니, 그대는 우선 기다리십시오." ○동원 말함: "예예. 틈을 기다려 의혹

---

427 금련(禁臠)의 자미(滋味): '금련'은 다른 사람이 손댈 수 없는 물건의 비유. '자미'는 좋은 맛. 맛있는 음식. 맛. 또는 의미나 느낌.

428 첨유(襜褕): 기장이 긴 홑옷의 일종.

429 이난(二難): 우열(優劣)을 가리기 힘들 정도로 똑똑한 형제. 난형난제(難兄難弟). 두 가지의 얻기 힘든 것이나 이루기 힘든 일.

430 백중(伯仲): 맏형과 그 다음 형. 백씨(伯氏)와 중씨(仲氏). 서로 비슷하여 우열을 가릴 수 없음.

431 문형(文衡): 과거의 시험관. 글을 평가하는 것이 저울로 물건을 다는 것과 같다는 데서 이름.

을 풀겠습니다." 이 의문은 류유[柳]·칸[菅]과 함께 글로 나눈 이야기가 있지만, 지금 여기에서는 생략한다. ○추월(秋月) 말함: "잠시 시간 여유가 있으니, 빨리 질문을 내놓으십시오." ○동원 말함: "말을 아끼지 마시고 귀중한 말씀을 자세히 보여주시기 바랍니다. 장차 그 박흡(博洽)[432]을 다하셔서, 추초(箠楚)[433]를 아프게 더하시기를 감히 사양하지 않는 바입니다."

동원(東原)이 추월(秋月)에게 묻고 말함

"대체로 태상(太上)[434]이란 것은 알 수 없습니다. 결승(結繩)[435]이란 것은 잠시 남겼습니다. 당우(唐虞)[436]로부터 아래로 삼대(三代)에 이르기까지 때때로 전장(典章)과 법언(法言)[437]이 서적에 함께 드러나 있는 것은 명백히 직접 본 데에서 나왔습니다. 비록 그러하나 아득히 멀 것입니다. 옛 말씀은 말의 맥락이 반드시 은미(隱微)한 사이에 있기 때문에 풀이할 수 있는 사람도 있지만 풀이할 수 없는 사람도 있으니, 오늘날에 전해서 적당하게 온전히 싣지 못했습니다. 따라서 대한(大漢)[438] 이래로 여러 학자들의 풀이한 말이 뒤섞여 어지럽게 다투듯 나

432 박흡(博洽): 널리 배워서 사물에 막힘이 없음.

433 추초(箠楚): 볼기를 치는 형구(形具). 추태(箠笞).

434 태상(太上): 3황5제(三皇五帝)의 치세(治世). 태고(太古).

435 결승(結繩): 새끼를 매듭지음. 고대 문자가 없었을 때 일을 기록하던 방법의 하나.

436 당우(唐虞): 도당씨(陶唐氏)와 유우씨(有虞氏). '당'은 요(堯)임금. '우'는 순(舜)임금. 인신해, 태평성대.

437 전장(典章)과 법언(法言): '전장'은 제도(制度)나 법령(法令) 등의 총칭. '법언'은 불가(佛家)·도가(道家)의 경론(經論).

438 대한(大漢): 한(漢)대의 백성이 자기 나라를 높여 일컫던 말.

와 앞뒤로 식견(識見)을 폈습니다. 각각 정밀하고 미묘한 말을 열어 이치는 꼼꼼하고, 조리와 질서는 고르게 하여 그것을 검사했는데, 대체로 모두 거슬러 올라가 그 옛날에 나온 것이 있으면 없앴습니다. 이 때문에 우리나라도 예로부터 길을 달리하고, 그 방법을 절충한 사람들이 마침내 그 출입구를 미혹되게 했습니다. 저들은 안국(安國)[439]을 일컫고, 이들은 정(鄭)[440]이 으뜸임을 앞장서 외치며, 하안(何晏)[441]에 전심전력하는 사람도 있고, 정주(程朱)[442]의 주(注)를 무너뜨리는 사람도 있습니다. 어떤 사람은 육(陸)·양(楊)·왕(王)[443]의 사이에서 갈고 닦아 각각 서로 식견을 세우고, 나뉘어 그 갈래를 이룬듯합니다. 이에

439 안국(安國): 공안국(孔安國). 한(漢)의 학자. 공자의 12대손. 자는 자국(子國). 신공(申公)에게서 『시경(詩經)』을, 복생(伏生)으로부터 『고문상서(古文尙書)』를 전수(傳受) 받았음.

440 정(鄭): 정현(鄭玄, 127-200). 후한(後漢)의 고밀(高密) 사람. 자는 강성(康成). 『모시전(毛詩箋)』과 『주례(周禮)』·『의례(儀禮)』·『예기(禮記)』의 주(注)를 내었음. 한의 정중(鄭衆)을 선정(先鄭)이라 하는 데 대해, 그를 후정(後鄭) 또는 정군(鄭君)이라 함.

441 하안(何晏): 190-249. 삼국(三國)때 위(魏)의 학자. 자는 평숙(平叔). 경학(經學)에 밝고 노장(老莊)의 설을 좋아했음. 저서에 『논어집해(論語集解)』가 있음.

442 정주(程朱): 중국 송(宋)대 정호(程顥)·정이(程頤) 형제와 주희(朱熹).

443 육(陸)·양(楊)·왕(王): '육'은 육구연(陸九淵, 1139-1193). 송(宋)대 무주(撫州) 금계(金鷄) 사람. 자는 자정(子靜). 주희(朱熹)와 아호(鵝湖)에서 만나 학문을 논하였는데, 덕성(德性)을 존중한다는 심성론(心性論)을 주장해 주희의 주지설(主知說)과 배치되었고, 이로부터 송(宋)의 이학(理學)이 주륙(朱陸) 2파로 갈라지게 되었음. 저서에 『상산선생전집(象山先生全集)』이 있음. '양'은 양간(楊簡, 1130-1226). 남송(南宋)의 학자. 자는 경중(敬仲). 호는 자호(慈湖). 육구연에게 본심(本心)에 관해 배우고 스승으로 섬겼음. 『기역(己易)』에서 우주론적 심학(心學)을 전개하였으며, 저서에 『자호유서(慈湖遺書)』와 부록을 합해 20권이 있음. '왕'은 왕수인(王守仁, 1472-1528). 명(明)대 유학자. 자는 백안(伯安). 호는 양명(陽明). 육구연의 심즉이설(心卽理說)을 계승 발전시킨 지행합일설(知行合一說)과 만물일체론(萬物一體論)을 주장했음. 저서에 『전습록(傳習錄)』이 있으며, 그의 학설을 심학(心學) 또는 양명학(陽明學)이라 함.

학사(學士)·대부(大夫)들은 배운 바의 대강을 배척하고, 또한 당대의 대학자를 따라 저들은 이들을 버리고 이들은 저들을 버리며, 각각 그 좋아하는 것을 연구해 공자(孔子)의 뜻과 달라졌습니다. 안으로 그 장차 왕성함에 이른다면, 정주(程朱)의 학문 같은 것은 없어질 것이니, 이는 나라를 처음 세운 이래로 국학(國學)을 만들었기 때문에 세상에 가장 유행하게 되었고, 오늘날에 이르러 가득 넘치는 것일 겁니다. 가끔 또 정주(程朱)에 반대하고, 공(孔)·정(鄭)·하(何) 세 학자에게 나아가 부족하나마 그 식견을 세우면, 고학(古學)이라 일컬어 나이어린 후배들을 유혹하는 사람도 있습니다. 그런데 이들을 가지고 정주(程朱)를 배운 사람과 비교하면, 진실로 큰 원칙에서 멀고 동떨어져 그 반(半)에도 미칠 수 없습니다. 십 몇 년 전에 어떤 유학자가 세상에 특출해 자기의 식견을 크게 세워 신안(新安)·이락(伊洛)[444]을 배척하고 논박했었습니다. 비록 공(孔)·정(鄭)·하(何) 세 학자라 하더라도 또한 감히 그를 얻지 못했을 것입니다. 한 유파(流派)를 일으켜 고학을 앞장서 외치며 득의(得意)함으로부터 온 세상이 점점 향풍(鄕風)했고, 그 깃발 아래에서 배우는 무리들이 자못 적다고 할 수는 없었습니다. 이로부터 십 몇 년 뒤에 어떤 유학자가 또 고학을 앞장서 외쳤는데, 앞에 이른바 고학을 앞장서 외쳤던 사람과 더불어 그 신안·이락을 들어 함께 부수(膚受)[445]했습니다. 따로 또 학설을 세워 오로지 나이 어린 후배들

444 신안(新安)·이락(伊洛): 송(宋)대의 성리학(性理學). '신안'은 송대 유학자 주희(朱熹)의 본관. '이락'은 송대 유학자 정호(程顥)는 낙양(洛陽)에 살았고, 정이(程頤)는 이천백(伊川伯)에 봉해진 데서 이름.

445 부수(膚受): 부수지소(膚受之愬). 진실된 말은 아니나 피부에 와 닿는 간절한 하소연.

에게만 보이고 말하기를 '대체로 지금과 옛날은 당시의 일과 말이 다르니, 또한 그 다른 바에 다르게 나아가 그 학설을 고르게 세워 지금의 말로 옛말을 보고, 옛말로 지금의 말을 봐서 고르게 해야 한다. 주리(朱離)·격설(鴃舌)[446]과 과두(科斗)·패다(貝多)[447]를 어찌 구별하겠는가? 대체로 세상에서는 말에 실어서 옮기는데, 말은 도(道)를 실어서 옮기니, 백세(百世)의 아래에 살면서 백세의 위를 전하는데, 그 일과 말이 그것을 나타내지 못한다면, 어찌 얻을 수 있겠는가?'라고 했습니다. 이 말이 한번 나온 뒤로부터 온 세상에 이 학문이 널리 유행하고, 신안·이락과 함께 어깨를 나란히 하며, 지금까지 이르렀어도 쇠퇴하지 않은 듯합니다. 저는 진실로 의술(醫術)을 업(業)으로 삼아 비록 박학(博學)한 문인(文人)들과 감히 함께할 수는 없지만, 그러나 의학계의 책들은 그 유학(儒學)에서 얻지 않으면, 얻을 수 없습니다. 그러므로 6경(經)으로부터 아래로 백가(百家)에 이르기까지 저기와 여기에 나타났다 숨었다 하니, 입고 먹는 데 나아갈 겨를이 있으면, 의학책과 더불어 되풀이해 풀이하고 뒤집기를 함께해서 헤엄치지 않음이 없을 것입니다. 이 때문에 이른바 비록 그 고학이라 할지라도 또한 오직 그 일부분까지 조심스럽게 살필 따름입니다. 그런데 감히 그것을 얻지 않고, 우선 이러한 말을 빌려서 신안·이락과 더불어 억지로 끌어 붙

일설에는 차츰 믿게 되는 남을 헐뜯는 말.

446 주리(朱離)·격설(鴃舌): '주리'는 방언(方言). 소수 민족의 언어. 외국어가 괴이하고 이해하기 힘듦을 형용함. '격설'은 남쪽 오랑캐의 말을 이름.

447 과두(科斗)·패다(貝多): '과두'는 과두문자(科斗文字). 또는 고문(古文)으로 된 경서(經書). '패다'는 나무 이름. 옛날 인도(印度)에서는 이 나무의 잎에 경문(經文)을 썼음. 패다라(貝多羅). 인신해, 불경(佛經).

여서 정주(程朱) 사람들의 질문을 만나면, 정주를 따라서 문장의 뜻을 밝히고, 또 고학을 물으면 고학에서 이치와 뜻을 취합니다. 이는 비록 그 특조(特操)[448]는 없다고 할지라도 예악(禮樂)과 형정(刑政)이 우리 일이 아니라면, 그 치국평천하(治國平天下)같은 것은 감히 주어진 여건(與件)도 아닐 것입니다. 오직 그 주어진 여건에는 효제(孝悌)와 문장의 뜻일 뿐입니다. 대체로 효제니, 문장의 뜻이니 하는 것은 사군자(士君子)가 중요시하는 것입니다. 비록 마땅히 처리해야 할 일이 가장 급하더라도 그 배운 바에 이르면 함께 정주를 따르면서 진실로 거리끼지 않으니, 이른바 고학을 따르면서 또한 감히 거리낄 수 없는 것입니다. 신묘(辛卯 · 1711)연간에 그대 나라에서 보낸 사신이 우리나라에 왔을 때, 문학(文學) 이씨(李氏)[449]가 우리 오사카[大阪] 사람과 화답하며 말하기를 '조선의 학문은 정주에게서 나온 것이 아니면, 다른 사람에게 식견이 있더라도 몰래 엿보아 알거나 감히 취하지 않습니다.'라고 했습니다. 바야흐로 지금도 그대 나라에서 정주(程朱)의 학설만 오로지 세상에 유행합니까? 아니면 또 다른 학설이 있어서 때맞춰 성행합니까? 그대에게 나아가 지니신 학문적 교화에 대해 자세히 듣기를 청합니다."

"또 묻습니다. 문장과 시문(詩文)은 비록 이미 시대가 다르다 하더라도 수사(修辭)와 달의(達意)[450] 두 계통뿐입니다. 하(夏) · 상(商)나라 때

448 특조(特操): 홀로 굳게 지켜 변하지 않는 절개.

449 문학(文學) 이씨(李氏): 이현(李礥, 1654-?). 호는 동곽(東郭). 자는 중숙(重叔). 본관은 안악(安岳). 1675년 진사가 되었고, 1697년 중시(重試) 병과(丙科)에 합격했음. 좌랑(佐郎)을 역임했고, 1711년 통신사 때 제술관(製述官)이었음.

는 대개 두 계통으로 나뉘지 않았었는데, 주(周)나라의 유구(悠久)함이 있었고, 교화가 크게 행해짐으로부터 밝고 현명한 무리가 나와 화려함과 질박함이 서로 고르게 되어 빈빈(彬彬)[451]하지 않음이 없게 되었습니다. 이에 수사와 달의 또한 빈빈했으나, 점차 나뉘어 맹(孟)·순(荀)·노(老)·열(列)[452]은 달의를 가장 주(主)로 삼았고, 좌(左)·국(國)·장(莊)·소(騷)[453]는 수사를 가장 주로 삼았습니다. 진(秦)나라를 뛰어넘어 한(漢)나라에 이르러서는 문학의 기운이 크게 일어나 한 시대에 아언(雅言)[454]을 떨친 무리가 왕성하게 불끈 일어나 마치 끓는 물과 같았습니다. 비록 남북으로 다투어 나왔지만, 그러나 그 이룬 바는 또한 두 계통으로 즐겨 나오지 않았으니, 한(韓)·가(賈)·천(遷)·고(固)[455]는 함께 달의를 주로 삼았고, 상여(相如)[456]·양웅(揚雄)은 함께 수사를 주로 삼았습니다. 일제히 이들 대가(大家)의 문장은 스스로 오늘날과 더불어 다를 것입니다. 세상이 바뀌고 사람이 달라져 발전·변화가 반복되어 서로 그 일을 이루었으며, 문학의 기운 또한 시대와 더불어 왕성

450 수사(修辭)와 달의(達意): '수사'는 말이나 문장을 다듬어서 뜻을 보다 정연하고 아름답게 함. '달의'는 뜻을 나타냄.

451 빈빈(彬彬): 문채와 바탕이 함께 갖추어진 모양. 외관과 내용이 서로 알맞게 갖추어져 있는 모양.

452 맹(孟)·순(荀)·노(老)·열(列): '맹'은 『맹자(孟子)』이고, '순'은 『순자(荀子)』이며, '노(老)'는 『노자(老子)』이고, '열'은 『열자(列子)』임.

453 좌(左)·국(國)·장(莊)·소(騷): '좌'는 『춘추좌씨전(春秋左氏傳)』이고, '국'은 『국어(國語)』이며, '장'은 『장자(莊子)이고, '소'는 굴원(屈原)의 『이소(離騷)』임.

454 아언(雅言): 표준이 되는 말. 평소 하는 말. 정확하고 합리적인 말. 고상하고 바른 말.

455 한(韓)·가(賈)·천(遷)·고(固): '한'은 한영(韓嬰)이고, '가'는 가의(賈誼)이며, '천'은 사마천(司馬遷)이고, '고'는 반고(班固)임.

456 상여(相如): 사마상여(司馬相如).

하다가 쇠퇴했습니다. 시문을 짓는 데는 더욱 뛰어났으나 격식이나 표현 양식은 더욱 낮아져 동경(東京)[457] 시기에 이르러서는 두루 수사에만 얽매였고, 6조(朝)에 이르러서는 대개 그것을 잃고, 경박(輕薄)하며 화려했는데, 당(唐)나라 초기에는 더욱 그 폐단에 머물렀습니다. 이에 하늘이 한유(韓柳)[458]에게 명(命)을 내려 그들로 하여금 이 세상에 교화(敎化)를 펴는 사람이 될 수 있게 하였습니다. 창려(昌藜)·하동(河東)[459]은 이에 자신들의 재주를 모두 다하여 6조의 경박함과 화려함을 깎아냈고, 달의를 써서 세상에 떨쳤으니, 중엽(中葉)부터는 문화가 다시 크게 일어났습니다. 송(宋)나라 구소(歐蘇)[460]의 무리 같은 사람들은 대략 모두 두 사람을 으뜸으로 삼아 세상에 널리 떨치는 데 이르렀습니다. 다른 여러 사람들 또한 구소를 으뜸으로 삼았는데, 드디어 한유(韓柳)에게서 멀어짐으로부터 점점 또 떠돌게 되었고, 오랑캐인 원(元)나라에 이르러 더욱 쇠약해져서 모두 어록(語錄)[461]의 말만 썼으니, 일찍이 글이 없었습니다. 명(明)나라가 북쪽 땅에서 일어났고, 이(李)선생[462]이 계군(鷄群)[463]에서 선탈(蟬脫)[464]해 앞 시대의 고문(古文)을 홀로

457 동경(東京): 후한(後漢)의 서울인 낙양(洛陽). 인신해 후한(後漢).

458 한유(韓柳): 당(唐)대 문장가인 한유(韓愈)와 유종원(柳宗元)의 병칭.

459 창려(昌藜)·하동(河東): '창려'는 한유(韓愈)의 호(號)이고, '하동'은 유종원(柳宗元)의 고향임.

460 구소(歐蘇): 송(宋)대의 구양수(歐陽脩)와 소식(蘇軾).

461 어록(語錄): 당(唐)·송(宋) 이후, 도학이 높은 승려나 큰 유학자들이 설법하거나 강의한 말을 구어(口語)로 적은 기록.

462 이(李)선생: 이반룡(李攀龍, 1514-1570). 명(明)대 역성(歷城) 사람. 자는 우린(于鱗). 호는 창명(滄溟). 왕세정(王世貞) 등과 함께 후7자(後七子)의 한 사람. 저서에 『창명집(滄溟集)』·『고금시산(古今詩刪)』 등이 있음.

앞장서 주장했습니다. 이왕(李王)[465]은 계속 분발해 힘을 내고 액완(扼腕)[466]하여 뒷시대에 서로 응했으니, 수사는 달의와 더불어 두 계통을 겸하게 되었습니다. 우주가 아주 새로워져 두 사마(司馬)와 웅고(雄固)[467]를 거의 도와 송(宋)나라와 원(元)나라의 폐단을 없애는 데 힘썼습니다. 이에 문학의 기운이 다시 사방으로 환히 나타났으니, 마치 해와 달이 떠올라 풀과 나무를 자라게 해서 태양을 향하는 듯 복고(復古)에 매우 밝았습니다. 이는 세 유파(流派)의 힘으로 힘써 이루었다 이를 만하고, 대체로 때와 방법으로 쇠하고 성했던 것인데, 해와 달이 번갈아 비추고 네 계절이 번갈아 운행함과 같으니, 쇠하면 곧 성하고 성하면 곧 쇠하는 법입니다. 비록 우리 일본이라 하더라도 또한 그렇지 않음이 없습니다. 우리나라에서 예로부터 대략 일컫는 바는 모두 당송8대가(唐宋八大家)[468]인데, 원(元)대와 명(明)대는 감히 체제를 택하지 않았고, 어록(語錄) 속의 말을 씀은 글에 능한 사람들에게 이미 오래되었을 것입니다. 그러나 하늘이 명을 내려 이때에 유학자 하나를 내었으니, 원록(元祿)·정덕(正德) 기년(紀年)[469] 사이에 도호토[東都]에서 고문

---

463 계군(鷄群): 닭의 무리. 범용(凡庸)한 사람들.

464 선탈(蟬脫): 매미가 허물을 벗는다는 뜻으로, 낡은 형식에서 벗어남을 비유적으로 이르는 말.

465 이왕(李王): '이'는 이반룡(李攀龍)이고, '왕'은 왕세정(王世貞)임.

466 액완(扼腕): 한 손으로 다른 손의 손목을 잡음. 분발(奮發)함. 분개(憤慨)함.

467 두 사마(司馬)와 웅고(雄固): '두 사마'는 사마천(司馬遷)과 사마상여(司馬相如)이고, '웅고'는 양웅(揚雄)과 반고(班固)임.

468 당송8대가(唐宋八大家): 당(唐)·송(宋) 때의 여덟 문장가. 당의 한유(韓愈)·유종원(柳宗元), 송의 구양수(歐陽脩)·왕안석(王安石)·소순(蘇洵)·소철(蘇轍)·증공(曾鞏)을 이름.

사(古文辭)[470]를 떨쳤는데, 한유(韓柳)와 이왕(李王)의 체제를 논의했고, 한(漢)대 아래를 뛰어난 것으로 삼았습니다. 그 논의의 예를 들어 말하자면, '당(唐)대에서는 한유(韓柳)를 일컫고, 송(宋)대에서는 구소(歐蘇)를 일컫는데, 구(歐)가 비록 한유(韓柳)의 동료는 아니더라도 한(韓)이 먼저 울었음을 알게 되고, 자첨(子瞻)은 뛰어난 재주로 필수의도(筆隨意到)[471]했으나, 두 사람의 모범은 한유가 이미 체제를 갖추었다. 배우는 사람들이 진실로 그 모범을 얻는다면, 비록 두 사람이 없더라도 할 수 있다. 대체로 문장의 체제에 있어서 오직 서사(敍事)와 의론(議論)뿐이고, 『문선(文選)』[472]이 이미 그 체제를 갖췄더라도 겉만 화려한 말은 한유보다 적지 않으니, 따라서 논박(論駁)하여 이치로 그것을 이겨서 그 문을 새롭게 연다. 송(宋)대와 원(元)대의 문장은 쓸데없이 길고 비천하고 유약하며, 의론을 으뜸으로 삼고 서사를 멀리하니, 이에 창명(滄溟)·엄주(弇州)가 함께 그 말을 닦아 그 폐단을 뽑아냈다. 대체로 창명이란 사람은 한 유파로서 기이한 재주로 시문을 짓되 한유의 모범을 온전히 쓰지 않았고, 엄주는 비록 조금 썼지만, 고문의 말을 온전히

---

469 원록(元祿)·정덕(正德) 기년(紀年): '원록'은 일본 113대 히가시야마[東山] 천황(1687-1709)의 연호로 1688년이고, '정덕'은 114대 나카미카도[中御門] 천황(1709-1735의 연호로 1711년이며, '기년'은 일정한 기원(紀元)으로부터 차례로 센 햇수.

470 고문사(古文辭): 고문사학(古文辭學). 글은 진(秦)·한漢) 이전, 시(詩)는 성당(盛唐) 이전을 모범으로 하여 지어야 한다는 문학상의 주장. 명(明)의 이반룡(李攀龍)·왕세정(王世貞) 등이 주장하였음.

471 필수의도(筆隨意到): 의도필수(意到筆隨). 뜻이 이르는 곳에 붓이 따름. 곧, 문장이 거침없이 지어짐.

472 『문선(文選)』: 양(梁)의 소명태자(昭明太子) 소통(蕭統)이 편찬한 시문집. 진(秦) 이전부터 양(梁)대까지의 대표적 시문 760편을 39종의 체제별로 분류·수록하였음. 30권. 『소명문선(昭明文選)』.

닦았으니, 두 사람이 함께 떨쳐 일어나 말을 쓰고 그것을 이김으로부터 복고의 시대가 비로소 갖추어졌다.'는 것입니다. 이러한 말이 한번 나온 데 이르자, 도읍 지역 대부분의 글을 쓰는 선비들이 빠르게 달려와 뒤를 계속 이어서 이러한 문장을 다투어 배웠고, 그 무리 중 어떤 사람들은 사방으로 흩어졌으며, 가끔 어떤 사람들은 이왕(李王)을 앞장서 외치면서 지금에 이르렀으니, 그 아언(雅言)을 일컫는 사람들은 두 사람에게 옮겨 나아갔습니다. 저는 세상일에 마음이 몹시 급하고, 또 먹고사는 재주에 바쁘지 않습니다. 비록 문재(文才)를 펼쳐 결택(結擇)[473]하더라도 제 일은 아닙니다. 마음에 부족하나마 아언을 좋아하고 우연히 겨를이 있어 조충(彫蟲)[474]의 모습을 찾아구해 만듦으로부터 사숙(私淑)[475]했고, 구유(甌臾)[476]의 사이에서 이른바 논례(論例)를 취했습니다. 오직 옛 사람의 말을 익힐 수 없음만 한스러우니, 옳습니까? 그릅니까? 그렇게 된 까닭을 모르겠습니다. 무진(戊辰·1748)년에 통신사가 일본에 왔었습니다. 문학(文學) 구헌(矩軒)[477]이 우리 도호토[東都]에서 화답하며 말하기를 '이왕(李王)의 글은 자못 와력(瓦礫)[478]을 깨무는 것과 같아서 나는 감히 두 사람을 선택하지 않는다.'고 했습니다.

473 결택(結擇): 지혜를 가지고 의혹을 끊고, 도리를 따라 분별하는 일.

474 조충(彫蟲): 충서(蟲書)를 새김. 시문(詩文)과 사부(辭賦)를 저술함을 이름.

475 사숙(私淑): 직접 가르침을 받지 못했으나 마음속으로 그 사람을 존경하며, 본받고 배우거나 따름.

476 구유(甌臾): 질그릇. 와기(瓦器). 지세(地勢)가 낮고 우묵해 평평하지 않은 곳.

477 구헌(矩軒): 박경행(朴敬行)의 호. 자는 인칙(仁則). 본관은 무안(務安). 1742년 정시(庭試) 병과(丙科)에 급제했고, 전적(典籍)을 지냈음. 1748년 제10차 통신사 때 제술관(製述官)이었음.

478 와력(瓦礫): 기와와 자갈. 쓸모없는 물건의 비유. 와석(瓦石).

지금도 그대 나라의 글에는 오직 한유(韓柳) 두 사람만 있습니까? 혹은 또 이왕을 따라 고문(古文)을 닦는 사람이 있습니까? 큰 나라에서 요즈음 일컫는 글에 대해 들려주시기 바랍니다."

추월(秋月) 대답: "두 조목의 질문을 보니, 요점에 근거가 있고 뜻이 서있으며, 골라 쓴 말들이 속되지 않고 높습니다. 다만 도학(道學)은 한(漢)대 유학자에 정주(程朱)가 어깨를 나란히 하고, 문장은 한유(韓柳)에 이왕(李王)이 짝합니다. 이 인물들은 서로 짝해서 효시(嚆矢)[479]의 논의를 불러들여 사람의 마음을 무너뜨리고, 사람의 길을 어지럽히는데, 여기에 이르러야 끝날 것입니다. 비록 그대가 총명하다고 하더라도 아득히 멀어 그들이 서로 이끌었음을 스스로 생각하지 못하니, 슬픔을 어찌 참으랴! 대체로 정주가 나오지 않았다면, 공맹(孔孟)의 도(道)는 어둡고, 공맹의 도가 어두우면, 사람과 짐승이 어지럽게 뒤섞여 위태로웠을 것입니다. 평범한 사람이 감히 한두 가지 천박한 지식의 견해로 그 사이에서 비난하겠습니까? 이왕(李王)에 이르면, 읽기 어려운 글에 지나지 않으니, 그 말은 어려워 이해하기 곤란하고, 그 글귀는 진한(秦漢)을 힘써 따라서 마침내 이세(李世)[480]가 두찬(杜撰)한 글을 면하지 못합니다. 창명(滄溟)은 뉘우침에 미치지 못하고 죽었고, 엄주(弇州)는 늘그막에 근본으로 돌아가 덕(德)을 되돌리는 마음은 있었으나 할 수 없었으니, 어찌 한유(韓柳)의 노예(奴隷)로써 비길 수 있겠습니까? 잠깐 사이

479 효시(嚆矢): 소리를 내면서 날아가는 화살. 명전(鳴箭). 향전(響箭). 사물의 시초. 향전을 쏘았을 때 그 소리가 화살보다 먼저 도착한다는 데서 비유해 이르는 말.

480 이세(李世): '이'는 이반룡(李攀龍)이고, '세'는 왕세정(王世貞)임.

급히 서둘러 말씀드리느라 자세히 답변할 틈이 없습니다."

동원(東原) 말함: "공맹(孔孟)의 도(道)가 정주(程朱)를 따라서 밝혀졌다는 것을 저는 감히 믿지 못합니다. 대체로 공맹을 연 사람이 어찌 정주에서 그치겠습니까? 한위(漢魏)의 사이에도 큰 학자들이 적지 않으니, 저기에서 도(道)를 취하고 여기에서 취함에 이르면, 각각 자기의 지식이 있을 뿐입니다. 정주를 좋게 말함은 옳지만, 어찌 홀로 그 도(道)를 열었다고 말씀하십니까? 또한 이왕(李王)에 대한 의론이 한유(韓柳)의 노예(奴隸)가 된다고 하셨으니, 어찌 그것을 비난하고 규탄함이 심하신지요? 원미(元美)가 이른바 한(漢)나라 조정의 두 사마(司馬)를 일컬음은 우리 시대에 유일하고, 반룡(攀龍)이란 사람이 비록 자못 지나친 칭찬을 받은 듯하지만, 거의 또 헛되지 않습니다. 송원(宋元)의 즈음을 돌아보건대, 대체로 글을 공부하는 무리들은 자취를 따르고 가르침에 젖어 모두 한유(韓柳)의 조박(糟粕)[481]함을 핥았습니다. 명(明)대에 이르러도 또한 대체로 두 사람에게서 나왔으나, 이왕(李王)이 나타나 두 사람을 고쳐서 수사(修辭)와 체재(體裁)[482]가 별도로 한 유파(流派)를 이루었으니, 두 선생의 학업은 힘썼다고 이를만합니다. 이왕(李王)의 글이 한유(韓柳)보다 아래라고 이른다면 옳겠지만, 노예(奴隸)의 아래에 머무른다고 함은 틀렸습니다. 그대의 의론에 이르면, 두 선생을 매우 질투하고 미워하는 듯 보일 뿐입니다. 그렇지 않다면 또 고루

481 조박(糟粕): 술지게미. 폐물이나 나쁜 음식의 비유. 조백(糟魄).

482 체재(體裁): 시문(詩文)의 격식이나 표현 양식.

(固陋)함에 가까워지려하는군요." ○추월(秋月) 말함: "슬프도다! 그대는 그 그물에서 빠져나오지 못하는군요. 다만 그것을 깨뜨리고 그 강과 바다에서 헤엄치며, 마땅히 한유(韓柳)에게 뜻을 맡겨서 오로지 힘을 다하고, 정주(程朱)에게 마음을 맡겨야 덕(德)을 닦을 수 있습니다. 반드시 도랑의 물고기와 더불어 벗 삼지 마십시오." ○동원(東原) 말함: "그대 나라 학문의 교화를 묻고자 했으나 도리어 의론에 이르렀습니다. 대체로 학문의 도(道)는 각각 견해라는 것이 있습니다. 만약 그러한 의론에 이른다면, 비록 밤낮으로 그 힘을 다해 글로 싸우는 데 미치더라도 이치는 감히 다하지 못할 뿐입니다." ○추월 말함: "감히 의론하지 마십시오. 논의라는 것은 반드시 사귀는 정분을 깨뜨리니, 오직 시문(詩文)을 지어 주고받음으로써 아름다운 생각을 표현할 수 있습니다." ○동원 말함: "제가 장차 여러분께 말씀드리리니, 거듭된 화답 내려주시기를 원합니다." ○추월 말함: "그대의 시에 여러 번 화답했고, 다른 사람들이 처음 드린 것이 매우 많아서 화답할 수 없습니다. 바삐 쓴 글이 좋지 않다고 허물하지 마십시오." ○퇴석(退石) 말함: "영장비설(郢章飛雪)[483]에 바삐 쓴 글로 화답하기 어렵습니다." ○용연(龍淵) 말함: "우리들이 몇 번 화답했으니, 한둘은 화답하지 않아도 괜찮겠지요? ○동원 말함: "자리 위에서 감히 화답을 간절히 바라지 않고, 틈을 기다려 시정(詩情)을 펼치겠습니다." ○퇴석 말함: "밤에 오시면 틈이 있으니, 마땅히 보답을 받들겠습니다." ○동원 말함: "한 덩이 목

483 영장비설(郢章飛雪): 고아한 시편(詩篇)이나 악곡. 〈양춘백설(陽春白雪)〉이라는 곡이 격조가 너무 높아서 초(楚)의 영(郢) 땅에서 그에 화답할 수 있는 사람은 몇 명에 불과했다는 데서 온 말. 영중백설(郢中白雪). 영설(郢雪).

도(木桃)[484]로 감히 경요(瓊瑤)[485]를 기다립니다." ○또 말함: "날이 새고 난 뒤 이르러서 저녁에 마치고, 돌아가시는 길에 몸소 보내드림이 마땅하겠습니다." ○퇴석 말함: "날마다 오셔서 황공하게도 객지의 외로움을 위로하시는데, 늘 말씀만 드리고 번번이 항상 다른 사람보다 뒤로 돌립니다. 필화(筆話)와 창수(唱酬)가 편안한 밤에 오시면 매우 감사하겠습니다. 내일과 모레 꼭 오셔서 이별의 마음을 펴시지요." ○동원 말함: "기성(箕聖)[486]이 남긴 풍속과 교화를 어찌 우러러 공경하지 않겠습니까? 다른 날 또 이러한 때를 맞추고자 해도 다시는 얻을 수 없습니다. 반드시 내일을 기약해 마땅히 몸소 여러분과 함께 교제하기를 바랍니다."

여섯 번째 알현(謁見)

퇴석(退石) 말함: "동원(東原)께서 오셨습니까? 오늘은 오직 시문(詩文)만 이야기할 수 있으니, 의론(議論)에 이름은 마땅하지 않습니다." 동원 말함: "보통 때 의론이 많은데, 모두 시문(詩文)입니다. 만약 이러한 의론에 이른다면 또한 괜찮겠지요." ○추월(秋月) 말함: "우리들 무

484 목도(木桃): 아가위. 산사자(山査子). 『시경(詩經)』「위풍(衛風)」〈목과(木瓜)〉 편에 '목도를 던져주기에 옥으로 보답하였다.'는 데서 보내온 선물의 비유.

485 경요(瓊瑤): 아름다운 옥. 아름다운 시문(詩文)의 비유.

486 기성(箕聖): 기자(箕子). 은(殷)의 태사(太師)로 주왕(紂王)의 숙부. 주왕이 포학해 여러 번 간하다 오히려 종의 신분이 됨. 기(箕) 땅에 봉해진 데서 기자라 이르는데, 은이 망한 뒤 조선으로 달아나서 기자 조선을 세웠다는 전설과 함께 평양에는 기자사(箕子祠)가 있음.

리에 들어오는 사람은 단지 청풍(清風)[487]만 있고, 우리글을 상대하는 사람은 오직 명월(明月)만 마땅합니다. 청풍이여! 명월이여! 어찌 빨리 오지 않는가? ○동원 말함: “그대는 실로 맑고 시원해 사광록(謝光祿)[488]에 모자랄 수 없습니다. 청풍의 기품과 명월의 재주는 진실로 우리 일이 아니니, 몹시 부끄러워할만합니다.” ○동원 말함: “불우(不遇)한 의원(議員)이 또 저녁에 성시(城市)[489]를 오가다가 백휴(伯休)[490]의 형편이 되었으나, 패릉(灞陵) 산속의 뜻을 얻지 못했으니 거의 한스럽게 되었습니다. 오직 다행히도 여러분을 만나 마음에 부족하나마 그 풍재(風裁)를 빌리니, 이처럼 속세의 티끌을 조금 잊게 되는 듯 할뿐입니다. ○현천(玄川) 말함: “남자는 도(道)에 뜻을 두면 감우(感遇)[491]하고 강개(慷慨)[492]하니, 또한 오직 잊을 수 없습니다. 그 재주 기름을 생각건대, 하늘이 그로 하여금 시키며, 또한 하늘은 큰 그릇을 늦게 이룹니다. 4·50세를 기다려 세상에 소문남이 마땅합니다.” ○동원 말함:

487 청풍(清風): 시원하고 맑은 바람. 청표(清飈). 고결한 풍격(風格). ‘명월(明月)’과 함께 쓰여 고상(高尙)한 멋의 비유.

488 사광록(謝光祿): 사장(謝莊, 421-466). 남조(南朝) 송(宋)의 문학가. 양하(陽夏) 사람. 자(字)는 희일(希逸). 금자광록대부(金紫光祿大夫)를 지냈으므로 ‘사광록’이라고도 함.

489 성시(城市): 인구가 많고 상공업이 발달한 지역.

490 백휴(伯休): 한강(韓康)의 자(字). 그는 후한(後漢)대에 장안(長安)의 저잣거리에 몸을 숨기고, 30여 년 동안 명산의 약초를 캐다가 늘 똑같은 값으로 팔면서 생활했는데, 어느 날 어떤 아녀자가 그와 흥정을 하다가 화를 내며 ‘당신이 뭐 한백휴(韓伯休)라도 되기에 값을 깎아 주지 않는가?[公是韓伯休那, 乃不二價乎?]’라고 하자, 자신의 이름이 알려진 것을 알고는 패릉(霸陵)의 산속으로 들어가 숨어서 조정의 부름에 끝내 응하지 않았음. 『후한서(後漢書)』 권113 「일민열전(逸民列傳)」.

491 감우(感遇): 자기를 잘 알고 대우해 주는 것에 감격함.

492 강개(慷慨): 의기(意氣)가 복받치고 감정이 격앙됨. 강개(慷愷·慷愾).

"잠시 세상을 피해 장동(墻東)[493]하여 당대 사람들의 말을 기다리고자 함이 옳은 듯합니다." ○현천 말함: "그대가 손익괘(損益卦)[494]를 힘써 읽어 자평(子平)[495]의 이른바 '부유함은 가난함만 못하고, 귀함은 천함만 못하다'라고 함을 아신다면, 영달(榮達)과 이익을 억지로 찾지 않으심이 또한 마땅히 옳을 것입니다." ○동원 말함: "감히 부귀를 부러워하지는 않습니다. 누나의 남편이 소진(蘇晋)[496]을 헐뜯음과 같음은 인정(人情)상 면하지 못하는 것이니, 어찌해야 되겠습니까?" ○현천 말함: "총욕여경(寵辱如驚)[497]이니, 반드시 영달(榮達)과 이익을 찾지 마십시오. 오직 마땅히 하늘을 따라야만 할 수 있습니다." ○동원 말함: "사신의 깃발이 이미 동쪽에서 말미암아 사방에서 모두 여러분을 일컫습니다. 저는 날마다 만나 뵙고, 몸소 그 사봉(詞鋒)을 보는데, 날카로움이 거의 능상(凌霜)[498]하니, 진실로 명하무허사(名下無虛士)[499]로군요."

---

493 장동(墻東): 벼슬하지 않고 은둔함. 후한(後漢)의 왕군공(王君公)이 소 거간꾼 노릇을 하면서 장동(墻東)에서 숨어 살았던 고사.

494 손익괘(損益卦): 『주역(周易)』의 '손괘(損卦)'와 '익괘(益卦)'. '손괘'는 64괘(卦)의 하나인 태하간상(兌下艮上). 아래의 것을 덜어 내어 위에 보태는 형상을 상징함. '익괘'는 진하손상(震下巽上). 위를 덜고, 아래를 더하는 상.

495 자평(子平): 5대(五代) 서자평(徐子平). 그가 점성술(占星術)에 능했기 때문에 '점성술'을 이름.

496 소진(蘇晋): 당(唐)대 남전(藍田) 사람. 호부시랑(戶部侍郎)을 지냈음. 불도(佛道)를 배우며 승려 혜징(慧澄)과 친했고, 수놓은 미륵불 하나를 모시고는 '이 부처님이 미즙(米汁 · 쌀뜨물. 곧 술)을 좋아하시니, 내 마음에 꼭 맞다.'고 했음. 두보(杜甫)의 〈음중팔선가(飮中八仙歌)〉에 '소진은 수놓은 부처 앞에서 오랜 재계하면서/취중에 가끔 참선하다 도망치기 잘했다네[蘇晉長齋繡佛前, 醉中往往愛逃禪.]'라는 구절이 있음.

497 총욕여경(寵辱如驚): 총욕불경(寵辱不驚). 총애를 받거나 치욕을 당하거나 놀라지 않음. 곧, 이해득실을 마음에 두지 않음.

498 능상(凌霜): 서리에 맞섬. 인품이 고결해 절조를 굳게 지킴의 비유.

○추월(秋月) 말함: "해 뜨는 동쪽에 기이한 재주가 많으니, 크게 아낄 만합니다." ○동원(東原) 말함: "즐거움이란 것에 서로 만남보다 새로운 즐거움은 없고, 슬픔이란 것에 서로 헤어짐보다 새로운 슬픔은 없습니다. 한번 만났다가 한번 헤어지니, 슬픔과 즐거움이 갑자기 바뀝니다. 인간 세상의 내력(來歷)이 비록 이와 같지만, 갑자기 영혼이 흩어집니다." ○추월 말함: "도타움이 정성스럽고 극진함에 이르렀으니, 감히 잊을 수 없습니다. 서쪽으로 돌아간 뒤에 늘 마땅히 해 뜨는 동쪽을 향해 그대의 소문을 듣겠습니다. 해가 차차 떠오르듯이 밝게 빛나며 해외(海外)까지 밝게 비출 것입니다." ○동원 말함: "꽃이 이미 핀 때로부터 붓을 잡고 정(情)을 주고받았는데, 꽃이 장차 떨어지려 할 때에 이르러 갑자기 돌아갈 채비를 차리느라 급하십니다. 삼춘(三春)[500]의 하루가 거의 꿈속에 있으며, 한스러움이 간곡하고 그리워 잊지 못하겠으니, 이제 장차 어찌 할까요? ○퇴석(退石) 말함: "머나먼 곳으로 평생의 이별이니, 이 정도에 이르렀을 것입니다. 한스럽고 슬픈 마음을 한낱 붓으로 형용(形容)할 수 없습니다." ○동원 말함: "속된 말로 글을 쓰고, 큰 붓과 보잘것없는 부채를 드리며, 아울러 헤어지는 정(情)을 드러냅니다."

---

499 명하무허사(名下無虛士): 명성이 높은 사람은 반드시 그 명성을 누릴만한 실력이 있음. 곧, 이름이 헛되이 전하지 않음.

500 삼춘(三春): 봄의 석 달. 곧, 음력 1월·2월·3월을 이름.

조선으로 돌아가는 추월 학사(學士)를 보내며 아울러 5언 배율(排律)을 씀 동원

이 세상에 나라를 세워 수빙(水氷)하고, 이웃 간 동맹의 예를 맺음은 대개 춘추(春秋)의 시대에 성했을 것입니다. 바야흐로 이때 크고 작은 여러 나라가 힘써 삽혈(歃血)하고, 함께 사직(社稷)의 신하로 하여금 서로 예를 닦게 하니, 저기에도 저러한 군자(君子)가 있고, 여기에도 또한 이러한 군자가 있어서 여러 나라가 교화를 다투었습니다. 예악(禮樂)과 인문(人文)이 비록 각각 모자라지 않더라도 그 풍속과 교화에 대해 말하자면, 첫째로 노(魯)나라와 같음이 없고, 그 군자에 대해 말하자면, 연릉씨(延陵氏)[501]와 같음이 없습니다. 비록 그러하나 노(魯)라는 나라는 진실로 작은 한낱 제후국이면서 큰 나라의 사이에 끼어 산림과 천택(川澤), 숲과 소금, 수레와 말, 성곽(城郭)이 풍요롭고 아름다워 큰 나라에 견주었으니, 마땅히 안항(雁行)[502]과 같지는 않습니다. 그런데 성주(成周)의 나뉜 나라로서 주공(周公)이 이미 영토를 차지해 큰 정사(政事)를 열었기 때문에 예악과 인문이 아름답고 성했으며 풍속이 교화되고, 휘유(徽猷)[503]와 성교(聲教)[504]가 당시와 세상에 행해지는 데

501 연릉씨(延陵氏): 연릉계자(延陵季子). 춘추 시대 오왕(吳王) 수몽(壽夢)의 넷째아들인 계찰(季札). 수몽은 아들 넷이 있었는데, 계찰이 어질어 임금 자리를 물려주려 하였지만 계찰이 사양하니, 이에 장자인 제번(諸樊)을 세웠음. 제번이 상(喪)을 마친 뒤에 계찰에게 양위(讓位)하였는데, 계찰이 응하지 않았고, 이 뒤에도 오왕으로 세우려고 하였지만, 그는 또 사양하였음. 『사기(史記)』 권31 「오태백세가(吳太伯世家)」.

502 안항(雁行): 형제. 형제가 함께 갈 때 기러기가 날아가는 것처럼 아우는 형의 뒤에 조금 떨어져서 가야한다는 데서 온 말.

503 휘유(徽猷): 좋은 도(道). 훌륭한 계획.

504 성교(聲敎): 임금이 덕으로 백성을 교화함. 성훈(聲訓).

이르렀으니, 진실로 큰 나라보다 성했도다! 그러므로 연릉씨가 일단 노(魯)나라에 이미 찾아가서 전대(前代)가 남긴 음악과 남아있는 소리를 들음에 이르러 탄식하여 '아름답도다! 볼만하도다!'라고 했던 것입니다. 예악과 인문은 오로지 추로(鄒魯)[505]에서 지극했을 것이니, 다만 추로로 하여금 이 세상의 교화가 비롯되도록 했고, 노(魯)나라는 또한 다만 계자(季子)[506]로 하여금 이 세상의 어진 사람이 비롯되도록 했으니, 좌씨(左氏)[507]가 책에 실은 것이 명백하여 논하지 않을 뿐입니다. 오늘날 조선이 소유한 영토의 경계를 개인적으로 살펴보건대, 대개 이감(離坎)[508]으로 벌여 서서 서쪽으로 중국과 더불어 이웃하고, 동쪽으로 우리 일본과 접했습니다. 산림과 천택(川澤), 숲과 소금, 수레와 말, 성곽(城郭)은 비록 중국과 같지 않지만, 그러나 다른 나라들에 비교하면, 풍요롭고 아름다우며 강하고 큽니다. 마침내 기성(箕聖)의 남긴 풍속이 오히려 지금까지 남아있음으로부터 예악과 인문은 3대(三代)와 더불어 자못 같고, 휘유(徽猷)와 성교(聲教)는 자못 또한 노(魯)나라의 풍속이 있으며, 그 사람에 대해 말하자면, 추월(秋月) 남공(南公)은 계자(季子)의 풍격이 있습니다. 공(公)께서는 일찍이 학문의 교화가

---

505 추로(鄒魯): 추나라와 노나라. '추'는 맹자(孟子)의 고향. '노'는 공자(孔子)의 고향인데서, 문화와 예의가 흥성한 지방. 또는 공자와 맹자를 이름.

506 계자(季子): 춘추(春秋) 때 오(吳)의 계찰(季札). 오왕(吳王) 수몽(壽夢)의 막내아들로, 지조(志操)가 높았음. 연릉(延陵)에 봉해졌기 때문에 연릉계자(延陵季子)라고도 일컬어짐.

507 좌씨(左氏): 좌구명(左丘明). 춘추(春秋) 때 노(魯)의 태사(太史). 『춘추좌씨전(春秋左氏傳)』과 『국어(國語)』 등을 지었음.

508 이감(離坎): 남(南)과 북(北). '이'는 『주역(周易)』 8괘(八卦)의 하나. 밝은 상(象)으로, 화(火)·일월(日月)·남(南)에 해당함. '감'은 물·달·북방(北方)에 해당함.

풍부해 성국(成國)[509]의 그릇으로 쓰임이 있었고, 벼슬은 이미 제술(製述)을 맡으셔서 보형(保衡)[510]과 더불어 사절(使節)을 갖춰가지고 우리에게 수빙(修聘)하셨습니다. 큰 배들이 쓰시마[馬島]에 들어와서 이미 동쪽으로 오사카[大阪]·사이쿄[西京][511]·도호토[東都] 사이에 멈춤으로부터 견마곡격(肩摩轂擊)[512]하고 미연(靡然)하며, 그 의범(懿範)을 우러러 그리워했음에 대해서는 논하지 않겠습니다. 다른 제후 나라에 이르렀다가 지나간 곳에는 향풍(鄕風)하여 가끔 모두 책을 손에 들고 문재(文才)를 발휘하지 않음이 없었으니, 창수(唱酬)와 필어(筆語)의 사정이 큰소리로 우리 일본에 알려졌습니다. 대체로 우리 일본이 삼한(三韓)과 더불어 아득히 먼 옛날에 통했던 것은 즐겨 기록하지 않았습니다. 나라가 처음 세워진 이래로 맹약을 닦고 서로 사이좋게 지냄으로부터 감히 진(秦)나라와 오랑캐처럼 멀리하지 않았고, 지금까지 예를 갖춰 방문함이 끊어지지 않은 것은 대개 이미 백여 년 남짓입니다. 옥(玉)으로 만든 부신(符信)이 이를 때마다 군자와 같음이 있어서 모시고 따라다니지 않음이 없었습니다. 비록 그러하나 오직 그 들은 바만 있고, 거쳐 감을 직접 보지 못해서 감히 그렇게 된 까닭을 알지 못합니다. 저는 한두 번 서로 만날 수 있어서 진실로 그 군자 같은 이를 아니, 남공이 그 연릉씨(延陵氏)로군요! 연릉씨가 노(魯)나라에 찾아가

509 성국(成國): 사방 4백리(里) 이상이 되는 나라.

510 보형(保衡): 은(殷)대의 재상(宰相)인 이윤(伊尹)의 존호(尊號). 후세에는 재상을 일컬음. 아형(阿衡).

511 사이쿄[西京]: 일본 교토[京都] 지역.

512 견마곡격(肩摩轂擊): 어깨가 서로 스치고, 수레바퀴가 서로 부딪침. 도로에 인마(人馬)의 왕래가 빈번함의 형용.

고 제후국의 도읍을 지나갔던 곳은 대략 모두 향풍(鄕風)했는데, 남공이 지금 우리를 찾아와서 제후국의 도읍을 지나간 곳도 또한 모두 그 덕(德)을 입어 교화되기를 그리워하지 않음이 없습니다. 돌아보건대 남공이 춘추시대에 계셨다면, 수빙(修聘)하여 그 덕(德)의 소리를 이웃나라에 울렸으리니, 지금 남공이 설령 계자만 못하더라도 어찌 감히 3사(三舍)[513]를 물러날 수 없을 뿐이겠습니까? 그대는 진실로 연릉씨이니, 연릉씨를 보았다면 예악을 논의할 수 있습니다. 그러나 3대(三代)로부터 몇 천 년을 지나 내려와 비록 중국이라 하더라도 예악에 있어서 옛날과 더불어 같지 않은데, 하물며 일본은 중국과 더불어 예악이 다릅니다. 모든 우리 예악은 그 소리가 비록 추(鄒)나라와 노(魯)나라의 교화가 아니더라도 이 세상에 풍속과 교화의 행해짐을 보게 되는 것이니, 우리 인문을 알고, 우리 예악을 알기 때문에 남공(南公)은 아름다운 덕(德)에 있어서 진실로 계자(季子)로다! 어찌 그 사람이 아니겠는가? 배율(排律) 50운(韻) 한 편을 지어 아울러 드립니다.

기자의 풍속 성국에 가득차고	箕風滿成國
봉건[514]은 큰 꾀를 베푸네	封建布墳謨
성과 요새로 높고 큰 산 지키고	城壘占山嶽
누대로 외성(外城)을 틀어막네	樓臺壓郭郛

513 3사(三舍): 군대가 사흘에 행군(行軍)할 거리. 90리(里)를 이름. 1사(一舍)는 30리.

514 봉건(封建): 천자가 토지를 나누어 제후(諸侯)를 세우던 제도. 3대(三代) 때, 도읍을 중심한 1,000리 사방을 왕기(王畿)라 하여 천자가 직할하고, 그 밖의 땅에는 제후를 봉하여 다스리게 했는데, 진(秦)대에 이르러 제후를 봉하지 않고, 군현(郡縣)의 제도를 채택했음.

백성들 모두 풍요롭고 아름다우며	人民齊富麗
원포[515]는 아름답게 걸고 지름지네	園圃雅膏腴
법률은 주정[516]을 본받았고	憲律法周鼎
문장은 한나라 도읍을 익혔다네	文章肄漢都
중국으로 지맥[517]이 흐르고	中原流地脈
동해로 건도[518]와 접했네	東海接乾圖
분야는 별자리와 서로 같으니	分野同星宿
멀리 떠나 두추[519]에 치우쳤네	通溟偏斗樞
사이좋게 지내며 길이 우호(友好)를 맺고	善隣永脩好
예를 갖춰 방문해 거의 의기투합했다네	問聘幾交孚
긴 깃발 굽이진 포구에 펄럭이니	張旆飜回浦
사신(使臣) 수레 먼 길을 끝내네	使軺窮遠途
뱃사공은 오량[520]을 살펴보고	舟師候五兩
소개하여 세 척 배로 한정짓네	介紹限三艫
신하의 직분 왕명(王命)으로 파견되어	臣職祗于役
왕사(王事) 위한 여정으로 살피기도 잊었도다	王程故亡監
도깨비는 험난함을 지켜주고	魑魅護艱嶮

515 원포(園圃): 과일 나무나 채소 따위를 심는 동산 또는 밭.

516 주정(周鼎): 주(周)대에 왕위(王位)를 전하던 9정(九鼎). 나라의 정권이나 진귀한 보배의 비유.

517 지맥(地脈): 지층(地層)에 연속한 맥락(脈絡). 지락(地絡). 땅속을 흐르는 물길. 지하수.

518 건도(乾圖): 하늘의 그림. 천체(天體)의 형상. 건상(乾象). 천도(天圖). 천상(天象).

519 두추(斗樞): 북두7성(北斗七星)의 첫 번째 별.

520 오량(五兩): 바람을 측정하던 기구. 닷 냥 무게의 닭털을 큰 장대에 매달아 바람의 방향을 측정함.

물귀신은 고생하고 애씀을 도와준다 罔象佐勞劬
서리는 긴 창 같은 기운으로 살아나고 霜動長槍氣
먼지는 잇달아 말 타고 뛰듯 흩날린다 塵揚連騎踊
상서로운 기운 관면[521]에 빽빽하고 祥氣鬱冠冕
신령한 소리 큰 피리 소리에 섞였구나 靈籟雜笙竽
빈빈한 어진 군자여 彬彬賢君子
빛나고 화려한 수많은 선생들이여 濟濟烈文夫
무리 가운데 재지(才智) 뛰어난 사람 뽑았으니 郡間抽英俊
독보적으로 밝은 선비라 일컫는구나 獨步稱明儒
총애(寵愛) 받들어 금절[522] 보태고 奉寵陪金節
은혜 받들어 옥 부절(符節) 따르네 承恩從玉符
호걸의 자태 봉익[523]처럼 펼치고 豪姿展鳳翼
큰 포부 커다란 붕새처럼 완연하네 壯志宛鵬雛
해 뜨는 곳 꼭대기에서 편안히 쉬며 偃息扶桑頂
푸른 섬 모퉁이를 날다가 쉬누나 皇翔滄嶼隅
뛰어올라 탄 수레에서 쓰시마[馬島]로 서두르고 超乘鞭馬島
유직[524]은 도읍에서 엄숙하구나 遺直肅皇區
나니와[浪華]의 선비들은 수레바퀴 다투고 爭轍浪華士
강무[525]의 무리들은 말 멍에를 던지네 投衡江武徒

521 관면(冠冕): 갓과 면류관(冕旒冠). 갓이나 면류관이 모두 머리에 쓰는 것인 데서 가장 훌륭한 사물이나 사람의 비유.

522 금절(金節): 수(隨) 때 의장(儀仗)의 하나. 금으로 만든 부신(符信).

523 봉익(鳳翼): 봉황의 날개. 훌륭한 사람이나 진귀한 물건의 비유.

524 유직(遺直): 옛 사람의 곧은 유풍이 남아 있는 사람을 이름.

어깨 나란히 하고 영수[526]를 엿보며	比肩窺領袖
팔을 잡고 빈주[527]를 줍네	把臂拾蠙珠
손님은 걸상에 붓 드날리며 앉았고	賓榻鳴毫坐
문단에선 폐백(幣帛) 들고 달려 나가네	藻壇載贄趨
명성은 보낸 서간(書簡) 열어보게 하니	聲聞開授簡
글 쓴 사람 쓴 글이 빼어나기만 하구나	史譽秀操觚
높이 빼어난 행동과 재주 깔보기 어려운데	卓軌才難凌
빛나는 덕마저 어찌 우뚝한가	輝光德豈孤
이관[528]하니 멀어져 그리워하게 되고	耳觀遙爲慕
마음의 느낌 잠시나마 이처럼 같구나	心賞暫斯俱
창수하며 하나 된 아름다움 펴내니	唱酬敷渾雅
오며가며 모두 즐겁게 칭찬하누나	來往總驩呼
웅고와 같은 이 지금 누가 있는가	雄固今誰在
사안처럼 으뜸으로 특별하네	謝顏元特殊
맹세하며 우길[529]을 찬미하고	誓盟嘆禹吉
강개하며 소주[530]를 생각하네	慷慨感蕭朱

525 강무(江武): 일본 오이타[大分]현 사이키[佐伯]시 부근 해안 지역.

526 영수(領袖): 옷깃과 소매. 다른 사람의 모범이 됨. 국가나 단체의 우두머리.

527 빈주(蠙珠): 조개류의 살 속에 생기는 구슬. 방주(蚌珠). 진주(眞珠).

528 이관(耳觀): 귀로 봄. 들은 것에만 의지할 뿐 실제로 관찰하지 않음의 비유.

529 우길(禹吉): '우'는 중국 하(夏)의 시조인 우임금이고, '길'은 주선왕(周宣王) 때의 현신(賢臣)인 윤길보(尹吉甫). 후에는 시문(詩文)에서 훌륭한 재상의 전형으로 삼음.

530 소주(蕭朱): 한(漢)대 소육(蕭育)과 주박(朱博). 인신해 유종(有終)의 미(美)를 거두지 못한 사귐. 이들 두 사람이 처음에는 매우 친한 친구였다가 나중에는 원수가 되었다는 고사.

검리[531]하고 겨우 비록 뵐지라도 劍履僅雖謁
거저[532]는 문득 나아가고자 하네 居諸忽欲徂
조정의 의식에서 소식 전하기 마치니 朝儀竣傳信
태명하여 근심 걱정을 위로하네 台命慰憂虞
기리며 이미 아름다운 상서 베푸니 頌旣陳佳瑞
공은 온전히 모범으로 기록되리 勳全紀範模
가던 수레 위궐[533]에 사례하고 行車辭魏闕
가던 수레 강구[534]로 되돌아오네 征蓋返康衢
객지살이 곡조는 우는 학을 구슬프게 하고 羈曲悲鳴鶴
이별 노래는 달리는 망아지 놀라게 하네 驪歌驚隙駒
헤어지는 자리 스스로 고생 다했다고 離堂自盡苦
손 맞잡고 돌아서니 어리석은 듯하구나 握手還如愚
그윽한 밤 시름겨운 촛불 밝히고 幽夜照愁燭
해뜨기 전 맑은 아침 섭섭함을 이끄네 淸晨惹憾烏
오르는 산등성이에 새들이 수없이 지저귀고 盤岡鳥萬囀
한가로운 길에는 꽃들 가득 피었구나 悠路花千株
눈 닿는 데까지 한껏 바라보고 살피니 遊目熟眺覽

531 검리(劍履): 검리상전(劍履上殿). 칼을 차고 신을 신은 채로 전(殿)에 올라가 황제를 알현함. 공훈(功勳)이 있는 신하가 황제로부터 받는 특별한 예우(禮遇)임.

532 거저(居諸): 해와 달을 이르는 말. 또는 시간이나 세월의 비유. 『시경(詩經)』「패풍(邶風)」 〈백주(柏舟)〉 편의 '해여 달이여! 어찌 번갈아 이지러지는가?[日居月諸, 胡迭而微.]'에서 유래함. '거·저'는 모두 조사(助辭).

533 위궐(魏闕): 궁문 밖 양쪽에 있는 누관(樓觀). 그 아래에 법령 등을 게시하였음. 인신해 조정.

534 강구(康衢): 사통팔달의 큰 길. 강장(康莊). 태평성대를 칭송하는 노래. 강구요(康衢謠).

나그네 마음에 편안히 즐김이 마땅하도다 旅腸當晏娛
향기 뚫고 연꽃 골짜기 나와서 穿芳出蓮洞
물 찾아 봉호[535]를 돌아가네 傍水繞蓬壺
육핵모[536]는 위풍당당하고 六翮毛軒擧
십주의 안개는 생겼다 없어지네 十洲烟有無
이끼 낀 좁은 길 비록 얻고자 하면 苔經縱欲得
석실에 감히 얽매이기 그만두시길 石室敢休拘
함곡[537]의 붉은 노을 물든 언덕 函谷丹霞岸
부용의 눈 내린 산모퉁이 芙蓉降雪嵎
아침엔 용 깃발 아득히 멀어 희미하고 龍旌朝縹緲
저녁엔 신선의 피리 소리 흩어져 드리우네 仙管夕索紆
나루의 북소리 바람 향해 울리고 津鼓向風響
흰 빛깔 돛은 비 맞아 젖었네 雲帆帶雨濡
삼상[538]은 동서로 막혀 보이니 參商看阻緯
만남은 진나라와 오랑캐 사이 비슷하구나 面會似秦胡
이 우주에 벗이 있으니 宇宙存知已
서로 깊이 이해함 귤과 유자 닮았네 神期若橘柚

---

535 봉호(蓬壺): 봉래산(蓬萊山). 그 모양이 병과 비슷하다는 데서 이름.

536 육핵모(六翮毛): 강한 깃털. 굳센 날개. 공중에 높이 나는 새는 여섯 개의 강한 깃털을 지니고 있다는 데서 유래함.

537 함곡(函谷): 함곡관(函谷關). 함관. 관(關)의 이름. 전국(戰國) 때 진(秦)이 둔 것은 하남성(河南省) 영보현(靈寶縣)의 경내에 있었는데, 한무제(漢武帝) 때 하남성 신안현(新安縣)의 경내로 옮겨졌음.

538 삼상(參商): 서쪽의 삼성(參星)과 동쪽의 상성(商星). 친구가 멀리 떨어져 있어 서로 만나지 못함의 비유.

우정의 종소리 이미 들려오고	郵亭鍾已報
관청 나무에 걸린 해 장차 지려하누나	官樹日將晡
떠나가거든 도필[539]을 삼가고	去矣謹刀筆
돌아갈 때 석부[540]를 기다리리	歸時待舃鳧
만난 곳에선 두 나라 말 썼지만	逢場二邦語
헤어진 뒤엔 한 몸뚱일세	別後一形軀
가을이면 오동잎 떨어져 한스러우나	秋恨梧桐落
봄엔 복숭아꽃 자두꽃 되살아남 사랑하리	春憐桃李蘇
아득히 먼 곳에서 자취를 찾으며	天涯尋踪跡
나그네 꿈 서로 머뭇거리네	客夢互踟躕

동원(東原)이 준 시(詩)와 글의 뜻이 매우 진지하고 간절해 글을 써 사례함

추월(秋月)

사불상 털붓을 보내셔서	贈以麋毛筆
고체문[541]을 펴네	申之古體文
글은 서화방[542]을 따르고	文隨書畵舫

539 도필(刀筆): 죽간(竹簡)에 문자를 기록하는 붓과 잘못 쓴 글자를 깎아내는 칼. 일설에 '도'는 죽간에, '필'은 비단에 글을 쓰던 기구라고 함. 문장(文章).

540 석부(舃鳧): 현령(縣令). 후한(後漢)의 왕교(王喬)가 섭현(葉縣)의 원이 되어 신술(神術)로 두 짝의 신을 두 마리 오리로 변화시켜 타고, 매달 초하루와 보름날 서울에 내왕했다는 고사.

541 고체문(古體文): 문체 이름. 진(秦)·한(漢) 때의 명쾌한 산문으로, 사륙병려체(四六駢儷體)에 상대해 이르는 말.

붓은 묵지[543]의 구름 흩뜨리네　筆散墨池雲
달 보면 응당 내 생각 날 터이니　見月應思我
어느 땐들 그대를 생각하지 않으리오　何時不憶君
은근히 절에 비 내리고　殷懃蕭寺雨
다시 함께 밤 깊도록 그 소리 듣네　更與夜深聞

조선으로 돌아가는 삼서기(三書記)를 보내며 5언 고시(古詩)를 아울러 씀　동원

대체로 신묘한 작용과 기이한 변화는 이 세상과 더불어 그 나아가고 물러남을 같이하여 덕(德)을 고르게 하는 까닭이 인봉귀룡(麟鳳龜龍)[544]과 같지 않으니, 그 4령(四靈)에 대해서는 이 세상 제후국에 도(道)가 있으면 나타나고 도가 없으면 숨는데, 반드시 그때에 임해서는 늘 그 징조가 없습니다. 그러므로 세월이 이미 지나갔어도 성스러운 천자는 비록 많고 번거로운 임무를 다스리더라도 바른 때를 아름답게 밝힙니다. 그 징조를 조금 살펴보건대, 더군다나 후세의 도(道)와 다른 것이니, 도(道)에 이른 군자는 이러한 문장을 줄 수 없는 것입니다. 오직 그 다른 사람에게 취해 아름다운 덕(德)의 융성함을 저들에게 비교

542 서화방(書畵舫): 미가서화선(米家書畵船). 미불(米芾). 송(宋)대의 서화가. 그는 특히 고서화(古書畵)를 매우 좋아해 대단히 많이 수집했으므로 '미가서화선'이라고 일컬었음.

543 묵지(墨池): 저명한 서법가(書法家)들이 붓과 벼루를 씻었다는 못. 후에는 글을 배우고 글씨 쓰는 곳을 두루 일컬음. 벼루.

544 인봉귀룡(麟鳳龜龍): 기린·봉황·거북·용의 네 가지 신령스러운 동물.

하여 재주를 이끌지 않음으로부터 감히 얻음을 말미암지 못할 뿐입니다. 그러나 그 작은 법도가 견줄 데 없이 뛰어나서 저들에게 비교할 수 있음과 같음은 이 세상에 또 보기가 힘듭니다. 아! 4령이 세상에 드묾은 진실로 당연하니, 어찌 그 진귀하고 기이한 사물을 일컫고, 예로부터 서로 뜻이 맞는 사람과 더불어 일을 끝내고자 하겠습니까? 시대와 이 세상에 드뭅니다. 대체로 3대(三代)는 진실로 논하지 않더라도 진한(秦漢)에 4령(四靈)이 내려왔다고 일컫는 사람은 적다고 할 수 없지만, 바야흐로 지금은 사람들에게서 모자라며, 특별히 세상에 알려짐도 적고 드뭅니다. 흘러서 스며들도록 시키는 바도 그렇습니까? 어째서 그렇습니까? 비록 만근(輓近)[545]에 인재를 가르쳐 길렀더라도 그 옛날과 같게 할 수는 없습니다. 해의 힘을 힘껏 다해 그 재주를 다할 수 있음에 이르더라도 또한 옛날과 더불어 무리를 만드는 사람들이 없도다! 대체로 있었다면, 대개 그 중국에 있던 것입니까? 일본에 있습니까? 그렇지 않다면 또 조선입니까? 조선이란 나라는 기성(箕聖)을 봉(封)해 세운 나라이니, 비록 그 때의 사이가 몇 천 년 남짓을 지났더라도 빛날 것입니다. 남긴 풍속도 빛나는 듯해서 오히려 지금에 왕성하고 세찰 것입니다. 이 때문에 또한 그 인재(人才)들이 태어났으니, 이처럼 재지(才智)가 뛰어난 사람들이 있어서 한 시대에 세상에서 재주를 떨칩니다. 저는 또 숙소에 이르러 삼서기(三書記)와 함께 글로 발표하고 논전(論戰)해서 여러 번 말하기 어렵지 않음에 미쳐서 몸소 그 사람들을 알게 되었습니다. 퇴석(退石)이란 분은 열심히 학문을 닦고 옛

545 만근(輓近): 현재로부터 가장 가까운 시대. 만근(晩近).

것을 좋아하며, 제자백가(諸子百家)에 젖어들고 통해서 진실로 그 말을 하면, 그 법언(法言)을 감히 취하지 않을 수 없음과 같으니, 거의 기린과 더불어 그 덕(德)이 같도다! 문재(文才)를 발휘하고 문장을 구상해 지음은 좌씨(左氏)와 두 사마(司馬)·웅고(雄固)를 돕는 분이고, 교제하고 글 쓰는 씩씩함은 마치 봉(鳳)새가 깃털을 떨치고, 바람에 나부껴 날아오르는 5채(五采)[546]와 같은 데 이르니, 진실로 그 현천(玄川)이로다! 여주(驪珠)[547]가 늘 붓 아래에서 구르고, 위로는 한위(漢魏)·6조(六朝)요, 아래로는 개원(開元)[548]이니, 하늘의 봉새가 기기(騏驥)·준일(駿逸)[549]처럼 힘을 다해 날아서 그 체재(體裁)에 있어 위와 아래에 이르자면, 용연(龍淵)이란 분이 자못 그 오묘함에 도달했습니다. 아! 세 분 선생의 뛰어난 재주와 아름다운 덕(德)은 한 시대에 호걸의 유파(流派)이고, 4령(四靈)에 비견되니, 어찌 헐뜯겠습니까? 대체로 4령은 작고 심오한 이 세상에 있어서 한 가지 동물이나마 그것을 얻을 수 있어도 장차 충분할 것이나, 얻지 못해도 그것들에 견주어 비교할 수 있는 것과 같으니, 이 세상에 어떤 사람은 그것을 얻을 수 있고, 또한 장차 충분할 것입니다. 대체로 이 세상에 어떤 사람은 오히려 바라는 바를 얻지 못하는데, 조선은 동시에 그 세 분 선생을 얻었으니, 얼마나 홍

546 5채(五采·五彩): 다섯 가지 색깔. 청(靑)·황(黃)·적(赤)·백(白)·흑(黑). 또는 여러 가지 색깔의 범칭. 5색(五色).

547 여주(驪珠): 여룡지주(驪龍之珠). 검은 용의 턱 밑에 있다는 귀중한 진주. 귀중한 인물이나 사물의 비유.

548 개원(開元): 당현종(唐玄宗, 712-756)이 713-741에 사용했던 연호(年號).

549 기기(騏驥)·준일(駿逸): '기기'는 좋은 말. 준마(駿馬). 재력을 겸비한 사람의 비유이고, '준일'은 빨리 달리는 좋은 말. 기개가 뛰어나 소탈함의 비유.

성합니까? 조선에는 일찍이 세 나라가 일어났었고, 세 분 선생은 땅에 경계선을 긋고 각각 그 힘을 떨쳤으며, 세 나라가 정족(鼎足)[550]했으니, 마땅히 예악(禮樂)과 사조(詞藻)[551]가 어떤 나라에서 그 위로 나올 수 있었겠습니까? 세 선생이란 분들은 진실로 그 영험하여 4령에 견줄 수 있음과 같으니, 어찌 또 헛되겠습니까? 거북이란 것은 추월(秋月)이니, 이미 명당(明堂)[552]에서 징조를 드러냈고, 별도로 그 덕(德)을 기려서 나타냈다. 퇴석(退石)은 성(姓)이 김(金)이고, 이름은 인겸(仁謙)이며, 자(字)는 사안(士安)이라고 한다. 원씨(元氏)는 호(號)를 현천(玄川)이라 하고, 이름은 중거(仲擧)이며, 자는 자재(子才)이다. 사집(士執)은 이름이 대중(大中)이고, 성(姓)은 성(成)이라고 하며, 용연(龍淵)이란 것은 그 호(號)이다. 5언 고시(古詩) 세 수(首)를 세 분 선생께 나누어 드린다.

퇴석(退石) 서기를 보내며 기린에게 씀

외뿔은 현효[553]를 받들고	一角啣玄枵
다섯 발굽 5행(五行)의 정기(精氣)를 머금었네	五蹄含五精

550 정족(鼎足): 솥의 발. 솥의 발처럼 각기 세 지방에서 대체하고 있는 상황의 비유.

551 사조(詞藻): 시부(詩賦). 시문(詩文)의 수식(修飾). 시문을 수식하기 위해 쓴 전고나 공교하고 아름다운 말.

552 명당(明堂): 고대에 제왕(帝王)이 정교(政教)를 행하던 곳. 조회(朝會)·제사(祭祀)·상여(賞與)·선사(選士)·양로(養老)·교학(教學) 등의 큰 전례(典禮)는 여기서 행하였음. 청묘(淸廟).

553 현효(玄枵): 허성(虛星)과 위성(危星)의 별자리.

꽃무늬 무리와 다르게 으뜸이고	花紋元異類
홀로 치평[554]을 알 수 있다네	獨能知治平
기이한 모습 4령의 으뜸이고	奇姿甲四靈
소리 중에 종의 음률일세	音中鍾呂聲
글을 써서 사직을 일으키고	載文興社稷
뜻을 품고 나라 기둥을 지켜보네	抱義覩國楨
목목[555]함은 좋은 징조에 응하고	穆穆應嘉瑞
빈빈함은 아름다운 이름 드리우네	彬彬垂美名
걸음걸이는 마치 곱자에 들어맞듯	規行恰中矩
총총 걸음은 완연히 법에 맞네	折旋宛中程
살아있는 풀 산 벌레에게 주니	生艸與生蟲
걸음 아래 감히 무너뜨리지 않네	步底弗敢頹
혼자 스스로 반드시 무리 짓지 않으며	軀自必不群
살 곳 가려 그 생물에 의지하네	擇土寄厥生
주나라 교외 숲까지 도 깨우쳐 이끌고	開道周郊藪
한나라 때 영화로움 무리에게 내리네	降衆漢時榮
나이는 화치[556]를 따르니	年紀隨化治
인지[557]의 풍속 온전히 이루네	麟趾風全成
서쪽 정벌 때마다 감응하니	西狩時應感

554 치평(治平): 나라를 잘 다스리고 온 세상을 평안하게 함. 정치가 맑고 사회가 안정됨.

555 목목(穆穆): 아름답고 훌륭한 모양. 점잖고 존경스러움. 고요하고 성대함.

556 화치(化治): 덕화(德化)로 백성을 다스림.

557 인지(麟趾): 기린의 발. 『시경(詩經)』「주남(周南)」〈인지지(麟之趾)〉의 준말. 재덕(才德)을 갖춘 현인(賢人)의 비유.

봄가을로 왕정[558]을 정했도다　春秋定王正
이처럼 어진 길짐승 찬탄할만하니　可歎斯仁獸
성인과 함께 큰 빛남 기약하네　與聖期盛明
오랜 세월 조정을 지키며　千載護朝廷
3한(三韓) 성에 덕(德)을 드러내리라　表德三韓城

현천(玄川) 서기를 보내며 봉새에게 씀

단혈[559]에 신령한 날짐승 있으니　丹穴有靈禽
봉황(鳳凰)이 두루 문장을 이루었네　仙翰周成章
세 가지 무늬에 5채를 아우르고　三文兼五采
밝은 구슬에 금빛이 석였도다　珠瑩混金光
여섯 가지 형상 온 세상을 비추고　六像照乾坤
7덕[560]은 늘 상서로움 짊어졌네　七德恒負祥
운의[561]는 아각[562]에 깃들이고　雲儀巢阿閣
바람 타고 오르던 깃 명당을 둘러싸네　風翮繞明堂
얌전하고 곱게 푸른 하늘로 오르고　窈窕沖青霄

558 왕정(王正): 한(漢) 왕조(王朝)에서 제정해 반포한 역법(曆法).

559 단혈(丹穴): 단사(丹砂)가 나는 광혈(鑛穴). 금강산에 있는, 신선이 머문다는 굴.

560 7덕(七德): 문치(文治)의 일곱 가지 덕. 존귀(尊貴)·명현(明賢)·용훈(庸勳)·장로(長老)·애친(愛親)·예신(禮新)·친구(親舊).

561 운의(雲儀): 도가(道家)에서 일컫는 머리털의 이름. 창화(蒼華). 태원(太元). 화근(華根). 옥화(玉華).

562 아각(阿閣): 4면(四面)에 처마가 있는 누각(樓閣).

인온[563]하게 높은 산등성이에서 우네	氤氳鳴高岡
덕을 보자면 높디높은 꼭대기이고	覽德千仞頂
벽오동 곁에 깃들어 산다네	棲息碧梧傍
낙수로 그림 물고 내려와서는	洛水銜圖降
예악의 장소에 상서로운 기운 드러냈다네	呈瑞禮樂場
동쪽 동산에서 때때로 햇빛을 가렸고	東園時蔽日
왕곡[564]에서 길이 왕을 일으켰네	王谷永興王
소리는 왕성하게 번창하는 때에 응하고	韻音應昌期
조짐 드러내 조양[565]에서 춤추네	見兆舞朝陽
추로의 성인 부질없이 탄식하니	鄒魯聖空嘆
형초[566]의 노래 어찌 미쳐서이랴	荊楚歌豈狂
아홉 색깔 깃털 비록 이르기 어려우나	九苞雖難至
이미 군자들 사는 곳에 이르렀도다	旣至君子鄕
하늘 동쪽에서 날개 한 번 펼쳐서	天東一展翼
바다 치고 부상을 붙잡고 오르네	擊海攀扶桑
돌아와 서쪽으로 구름 헤치고	歸來開雲西
바람에 날리며 영토를 지키리	飄揚護封疆

563 인온(氤氳): 음양(陰陽)의 기(氣)가 한데 모여 분화되지 않은 상태. 인온(絪縕). 기분이 화평한 모양.

564 왕곡(王谷): 모든 골짜기의 물이 모이는 것. 강이나 바다의 비유. 곡왕(谷王).

565 조양(朝陽): 산(山)의 동쪽. 떠오르는 태양. 아침 해. 조일(朝日).

566 형초(荊楚): 초(楚). 초의 최초 영토가 고대 형주(荊州) 땅에 해당하는 데서 이르는 말. 지금의 호북성(湖北省)·호남성(湖南省) 일대의 땅.

용연(龍淵) 서기를 보내며 용에게 씀

지극히 영묘하여 양덕[567]이 이롭고	至靈陽德利
한 가운데 으뜸이니 하늘에 오르네	正中元乘乾
아름다운 조화는 세속의 마음 벗어났고	精化脫凡心
신과 통하니 누구와 비견하랴	通神孰比肩
지혜로는 못 속의 생물 아니니	知非池中物
몰래 숨어 엎드려 깊은 못에 있다네	潛伏在重淵
턱 밑에 깊이 보광(葆光)[568]하고	頷下濬葆光
물결 아래서 구슬 품고 잠잔다네	浪底抱珠眠
구구일[569]에 비늘 움직여 울고	九九鳴鱗動
크고 긴 수염 떨쳐 안개를 걷어내네	駿鬣奮捲烟
귀안[570]은 해와 달을 열고	鬼眼開日月
갈라진 뿔 하늘을 찌르네	岐角衝上天
다섯 가지 꽃나무 떨기 사이에	五花樹叢間
특히 뛰어나 홀로 빼어나게 앞섰도다	拔郡獨秀先
날아올라 어둠과 밝음 따르고	飛騰隨晦明
변화해 오묘하게 심오한 경지로 들어가네	變化妙入玄
일어나 큰 바닷물 위를 높이 날고	起翔滄溟潮
누워서 큰 못의 샘물 마신다네	臥噏大澤泉

567 양덕(陽德): 양기(陽氣). 햇볕. 황제의 은덕의 비유.

568 보광(葆光): 빛을 가림. 재주나 지혜를 숨기고 나타내지 않음의 비유.

569 구구일(九九日): 음력 9월 9일. 중양절(重陽節).

570 귀안(鬼眼): 귀신같은 안목. 인신해 인재를 식별하는 눈.

때맞춰 내리는 비 때때로 뿜어 적시고　靈雨涵時噓
기뻐 뛰며 장차 구름 좇아 올라가리　鼓舞將雲遷
어둠과 밝음 어찌 헤아릴 수 있으랴　幽明寧可測
등불 받들어 널리 밝히고 드러내리　啣燭普昭宣
옛날엔 검담에서 뛰어오르고 있었다면　昔在躍劍潭
지금은 조선에서 몸 감고 엎드려 있다네　卽今蟠朝鮮
압록강 강가에서 늘 울어대고　鴨綠常鳴江
오르내리며 오랜 세월 기약하리　升降期永年

조선으로 돌아가는 모암(慕菴) 양의(良醫)를 보내며 7언 고시를 아울러 씀　동원

진황(秦皇)과 한무(漢武)[571]는 이 세상을 다스림에 형벌의 방법을 잘 사용했고, 그 소광(少廣)[572]을 보고자 했으며, 모두 동쪽 바다를 필요로 했습니다. 한(漢)나라는 비록 번대(樊大)[573]를 말미암아 심택후(深澤侯)[574]를 따랐을지라도 정신이 흐릿하고 판단하기 어려워 법도를 잃었을 따름입니다. 서불(徐市)[575]은 진(秦)나라의 명령을 받들어 장차 오로

571 진황(秦皇)과 한무(漢武): '진황'은 진시황(秦始皇)이고, '한무'는 한무제(漢武帝).

572 소광(少廣): 신선 서왕모(西王母)가 있는 서방 산의 이름.

573 번대(樊大): 번쾌(樊噲, B.C.?-B.C.189). 한고조(漢高祖) 때의 장수. 유방(劉邦)의 휘하에 있다가 홍문연(鴻門宴)에서 유방으로 하여금 탈출하게 함. 천하가 평정되자 무양후(舞陽侯)에 봉해졌음.

574 심택후(深澤侯): 한고조(漢高祖) 공신(功臣) 총 143인 중 700호에 봉해진 심택(深澤) 제후(齊侯) 조장야(趙將夜).

575 서불(徐市): 진(秦)대의 방사(方士). 진시황(秦始皇)에게 바다 속의 삼신산(三神山)과 신선이 있다고 상서해 진시황의 명령으로 어린 남녀 수천 명을 데리고 불사약을 구하러

지 손바닥을 보듯 봉영(蓬瀛)[576]을 찾으려고 바다를 건너 우리 동방에 다다랐다고 이릅니다. 대체로 동쪽 바다는 신선의 지역이라고 일컫는데, 옛날에 듣지 못했던 바는 이른바 영유(嬴劉)가 방사(方士)[577]들에게 미혹되었음을 반마(班馬)가 책에 실어둠으로부터 후세에도 그러하다고 생각하며 일컫는다는 것입니다. 오직 그렇게 일컫는 바는 있어도 그렇게 볼 수 있는 바를 보지 못했습니다. 만천(曼倩)[578]도 기운을 길러 십주(十洲)를 자세히 기록했는데, 또한 오직 부질없는 말이니, 대개 모두 이치에 맞지 않고 허황될 뿐입니다. 돌아보건대, 그 동쪽 바다 가운데 크고 작은 섬의 불룩 솟은 곳은 주저(洲渚)[579]가 서로 버티고 서있는 것이니, 일상생활에 마땅한 땅이더라도 두렵고 불안함이 있어 그 땅을 쓰지 않습니다. 말하자면, 진실로 좁고 낮으며 돌이 많아서 그 사람들을 물리칩니다. 말하자면, 또 문신(文身)한 나체(裸體)들이니, 옛날에 추앙하고 칭찬했던 구름 속의 용(龍)과 비단 같은 노을과 기수요초(琪樹瑤草)[580]가 찬란하게 세상 밖을 비춤에 이르는 것과 같은 바들을 반드시 보지 못합니다. 그렇다면 신선의 지역이라는 이야기는

바다로 떠난 뒤 돌아오지 않음.

576 봉영(蓬瀛): 봉래산(蓬萊山)과 영주산(瀛洲山). 모두 바다 가운데에 있으며 신선이 산다고 함.

577 방사(方士): 장생 불사를 추구하는 사람. 도교(道敎)에서 신선술(神仙術)을 닦는 사람.

578 만천(曼倩): 동방삭(東方朔, B.C.154-B.C.93)의 자(字). 한(漢)대 염차(厭次) 사람. 무제(武帝) 때 벼슬이 태중대부(太中大夫)에 이르렀으며, 기이한 꾀와 재담으로 무제의 사랑을 받았음. 저서에 『답객난(答客難)』·『비유선생전(非有先生傳)』·『칠간(七諫)』 등이 있음.

579 주저(洲渚): 파도가 밀려드는 물가. 강이나 바다 가운데 있는 작은 섬.

580 기수요초(琪樹瑤草): 선경(仙境)에 있다는 옥수(玉樹)와 진귀한 풀.

대체로 모두 황당무계하니, 어찌 그 황당무계하게 지금 옛날을 살펴보고 그것과 거의 서로 같다고 합니까? 대개 우리 일본이 그렇습니까? 우리 일본은 동쪽 바다에 치우친 나라이고, 비록 중국이나 조선보다 작지만 비슷하다고 일컬어진 곳이니, 모두 예로부터 똑같이 봉래(蓬萊)라고 말했습니다. 그 봉래라고 일컬었다면, 그 신령한 기수요초(琪樹瑤草)와 구름 속의 용(龍)과 비단 같은 노을도 또한 오직 없을 수 없으니, 있었기에 서불(徐市)이 이미 우리나라에 와서 후지산[富嶽]에서 요초(瑤草)를 캐고, 기수(琪樹)는 쿠마노산[熊野][581]에서 찾았습니다. 비록 유적이 오히려 명백하게 우리 옛 책에 실려 있더라도 중국과 조선이 같다고 일컫는 바에 이르면, 모두 시부(詩賦)이고 빈말이니, 일찍이 빼어난 아름다움이 자라서 퍼진 것을 알지 못함입니다. 오직 그것을 알거나 얻는 데 이른다면, 용렬(庸劣)한 무리는 신선을 얻을 수 없습니까? 신선은 진실로 정통함이 있어도 하늘에 오르지는 못하니, 어찌 그것을 얻겠습니까? 그런데 옛날에 이른바 하거(遐擧)[582]에 이르러도 만근(輓近)에는 오히려 보지 못했습니다. 오직 그 조금이나마 거의 할 수 있는 것 같음은 첫째로 우리 방맥(方脉)[583]일 뿐입니다. 방맥이란 것은 선부(仙府)[584]의 한 부분인 5령(五靈)·9정(九鼎)[585]의 방법이니, 그 방법

581 쿠마노산[熊野]: 일본 키이슈[紀伊州]에 있는 산. 서불(徐市)의 사당이 있음.

582 하거(遐擧): 멀리 감. 원행(遠行). 높이 오름. 또는 이름을 먼 곳에 드날림. 신선이 되어 선경으로 올라감. 고결한 행적의 비유.

583 방맥(方脉): 대방맥(大方脉). 옛날에 어른들의 질병을 전문적으로 치료하던 분과. 내과에 해당한다고 봄.

584 선부(仙府): 신선이 사는 저택. 또는 도관(道觀)을 이르는 말. 선계(仙界)의 관서(官署).

585 5령(五靈)·9정(九鼎): '5령'은 다섯 가지 영묘한 동물. 기린(麒麟)·봉황(鳳凰)·거북

과 합하고 또한 그러한 사람이 아니면 감히 얻을 수 없습니다. 지금 개인적으로 이군(李君)을 보건대, 대개 그러한 사람이로다! 이군은 일찍이 방기(方技)[586]를 다하여 자못 그 방법을 얻었습니다. 진실로 편창(扁倉)[587]의 완화(緩和)[588]를 논하지 않더라도 방사(方士)의 방법에 도달했으니, 널리 밝지 않음이 없습니다. 이 때문에 관리의 반열에 뽑히고 양의(良醫)를 더해 빈빈(彬彬)하게 우리에게 이르렀으며, 우리로 하여금 널리 유행하게 했습니다. 나 또한 의원(醫員)이니 항상 도(道)에 대해 이따금 이야기하고 몸소 그 의논을 듣기도 합니다. 옛 것을 좋아하는 도리는 진실로 대저 시부(詩賦)를 즐기는 무리만한 것이 없습니다. 문재(文才)를 발휘하는 사이에 빈말을 두고, 그 종(鍾)의 빼어남만 보고서 신비한 지경을 찾을 수 있게 되기를 첫째로 바랍니다. 아! 이군(李君)은 맑은 법도와 뛰어난 재능으로 그것을 찾고 보는 데 이르렀으며, 매양 약상자에 보관했습니다. 이른바 진씨(秦氏)[589]가 허망함을 몰아내고, 한무제(漢武帝)가 법도를 잊어버린 바로써 형식에 얽매이지 않음이 손바닥을 들여다보듯 지극하니, 그것을 기록하여 오랜 세월 전할 수 있습니다. 이군(李君) 이란 사람은 그러한 의원(醫員)이로다! 그러한 신

[龜]·용(龍)·백호(白虎). '9정'은 하(夏)의 우왕(禹王) 때 9주(九州)를 상징해 주조(鑄造)한 솥. 하(夏)·은(殷)·주(周) 3대(三代)에는 국민을 상징하는 보물이었던 데서, 국권을 이르기도 함. 중요한 지위의 비유. 구정대려(九鼎大呂).

586 방기(方技): 의술·점복술·관상술 따위의 총칭.

587 편창(扁倉): 춘추(春秋) 때의 명의(名醫)인 편작(扁鵲)과 한문제(漢文帝) 때의 명의인 창공(倉公).

588 완화(緩和): 급박한 것을 느슨하게 함. 또는 늦추어져 느슨하게 됨.

589 진씨(秦氏): 진월인(秦越人). 전국(戰國) 때의 명의(名醫)인 편작(扁鵲)의 성명(姓名).

선이로다! 의원 가운데 신선이라고 이를만할 것입니다. 7언(七言) 고풍(古風)을 아울러 드립니다.

두 나라 화친하니 바다 사이로 서쪽 동쪽 兩東和親海西東
순(舜)의 음악 오래도록 옛 풍속에 이어지네 韶化千載屬古風
옛 맹세 좋은 이웃 후대에도 남아있고 舊盟隣好存異代
기자(箕子) 나라 예(禮) 갖춘 방문 먼 곳에 통하네 箕封聘問萬里通
머나먼 곳 깊은 어둠 구름 빛을 열고 萬里宵冥開雲陽
넓고 큰 사신 수레 부상을 비추네 熙熙星軺照扶桑
빛나고 화려한 많은 선비들 부월[590]도 가지런하고 濟濟多士整鈇鉞
무성하게 펄럭이는 깃발 여황[591]을 둘러싸네 盈盈張旆繞余皇
빽빽한 여황에 진인 있으니 鬱兮余皇有眞人
삼대를 주후방으로 간고[592]했다네 三世幹蠱肘後方
덕은 황기[593]를 아우르고 의술은 완화하니 德兼黃岐術緩和
덕과 의술 병행함이 조선에 소문났네 德術并行聞東華
하루아침에 허락받고 사절을 따랐으니 一朝爲許從使節
옥 면류관과 우상[594]은 아득히 먼 나라 비추네 玉冕羽裳映天涯

---

590 부월(鈇鉞): 천자가 내려 주는, 사람을 죽이거나 살릴 수 있는 권한.

591 여황(余皇): 춘추시대 오(吳)나라 왕료(王僚) 2년에 공자광(公子光·합려(闔閭))이 초(楚)나라를 공격했다가 패하였는데, 그때 사용한 배 이름. 또는 큰 배의 범칭. 여황(艅艎).

592 간고(幹蠱): 아버지의 잘못을 바로잡을 능력이 있는 아들. 인신해 아버지의 뜻을 이어받아 아버지가 다하지 못한 사업을 완성함을 이름. 간부지고(幹父之蠱).

593 황기(黃岐): '황'은 황제(黃帝)이고, '기'는 기백(岐伯)이며, '기황내경(岐黃內經)'과 같이 의학(醫學)을 말함.

594 우상(羽裳): 신선의 의상. 인신해 신선을 가리킴. 당현종(唐玄宗)이 삼향역(三鄕驛)에

옥 면류관 빛 발하니 나니와[浪華]의 달이고	玉冕飛光浪華月
우상이 날아올라 빛나니 무성의 노을일세	羽裳飜彩武城霞
나니와 언덕가의 여러 선비 누르고	浪華岸頭壓諸士
강가 무성 위 많은 학자 놀라게 하네	江武城上驚百家
우리 무리들 많은 학자와 함께 모두 짝해 따르고	吾徒與百家俱陪
붓 잡아 논의 주고받으며 기이한 재주 찾네	掇翰交論搜奇才
그대 스스로 선골[595]이니 시배[596] 아니고	君自仙骨非時輩
지닌 이론 풍채와 품격 오롯이 넓디넓다네	持論風猷全廣恢
한번 훌륭한 풍채에 읍하면 풍토를 부러워하고	一挹風裁羨風土
두 번 지닌 이론 접하면 천고를 탄식한다네	二接持論嘆千古
풍토는 비록 본래 기자가 남긴 백성이나	風土雖元餘箕民
그대처럼 웅장하고 활발함 또 몇 사람인가	若君雄逸又幾人
동시에 소대이니 성인의 덕화 입었고	一時昭代荷聖化
두 나라 기이한 만남 유신[597]으로 이어지네	二國奇遇屬維新
다른 나라 같은 글로 서로 만나 앉았으니	異域同文相偶坐
한가롭게 노닐며 사귀는 깊이 서로를 용납하네	優遊交態容爾我
서로의 마음은 아직 익숙하지 못한데도	爾我心腸猶未熟
여장(旅裝) 꾸려 나는 학 타고 돌아갈 길 재촉하네	治裝催歸飛鶴駕

올라가 여아산(女兒山)을 바라보고, 월궁(月宮)에 올라가 노닐면서 선녀들의 노래를 은밀히 기록해 돌아와서, 당(唐)대의 저명한 법곡(法曲)인 〈예상우의곡(霓裳羽衣曲)〉의 가사를 지었다는 전설에서 온 말.

595 선골(仙骨): 신선의 골격(骨格). 도가(道家)에서 신선이 될 자질을 이르는 말. 범속(凡俗)을 초월하는 기질.

596 시배(時輩): 때를 따라서 의기양양한 사람들. 그 당시의 유명한 인물.

597 유신(維新): 모든 일을 새롭게 고침. 낡은 제도의 폐습을 고쳐 혁신함.

나그네 마음 구슬프게 몸소 손잡고서　離魂惆愴親握手
이별 기약 얼마나 어려운데 효루[598]가 급박하네　難那別期迫曉漏
왕사성[599]머리에 봄바람 거느리고　王舍城頭御春風
표연히 급하게 붕제로 날아가네　飄然忽向鵬際走
일단 떠나 한가로이 걸어가면 각자 하늘 먼 거리　一去倘佯阻各天
아직도 새 지기(知己) 오래사귄 친구 같네　猶是新知如故舊
어찌 제포[600]를 추억하고 간절히 그리워하지 않으랴　寧不戀戀憶綈袍
일단 헤어지면 평생 다시 만나기 어려우리　一別生涯復難遭
다른 날 두 나라에서 서로 그리울 테니　異日兩東互相思
그대는 아침 해 향해 동쪽 관문 바라보소　君向旭日望東關
나 또한 동관에서 서쪽 큰 산 바라보면서　吾亦東關向西嶽
새벽하늘 지는 달로 그대 얼굴 삼을 테니　曙天落月爲君顔

빙사(聘使)[601] 삼대부(三大夫)께 이웃 나라간 맹약 닦음을 하례하는 송(頌)　동원(東原)

넓고 큰 하늘이 두 나라에 상서로움을 내리셔서 덕(德)을 심고 교화

598 효루(曉漏): 새벽녘에 물시계의 물방울이 떨어지는 소리.

599 왕사성(王舍城): 석가(釋迦) 때에 그 지방에서 강국(强國)이었던 마가다[Magadha]의 서울.

600 제포(綈袍): 두꺼운 명주에 솜을 두어 만든 옷. 일종의 방한복. 옛 은혜를 잊지 않고 마음속에 간직하고 있음의 비유. 전국(戰國) 때 위(魏)의 범수(范睢)가 수가(須賈)를 섬기고 있을 때 모함을 받아 궁지에 몰리자 진(秦)으로 망명하여 진나라의 재상이 되었는데, 후에 수가가 진에 사신으로 오자 범수가 일부러 헌 옷을 입고 그를 맞이하니, 영문을 모르는 수가는 범수를 알아보고 불쌍히 여겨 그에게 두꺼운 비단 옷을 주었다는 고사.

601 빙사(聘使): 나라에서 예를 갖춰 사신을 맞아들임.

(教化)를 일으켜 돈후(敦厚)하고 순박함을 길이 펴셨습니다. 음악을 빌어 백성을 어루만지고, 좋은 짝으로 배필을 삼았으니, 오랜 세월 사이좋은 이웃 나라로서 서로 예를 갖춰 방문하기를 소중히 지켰습니다. 머나먼 곳에서 맹약을 찾았고, 장차 인의(仁義)에 바탕 둔 정치를 베풀려고 하며, 정현(鼎鉉)[602]에게 두터이 명(命)해 온화하고 부드러움을 널리 합했습니다. 귀와 발을 쉬지 않고, 공경해 신봉(信奉)함을 공경하여 계승했으며, 나라의 큰 계획과 함께 나아갔습니다. 아침저녁 말없이 자리를 지켰고, 측근에게 방법이 있으면, 규장(珪璋)[603]으로 훤히 알았으며, 도(道)의 벼리는 상도(常道)를 따랐습니다. 덕망이 높으신 분이라 고귀한 인품과 재능을 지니셨고, 아름다운 덕은 홀로 향기로우며, 비록 덕이 향기롭더라도 늘 그 빛도 무성했습니다. 이에 좋은 사람이 인봉(麟鳳)[604]을 내려 보낼 수 있어서 국정(國政) 다스리는 권력을 고루 편하게 했고, 높은 직위와 후한 봉록으로 덕을 깊이 간직했습니다. 힘써 임금을 보좌해 힘을 베풀었고, 공적이 으뜸가는 사람을 밝혔으니, 밝기는 떠오르는 해와 같고 무성함은 흩날리는 파도와 같습니다. 훌륭한 명성과 좋은 평판이 사방 끝까지 두루 이르렀기 때문에 사절(使節)로 추천했고, 외지고 먼 변경 땅까지 멀리 경험했습니다. 〈4모(四牡)〉[605]는 수고로움을 노래했고, 〈북산(北山)〉[606]은 행함을 노래했으며, 용 깃발과 봉새 깃발

602 정현(鼎鉉): 솥귀. 인신해 솥. 재상(宰相)을 이름.

603 규장(珪璋): 조빙(朝聘)이나 제사 때 지니는 옥으로 만든 예기. 고상한 인품의 비유. 뛰어난 인물의 비유.

604 인봉(麟鳳): 기린과 봉황. 또는 성인이나 현인의 비유.

605 〈4모(四牡)〉: 수레를 끄는 네 마리의 말. 『시경(詩經)』「소아(小雅)」의 편 이름. 사신(使臣)이 옴을 위로한 시로, 공(功)이 있음에 인정을 받으면 기뻐하게 된다는 내용임.

에 보불(黼黻)[607]과 관(冠)의 꾸미개로다! 아침에는 금빛 수레 비추고, 저녁 무렵 여황(余皇)을 비추며, 하늘로 올라가고 바다를 건너서 왕정(王程)을 헤아렸습니다. 남(南)으로 두병(斗柄)[608]을 의지하고, 동으로 떠오르는 태양을 향해서 해와 달을 지나서 아득히 부상에 이르렀습니다. 무리의 행렬이 가득 찼고, 위엄 있는 용모와 행동은 빈빈(彬彬)하며, 종과 북과 피리의 성률(聲律)은 다스림과 같습니다. 8음(八音)[609]은 가락을 맞춰 서로 도리를 빼앗지 않으니, 균천광악(鈞天廣樂)[610]이고, 묘당(廟堂)[611]에 별들이 늘어선 듯합니다. 아름다운 공렬(功烈)과 온화하고 공손함은 국화(國華)[612]로서 맑게 빛나고, 크고 많은 건물들에 햇빛이 내리쬐며, 패옥(佩玉)을 흔듭니다. 연회(宴會)자리 지극히 청(請)하고, 배정(陪鼎)[613]하여 손님을 기다려서 장차 함께 때를 타고자 하며, 이처럼 백성을 봅니다. 오직 이 두 나라는 화목하게 의로움 밝히며, 깊이 믿고 덕을 숭상해 공적인 일에 성실하고 조심스럽습니다. 나라가 비로소 변혁함

606 〈북산(北山)〉: 『시경(詩經)』 「소아(小雅)」의 편 이름. 나라의 부역 때문에 부모를 봉양할 수 없음을 읊었음.

607 보불(黼黻): 보와 불. 또는 예복에 수놓은 아름다운 무늬의 범칭. 수를 놓아 화려하게 꾸민 예복.

608 두병(斗柄): 북두7성의 자루에 해당하는 자리에 있는 세 개의 별.

609 8음(八音): 여덟 가지의 악기. 금(金 · 종(鐘)), 석(石 · 경(磬)), 사(絲 · 현(絃)), 죽(竹 · 관(管)), 포(匏 · 생(笙)), 토(土 · 훈(塤)), 혁(革 · 고(鼓)), 목(木 · 축어(柷敔)).

610 균천광악(鈞天廣樂): 하늘의 노래. 신선(神仙)의 음악.

611 묘당(廟堂): 조종(祖宗)의 영(靈)을 모신 곳. 사당(祠堂). 종묘(宗廟). 종묘와 명당(明堂). 조회를 하고 정사를 의논하는 집.

612 국화(國華): 나라의 빛. 나라의 영광. 국가의 훌륭한 인재(人材).

613 배정(陪鼎): 솥을 더함. 연회(宴會) 때 정해진 요리에 추가하는 요리.

으로부터 10년 남짓에 빛나고 왕성하게 대대로 지금까지 같은 길로 갑니다. 한(韓)이 봉(封)해져 교화됨에도, 일본이 다스려짐에도, 제왕의 직책을 마치지 못하고 온갖 정사를 자세히 살핍니다. 군주 돕는 대신(大臣)의 귀와 눈이 서로 힘을 모아 아름다움을 이룸이 무성하니, 아름답도다! 같은 무리여! 서로 빠짐없이 구하는구나! 구름은 용흥(龍興)[614]을 따르고, 바람은 호랑이의 입김을 따르니, 음양(陰陽)이 하나 되고 변화하나 감히 기량(器量)을 쌓지는 않습니다. 천년을 조화 이뤄서 이에 기자(箕子)의 풍속을 펴고, 여러 대(代) 때를 따르니, 공(功)을 기리고 노래합니다. 맺은 우호(友好) 변하지 않고, 이처럼 동쪽 끝까지 이미 사신 보내 마치기에 이르렀으니, 사방에 그릇으로 연회를 베풉니다. 〈어려(魚麗)〉와 〈녹명(鹿鳴)〉[615]에 술잔을 씻어서 주고받고, 군자에게 드리며 맹세를 잘 맺습니다. 나라의 운명은 아득히 오래 되고 감히 오만함이 없으니, 만년을 하늘에 기약하고 편안한 복을 받음이 마땅합니다.

조선으로 돌아가는 빙사(聘使) 세 분을 떠나보내며 지음 동원(東原)

해문(海門)[616]에서 매우 오랜 세월 소리 내어 울며 따랐는데, 사방팔방의 끝에는 밀물과 썰물만 급하도다. 밀물과 썰물이 백만 리에 가득하고, 큰 파도는 종횡(縱橫)으로 높이 솟은 산과 같도다. 눈빛은 천 겹

614 용흥(龍興): 용이 하늘로 올라감. 제왕이나 왕조가 흥기함의 비유.

615 〈어려(魚麗)〉와 〈녹명(鹿鳴)〉: 모두 『시경(詩經)』「소아(小雅)」의 편 이름. '어려'는 만물(萬物)이 풍성하고 많아 예(禮)를 갖춤을 찬미한 시(詩)이고, '녹명'은 군신과 빈객을 연향하는 시임.

616 해문(海門): 해구(海口). 강물이 바다로 흘러 들어가는 어귀.

으로 곤륜(崑崙)[617]을 적시니, 곤(鯤)의 비늘은 눈빛 띠어 날개 떨치는 듯하도다. 수많은 수말이 하늘을 박차고 달려 나가듯, 빨리 달리는 수많은 고래가 바다 언덕에 부딪쳐 일어나듯. 소용돌이는 넓고 크게 용이 날아오르는 듯 다투며, 물결이 서로 부딪치고 흔드는 소리 우레 치듯 이른다. 물결 솟구치는 기세는 큰 자라와 거북의 굴로부터 일어나고, 끝없이 넓게 이어진 물이 아래로 흐르다 솟구치니 성채를 무너뜨릴 듯하도다. 울리는 소리는 새벽부터 해질녘까지 지축(地軸)을 움직이고, 미려(尾閭)[618]의 무성한 암초(暗礁)에 드나드누나. 물은 북쪽 끝까지 아득히 멀리 하늘에 흩어져 떨어지니, 나무 붙잡고 바다를 건너 서쪽 해지는 곳에 이르도다. 해는 남쪽 나라 주애(朱涯)[619]까지 이르고, 부상(扶桑)의 동쪽으로 바다의 먼 곳까지 이르도다. 물결 따라 흘러서 벌거벗은 백성의 나라에 함께 뒤섞여 물안개를 끌어당겨 배타고 아득히 떠다니누나. 흑치(黑齒)[620]의 도읍에서는 섬의 큰 자라 존중하며, 높은 산에 점대[筮竹]를 벌여놓고 태양처럼 크게 밝히도다. 금추(金樞)[621]를 열어 두고 높은 산에 신선의 터를 걸어 잠그니, 물결에 교룡(鮫龍)[622]의 거처 파도 사이로 여러 곳일세. 자취마다 긴 비단 돛단배

617 곤륜(崑崙): 신화에서 서왕모(西王母)가 살며 아름다운 옥(玉)이 산출된다고 하는 영산(靈山). 곤륜산(崑崙山). 곤산(崑山). 곤릉(崑陵).

618 미려(尾閭): 전설상의 바닷물이 샌다는 곳.

619 주애(朱涯): 열대 지역. 일본에서는 중국 '해남도(海南島)'라고 봄.

620 흑치(黑齒): 흑치국(黑齒國). 남쪽 오랑캐. 또는 왜적.

621 금추(金樞): 북극(北極). 왕위(王位)를 비유해 이르는 말. 달이 지는 곳. 문지도리의 미칭(美稱). 문호(門戶)를 이름.

622 교룡(鮫龍): 전설상의 풍랑을 일으킨다는 용. 교룡(蛟龍).

가 있는 듯 없는 듯, 하늘과 더불어 잇닿아 안개를 말아 올리며 지나가네. 새는 평평한 모래펄과 드넓은 소금 땅을 다투며 달려가고, 이어진 소금밭은 넓디넓고 공몽(空濛)[623]하도다. 강회(江淮)와 하한(河漢)[624]은 하늘과 땅에 관계없이 곧은 물길 뒤섞여 밤낮으로 바다로 흘러들어 가누나. 온갖 내도 이를 따라 답타(涾沲)[625]하며, 천강(天綱)[626]열고 험한 바다로 땅을 나누었도다. 지경이 3천(三千)이라 그대는 큰 바다 보지 못했으나, 비록 이와 같은 사신(使臣) 타는 수레라도 때맞춰 지났구려. 바람의 신(神)을 따른 교룡과 물고기와 자라들이 채익(彩鷁)을 지키니, 바다는 마치 텅 빈 듯하구나. 계수나무 노와 목란(木蘭) 노로 푸른 깃발 따르고, 비단 돛과 아름다운 닻줄로 땅 끝에 오르누나. 사방 바다 온갖 신령(神靈)좇아 서로 따르니, 세 척 배 지켜 물이 용솟음쳐도 탈 없으리라. 큰 복이 열리시기를. 이상 두 편은 용연(龍淵)에게 의지해 그들에게 드렸는데, 그 전달 여부는 모르겠다.

이별이 이미 정해져 시주머니를 묶었다가 자리에서 일어나 서서 붓끝으로 끄적거려 네 선생께 지어 드림 동원(東原)

623 공몽(空濛): 이슬비가 내리거나 안개가 자욱하게 끼어 어둠침침한 모양. 공몽(涳濛).

624 강회(江淮)와 하한(河漢): '강회'는 양자강(揚子江)과 회수(淮水). '하한'은 황하(黃河)와 한수(漢水).

625 답타(涾沲): 파도가 밀려들어 겹치는 모양.

626 천강(天綱): 하늘의 강기(綱紀). 천체가 운행하는 궤도.

실제 7보(七步)[627]와 같음

동원(東原)

서쪽 바다의 3천리 西海三千里
동쪽 큰 바다의 한 계절 東溟九十春
어찌 이별의 한 간절하기 어려운가 難何離恨切
내일은 꿈속 사람이기에 明日夢中人

빨리 써서 동원(東原)께 화답함

추월(秋月)

머무르는 사절은 세월 지나감 근심하고 滯節愁經歲
돌아가는 돛단배 봄바람 동반하기 좋아하네 歸帆好伴春
헤어지기 섭섭함 오히려 차이가 크니 依依猶懸別
처음부터 끝까지 벗에게 부드럽네 終是軟情人

같음

퇴석(退石)

절간 꽃 아래에서 시를 써주며 投詩花下院

627 7보(七步): 칠보성시(七步成詩). 칠보재(七步才). 창작력이 뛰어남의 비유. 위(魏)의 조식(曹植)이 그의 형인 문제(文帝)의 명령으로 일곱 걸음을 걷는 동안에 시 한 수를 지었다는 고사.

봄날 빗 속에 나그네 떠나보내네	餞客雨中春
내일 보내고 길에서 떠나가면	來日行攜路
동과 서로 머나먼 사람이라네	東西萬里人

같음

현천(玄川)

끝없이 아득한 안개와 노을 빛	漠漠烟霞色
누가 봄날에 경수[628]를 전하나	誰傳瓊樹春
다만 길고 깊은 바닷길의 수고로움	獨長泓渤勞
헛되이 막는 북쪽 남쪽 사람들	空阻北南人

같음

용연(龍淵)

절간에선 한밤에 빗소리 듣고	佛樓聞雨夜
우관에선 봄날에 꽃 떨어지네	郵館落花春
등잔불 앞에서 근심하노니	悄悄燈前面
아득히 먼 곳에서 그리운 이 멀리 보내네	天涯遠送人

이상 필어(筆語) 속에 대강의 줄거리를 실었다. 이 밖에 다만 양의

628 경수(瓊樹): 전설에서 옥이 열린다는 나무. 인격이 고결한 사람의 비유.

(良醫), 제술관(製述官), 삼서기(三書記)의 무리와 함께한 속담, 잡된 해석 백 항목 남짓이 있었지만, 모아서 조슈[長州][629]의 하나야마 류에이[花山柳營] 장군이 다시 정리했다. 삼계(三桂), 묵재(默齋), 고정(高亭)[630] 등과 매우 많은 일에 대해 시문(詩文)과 필어를 서로 주고받았는데, 번잡하고 쓸데없어 지금 여기에는 생략한다.

명화(明和) 원년(元年)[631] 갑신(甲申)년 11월

동무서사(東武書肆)

천초어당전(淺草御堂前) 십촌오병위(辻村五兵衛)

하곡도하정(下谷稻荷町) 월후옥등병위(越後屋藤兵衛)

629 조슈[長州]: 일본 야마구치[山口]현.

630 고정(高亭): 조선 측 수행원 중 군관(軍官).

631 명화(明和) 원년(元年): '명화'는 일본 고사쿠라마치[後櫻町] 천황이 1764년부터 1772년까지 사용한 연호이고, '원년'은 1764년임.

兩東鬪語 乾

兩東鬪語序

寶曆十四甲申之春, 朝鮮聘使至于　東都, 乃館于淺草本願寺. 於是乎都下搢紳先生, 及坊間君子競進應酬. 官醫良菴松本君, 與余之門生橫田準大, 爲一偶倂進, 交錯韓人. 遇之實如舊相識, 每詣抵掌驩, 焉稱曰 奇哉? 才學不聲, 家技固食方脈, 弗敢與之齒, 摛翰之所壯, 若雷之應電, 唱則和焉, 荅則問焉. 馬嶋而東會我儕者, 翳翳乎如雲霧所至蔭于館. 雖四坐日不愧, 北海未必視若而壯焉者也. 於戱! 二子者醫而儒, 時時往反於我也, 此役一愉快, 卽若其披雲霧覩日月也. 夫韓人之遇乎二子, 特淂之廣衆之中相欽者, 大抵若斯而已. 是以應酬之作積而爲堆, 云近剞劂氏請欲上梓之懇, 造告二子不屑. 雖已備之, 覆漿之具. 然以數來請, 弗敢淂已, 遂諾以授焉乞余敍之. 余殊歎昌平文運之化盛也, 爲之序云.

明和 改元 冬

南溟 江忠囿 撰

兩東鬪語序

松君良菴嚮稟　官, 將田生某者, 會韓客于淺艸館中. 其應酬筆語, 疊疊作堆, 旣輯而錄上焉. 迺者安長紀君携其檢子來, 稱予曰, 松君之稿已作篇, 剞劂氏適請曰, 與田生君繩所唱和之作, 幷上諸梓也, 松君不許, 旋詢之予. 予曰, 君盍與凡? 雖小說戱劇冊子, 喜兒女子之眼者, 認載梓木. 況兩國風化之雅, 空著蠹魚乎? 君其急之. 於是乎松君許之, 而使予題於後, 且需子一言, 子其敍之, 予謝不敏. 其文辭之役, 固非我事, 豈敢也? 紀君曰, 子果不肯, 則是於交際之道, 有所未書者也, 而曩儐館酬酢之際, 子亦不在乎? 今是之彫印, 吾亦諉其端, 則子莫復辭爲予. 旣披其氣, 讀至舌瘡. 論乃相顧謂曰, 松君折肱之篤, 志亦可見. 已先以俊秀之才, 訪求弗已, 旁及査客, 松君可謂好學君子醫也. 輒書之, 聊塞其責云.

明和 改元 甲申 季冬 穀旦
東都 醫官 野呂實和 元順 識

兩東鬪語

松本良庵 識

名刺幷韓人名字

寶曆甲申春, 奉
命於本願中堂之東廂, 謁朝鮮之學士及醫官.

名刺

東都 口科 侍醫
法眼 松本善甫 長子, 姓松本, 名興長, 字千里, 號良庵.

所贈答韓人名字

正使 通政大夫 吏曹參議 趙曮 字明瑞 號濟谷.
副使 同大夫 行弘文館典翰 李仁培 字季修 號吉庵.
從事 通信大夫 弘文館校理 金相翊 字仲佑 號弦庵.
製述官 前結城縣監 南玉 字時韞 號秋月.
書記 前銀溪察訪 成大中 字士執 號龍淵.
書記 前興庫奉事 元中擧 字子才 號玄川.
書記 前成均進士 金仁謙 字士安 號退石.
良醫 副司勇 李佐國 字聖甫[632] 號慕庵.

正使伴人 通德郎 李民壽 號

從事伴人 通德郎 洪善輔 號默齋.

軍官 高亭.

兩東鬪語

松本良庵 識

三月朔日, 詣中堂,

與醫者慕菴書幷詩. 良菴

蓋聞親仁·善隣, 國之寶也. 况

兩國演隆運之和, 聘禮修襲古之好. 玆山川迢遞, 舟楫之戒, 跋履之險. 昊天所祐經塗亡虞, 方今纛蓋稅駕於我

東武. 搢笏垂佩鏘[633]鳴, 翳列

朝堂之上. 有隣之德, 寔

兩國盛美也. 僕浴中外之餘澤, 叨[634]渇同此硏席, 披雲霧, 以覩大邦之人士. 公也盛朝國手, 其於技神聖功巧, 定見七孔矣. 僕自燥髮, 雖箕裘斯業, 幺麽之才, 不足以當三世之任. 惟是折肱之暇, 深思方籍之中間, 涉疑問者, 放二不尠. 爰奉取問數條, 以質諸左右, 祈高明. 幸垂鴻

632 원문에는 '輔'이지만, '甫'의 오기(誤記)이므로 바로잡았음.

633 원문에는 '玉+將'이지만, '鏘'과 의미가 통하므로 바로잡았음.

634 원문에는 '叻'이지만, '叨'의 오기(誤記)이므로 바로잡았음.

意, 無惜底薀, 詳賜示教, 非啼惠僕之私貺, 實民人滋生之賜也.

寧圖殊域遠, 只尺此相親. 携手一時晤, 遊方万里賓, 煉丹開竈古, 採藥滿囊新. 平素青牛上. 腰間活幾人.

復書　慕菴

惠書慰荷.

兩國以誠信交聘之, 僕以不才, 幸賴王命, 隨行到此. 與公等邂逅, 眞千古奇遇. 僕亦有質問之事, 如有可質之事, 與之討懷好矣.

答　良菴

辭意懇到. 幸蒙不鄙, 三復拜誦. 且許僕以質問事, 若有問諮事者, 僕庸劣之才, 雖不當其誼, 耳目之所經, 豈敢違盛意也?

與學士秋月書並詩　良菴

天眷有

二國, 文和敷八紘, 威靈掁四際, 風雨時行, 海波晏然. 於是南北修好旌節, 儼然奉使我

東都. 衣冠之會, 文物之美, 惟是爲盛, 舊盟之不易實昇平餘慶哉! 僕幸生淸明時, 同是居諸, 坐獲覩箕邦敦和之風. 言念君子久也, 已接龍光, 則其瑟若其煥若, 孚尹旁達, 庸識所甄. 天才宏贍[635], 容儀淸婉, 信邦家珍器. 僕敬慕高風. 下情無厭巴調一律, 聊以爲名刺之容. 冀竄定却示, 幸甚幸甚.

懸帆龍窟外, 霓節自光暉, 山水入詞翰, 煙霞染客衣, 盍簪憐一遇, 縞

635 원문에는 '瞻'이지만, '贍'의 오기(誤記)이므로 바로잡았음.

帶幸相依, 定識登高地, 賦成倚少微.

答 秋月

所惠書多幸, 恨官事繁冗特甚, 而難速答. 走筆和韻.

野絲迷作暈, 城日淨流暉, 永柳悲寒食, 沂雲想袂衣, 繁愁花不佳, 多病藥爲依, 君識丹砂訣, 三山訪翠微.

疊前韻 良菴

絶域星辰隔, 霓帆向日暉, 古傳箕敎地, 今見漢時衣, 歡耻玉葭雜, 知憐萍水依, 詞壇一交會, 相接愧才微.

以病先入疊和良菴寄示韻 秋月

病惱風檐冷, 懽催晩郭暉, 不成燒爛燭, 還自擁錦衣, 詩句分筵浔, 容顔隔竹依, 別愁仍浩蕩, 歸鳥楚雲微.

稟書記退石 良菴

海壑萬里艤船, 結軫驅策, 正無恙尊體淸勝, 因緣幸. 逐鳳雲望, 不勝欣歡至敬. 掇蕪辭奉梧右, 摩[636]擲可也.

錦帆遙向海東懸, 旌節揚揚映日邊, 脩聘從來二邦好, 垂裳長共樂鈞天.

和松本良菴贈投韻 退石

奎星昨夜海東懸, 文鼓今聞古寺邊, 鰈域行人翻下榻, 靑眸相對雨花天.

636 원문에는 '麾'이지만, '摩'의 오기(誤記)이므로 바로잡았음.

稟書記龍淵　良菴

溟海之隔, 險阻之遐, 跋履淸勝, 寔
兩國威靈, 所共祐助也. 不圖挹光範, 珍慰之情溢衷. 叨[637]采蕘語冀範教. 丙照幸甚.

大旆仰看堯日春, 文筵況亦此相親, 詞君振下毫中字, 龍淵明珠照坐新.

此間毛利公設□[638],
稟席上今有食, 少選退坐耳.
食畢又列坐.

和松本良菴　龍淵

還丹長住越人春, 海外眞仙尙可親, 雨後禪房賓席淨, 一林花氣濕衣新.

稟　秋月

僕有疾不堪久坐. 許去席耶?

答　良菴

聞有貴恙. 速去席, 而尊體自愛.

時龍淵與秋月共去坐.

疊前韻和退石　良菴

637 원문에는 '叻'이지만, '叨'의 오기(誤記)이므로 바로잡았음.

638 □: 食 + 象.

風霜萬里客心懸, 航海來求日出邊, 一自東方稱奉使, 星文達動扶桑天.

再和良菴前韻　退石

荒荒野日橘林懸, 客子靑囊繫肘邊, 應識金光靈草性, 携君去採十洲天.

稟　慕菴

僕亦有問質之事, 若有所問之事, 問之也.

答　良菴

書中所欲問之疑問, 幸袖而來. 伏冀高明指教之.

答　慕菴

此病論, 不可草草看過之論之. 當從容詳說呈上, 姑俟後日如何?

答　良菴

万里踰越, 尊體幾至困厭? 後日淂面晤之時, 賜範教.

答　慕菴

僕雖不敏, 何敢負人哉?

稟　退石

僕久病之後欲退席, 公等許之.

答　良菴

公久病之餘, 僕等失問候. 不曾知尊體不調, 屢侵勞煩耳. 速入偃息之室, 藥餌專焉.

稟 慕菴

公等有淸秀之才, 日日相話如何?

答 良菴

恥蒙濫譽, 不勝汗[639]顔之至. 他日冀坐梧右. 許穩談則於僕, 何幸如之?

稟 慕菴

僕雖不才, 實有愛人之心. 公等眞實厚, 僕甚佳之耳.

答 良菴

浴德莫量. 恨日已及不臼之時, 僕等欲辭去. 不隔三日來圖面晤. 謝厚儀已.

三月六日 詣良醫房 良菴

嚮接芝眉, 時德意稠疊, 不勝踴躍至. 想尊體久旅, 且水土異甚, 日來眠食無恙也, 敬候.

答 慕菴

賜問候忻忻. 僕之所評, 一一覽之否?

639 원문에는 '汙'이지만, '汗'의 오기(誤記)이므로 바로잡았음.

答　良菴

今三書記來誘吾. 詞華屢相弄, 故未拜高案. 後時拜誦, 又取疑碍者, 質梧右耳.

答　慕菴

公之勤托不是終, 難爲果未知如何?

答　良菴

懃懃之誼, 豈敢淺之也? 僕非無意焉. 嚮所問之事, 雖細盡之書言之餘, 而不如面胗其病論其證矣. 僕頃所療, 適有患所問病者. 今隨來, 冀公下胗切, 則於僕多荷何云?

稟　慕菴

病者何人乎? 幸就坐.

答　良菴

辱許僕之願多荷. 以此簪張口, 徐徐賜胗望.

稟　慕菴

病幾年之, 前日用何許樂乎?

答　良菴

聞受病一年許, 余投匕二月, 樂用補方.

稟　慕菴

此病乃舌瘡之病, 名曰纏喉風也. 脉度左數而右滑滑. 元氣不足, 命門虛冷, 虛火炎之致, 須大補命門可.

答　良菴

纏喉風者, 喉咽[640]十八證之一證, 而與舌瘡異也. 此嚮所問, 稱舌疽之證也. 願細胗之.

稟　慕菴

還書無舌疽之名. 纏喉風雖是咽喉之疾, 多兼舌瘡者矣.

答　良菴

如所示論, 以之質古人, 則古人以何論含笑焉?

稟　良菴

藥以何等藥可治乎?

答　慕菴

然當用 ●●●●●●●●●●●●●● 一貼.

稟　良菴

病者不堪久坐, 使爲去席已.

答　慕菴

640 원문에는 '啤'이지만, '咽'의 오기(誤記)이므로 바로잡았음.

年老病重，誠難治之證.

稟　良菴

不圖賜公胗切，於僕僕感載感載.

答　慕菴

僕今有事業，從容可與討懷.

稟 秋月退石　良菴

二君貴恙日來漸爲調體耶?

答　退石

褰病支離. 若難見瘳自憐.

日已欲薄暮賦一絶與秋月三書記　良菴

韓庭詞客贈瓊琚，歡極春光興有餘，祇樹鐘聲數作暮，燈前堪惜十年書.

和　秋月

禪閣曾迎雜珮琚，小窗重對落花餘，殷懃別語無他贈，須向山中讀聖書.

和　龍淵

花氣禪房濕珮琚，滿林春色客愁餘，多君再作同文會，分外淸譚勝讀書.

和　退石

文墨忽驚響珮琚，驪珠摘盡已無餘，白髮行人詩意竭，爲君傾膽染毫書.

稟　良菴

草草句, 字字神境.

答　退石

句句庸鈍.

和　玄川

新詞造出璨如琚, 詩外淋漓氣格餘, 更有袖中丹訣有, 經綸晩入帝農書.

稟 玄川　良菴

不圖以高調次蕪詞, 忻荷之至. 疊前韻呈梧右.

數行文字似瓊琚, 鴻舘春風猶有餘, 此日青眸容我輩, 始看霞色照詩書.

再和　玄川

芳歲文章珮放琚, 篇中氣挌句前餘, 懃須更味床間字, 斯學原來在此書.

贈席上客　良菴

歲星燿燿入溟東, 蘭氣還香桃李風, 擊鉢從來誰作學, 鏘[641]然鳴玉落筵中.

和　秋月

一片西飛一片東, 他花日日散隨風, 仙家少別天年事, 恨在長天碧海中.

641 원문에는 '玉+將'이지만, '鏘'과 의미가 통하므로 바로잡았음.

和　退石

詩筵共闢當山東, 客到沙門再接風, 聚散如雲無後約, 離懷都斤一篇中.

和　玄川

靈芝春發大瀛東, 仙嶠烟浮沆瀣風, 范子心中多有厭, 經綸晩識樂憂中.

和　龍淵

秋菊垂英故社東, 葛巾長帶北窓風, 淵明雅趣君能幾, 書史琴樽一畵中.　贈自畵淵明之圖故也.

稟　良菴

旅舘燈下, 想無俱可語者. 僕雖不才, 暫許筆話耶?

答　慕菴

公等終勞矣, 僕則與公等筆話, 則何幸如之?

稟　良菴

嚴慈兩尊在堂乎? 高齡幾耶?

答　慕菴

僕齡三十一. 父母先棄世去可憐.

答

悼爽何云?

慕菴愁慘色, 發氣色引以他語. 慕菴就餐, 暫而以膳羞授余.

答 良菴

辭意何至此? 然恨僕赤爲食. 不然則豈不敢拜厚意也?

禀 慕菴

懃懃, 何有深謝之也?

答 良菴

重厚意多荷. 雖然食飽焉. 且調理與
本厚甚異, 而强食之不受胸. 雖不食猶食, 再拜謝. 書畵三幅, 倂奉梧右. 寔雖不堪觀弄, 聊慰旅牕困厭耳.

答 慕菴

厚意至此, 故難負盛誼. 只留畵本如何?
欲贈筆墨, 公許之耶?

答 良菴

文房之淸誼, 豈不拜嘉也?

禀 慕菴

物雖微, 情也受之.

答 良菴

雅厚叨領多荷. 還家而見親, 則何堪踴忻也?

稟　慕菴

聞公有老親, 切欲以物歸裎, 而適之未果. 日後當以某物呈上耳.

答　良菴

拜品敢非之. 只親應感嘉公之厚於僕爾. 日後又欲贈老親, 是非行人所爲. 情誼拜謝.

稟　慕菴

僕聞人之父母在堂, 心中悵悵故耳.

答　良菴

想公之情誼厚, 人言辭外, 斯知孝友人耳.

三月九日　又詣良醫房

與默齋[642]　良菴

曾意星軺不易看, 文筵況亦此爲歡, 知君詩賦元無敵, 紙上忽輝錦浪瀾.

稟　默齋

君居有何村, 爲何地名有山水也?

642 원문에는 '齊'이지만, '齋'의 오기(誤記)이므로 바로잡았음.

答　良菴

僕之居者, 在

武城外郭中東北號神田. 此際邑屋雜沓, 無佳山水者. 只近有黑水之一觀.

和　默齋

萬里詩人一笑看, 兩邦交會百年歡, 神田閑種炎皇草, 叔季應超官海瀾.

疊前韻爲別　良菴

不圖天貝席中看, 清調殷懃寄一歡, 歸路仙山行可覓, 想君采筆照波瀾.

和　默齋[643]

一別亭東不復看, 浮生散聚足悲歡, 故鄕歸路則何處, 極目汪汪碧海瀾.

與軍官高亭　良菴

思榮元重羽林兵, 寧讓英風李霍[644]名, 腰下雙龍三尺劍, 好將精氣奉清明.

高亭書古詩一絶去, 筆法麗落可愛.

韓書房號三桂者來, 問僕之業事姓名.

稟　良菴

643 원문에는 '齊'이지만, '齋'의 오기(誤記)이므로 바로잡았음.

644 원문에는 '藿'이지만, '霍'의 오기(誤記)이므로 바로잡았음.

僕家世爲口舌之科.

與三桂詩

星槎元屬綉衣郎[645], 遠蹈烟霞詩興長, 爲問東溟三嶋樹, 今年桃李幾添香.

禀 三桂

仲達之術, 極爲精明, 吾視此房中來弟一.

答 良菴

公戱語之甚, 何至是? 願賜高和於僕多華. 又問棹查之間, 風波惡耶?

答 三桂

尤甚然爾.

三桂把筆, 欲和鄙韻, 則寫字宮急來, 共携去.

與醫者慕菴別書幷詩 良菴

李卿亦然, 締終世之交, 爲終世之別. 一珠淚放之, 以易贈言之義, 亦奇哉. 是氣類故也. 僕雖庸虛, 緣家世之廕, 謬竊

國恩淂列望朔之

朝. 雖父祖餘業哉, 亦樂世之恩露也. 常念人各有用, 繼其緒營其業, 惟思窮力, 則不內羞纓冠玉帶之人, 爲人之道畢焉. 然僕自少固陋寡問,

645 원문에는 '卽'이지만, '郎'의 오기(誤記)이므로 바로잡았음.

二三總角, 或凋落或索居旁若. 縫掖武弁, 雖心交無疑者, 惟是道不同, 則無由相爲謀. 今合志同道, 相俱劘琢斯業之, 親知者僅二不過二三子. 庸劣之資輔仁之賈, 常恐先緒之墮. 寸心奮强鷃鶴之微翮, 一枝之命將窮矣. 何幸因錄? 樞衣梧右, 發矇昧破疑滯, 不啻一日之恩. 欵衷以何報矣? 發邁在邇, 雨水方至春. 濤且高, 尊體行自愛. 薄物聊爲生芻之贈. 只可嘆者萍水乎? 德音敢忘敢忘敢忘.

臚館垂楊拂地新, 攀來恰好送嘉賓, 案頭眞訣長須貽, 肘後同方殊爲親, 南北雙眸千載會, 乾坤一淚百年身, 心交日日芳蘭結, 不度鴻書別世人.

答書　慕菴

一逢一別, 與天地循環同理, 吾何悲哉, 君何愁哉? 但万里同技, 浮萍論懷, 眞千古奇遇, 而遽爾還別. 別懷悠悠, 君我一般, 況以物相表赤心, 書情厚領之, 多謝多謝. 來詩日後當和呈耳.

紙雖微物, 欲以表情.

答　良菴

紙勝剡藤, 永藏文房, 爲不忘寶. 已僕家所秘之方藥五品, 應請錄上公. 亦如所示方, 願細錄示此會. 終身不圖再會, 僕以非常對公, 公亦思焉.

答　慕菴

豈敢負厚誼? 舌口之樂方三別方二, 倂錄別紙. 願公勿他言. 所送物何以煉玉乎?

答　良菴

合玉屑角粉作之,

示意重厚, 不勝悅懌. 僕頃來事業繁冗, 恨不圖再會, 遺恨何盡?

答 慕菴

明日必來, 以繼此夜未盡之懷爲何?

與學士秋月別書竝詩 良菴

興長白. 嚮自揖足下鴻館, 日顧昭曠之雅, 下情不一置焉. 僕奉業薄技, 折肱之勞奔走無時間, 屬目經籍數千載, 友數千里外之人, 率冥搜耳. 自一聞使星聚我東武, 引領擧踵, 庶幾觀大邦禮節之美, 人文之蔚, 惟日爲歲矣. 若夫毛衣辮髮, 雖重譯連舶投我

海津, 鴃舌之種, 何知夫文物之盛乎? 今形殷周之冠, 鳴風雅之音, 來而親我者, 何國居親接其人視其禮? 肝肺相照, 筆硯相俱, 未嘗不懽然, 於傾蓋一時. 惟是覯會倉遑, 辭意戀戀. 近有還軫之期, 商參之會. 一朝星散, 則令吾流風月之思者, 唯錦篇玉章, 庋之籧篨中, 時時披之聯貝鳴球. 玆想見君子之音容, 是王老之所謂, 覩物思人者歟. 僕等何幸所鎔宏和之德? 戴天蹈地, 坐見異邦文和之美, 顧人客世間五十來年淂之. 亦一時失之, 亦一時吾與事俱馳, 千古一快事淂諸斯時, 悲歡交集焉. 不腆之品, 以千里不忘之贈. 千山疊雲丈濤蕩槎, 語異意不盡. 眠食自愛.

文筵聊自學郢和, 傾蓋難留春色過, 歸路策遲花下馬, 幽牕夢照月中娥, 十洲行景入丹管, 鴻館離歌答玉珂, 寧道丈夫無別淚, 爲君今日灑長河.

答 秋月

所惠書歸軫漸逼走筆聊次前韻

日卽天淸晉永和, 閒[646]花落地竹陰過, 交情春谷鳴林鳥, 離恨煙江鼓瑟娥, 縞紵殷懃隨去篋, 驪駒惆悵動征珂, 它時片夢依鵬翼, 不屬雲邊赤岸河.

與三書記別序竝詩　良菴

朝鮮之三書記, 將歸千國, 是與序曰. 朝鮮者, 古稱箕子封建之國, 而土圭之盛, 其禮樂·詩書, 及醫樂·卜筮之書, 無不播其德化矣. 邈焉殷周遺敎之傳臻于今久哉? 雖然中古一旦國分作三, 其後矛鋋飛英. 雖禮樂之容微于朝堂, 詩書之音藏于闤闠, 不爲四塞奪其台鼎矣. 當我

皇和之西北國, 雖隔鉅海, 與我相隣, 自邃古盟好之久焉. 赫赫乎而媲美

國朝史籍, 今追鷄壇之古, 奉盛明之德. 綿綿逈土, 荷旄捧帛, 舊盟惟尋, 則我

都之固厚, 斯闢崇闕, 斯張高帳. 金壘有輝, 籩豆有楚爵也. 稱千金觚也, 奉萬年其容酒如也. 商徵與時移, 漸歌旣醉, 竣焉當此時? 方有揖遜禮節之美矣. 僕微臣也. 雖欲一仰之樽俎之間, 官非其司, 不能接其筵親覩翼如之容, 私以爲恨. 惟夫國至今, 猶有學古之禮·傳古之樂·誦古之書·歌古之詩者乎? 能通達古道, 能稽綜經術者, 非學士之官, 則書記之官乎? 幸駕仁政之餘澤, 詣此於鴻舘, 得以接淸醌. 僕雖謭劣而家食技術, 竊有尙古之意. 夫古之所謂禮樂詩書, 揖遜之美者, 傾蓋之間, 非僕之面所見解. 喜其人之敦厚, 其辭之古雅, 而臨別序云爾.

646 원문에는 '間'이지만, '閒'의 오기(誤記)이므로 바로잡았음.

別龍淵　良菴

殊方詞客此同文, 親引雲裳長爲分, 歸路仙山行可望, 十洲記得奉明君.

和　龍淵

落花林下與論文, 春色詩愁共十分, 明日六卿江上去, 白雲芳草定思君.

別玄川　良菴

歸馬難留翠柳絲, 清樽分袂合何時, 離筵無笑兩行涙, 今日始知生別離.

和　玄川

水邊嘶馬繫烟絲, 楊柳依依出日時, 此路傷心松本子, 含情不忍使言離.

別退石　良菴

浮萍一別復何依, 不減河梁此送歸, 自是千山分手去, 詩篇只有五雲飛.

和　退石

長亭落日柳依依, 旭曜山前送客歸, 萬里東西他夜夢, 只應惟向海東飛.

不忍握別賦一絶去　良菴

休道涙痕似女兒, 交情何盡雅筵思, 夢魂遙向三山結, 折柳寧忍一別離.

和　秋月

不是燕南游俠兒, 如何古劍道相思, 天涯目極青青草, 惟有垂楊管恨離.

和　龍淵

荊楚人才總可兒, 片時逢別亦凝思, 孤松更帶叮嚀意, 楊柳春天最惜離.

和 退石

杉巓新月露些兒, 手折寒梅有所思, 孤柿殘更無限恨, 楚天歸雁怨相離.

和 玄川

文學阿脩大小兒, 對君空有醱明思, 靑囊草草齊高志, 謾向華人惜別離.

奉三使詩此什不知達否 良菴

奉正使濟谷

霓旌遠入扶桑天, 幾喜從來盟好傳, 九土山河寧恃嶮, 遐邦使節本推賢, 明時勿論缶琴會, 寵待且高樽俎筵, 正識朝堂將幣日, 享賞誰唱鹿鳴篇.

奉副使吉庵

韓廷玉節向遐方, 無恙舟船道自長, 蒼嶺疊繰迎氣色, 白波灑練送寒光, 花驄行駐春風路, 釆雀遙隨使者祥, 奇遇一仰縞帶座, 從容聊詠醉歸章.

奉從事弦庵

溟海驚濤百丈分, 星帆遠見少微群, 鳴鷄朝聽扶桑樹, 詞客夕憐玄圃雲, 殊域久脩雙好會, 盛延偶接一時文, 陽春定有君家調, 詩就須令我輩聞.

付問條

呈良醫副司慕菴梧右　　松本良菴

我國自古分科而爲醫, 僕之家口舌之科也. 世受侍醫之仕, 父亦繼歷仕三

朝. 僕雖庸虛受其業, 故擧所業之事, 每問間白紙, 以竢大醫之餘論矣. 且所問之書, 僕於字拙楷格謬雜筆跡塗鴉, 冀公枉炤鑑之.

問條

敬問. 口舌之病, 所載於方籍者, 經驗病論. 雖鉅纖悉備, 僕之淺見, 以爲事尙似簡. 故撮其疑碍者, 乞□[647]教

問一

大都四十以上之人, 口舌發瘡終, 有至不治者. 視其病者, 多有亶賦壯健, 而膏粱嗜酒, 七情煩擾, 遂爲此病者. 其脈兩關以上, 虛大而帶數, 病及重, 或有連尺脈沈濇者. 初瘡之發也, 多生舌根微如粟粒, 或有如爲牙所傷者. 不痒不痛漸大, 而時痛疉日, 越年稍腫稍蝕, 或卷縮而如芝菌, 或潰爛如敗瓜. 言語剛難, 頷頸生塊癧, 引頭腦爲痛. 瘡口旣潰, 則稀涎屢出衄血, 而飮食日減, 氣力已盡, 遂至顚籤矣. 僕嘗視病勢之遲速, 速者半歲許, 遲者二三歲而斃. 問嚮投匕者, 則或淸凉或滋補. 百攻已盡, 火筯鈹針襲其熱瀉其血, 則却遄其死. 業我之科者, 名之曰舌疽. 貴邦有此病耶 名之何耶 投何藥耶 伏冀賜高示.

答　　慕菴

夫舌者心之苗, 而經絡通關於五臟, 故能主五味. 其脈虛大而數者,

647 □: 竹 + 翰.

虛火之上炎也. 連尺而濇者, 實熱之潛鑠也. 症情之變動不須可論, 而當從脈之虛實, 虛者專補命門, 降火歸元, 實者淸熱滋陰, 以鎭陽光. 水火旣濟, 則何憂難治也.

問二　良菴

夫名不正則事不可爲, 況病名不正則投匕, 間或有毫釐千里之謬. 僕所涉獵方籍之中, 已無名舌疽者, 正出何書耶? 名何時耶? 且名疽者謂其形乎? 然以其形之似名之, 則不當矣. 嘗考癰疽論, 癰者輕而不陷骨髓, 不內傷五臟. 疽者重而陷肌膚, 內連五臟. 營衛稽留于經脈, 氣血壅遏, 熱證所爲也. 此言已準千載, 口舌發疽之事, 方籍載之甚稀也. 古今醫統, 雖載口舌發疽之事, 然其事略難爲準. 凡癰疽二十餘, 各雖區別其名, 皆出熱證. 夫稱舌疽之證, 比外發之疽, 則其病勢稍遲緩, 而膿爛腫脹之狀, 亦不類外發之疽. 僕案心竅開舌, 舌者繫手少陰心經, 舌本者繫足少陰腎經, 而又諸經之都會, 上部之嶮所也. 段[648]令發疽, 與外發之疽同治論耶? 賜示敎.

答　慕菴

此方舌瘡, 而我國亦有之. 治之法不外步脈之虛實病之寒熱, 而究其病源. 亦不出於心腎之不交, 間有外感之餘毒, 蘊結於心肺, 變成此症者. 當以升散淸凉之劑試之. 疽與瘡有異, 何可謂疽乎? 按諸古, 亦無舌疽之名耳.

問三　良菴

648 원문에는 '段'이지만, '假'의 오기(誤記)이므로 바로잡았음.

僕按前件之證，舌者心華，而繫手少陰·足厥陰，舌本者繫足陽明·少陰·足厥陰，而主嘗五味，以榮養身體，實人身之重關也．寸脈虛大，有連尺脈微濇也者，是因心血不足，虛火上炎也．惟健壯之人者恒多火，而年老心勞，氣血共衰退，膏梁之養助之火．故火獨上炎，而不能鎭之．下虛上盛，其熱漸結會舌本，行血留滯，遂發夫瘡．故其病熱潰發，亦共緩也．凡口舌之病，火筋襲其熱，鈹針瀉其血，則多有得效者，此瘡焙之針之，則却益潰壞，幾滅元氣．僕之家有方投之，初發者則十中得三效．若公有神方發見，莫惜衷由，賜示教．聊呈愚按，質廣博之君子．

問四　良菴

我正德辛卯秋，當大旆之東，僕爲祖者，與貴邦官醫嘗百軒，譚前件之症，其書藏有篋．又延亭戊辰夏，同釆之河[649]春恒，貴邦之趙活菴，論此症．然其說未井然，故撮其說呈梧下．

本邦 河[650]春恒 問

舌疽一症，古來難治，公有金方，請示之．

貴邦 趙活菴 答

舌疽卽君火所生病也．君火爲祟，則治亦難矣．其大法補其水，使火下行愈．然後或焙之或劊之，付生肥之藥．然不愈莫可行．

吾祖者 問

649 원문에는 '可'이지만, '河'의 오기(誤記)이므로 바로잡았음.
650 원문에는 '可'이지만, '河'의 오기(誤記)이므로 바로잡았음.

舌頭生疽, 甚難治. 我
邦名云舌疽. 未知舌疽之名出於何書, 藥法何用得治, 高明審示.

貴邦 嘗百軒 答
方書之無舌疽之名, 故未見治法. 見其瘡處後可知耳.

五問
僕以爲依趙氏說, 則舌疽之名, 如有於方籍, 又依奇氏之說, 則如無載者, 冀質之君子.

答 慕菴
奚特君火之上炎也? 亦有相火之升薰矣. 察六淫七情之所傷, 試以補虛瀉實之劑, 則可得萬全之功矣. 所示謹悉, 而愚以拙才, 妄論于尾, 心自不安. 幸須恕諒焉評.

兩東鬪語 坤

寶曆甲申春二月，朝鮮信使來于東都，至聘問旣竣. 乃與官醫松本·多紀二君，俱奉台命，屢詣于鴻臚館，會謁良醫及製述官且三書記，即接毫中堂.

初謁

肅通款識. 僕姓橫田，名準大，字君繩，號東原. 家技軒岐之庸流，三世住東都，始學　官醫多紀安元家塾. 業就從父祖，種杏墨河之側，以故世喚曰墨水子，才拙未芽.

準大不肖，恭奉

台命，啓大朝鮮國良醫慕庵李君坐下. 準大伏以，魏魏大國封疆，與華夏成隣，紀律同化，如壎如篪. 好生之德，洽于民心，聖教尙弗墮地，箕封遺風，儼然存于今矣. 故至天亦生其才成其人，秀選俊造，未嘗乏士君子. 雖其方脈君子，實示與華夏爲伍焉. 於戱美哉! 慕庵李君，兪扁之昭質，昂昂乎! 頗若千里駒，踔踔强執，穎脫乎群華. 方術之所極，莫論其爲，古諸家載籍，靡不該博，通曉明敏，殆視垣一方人也哉! 若準大者，櫟社散木，匠伯所棄. 雖固匪其梁材，辱戴餘化，自忘已之分，趨乎席珍之間. 固陋猥陳弊箒之辭，冀容樗散. 幸敎之偕得與其用材厠，俯竢斧斤於斯. 惶懼再拜謹啓.

慕菴曰 瓊章頓開塵眸, 可不爲欽仰之深. 僕以不才來此, 而旣以醫名, 則詩文之唱和, 固非職分內事. 幸望公等, 與之論醫理.

東原曰 醫理譚論, 家技之所重, 雖固所望, 唱和亦一時交誼. 大邦君子傍, 不可其無文雅也. 僕亦非業末技, 而與文雅者. 然萬里同技, 聊不賀其良緣哉. 卒賦蕪詩一絶, 敢呈几右. 東原

牙檣一片下雲間, 冠佩飄然仙子顔, 韓廷今須傚工巧, 山中宰相在朝班.

和橫田東原 慕菴

畫閣流丹牛斗間, 詩筵秩秩揖仙顔, 春風早卞神農艸, 豈有文詞埒馬班.

疊前韻和慕菴見酬之作 東原

韓朝文物照筵間, 昭代一時堪解顔, 探得仙家萬年鼎, 還愁異域不同班.

慕菴曰 再和姑俟後日和之耳. ○東原曰 非敢乞再和. 惟賀奇遇, 他日若有間, 和以贈焉.

準大謹奉 東原

命, 啓大朝鮮國學士秋月南君梧右. 恭惟大邦承統箕風, 縉紳大夫有彬彬, 多君子也. 秋月南君, 特握其靈珠, 學兼天人, 德濟其美. 奉持大命, 甲文學之班, 羽翼執圭三車, 偕祗役于渤澥之外也. 嗚嘑! 煥矣. 國器之華曄曄, 且天一及已照我海東, 靡然鄕風, 自西自東, 莫不思服焉. 若準皆窳賤工, 雖則似其埳井之蛙, 伏甃砌之涯者, 俱亦仰羨, 慕聖風之久. 猶大旱之望雲霓, 自日祈天, 皇天降龍於鄙夫. 辱奉 德化, 陪

列文筵, 用管代舌, 至以染指矣. 今也既伏坐下, 肅以德量之於大胸次, 殆呑雲夢, 馨香瑩澤. 固亡論其爲器. 且也抵吐納事物, 寧可其擇美與惡乎哉? 冀與善人居, 掬溜於芝蘭之室, 將能饕之, 以視諸後進. 於是乎奉啓, 謹請昭察, 稽首再拜.

謹奉　東原

國命, 啓大朝鮮國書記醫員諸君坐下. 準大伏以方今二國荷昭明之化, 黃龍五鳳將紀年矣. 時至我國紹　先緒, 誕承其宏度, 宣文德. 大邦殊尋舊好, 使含章君子, 脩聘于萬里也, 而自其使節出封疆, 天降靈於時, 休徵以應日月, 玉燭和風雨之祥, 靡日不有焉. 溟渤之於大, 山川之於嶮, 罔所閡㤈, 隊班夷晏濟濟, 遂抵我東都也. 是則二國協和, 綏履莫大焉. 雖準大固斗筲人, 未敢任其任, 辱奉　靈許, 從事翰墨, 輕干威嚴 是雖其似所謂售於醜, 而仰商風之切, 弗識所慙恧. 狂夫形穢, 猥黷珠玉而已. 冀以含弘垂包荒之惠. 幸教鯫魚, 乃遂能攀龍門之望乎哉! 千載名望頗在斯時也. 諸君其鑑諒, 頓首頓首.

秋月答 謹被啓文, 見日本文化之盛. 僕等遇隣好之善, 幸與君會一時之歡. 從容可以重日耳. ○退石答 至邈瓊章, 頓知君子. 今至已見顔, 破月日久在山河之思. 多幸多幸. ○龍淵答 山海萬里, 遠從使聘, 忽望君子之顔, 幸慰旅愁. 穩穩可以盡情致耳. ○東原曰 三辰倂麗物, 悉含光美哉! 三君殆亦懸象著明燦燦乎! 以照暗愚.

卒賦呈秋月學士　東原

鵬際雲飛海一方, 飄然逸翮望扶桑, 長風水擊三千里, 直奮懸攀日月光.

酬橫田東原　秋月

崚嶒病骨滯殊方, 禪閣餘緣了宿桑, 賣藥囊中應有決, 十洲何處産金光.

卒賦呈退石書記　東原

藝苑群芳自漢關, 含榮爭解百花顔, 故看千丈老松樹, 鱗鬣蓊葱不易攀.

和橫田東原　退石

春風珠履度三關, 蓬島煙霞已滿顔, 肘後靑囊何處客, 東國玉樹渺難攀.

卒賦呈龍淵書記　東原

浪動龍淵開異方, 九重春水自流芳, 逢場親探潛鱗睡, 今日初看頷下光.

和橫田東原　龍淵

共倚書箱撿藥方, 棣華春色互聯芳, 西歸倘問雙南價, 先道明珠夜夜光.

東原曰 瓊和淸麗, 氣格殆呑曹劉, 風調掩謝顔之孤標, 實是大國詞宗. ○秋月曰 陳倉糠粃, 不足充人腹中. ○東原曰 作金玉之聲者, 何徒天台賦? 君之詩擲地, 幾亦然. ○退石曰 巴歈固不敵郢中之音, 可恨. ○東原曰 心肝錦繡, 轉穌毫端雕績, 頗盈人眼, 奇哉! 奇哉! ○龍淵曰 一箇木瓜, 空報瓊琚, 野僻之造物請笑置.

疊前韻和秋月見報之作　東原

漢苑文風動異方, 氤氣和氣滿扶桑, 裁毫一片崑山玉, 席上投來放夜光.

疊前韻和退石見報之作　東原

傳聞大國一儒關, 李子由來不借顔, 偶爲風流憐異域, 龍門此日使吾攀.

疊前韻和龍淵見報之作　東原

文星春夜照東方, 雲外氤氣自有芳, 添得林臺月花色, 詞場幾日借餘光.

秋月曰 今日有微恙請退. 期他日如何? ○東原曰 烟雲掩光, 是爲曜靈之患也. 聞君今日爲微疴 掩德輝, 晻晻以退. 速休桑楡明復. 當俟朝陽之升, 以仰恩熙耳. ○秋月曰 已將辭, 惟恨闕再和之報. 願期後日以和, 請勿咎. ○東原曰 異日必開錦囊, 以貺瓊和, 匱中永爲襲什. ○退石曰 老軀倦勞萬里. 雖疾日加枉, 應諸君之徵, 願辭去以就病牀. 再和又俟後日, 以可呈酬. ○東原曰 老大勤劬, 實朱誠之所致. 其雖钁鑠, 寧無怏惱乎? 速退而偃息. 若芳和, 必期他日之面雅.

重酬東原　龍淵

花木濃陰擁上方, 楚蘭新葉更抽芳, 斜陽不盡文筵債, 留待梅窗到月光.

東原稟 唱和姑休, 請有當問者也. ○龍淵答 有佳作則可和, 有問則可答. ○東原曰 仲尼魯衣縫掖, 宋冠章甫. 雖儒服不定, 而以鄕貴邦, 與我國異冠, 服亦不同. 敢問其服章, 詳示名稱. ○龍淵曰 服章之異, 各隨風土, 問之則宜答也. ○東原曰 君所戴者如何? ○答曰 弊邦是曰東坡冠. ○秋月君所冠如何? ○答曰 名曰緌冠. ○秋月·退石二君同冠, 俱是文學, 固當然也. 君亦文官, 何又獨異? ○僕與秋月同是. 我邦文官冠服, 或同或異, 自無所妨. ○慕菴君與君, 俱同冠服, 何以不異也? ○同是儒生故耳. ○醫亦與儒生, 俱同官耶? ○古多儒醫. 君博學者, 豈不知而有此問耶? ○古來有儒醫之稱, 雖固知之然, 儒則自儒, 醫則自醫, 豈同僚? 貴邦之制, 儒與醫俱同僚耶? ○在醫之技, 與醫同事, 在儒之術, 與儒同事, 故冠服亦無所異耳. ○諸君袍服, 大同小異, 各有所分之稱? ○同是曰道服, 無敢所別. ○龍淵曰 小童來告使館, 有急召之命也. 今已失穩, 請期他日, 以可穩話. ○東原曰 聞君有官使之召, 速往計事. 文雅之話, 非啻今日. 復當俟明日, 親藉榮遇也.

東原稟 今日　官醫諸子, 俱與君論醫理以故, 僕又難累君. 暫與文學諸君唱酬, 諸君皆有故而辭 君. 今似稍有間, 請姑煩歟如何? ○慕菴答 久俟君之論, 惇惇論醫理, 莫必惜言. ○東原曰 醫理固僕之所願也. 君旣許之, 則擧生平所疑惑, 可以質之. 中至其爲難, 素·靈·難經, 先哲已所恐, 最不可得而解者許多也. 僕欲久就大國君子以論之, 今也天借良緣, 幸遇乎君, 枚枚擧其所捜索, 以上論. 冀闡底蘊, 以加卓辨, 將能解多年之惑耳. ○慕菴曰 素·靈·難經, 古人所難, 非心神精密盡力, 未以可得也. 客旅之間, 非等閑之可論, 則姑置焉. 若互難詰, 終窮於理中, 則俱落臆說. 眼前治術, 有大可論者, 論者却在所卑, 君其諒焉. ○東原曰 僕誤矣. 古經微言之於薀奧, 非一朝一夕所可論. 是則似愚父忘昧, 不識東家丘耳. ○東原曰 金匱玉函同要略·傷寒論等, 有間難通曉者. 君也明察定有的確之論? ○慕菴曰 曆代名哲務有釋言, 僕從其宜耳. ○東原曰 僕雖亦因其宜, 然 至其微義, 古人亦有臆斷. 我國有近世以之傲世輩. 亦唯膚受, 不敢足取耳. ○慕菴曰 后世末輩, 大抵皆浮華. 雖中夏然, 況他之國乎? ○東原稟[651] 疾病不同, 各因風土之變. 聖瘡一症, 華夷亡 偕不行, 雖貴邦固然. 雖然今視行中人, 多無痘瘢. 是撰其無痕者歟? 將又貴邦少痘歟? ○慕菴答 弊邦亦豈少痘哉? 有有痕

651 원문에는 '票'이지만, '稟'의 오기(誤記)이므로 바로잡았음.

者, 或有無痕者耳. ○痘疹一証, 大有輕重, 其輕者不治, 而治其至重者. 雖務加治, 不愈者多. 君定有術, 請聞規矩. ○弊邦別有痘科. ○言別有痘科, 則君不肯治痘耶? ○然. 僕非痘科. ○非痘科者, 不必與痘耶? ○非必不與. 雖同治之, 大卒讓之痘科耳. ○然則君亦治痘, 其治方之所因, 專主何書耶? ○一從仲陽方耳. ○我國近來有救偏鎖言・痘科鍵等書, 專行于世. 貴邦亦取此方論耶? ○所問之書, 僕未詳. ○東原曰 許俊先生, 博覽宏識, 所著篇冊, 大利後世, 未知貴國爲何朝人也. 我國所行寶鑑, 雖已有序跋, 而我國之題言語中, 未詳其事. 抑在孰時也? 僕未見韓本, 故問之耳. ○慕菴曰 宜祖大王朝醫官也. ○東原曰 問對移時, 交膝已久. 君稍倦席, 退就休窗, 當期異日也. ○慕菴曰 更來之示多謝. 尙俟後日.

二謁

東原稟 前初承清況, 潤德之所覃欣焉. 解渴後復欲尋得其懿範, 而不果漸至今日者, 造化小兒代責世人. 僕日逢券, 以防其邪謀. 是雖稍似欽慕之凉, 然風塵家技, 惟無奈之何. 遂背君子之教, 冀愍同技, 亡敢以咎, 尙賜顧眄洪幸. ○慕菴答 萬里祗役, 來見君子, 非但解旅愁. 欲相俱論道, 以極醫理, 而一面交後, 不復聞履聲, 大失其望. 今日惑荷, 再接紫眉, 明彩之所照, 豁然解愁耳. ○東原曰 一醉君子之德, 頓撰二三問狀. 實雖如泥狂言, 將俟其罅隙, 以呈坐下. 無敢吝齒牙, 詳加雌黃, 當守其敎論, 又能示諸弟姪. ○慕菴曰 所示盛喩謹悉, 而萬里同技, 今幸相遇. 然僕才劣文拙, 自愧自愧. 豈有敎人之才? 僕亦有質者, 必有質者幸示之. ○東原曰 上自素・靈・難經, 下至傷寒論・金匱等, 文義理緻有頗難通曉者. 且也若諸家註解, 往往亦與本論相牾. 僕雖謭劣, 多年淺識, 聊論臆致者, 幾既數十餘篇. 欲今也呈諸梧右, 質其鄙論. 然若古經, 非且夕之論, 以故姑置焉. 唯擧其掌上易論者, 敢發其問. 溫厚君子, 幸許嚴覽, 卽當謄寫, 以呈坐下. 願揮銑斧, 痛正蕪語. ○慕菴曰 銑斧之才, 却愧大梁耳. ○東原稟 我國壽算, 大抵似老杜之所言. 貴邦人, 星曆悠久, 中壽者春秋, 不爲難百. 雖下壽, 殆不讓絳之老也. 弊邦俗間, 或稱之, 實然歟? ○慕菴答 俗間所秤實然. 此則弊邦之常. ○慕菴稟 君生平所讀之方書, 專取何家? ○東原答 自長沙下河間·戴人·東垣·丹溪, 輪環覩之耳. 千金·外臺, 亦雖恒飜覆, 未以遑轉輪也. 元末明時, 諸家卓論, 雖各有識見, 弗敢足取耳. ○慕菴曰 僕亦與君稍同. 大抵專四五家. ○東原稟 太平聖惠方·聖濟總錄, 自師附受藏家, 間讀取衆方, 最多奇驗. 君亦數覩之否? ○慕菴答 僕未得見, 以爲恨耳. ○慕菴稟 君恒行治術, 專據論書耶? 將專方書耶? ○東原答 論者本也, 方者末也. 非本末均相行, 未以可得哉! ○慕菴曰 確確的論, 不可加一言也. 雖然僕私念之, 有拘理論妄破先哲之方者, 君亦斯類. 是以試問之耳. ○東原曰 君休側目. 僕非其類也. 僕亦恒顧之實, 若君所視動. 屈理局, 無敢得其出閾外. 蓋至術之爲術, 實非其弄理於理外之人. 安得妙處哉? ○慕菴曰 置精神於理中, 致方術於理外, 君實用意, 可謂得處哉! 嗟! 君者醫中之人也. ○東原稟 醫員丹涯君, 前有微恙也, 今已愈否? 僕有巴調, 欲緣君而寄, 宜爲傳耶? ○慕菴答 丹涯尙在病牀. 君有詩卽贈, 僕可以傳也.

李君席上賦一律, 寄丹涯醫員　　東原

流槎遙極海東年, 肘後禁方殊域傳, 來往晨昏令我憶, 逢迎日夜有誰憐, 尋眞欲醉油囊酒, 携興還愁詞墨筵, 須是三山拾靈秀, 何空憑枕病神仙.

○東原曰 前已與文學諸子，期再會於今日．定族之，僕今將去往於彼．君請許明日，又當來而交餘論也．

○慕菴曰 諾諾．當期明日，以得顔旨也．

○東原稟 一介碌石，雜糅於璞玉，自一識其面，被其容接，磊塊似稍得瑩采，則視之古，元禮耶? 文忠耶? 李元禮者，一時豪俊，凡人自一被其容接，名是曰龍門也．文忠公者，天下名士，凡人自一識其面，退誇乎人也．諸君與僕，絶海千里，異其區域，至實識其面，被其容接，則一也．嗚呼! 元禮哉! 文忠哉! 僕將就坐下，日承其軌範，退誇乎人，特爲其登龍門．惟恨聖餘末葉，且暮汲汲其救人，遂失其面雅焉．雖然自古旣稱之仁之術，亦惟不可以忽．君子唯願愍家技之所切，敢亡蔑棄．僕又將雜璞玉之間，再假其餘光，以誇乎人也．諸君其幸昭亮．○秋月答 一逢一別，恍惚無迹，今復漸見顔，神奇者其然耶! ○退石答 東原耶? 聞君名，和君詩．君又和僕之詩，而不見可悵．今漸見之，以解其愁耳．

重酬東原　秋月

春鳥嚶嚶啼異方，江南蠶月已條桑，君家伯仲眉山氣，香逼梅窗棣蕚光．

再和橫田東原　退石

病骨春寒久掩關，見詩今又見君顔，難兄難弟淸如玉，恨不同携富岳攀．

○東原曰 二君詞章，爛若披錦，無處不美．○秋月曰 瓦釜之鳴，愧甚愧甚．○退石曰 畫鳥[652]之才，忸怩忸怩．○東原稟 渤澥之於溟衍，人

652 원문에는 ‘烏’이지만, ‘鳥’의 오기(誤記)이므로 바로잡았음.

未其望廣潒, 而知大也. 僕前聞偉名, 昉知其大器, 欲一汲其波及得滋潤. 盆池鯫生, 還恐其驚濤, 今也旣仰之, 初望其洋. 君子無厭棄幸涵容

○玄川答 一聞君之名, 已知君之才. 僕前有微恙, 見其顔遲, 可恨可恨.

卒賦呈玄川書記　東原

玄鳳沖天淩漢河, 回翔千仞彩雲多, 一朝遙搏長風去, 直破滄溟萬里波.

○東原稟 遭遇一日, 未盡其情, 而盡其情者, 實又君哉! 君前遇於僕, 頗與諸君異也. 古曰傾蓋如故, 至其稱知已. 誠弗可論新古也. ○龍淵答 彈冠之知, 結綬之交, 是惟在利名耳. 其至神交, 自有異矣, 則若君與僕殆是耶.

卒賦一律呈四文學　東原

梵閣嘆奇遇, 論心朱火限, 還家看認面, 支枕更憐才, 春月兼星落, 夜花迎曉開, 林頭探朝景, 早已問遊陪.

酬橫田東原　玄川

秋風使節欲窮河, 春草傷心馬首多, 萬樹樓臺新燕子, 悠悠斜日水無波.

重酬橫田東原　秋月

橫田好兄弟, 家住叡山隈, 敬道奇知禮, 論詩識有才, 池風花馥散, 城月樹冥開, 別日無多隔, 終筵問重陪.

酬橫田東原　退石

二妙誰家子, 相逢赤水隈, 名高華扁技, 詩捷謝江才, 越璧連輝至, 田

莉幷蔕開, 安能攜手去, 玄圃列仙陪.

和橫田東原　龍淵

石塔脩林裡, 花棚曲沼隈, 刀圭知妙技, 文墨見英才, 竝翼翩鴻近, 連枝彩蕚開, 手儀眞可愛, 詞席喜長陪.

○東原曰 芳和忽至馨香, 殆滿一席中耳. ○玄川曰 句拙謝重, 愧赧愧赧. ○東原曰 瓊作一片, 如玉山上行, 光映照人. ○秋月曰 海中鹽石輕浮若漚. ○東原曰 初發芙蓉 何啻謝君之詞章? 亦自生花. ○龍淵曰 莠艸却穢稻粱, 可愧可愧. ○東原曰 翰墨老將, 可謂文陣雄師也. ○退石曰 犬馬之齒, 欲充溝壑, 豈足與筆陣哉?

賡前韻呈秋月學士　東原

文旍映東壁, 飛彩武城隈, 傳聞凌雲氣, 驚看破浪才, 縹囊令雪滿, 象管與花開, 梁棟容樗散, 詞林日可陪.

同呈退石書記　同

英風動城樹, 雅調百花隈, 春抱烟霞痼, 天縱社稷才, 詞峰毫末起, 辨海舌端開, 雜沓都人士, 去來交膝陪.

同呈龍淵書記　同

冠佩如雲霧, 筵間似作隈, 書尋右軍妙, 文奪馬卿才, 大雅須貪賞, 高懷不易開, 歸裝休敢告, 一去又難陪.

○龍淵曰 詩債已終, 卽止矣. 當以筆語. ○秋月曰 能賦則賦, 欲止則止. ○東原曰 再將酬玄川, 拙和已成. 乃當與二君交轍也.

賡前韻呈玄川書記 東原

知君詩賦幾山河, 客裏開囊風色多, 須是腸中引江水, 潭溪此日似揚波.

○龍淵曰 平吳之利, 在得二陸. 僕今日之行, 足已向東, 忡忡可恨. 今又荷枉, 多感多感. ○東原曰 長柄壺蘆, 僅持子來耳. 何當平吳之利? 雖然遇晋氏, 爲幸來穢君子. 冀莫傚劉尙, 使僕等失望. ○龍淵曰 君平生所樂者, 詩耶? 文耶? 將鉉管耶? ○東原曰 僕常所樂, 往友詩文之間, 偶自其戀良醞, 惟恨不見其王無功. ○龍淵曰 君之文雅, 何恨不見古人? 唯恨古人不見君. ○東原曰 健俊揮毫, 如火之燎于原, 不可鄉爾. ○龍淵曰 懸河瀉水, 豈徒才辨? 於筆亦然矣. 君之才力, 殆亦懸河瀉水, 一草原之火, 不可不撲滅. ○東原曰 數篇彩毫, 殆揚明輝, 秋月之號, 實不虛. ○秋月曰 賞秋月嘆明輝者, 大宋一代文雅名士也. 君亦賞秋月, 實又海東文雅名士哉. ○秋月曰 君醫而儒, 一身兩役, 無乃勞乎? ○東原曰 君當思畢卓嗣宗也. 一螯一榼, 恒弄於左右, 蓋亦斯類耳. ○東原曰 日已舂下臼, 請當期明, 以探頷珠也. ○龍淵曰 明日僕輩有事, 再明爲期如何? ○東原曰 諾. 期再明, 更俟太陽上扶桑. ○東原曰 諸君退就安. 他日又磨兵可其破筆陣. ○秋月曰 僕等尙張陣, 重來必盡弓矢.

三謁

東原稟 燦燦玉樹, 使人不忘瑩明, 自已照塵眼, 日懷其奇寶. 今又來將貪孚采, 幸開淸眄照僕形穢. ○慕菴答 來訪荷荷. 惟不敢當所言可愧. ○慕菴曰 君前所示之問言謹悉, 而僕以拙劣之才, 敢評于尾, 心甚不安. 幸須恕諒焉. ○東原曰 時日更積於山海, 花月移代於郵驛, 人世胸懷不可亡鬱悶也. 逢迎之間, 當務慰旅愁, 而却呈數言, 以煩君子. 嗟乎! 君子加額之厚莫敢以豁, 篤實軌範, 辱討鄙言. 交語之間, 暫經愚眼, 若有復可疑者, 卽直乞繩墨. ○慕菴曰 言論高邁, 文法雅馴, 一覽而知奇. 客中議評恐有杜撰. 有重所問復述愚見. ○東原曰 謹考所詠金言, 詳察古人之明理, 僕多年疑惑釋然氷解. 雖然以其所答視其所問, 似稍有脫漏, 冀重詳焉. ○慕菴曰 歷歷答之, 豈有未盡之事乎? 然煩冗中恐有脫者耶.

醫問八條　東原

方今君子稱仲景. 輩間或論謂內經者, 僞書非古之書, 恍惚道家空言, 出先秦之際, 竊託名於軒岐, 以欺後之學者. 乃至當今取法, 非實可因循也. 唯於其可因循, 長沙二三書, 最是醫家淵源, 不可務不以同焉. 高矣! 善矣! 特稱其仲景哉! 齎矣! 昧矣! 特蔑其內經也! 夫內經者, 醫門樞要, 今古亡不同, 同此書而立法也. 顧雖其仲景, 奚獨棄此書, 何由立法乎? 私觀之傷寒之自序, 仲景旣有言, 撰用素問·九卷·八十一難·陰陽大論·胎臚藥錄幷平脈辨証, 而爲傷寒雜病論也, 而至素問·九卷, 令之冠他之引書, 則全宗素問立其論者, 彰然可觀而已. 然認爲僞書者, 蓋謂此之時別有他素問, 而無今之所謂素問歟. 豈別有素問? 按漢藝文志, 載黃帝內經十八卷之目. 雖未其分靈·素而載, 旣以具內經名, 則當證之於素問也, 而仲景論中, 往往有今之行于世素問之語, 則爲今之素問也明矣. 顧方今所以疑之者, 蓋傚乎古人也. 古人已有言內經者先秦諸儒集以大成焉, 蓋繇此之言歟. 夫集而大成者, 非言僞書之謂, 集所傳之語而大成也. 其語乃當其古語也. 僕也多年游泳其間, 深考語脈, 穆穆上古之言, 實不以降戰國之時, 其書假令非軒岐之書, 其語則軒岐之語. 是蓋成周間明哲輩出, 學軒岐之道者, 當能口授以傳之也. 中雖間以一家言, 補其文理, 亦惟古言, 則取諸古言, 一語千金. 何可其以眞僞而論哉? 時師佔畢, 舌耕家用方言譯古言, 專隨其諺言, 以曉之時俗. 由是進退其帷下者, 耳食而口吐, 亦復傳其諺言, 更互踐迹也. 是則膚受末學, 途聽而途說, 未窺其肯綮者, 奚可能辨之眞僞乎? 雖若斯謏言妄說不敢足取, 然本根已樹, 枝葉亦盛矣. 是以不得已遂質諸君子, 大邦君子有大所見, 冀披懷玉, 照僕之所言. 他日將徵乎君, 以示同志.

又問 內經者邈矣. 古經雖沈微宏識盡精慮者, 不能容易得理致也. 是以自古諸家紛紛爭出, 各俱有識見焉. 僕也乃自燥髮刻意者, 已多年矣. 然蕪才薄劣, 以其居無稽, 文理語脈未全通曉. 乃欲强求微旨而研究, 旋猶望洋向若. 遂從其惑準的, 姑藉諸家之識, 牽合分理義. 雖則諸家盡其美盡其善, 而玉石混淆, 亦惟亡全覩其瑩采也. 於是乎量之於目與心, 簸揚其玉石, 自折衷乎已, 而取其所宜然, 棄其所未然. 左眄右顧, 務窮日之力, 雖則未獲崑玉, 似麤入藍田也. 大邦君子固達識, 雖未肯須註解, 一二又有所取焉, 則至其所取諸家, 孰爲多楊·仝二家姑置焉? 婁[653]氏注亦未之詳大, 僕往往與古言合. 故辭稍簡而遠乎初學. 若馬·吳之所註, 頗又蹇於介賓. 張氏類註博合彼與是, 此從其便於初學, 恒視之於子弟也. 前是戊辰年聘使來于東都時, 良醫趙君答我官醫某氏曰, 張介賓吾不知其何如人. 故吾不取於介賓也. 夫介賓者明之豪俊, 名大蓋天下, 趙君獨曰, 不知之者, 是棄之介賓. 夫有何罪而蔑之也? 蓋多其所失, 而少其所得故耶? 凡自其非聖賢, 一得一失, 諸家類所有之, 而介賓特有之哉! 介賓最出于後世, 釋言亦後世其以百世之下,

653 원문에는 '婁'이지만, '樓'의 오기(誤記)이므로 바로잡았음.

解百世之上稍. 雖其似枘鑿抵便之人, 幾勝諸家者也? 殊至其若經絡·兪府·運氣次序, 足直視諸掌上, 可謂從卑而升高之階梯也. 其善引之於初學, 頗勝伯仁·溫舒矣. 君其有意乎張氏耶? 抑亦與趙君共同旨耶? 請其詳焉.

慕菴答 古之君子已多詳論, 而亦有專門於靈·素者. 僕以劣才, 何敢間之也? 張介賓明之賢士也. 雖有精通之述, 旣多靈·素之神妙, 劉·朱·張·李之明辨, 何必專取於介賓哉? ○東原曰 靈·素之論, 非獨言其取於介賓. 旣甌臾於張氏者, 惟在將道初學之階梯耳. ○又曰 古人間謂靈·素初出先秦間, 黃岐之時未必有斯文也. 今世有亦從之, 而往往爲僞書者. 已具此問, 君未答者何也? ○慕菴曰 古之諸賢間有其論, 而劉·張·李·朱以百代之宗遵而師, 愚以劣醫, 何敢妄議於其間哉? ○東原曰 內經諸家註解, 雖各有失得, 然又有敢所取僕私定優劣. 君則孰爲優哉? ○慕菴曰 各有長短處, 在醫者, 取其所長, 去其所短耳. ○東原曰 言雖固然, 諸家之中適有爲是者. ○慕菴曰 成無己優耳. ○東原問曰 靈樞九鍼論, 載九鍼之法, 論中詳之刺法, 鍼形昭昭, 可以曉于今也. 然睹我日本 自古其所傳, 唯毫鍼一法耳, 而其毫鍼長短稍異法, 有其由古法者, 有其作新法者. 各持懷一家之所傳, 以成其寸法也. 是以刺法亦與靈樞不同. 所謂非其主寒熱痛痺在絡者, 其隨逆順虛實, 行補瀉爲濟奪, 臨機應變大率取諸衆病也. 毫鍼之外有三稜鍼, 蓋是九鍼中所載之鋒鍼歟. 雖癰疽專門, 恒其所庸有許多之鍼, 亦惟與靈樞, 所形稍同大異矣. 中又有時醫稱平鍼者, 臨癰疽瘡瘍, 將其潰之時, 割破頂頭, 以出其穢毒, 則論中所稱鈹鍼者殆是耶. 去此之外, 未嘗視靈樞中所論之鍼也. 大邦嘗悉傳此鍼法耶. 抑又若日本未全傳耶. 先朝享聘使年, 公之先官趙先生示我邦謂, 四方之治 雖各不同, 而只有微甚而已, 其可廢圓鍼歟? 趙公旣有斯言, 則貴邦有圓鍼而傳焉? 其有圓鍼, 則又有他鍼而傳焉? 僕私按九鍼刺法, 假令能傳之於今, 似其術有一二難行者也. 然而大國已有圓鍼, 則又雖佗鍼有敢行之者. 君亦旣得其術耶? 適有裝中所齎來, 冀得一覽, 欲以傳子弟.

○慕菴答 靈·素旣明九鍼之法, 弊邦遵而行之. 何獨以圓鍼治病乎? 僕非外科, 適無所齎, 不得奉副可恨. ○東原曰 九鍼之法, 何啻外科? 雖內科不可忽也. 謂貴邦已遵而行之, 則君詳其鍼形. 願示諸. ○慕菴卽從懷中出三鍼曰 大者破腫鍼之極小者也, 而有大中小三法. ○此是三稜鍼, 取諸經絡, 而此鍼亦大者, 而有大中小三法. ○此是圓鍼也. 此則中者, 而有大中小三法, 合爲九鍼矣. ○東原曰 九鍼論載九鍼之形, 各有其法而治其病. 今視君之所示, 惟是三鍼分成九法. 蓋以差悖 靈樞之法, 抑有他之所由而言之耶? 不審不審. ○慕菴重不答.

○東原又問 今匱玉函具論四百四病也. 是雖則醫家嶮要興后世, 而惟祥其四種, 未賞其病視枚枚所頒焉. 夫四種者所謂四氣也, 四氣者所謂地水火風也. 仲景旣下經曰二字, 雖明爲之徵, 然攻諸靈·素無敢所視焉. 僕私按維摩所說, 後秦羅什註地水火風曰, 各生一百一病也. 乃質之於釋氏人, 或有言羅什之此語也, 則緣大論. 或又五[654]王經而出焉. 靈·素固亡斯言, 而釋論已有斯言, 蓋是長沙老人由釋家, 而言經耶? 釋家所謂四百四病, 痴昧煩惱, 非醫家之所與也. 仲景豈由之哉? 然則本何書而言之哉? 顧就其傷寒自序所引之諸書, 而言之耶? 未知仲景之時有別爲經者耶? 恐有之也. 雖然未視其明文, 則此論可以仲景而

654 원문에는 '午'이지만, '五'의 오기(誤記)이므로 바로잡았음.

爲祖也. 眞人孫子亦載之千金, 惟憾從仲景, 以擧其全文而已. 搜索他諸家, 亦惟未覩所辨明. 若有其所辨, 歷世編籍汗牛充棟, 不遑繙披, 姑從闕疑乎? 大邦君子詳漁諸家, 適觀其所頒之書歟. 或有自己之識, 夙發明之歟? 夫距東漢時也, 蓋已二千年, 所能以先哲未發, 發之於今, 則其羽翼乎長沙者也. 僕乃以是將能爲張機之忠臣, 因攻之君子.

○慕菴答 地·水·火·風之說, 奚但張氏之論? 抑有自然之理, 不必疑問也. ○東原曰 地·水·火·風, 有自然之理也. 僕固知之, 唯其抵四百四病, 不覩所分配. 請有枚枚所頒者, 詳示敎焉. ○慕菴曰 紛冗度日, 而不久當西歸, 難以枚枚仰陳耳.

○東原又問 戴人先生當著儒門事親, 論中一篇述吐·汗·下三法, 該盡治病, 詮示其時輩與後世, 曰 余著此吐·汗·下三法之詮, 所以該治病之法也, 則具立目分載六門三法. 凡自六氣之淫, 迄諸虛百損, 咸悉以三法而療之也. 蓋於三法之治, 非特昉於子和. 古雖已有此法則均, 至其治虛損, 未嘗覩所以然者也. 於是丹溪朱氏已論之謂, 子和之書, 非子和之筆也. 馳名中土, 其法必有過於明輩者, 何其書之所言, 獨與內經·仲景異其意旨也? 僕竊按, 雖彥脩之斯論似準中, 而儒門一書議論章法, 非庸工之所能述覩其所卓犖. 恐子和之書也. 且也其若六門十形立憲律, 頗可因循者. 雖然三法之詮, 均於其治虛損者, 非差無疑焉. 夫於虛損之病, 豈可不謂之精脫乎? 然猥取虛奪與攻擊之, 寧止虛虛之謬在妄庸. 恐少一二可救, 而誤其寶命者, 殆在十之八九矣. 是以其有議論之大可取者. 乃抵其治法逡巡爲或焉. 大邦君子固又有識, 所謂若彥脩之所論駁, 此書將非子和之筆哉? 將有實爲子和, 而取規矩於此三法者哉? 冀竣達辨以解吾之惑.

○慕菴答 吐·汗·下三法, 當試於脈實者. 何論於脈虛者也? 不必多辨而自明矣. ○東原曰 三法之治, 當試其脈實也. 古人之論固然矣. 丹溪已謂, 子和之書非子和之筆也. 君未詳答. 僕私斷議論俊達, 恐子和哉? 君謂奈之何? ○慕菴曰 雖彦脩之論, 最非無理, 而書自子和, 豈可疑哉? ○東原曰 次書行于貴邦, 有間繇斯論, 而行治療者耶? 君亦取之不? ○慕菴曰 弊邦固行, 非無由此書者. 僕亦俱見之, 取可取者棄可棄者, 而後行之耳.

○東原又問 下疳·便毒·楊梅瘡, 各異其證而其因者一也. 我東都間近世最盛, 而卑賤人殊患之者, 頗亦不少矣. 得病之始, 大卒用肝瀉之劑, 卒下邪毒, 卽其輕者, 未抵踰月而取驗. 始輕其重, 非徒隨內治誤, 攻於外貼膏於瘡頭, 加艾於腫上, 有不日而得其效者. 是雖稍似瘥, 因未全治. 連綿沈固邪毒, 超月彌年, 或及其歷二三歲, 遂復生患. 此時也, 邪氣益加毒, 頭疼惱亂筋骨攣痛至甚. 乃瞑其明乃聾其聽. 於是施彼大劑仙遺糧又他奇方, 無一二得驗. 久之終亡玄門·陽根, 及廢人輩, 幾不可枚擧焉? 唯其有五寶丹等, 雖間得奇效, 裁但十之二三. 世醫稱一家奇方, 合和輕粉·水銀·毒蟲等, 爲丸爲散, 强有以與之者. 僅少二三所瘳. 却加其害, 終欲化而爲異物者, 亦惟不可勝計也. 僕也輒每診此病, 就諸家搜方徧試之, 未全視奇方之爲奇方也. 陳海寧黴瘡秘錄, 久行于世, 雖則其可收者, 多未敢試其方法. 所以然者, 礐石一種以亡獲也. 本經已有此品, 而李氏綱目引用別錄, 或唐本艸別載二品礐石. 覩其所産, 大抵諸外山壑間悉多, 非素難獲者. 雖然按諸秘錄, 或問有言, 癸酉春余客武林, 徧訪藥鋪, 亡有眞者. 偶得之宦族任上帶歸, 視之形似滑石, 扣之堅剛, 碎之如漿絡. 余盡購歸. 又甲字化毒條下曰, 余識此方三年, 始得礐石也. 因是觀之, 非客易可以獲焉. 我東都藥肆中屢索之, 又不以貯間, 有其名礜石, 俟其價者. 亦不以辨眞僞, 余亦未識眞贗, 卽似獲弗獲焉. 是以秘錄一書, 未能試者, 恒是爲感矣. 大邦多有覩此疾耶? 秘錄諸方已試之耶? 礜石恒在貴邦, 以極眞僞耶? 或有他奇方, 而至能救廢疾耶? 冀開金匱詳敎示今, 而後往往救其廢人. 豈翅余之仁? 則當君之仁德遠覃我日本.

○慕菴答 楊梅者, 祟於濕熱, 而亦有虛實之分. 清熱瀉濕當爲奇方也. ○東原曰 清熱瀉濕, 當然之理, 僕固識之. 惟抵其所乞, 別在他奇方耳. ○慕菴曰 雖許多有奇方, 傳爲家秘, 以難奉副耳. ○東原曰 冀一二附授之. 僕亦永爲家秘. ○慕菴曰 明日來私可以傳也. ○東原曰 君已試秘錄? 或用礜石歟? ○慕菴曰 秘錄一書, 猶未試至, 礜石弊邦間有用之者也. ○東原曰 礜石眞贗未以詳. 請奈藻鏡? ○慕菴曰 僕亦未詳耳.

○東原又問 今古治療之難, 莫難於虛損, 中其稱難也, 傳尸・勞瘵, 最在其難矣. 故自古諸家方論紛紛充籍也. 余多年就諸家普試之, 未必覩千萬中, 中其正鵠焉. 是豈獨余於宿醫之所爲大抵同乎? 余而已, 先是五六十年, 我邦大阪之醫, 繩明吳山人所著醫方考之衍, 其勞瘵方後謂, 余屢治勞瘵, 久試諸家, 亡敢得驗. 偶獲葛氏所著十藥神書者而驗之, 往往取其奇效也. 余因信之, 睹所謂其神書, 議論方法幾出庸妄, 雖十般方法, 詳分次序備後鑑, 槪咸常法. 且也其若六代傳蟲, 釋形象, 恐惑人巫蠱之言論, 不肯足信用. 是以雖彼獨稱, 余不敢試耳. 崔氏四花穴法, 時醫大率信之, 余亦時取斯法. 凡得疾之初速行之, 偶視其效, 至稍歷月非徒無益, 旋加其害焉. 惟夫古也已有其奇驗, 今也又亡其奇驗, 何乎? 是無他所以診皮之不察也. 方今之醫視之於其古, 實不若其下工. 又惟末奈之何耳. 因念今世之治, 其非古方之入神, 奚得效哉? 大邦嘗診此病, 時令孰某甲方論也? 君旣有獲奇方, 而屢視功耶? 有知悌之穴法, 可久之方法, 數嘗之而恒得效耶? 君子其幸莫韞珍重.

○慕菴答 五勞七傷, 自下而始各有其經 亦有虛實. 當察脈之虛實, 可試身之寒熱, 必使水升而火降, 心榮而肺潤, 則應有萬全之效矣. 灸是耗血, 不可泛試耳. ○東原曰 升陰降陽, 專使滋潤, 今古虛勞之確論也. 艾火元助陽, 陽壯則陰衰. 血者元陰, 陰衰則亦無不亡血焉. 耗血之辨, 古人固有焉. 然古人有間加艾火, 而起死灰者. 君特謂不可泛試, 則貴邦臨此症, 總斷灸法耶? ○慕菴曰 虛勞一症, 弊邦總忌灸治. ○東原曰 然則雖崔氏四花之法, 亦不必庸歟? ○慕菴曰 然. 絶不用耳. ○東原曰 所謂可久之十藥神書, 貴邦行于世耶? 君亦已試耶? ○慕菴曰 弊邦之醫, 或有用之者矣. ○東原曰 君就休榻, 僕亦當辭俟明日 以呈餘論也 ○慕菴曰 默齋[655]·三桂猶在席, 君倦醫談, 與二子俱唱和. ○東原曰 春雨頻降, 稍闕千金之價. 唱酬亦期明宵. ○慕菴曰 明期雖固, 別恨悵悵.

東原稟 諸君幸無恙哉? 僕仰事父母, 俯育妻子, 衣食之不遑, 日作賣藥翁之態. 故不得數來挹手采可恨耳. ○秋月答 田子來耶? 吾一日不視君, 則鄙吝之意已生. ○東原曰 明德潤才, 君子固有, 僕等小人時來, 羨其懿範, 清虛日來, 滓穢日去. ○退石曰 僕有病, 不着上衣, 且平坐, 勿咎. 如何? ○東原曰 前以病辭, 今亦稱病, 抑有何患乎? 愚恨至此, 心甚不安. ○退石曰 于役萬里衰, 病日加耳. ○東原曰 羸病與人偶坐, 豈咎禮貌? 君可其縱意也.

655 원문에는 '齊'이지만, '齋'의 오기(誤記)이므로 바로잡았음.

復和東原　秋月

衮衮春園會, 芳池竹樹隈, 聯明知稟氣, 磨琢勉成才, 灑掃人倫始, 伊唔聖訓開, 未愁知友遠, 詩賦爲吾陪.

重酬東原　退石

我家何處在, 雙樹古城隈, 垂老來殊域, 逢人愧不才, 峨洋向誰和, 文墨得君開, 明日分携去, 西歸玉階陪.

酬東原　龍淵

重逢僧院裡, 耦坐海雲隈, 西蜀蘓家妙, 東吳陸氏才, 簷煙雙燕語, 林雨雜花開, 咫尺蓬山路, 眞仙倘一陪.

○東原曰 諸君妙境, 玄圃積玉, 無非夜光. 每出瑩瑩, 頗照人眼. ○退石曰 雖排沙簡金, 無敢見寶, 可愧耳. ○退石稟 富士山維奇, 反不如我國之金剛山·妙香山·大白山·智異山·德裕山·九月山·俗離山也. ○東原答 君已看過富峯, 若僕未嘗得跋涉于大國, 躋攀其山嶽. 是以縱抵其欺. 人不敢知所以答也. ○東原稟 松島·象瀉·須磨·赤石·琵琶湖·和歌浦之勝蹟, 雖虎頭之絶畫, 眞難模寫. 我國有偶所畫者, 實至其模景狀, 僅一斑耳. 諸君若回望於此間, 殆有其褰裳凌雲之氣哉. ○退石答 所併言之地, 粗聞其勝景, 未聞所詳. ○東原曰 四五名蹤僕嘗記之. 其雖文固拙, 稍詳景狀. 今也將備諸莞具, 未以脫稿, 是爲憾耳. ○退石曰 君號東原, 是亦因地名耶? ○東原曰 然矣. 距 都城十有余里, 西有大原. 是曰武藏原, 東原者則是也. 禹貢曰 東原底平, 文則與之合, 故私本之耳. ○退石曰 東原以大而稱. 然恐不如我之大同·昭陽·鴨綠等之大江. ○東原曰 所稱之處未其知大也. 我東原之地非敢稱大若斯地. 我邦頗小於中也. 眼中所望, 縱橫僅八百余里, 莽蕩瀰迆, 牡茅菖蔓坦焉. 覆土 國初已來, 百有余年, 休否泰通, 德化大布, 拊揗之所然, 人民日盛. 雖仄陋, 鼓腹樂化. 故近世往往作村落, 務息乎本業也. 僕生其側, 故號焉. ○退石曰 曠大超于東原者, 他有何其地耶? ○東原曰 宮城野·菅荒野·安達原·信夫原等, 廣運二三倍於東原也. ○退石曰 東河亦河水之名耶? ○東原曰 然. 東河者, 則取稱都下墨水也. 河水雖非其大, 雅景奇絶, 最甲于東都矣. 他有大觀, 未以有若斯勝蹤, 乃因其佳景以號焉. ○退石曰 嘗聞之人墨河之大觀. 實名于東都, 惟恨無由覽瞧. ○東原曰 佳境會心, 不必在大. 渺茫河流, 林木蓊鬱, 頗有濠濮閒想. 覺鳥獸禽魚自來親人. ○退石曰 風景實使惠莊思, 僕暗想像覺心神俱奔. ○東問 服章有未詳者. 花山君子所著如何? ○龍淵曰 俗曰高子巾. ○東原曰 諸君已跋涉數十百里, 海嶠眺望山河覽觀定, 多瓊作也. 君固抽於臨池之務, 冀揮毫以起雲烟, 當以換鵝也. ○龍淵曰 雖有如于詩, 未暇書奉, 可難諒之. ○東原曰 君實東華之佳手, 其得筋肉也. 頗勝二妙, 他日當呈箋簡, 爲染椽翰. ○龍淵曰 非紙之難, 手實無暇. ○東原曰 雲心霞想, 一味風流. 何其吝之甚哉? ○龍淵曰 暫俟他日, 當洒拙筆.

賦一蕪律呈文學四君　東原

梯航通譯舊盟長, 詔化全開翰墨場, 王佐才名聞故國, 儒宗聲望滿殊鄉, 春華藻待薰風豔, 白雪調含明月光, 四傑風流分歲序, 筵間倂吐四時芳.

重酬東原　秋月

歸程川陸屬悠長, 春盡津城百戰場, 三島烟雲迷藥圃, 五溪衣服老江鄕, 殊邦士節看銀氣, 古寺詩筵接佛光, 憐子二難才性美, 靑苗早秀吐瓊芳.

重和東原　退石

離愁如海更雖長, 逢別悤悤夢一場, 却怪心知同舊友, 可堪分手在殊鄕, 籠中參朮多仙訣, 囊裡瓊瑤摠夜光, 竹雨梅燈來又去, 英英棣萼喜聯芳.

重酬東原　龍淵

西天歸路入思長, 煙雨禪門閉道場, 三島仙緣迷海舶, 九春花事滿江鄕, 浮雲別浦聞鴻唳, 淸夜疏簾坐月光, 彈罷瑤琴還惜別, 小山叢桂一枝芳.

重和東原　玄川

盈盈碧海自深長, 留識橫田惜別場, 桂樹叢生山下谷, 鳳毛雙拂斗南鄕, 靑囊已惜關司柝, 白玉還憐碔混光, 獨有一牀螢雪業, 爲君相待晩芬芳.

○東原曰 幽夜放逸光者, 靑天秋月高明照充詞章. ○秋月曰 君也待槌, 正有於懸鼓, 一擊可以聞日東. ○東原曰 鋪錦列繡, 雕績頗盈眼中. ○退石曰 蒭蕘之語, 狂夫之言, 撰之者, 實君子哉. ○東原曰 文章成五彩者龍淵. 波浪深遠, 不以可量也. ○龍淵曰 鴻鵠褭回于東都, 千里風翼, 殆在一擧者君乎. ○東原曰 錦繡屛風爛掩大館. 雖已領之, 然旋愧茅蘆耳. ○玄川曰 磊磊雜木, 豈可備藝苑乎? ○東原曰 君稍有間, 私呈遊記. 文必不文, 唯詳擧墨水之勝景耳. ○退石曰 速觸愚眼, 當能解一時之睡也.

遊墨水記　東原

墨水回帶都城之東鐘潭, 而南抵佃嶼. 蓋十餘里, 園林聚落, 來碕踞于左右. 中其稱佳境者, 往往不可枚擧焉. 余屢遊于斯, 試其勝者, 既多年矣. 然以家技之不遑, 未能盡之也. 玆歲壬午三月, 與客二三子, 買舟偕亦遊于斯. 望前一日, 從鉤口放舟, 所載枯魚濁醪, 以佐筆硯. 稍稍離口, 出盪中流, 烱晃之所照, 時猶在巳豔陽. 和暢不風, 而波長流, 回遠劃派三叉, 浩蕩朝于海. 遙望之所覃益奇絶, 自廐津達柳橋, 相去可二里, 御廩連棟瓦甍鱗次, 歷歷偏于河西岸以東. 諸侯莊, 第犬牙宛轉穿雲, 如張鵬翼. 阻水與御廩, 額邸之所際, 爲兩國橋, 伏若盤龍, 援壤架于武總也. 自橋已西, 城樓之所墉, 豪富之所家, 萬雉千廛, 鬱重如涌遙騁鶩, 目其間, 喟然以爲於戱壯哉! 昭代時運, 雖其嬴劉之盛化, 未必有若此所當强焉. 仰嘆回棹泝洄, 可千武抵竹坊津. 是都下與葛飾, 交易人民通利之處. 渡口乃作市, 舟檝如織, 就津途而北, 僅數武接金龍靈墟. 岸口停棹, 仰眺山頂, 大悲閣・歡喜殿, 兀標樹外玲瓏映天. 結構所美, 殆盡天劃神鏤之巧. 雖最當觀, 然以舟行, 不便期異日, 不上而沿岸循山趾. 行舟顧眄西東, 裁霞隧[656]綵, 因風回蕩, 西映帶於金龍聚落, 東引葛飾之天. 葛飾者, 總之下州, 衍沃十數里, 繁[657]蕪紺璧渺漫, 若揚翠浪. 南與江左接侯家, 莊野往往在焉. 臺館乃據靑甸, 蒼翠與朱門, 映徹舸艇, 又與之送迓, 遂不覺所之唔焉. 出洲渚, 水流折自此, 回旋落于溝澮, 是曰三谷渠. 渠中繫舫, 可以百而數人戶, 數楹枕岸而居. 是皆

656 원문에는 '襚'이지만, '隧'의 오기(誤記)이므로 바로잡았음.

657 원문에는 '蘩'이지만, '繁'의 오기(誤記)이므로 바로잡았음.

篙工之所且夕也. 過渠卽日本隄, 隄之所半卽倡門, 舟中望之, 瓦棟崇麗, 彷彿乎烟霞之間矣. 從此橫遮湍激, 就葛飾原防, 涯脅紲舟, 開鼇榼而酌, 及稍已醉, 舍舟陸行. 乃使其舟子, 上舟於梅柳山之足, 而曳笻蛇行隄之上下. 隄下耕田, 甫草沮洳中祀叢祠, 曰三匝祠, 三狐神之所祀. 望之於舟頭, 如對一盆石也. 俚語曰 神狐爲靈, 春秋三匝甫田, 以護耕桑, 故有三匝名云. 傍攀桑楡, 盤行道于衍田, 賽叢祠. 徑于曲衍, 將其遵微行出大隄. 一婦人行於前, 美而艶馨芬襲人. 卽從其後, 近而視之, 明媚益出群, 若頗落天上也. 客竊寄思, 欲桑間濮上盡其情. 余曰 舍之. 地隣狐窟, 恐奈其妖淫之患何. 於是退步, 目送而行. 漸而出隄, 往還之所相値, 舟行之所相見. 悉都人, 士女脩飾奓忲, 繽紛盈目. 舟與陸爭娟, 雁序齒齒. 俱前後其間行, 抵牛渚. 祠前有酒肆, 此以葛飾名, 甲此處者也, 風弔所題, 吾國蘭陵. 壚前乃下榻, 振囊放飲. 是雖其所謂非鬱金香, 稍免桑落, 客太醉風, 笑大頹慢傲過度. 余責不遜不聽, 旋謂余曰 吾之酒狂, 衆人所知. 足下飮人狂藥, 而責人正禮, 盍 其懷褒叔則乎? 余曰 吾非其淸通, 叨誤酒中趣, 復莫以言焉. 起亦倚杖屨側. 扣禪扉, 探鐵牛禪師石室, 尋一轉語, 而旋步延豪涉行蛇逕, 至秋葉山祠, 在昔此山樵薪之地, 山間嘗有蕪祠, 是曰千載稻荷. 祀祝詢之土人, 與秋葉神祠配焉. 星霜未幾, 樹木蓊葎[658], 終成名區也. 余固烟霞之癖, 曾試勝於斯山也已久矣. 今也又遊于斯, 熟目益勝, 輒量之境懷. 廣輪蓋萬餘頃, 名卉怪石, 大抵出人意表, 其可遊目之所秀乎前踞乎後. 形勝交移趣態, 春而花秋而月, 風於夏雪於冬, 造化奇巧, 代謝四時. 觀眺雖常富, 殊以春夏之交, 最又爲盛矣. 時今在暮春之中, 蒼翠四封, 花樹吐芳. 姬姜少年, 幙于彼筵于此, 肉糸交聲, 幾與百羽爭音. 吾黨固文雅之

658 원문에는 '葎'이지만, '葎'의 오기(誤記)이므로 바로잡았음.

徒, 雖非敢闞之者, 而耳目之所及, 亡奈何? 姑汚雅德而已. 既而繞祠虆背倚喬木, 黃鳥遷囀嚶其鳴矣. 是則詩腹鼓吹, 吾徒可以玩弄, 因俄把酒脯, 盤桓於花木間. 吟嘯佐瘦久之, 乃起間道, 穿脩竹中, 邪出農郊間, 樂土衍沃. 場圃四闢, 誠天報　昌化也. 秀麥挺穎, 耕耘犁鋤, 朝夕乎帝之力, 牧笛樵歌雜沓傳風. 路陂鄉曲, 二三棊布其間, 篳門桑樞, 枳橘繞垣, 春相農談代穿耳. 一農夫某者, 與余通家. 其人也, 樸茂淳直, 長一村者, 爲里仁, 未美夙已斂[659]迹. 環堵十畝之間, 桑間道于籬落之交行, 而訪之狼狽. 相迓欣欣把手, 誘偶一堂, 各互壽钁鑠之狀. 頗肅而喫苦茗, 酌桑落酬酌. 移時談語已熟, 主人起喚童, 搜廚具食. 香麥之飯芳菜之羹, 淡薄猶可味也. 時既餉午, 腹亦空洞, 且以其所甘, 放意而饌焉. 主人曰 公等生而都人, 固飽郇公之富, 然又善貧交, 一日辱興. 飫若斯酒食, 此於田夫之幸, 又可以道哉. 余曰 蔬食菜羹, 自然玄味, 殊至斯甘鮮, 殆敵千里蓴羹. 非此大庇, 奚淨塵腸? 於吾侶之幸, 又可以道哉. 既而過午各將辭, 主人曰 欲强留之旋, 妨幽賞, 唯之命, 曷起送于門驪焉? 謂曰 不意今日披藜藿也. 他日可復來, 相揖而別矣. 余私念之, 凡人之處世, 栖栖於利名間, 終失之性. 至若主人, 實得其處哉! 身在曠莫之野, 晏如自適. 鷦鷯一枝, 偃鼠滿腹樂, 亦在其中, 焉獨感其恬憺? 吾亦嗇我, 不知杖屨之所之遂. 亦出大隄, 隄蔽叢樹, 中有祠爲白髥老翁廟. 睨之樹間, 行吟隄上. 欅柳夾路森然, 齊列翠條飄風, 白絮飛雪隋隄, 春景殆可觀也. 既而抵梅柳山, 弔梅兒廟. 古墳蹲踞蓁曲中, 楊柳作陰. 惟其年紀以脩邈. 故石閣頹圮, 莓笞堙而蘿蔦封. 寺曰 木母. 暫上龕宮, 吹烟而憩. 院後折墨水, 延而環山, 石瀨潺溪, 流潤緗璧. 傍有松原, 是自　德廟, 而降遊獵張幕之所也. 一酒壚臨水與原塢對. 以

659 원문에는 '歛'이지만, '斂'의 오기(誤記)이므로 바로잡았음.

勝絶最可賞, 暫箕踞石頭, 風其綠陰. 淸響鳴水瀏亮, 颯然阻岸打面, 爽快豈可言乎? 至此亦開榼, 酤酒以繼痛飮, 移時興態復發. 已共褰裳隨波而上下, 心亦如水恬然. 惟適或以濯纓, 或以洗盞, 雅興幽懷, 頗若山陰之脩稧. 何時有風蓬蓬北來河上? 石鬪瀾淪交起洶洶響林, 悚然竦風. 頓懷梅兒死賊之事, 欷欷泣下. 雖未詳其所傳, 而隨心之所感題詩弔往事. 徐徐出隄, 風愈勁楊柳折枝, 於是作白楊悲風之嘆. 行穿畛畔抵墨水, 古渡而就舟. 是世所謂閑麗公子, 所迹普在人耳焉. 余嘗讀 寬平宮人伊勢之所著, 恒惡公子之爲人, 其身親出 王族, 而侵天威, 饋宣淫之名於千百禩之下. 嗚噂! 夫後之視今, 猶今之視古. 迺追懷其流落題詩, 而過比賦終. 漸就岸直賽石濱祀宇, 華表宗宮肅, 而面于墨水. 此亦三狐神所祀, 名曰眞先, 祀祝言曰此靈也. 人詣已欲賽, 苟有異心, 自他祠宇, 則不肯歆其饗, 此社之所以名也云. 祀後又有祀, 爲石濱神明, 則王者宗廟神潛祭于斯, 誠歷千百年也. 鎖壇頹敗, 山林鬱葱, 樹木皆可合抱, 𧾷𧾷徑連埄圩, 背回三狐窟, 傍溝洫而闢, 弗敢可闊步. 繼踵局趾邐迤, 而行淺茅原衝于前. 中有禪窟, 榜曰橋羽寶藏, 是東都禪家中稱三大刹也, 則其一素以曇磨道, 蟬脫塵囂. 堂閣臺殿臚列, 若在世表. 旣攀山門, 闌入禪洞, 留神凝精, 欲以搜其豁眼. 徧敲僧房, 聞逆風家之言, 卽隨淸爽所至, 頓一掃俗致, 殆生禪機, 眞可愛而已. 頃之逕于蘚苔, 還取來時路, 爲蒿萊蔽地. 遂迷幽邃, 穿埏隧入潛闉. 愕然臨其中, 封墳實如馬鬣, 不知其幾也. 嗟夫! 賢智愚不肖, 孰可能逃此境? 忽顧念輪回之難免, 悲傷惱神, 急遽回杖, 漸出前之所履行, 感世大夢默焉. 呑聲誦陸子之歎逝賦, 而又路於畎畝, 上石濱酒樓, 姑慰墳墓之憂. 少婦當壚, 都服而嫺容, 頗慣文君之媚. 側隔步障, 絲管頻奏艶歌. 韋曲代競音, 恰若挑琴心者, 掐壅心耳中矣. 久之倦席起, 而倚檻回顧西林際. 頹陽纏迫, 將息崦嵫, 鳳洲所謂若紫金鉦者. 冉冉垂隨樹間霞, 綃霓旌縹緲. 扈於後, 殘照纔餘一線, 返景射波, 爭煜之所亘, 杳渺涵天. 乃誇之風景, 下眺川上, 望水流所逝, 喟然歎曰 逝者若斯, 夫 不舍晝夜也, 則感尼父之言, 以恨天地盈虛. 亡何月起自東鎏金, 飛玉銀濤拍空. 乘貫視之毋涯, 亦已就舟, 擊空明泝流光. 明質愈升大虛, 不覩點雲, 燦景流映萬里, 屬一瞬中. 於是相偕抵掌, 唫張若虛所賦, 春江花月夜詠倘佯乎, 爲之引滿. 蒿工亦一酒人投之大白陶然. 竟醉嗚榔擊撒張聲爲櫂歌, 蓋若吳歌款, 乃者二三代章. 雖詞極陋, 頗又佐興. 時夜參半鐘漏聲耳, 俄然返棹, 從一葦之所如. 順流而下, 微風動浪, 水光絡檝. 俯顧其舷, 時時受水颯爽, 意甚快之因. 亦裵回船舷, 四顧宇宙間, 空翠與水接, 意如步大虛. 左右杖屨之地, 濛朧爲霧. 唯其點眼中者, 鷗耶鶴耶, 翩躚而東南飛鳴匝舟. 於是亦俱鼓枻, 謠吟魏公短歌, 誦子瞻之所賦. 又已行大白, 盡觚量沃飮. 客咸大醉, 憊臥艙中, 余亦旣憊, 欲共憑枕. 然誇雅興之難復津津, 不罷特倚其枻, 臨水而坐, 其望長流之無窮與造化之無間斷, 以憾生之所有限. 低首嘆息, 不覺下駒津之側也. 夫墨水者, 東都巨浸, 文人詞客, 俱是爲大觀. 余亦愛其雅境, 恒當諸少文之幽趣, 假以名余之園者與之. 俱同日月, 尺蠖[660]之屈[661], 龍蛇之蟄[662], 欲以存此身, 奚久皇皇充詘乎利名之間.

○退石曰 遊記一篇, 翕然雅韻之語, 辭辭寫來頗奇絶, 殆愈多日之疾耳. ○玄川曰 錯綜理密, 頗出於韓柳之妙. ○龍淵曰 泓崢塊落語語, 每讀形神幾超越. ○東原曰 齊東野語, 旋穢君子之神眼. ○退石曰 絶筆

660 원문에는 '蠗'이지만, '蠖'의 오기(誤記)이므로 바로잡았음.
661 원문에는 '蟄'이지만, '屈'의 오기(誤記)이므로 바로잡았음.
662 원문에는 '屈'이지만, '蟄'의 오기(誤記)이므로 바로잡았음.

妙語, 併擧萬象, 如卽覩諸一目中. 願領歸可以傳佳勝於我邦. ○東原曰 一區景狀, 惟將慰客中之意耳. 豈當傳大國? 若不得已敢欲持去, 西歸之後, 必覆酒甕. ○退石曰 語語模眞. 雖僕非濟勝之徒, 意揚神飛. ○東原曰 驢鳴犬吠, 何足共語. ○東原曰 昏鯨頻報, 當以辭去. ○退石曰 明日亦當來, 發掃筆硯而俟.

五謁

○東原稟 霖雨滂沛與涕淚俱降, 將別之情, 天人同愁耶. ○慕菴答 雨中來別, 多荷多謝. ○東原曰 前日私所獻宣之管論, 總是古人糟粕. 達識君子, 當一觸嚴眼, 卽以胡盧也. 雖然若一篇中所論辨, 往往視世之施治者. 雖眼已見其書, 口亦已嘖其論, 而至其術, 所行動陷其偏. 愁弟姪亦在此局中, 弗敢得已. 聊吐其糟粕耳. ○慕菴曰 此書誠得古人之奧旨, 可賀可賀. 愚也以爲是書不但爲一己[663]之私, 止佇乎其廣布壽傳也. 僕願領之, 以副舟艇, 西歸之后, 普又傳同志. ○東原曰 古人之糟粕, 爲弟姪吐而已. 何足壽傳? 然君爲僕, 將傳之大國, 惟傳我國, 猶有所慚, 況大國乎? 若不得已欲持去, 願姑爲之郵驛之莞具. 其比濟西海, 與之海若, 以藏拙. ○慕菴曰 君莫敢辭. 言論誠極先哲之奧旨. 一言不以因末學之邪說, 是足實可貴也. ○東原曰 雖已乞一言, 而君以西歸之迫, 遂不述肯. 冀驛館郵亭, 敢窺少間, 當能塞區區至願. 摛藻旣成, 乃託之馬島紀室, 以致東都, 永冠篇首, 以爲弟姪之鎖. ○慕菴曰 駑駑之揮筆步章恐難. 然君子所需, 何又固辭? 京師歟? 大坂歟? 暫俟留滯, 以申鄙言, 非肯照其確論. 謝君之至懇耳. ○東原曰 君願當慣季氏一諾也. 必莫使僕爲尾生. ○東原曰 歸裝已在明曉, 君意不穩. 明日

---

663 원문에는 '已'이지만, '己'의 오기(誤記)이므로 바로잡았음.

分手路傍. ○慕菴曰 此生難再逢, 奚不悵悵? 願卜甲夜而穩話. ○東原曰 序文且七言古詩與鄙幣, 併表離情. 寸心以謝其藉光耳. ○慕菴曰 至懇詩文厚儀幣物, 併辱別意, 卽拜納之而多謝. ○東原曰 多紀安長, 昨與君期今日, 適有微恙, 扣問不杲使僕, 懇懇致此意. ○慕菴曰 有約不見悵悵. ○東原曰 天涯永別, 無由期再緣, 痛魂維谷. ○慕菴曰 惜別之意, 君我一般, 而河水悠悠. ○東原曰 譬同其國, 瞻戀不可勝也, 況又殊方活別. 君幸自重憑陵其絶海. 若僕者, 異日假其餘風, 以爲君之顔. ○慕菴曰 眷盛多謝. 君須自愛. 是所仰慰也. ○東原曰 惓繾之情, 竟曉不以可盡也. 君退就安, 以計明日. 俟晨鷄之告, 發送中路. ○慕菴曰 懇懇不可忘, 尙期明晨耳.

○秋月曰 東原來耶? 便覺淸風忽來拂人. ○東原曰 菲劣奚有其韻? 君風裁實有漢魏之風, 使僕懷古之情更又深. ○退石曰 蕭雨頻至, 泥濘之間, 辱汚跟趾, 思道途之煩耳. ○東原曰 古人善乎友, 每一相思, 輒千里命駕, 況咫尺乎? ○玄川曰 日來以慰旅情, 千古遭遇愉快在此會也. ○東原曰 一日不逢諸君, 覺形神不復相親. ○龍淵曰 昨對季方, 語又及君. 今日爲他人所索, 汨汨筆硯中, 客來失穩, 可恨可愧. ○東原曰 從容債他人之索. 僕姑與諸君唱和, 以俟事竣.

疊前韻呈秋月學士　東原

天東分野搒方長, 星彩降祥典籍場, 廟略誰知將軍府, 文雄獨奮帝王鄕, 兼恩佩玉含榮貴, 奉職揮毫有寵光, 一自花臺開盛色, 春風城上引群芳.

同呈退石書記　東原

天涯客夢更應長, 書劍姑留選佛場, 秋去西溟陪彩艋, 春來東海問仙鄉, 晝攀林閣唫花際, 夜臥雲臺嘯月光, 钁鑠非徒濟勝具, 詞壇健筆日芬芳.

同呈玄川書記　東原

一代能文漢子長, 探奇殊域幾詞場, 夜尋金櫃攀雲嶽, 曉蹈石梁浮水鄉, 囊底烟霞若流彩, 豪端花月似飛光, 扶桑城外春風路, 更遶三山須拾芳.

同呈龍淵書記　東原

萬里王程淩浪長, 春帆捧日海鹽場, 十洲花鳥迎遊子, 三月冠裳入醉鄉, 繡虎豪才晉遺韻, 雕龍雄氣漢餘光, 驩莚宛似風雲會, 吟嘯相和共有芳.

○龍淵曰 庖[664]丁手工能割牛鷄, 字字皆禁臠滋味有餘. ○東原曰 單衣襜褕, 足掩一身, 短狹一編, 豈能有餘? 姑舍推譽. ○龍淵曰 二難俱妙, 僕豈過譽? ○東原曰 伯仲之妙非吾事, 君必勿誤. ○東原稟 問言二篇, 將以穢大德. 僕也生育醫家, 且夕皇皇食技, 未能肄文辭. 願欲就君, 而聞大國之學化, 以解惑. 少選有間, 幸賜教誨. ○秋月答 僕雖在學士, 未識學化之所詳. ○東原曰 郡中特擢文衡, 揚宣德于萬里, 豈匪其選, 而有斯役哉? ○秋月曰 方有急酬之詩, 君姑待之. ○東原曰 唯唯. 俟間以解疑惑也. 此問與柳菅有筆語, 今省于此. ○秋月曰 暫有閒暇, 速出問言. ○東原曰 願不恪齒牙, 詳示金言. 將其盡博洽, 則痛加箠楚,

664 원문에는 '包'이지만, '庖'의 오기(誤記)이므로 바로잡았음.

所敢不辭也.

東原問秋月曰

夫太上者, 弗可識焉. 結繩者姑置焉. 自唐虞而下至於三代, 時典章法言, 俱布在方策者, 昭昭出乎目睹也. 雖然邈矣. 古言以語脈必在隱微之間, 有其可解焉者, 有其弗可解焉者, 未全載宜, 以傳諸今也. 故大漢已來, 諸家釋言紛紛爭出, 發識見於前後. 各闢微言, 而理緻經緯槪, 而較之. 大抵亡皆有超乘, 而出其上者也. 是以我國, 亦自古異軌折衷其道者, 遂惑其門戶. 彼稱安國, 是唱鄭元, 有其剋意於何晏[665], 有其頽注於程朱. 或切磋之陸楊王之間, 各互立識, 分而成其門矣. 於是抵學士大夫所學大率, 亦從時師, 彼則棄此, 此則棄彼, 各硏究其所好, 以異孔子之旨也. 中至其將盛, 無若程朱之學, 是則以　國初已來, 其爲國學, 最行于世也, 迄于今滔滔矣. 往往又反程朱, 就孔鄭何[666]三家, 聊立其識, 則稱之古學, 以有誘子弟者. 然而以此, 比學程朱者, 誠又迂大逕庭, 不可及其半也. 前是十數年, 一儒士卓出于世, 大立自己之識, 黜駁新安伊洛. 雖孔鄭何[667]三家, 亦不敢取之. 自沾沾乎唱古學, 以興一家, 四方稍鄕風, 遊其麾下輩, 頗又不爲不多. 自此之後十數年, 一儒士又唱古學, 則擧其新安伊洛, 與前之所謂唱古學者, 俱爲之膚受. 別又立說, 專示子弟曰 夫今古異時事與辭, 亦異就其所異, 均立其說, 以今言視古言, 以古言視今言均之. 朱離鴂舌, 科斗貝多, 何擇哉? 夫世載言以遷, 言載道以遷, 處百世之下, 傳百世之上, 則非其事與辭揮之.

665 원문에는 '河安'이지만, '何晏'의 오기(誤記)이므로 바로잡았음.

666 원문에는 '河'이지만, '何'의 오기(誤記)이므로 바로잡았음.

667 원문에는 '河'이지만, '何'의 오기(誤記)이므로 바로잡았음.

何可以得也? 自斯言一出, 天下風靡此學, 與新安伊洛比肩, 迄今不衰矣. 僕固業醫, 雖匪敢與儒雅者, 然醫門書, 非其得儒, 未以可得也. 故自六經下迨百家, 出沒於彼與是, 有走衣食之暇, 與醫帙偕繙覆, 莫不游泳矣. 因是所謂雖其古學, 亦惟僅窺其一斑而已. 然而非敢取之, 姑假斯言, 與新安伊洛牽合, 値問程朱之人, 由程朱而曉文義, 又問其古學, 則取理旨於古學. 是雖其亡特操, 而禮樂刑政非我事, 則若其治國平天下, 非敢所與. 惟於其所與, 孝悌與文義而已. 夫孝悌也, 文義也, 士君子之所重. 雖最當務之急, 而至其所學, 俱從程朱, 固不以妨, 所謂從古學, 亦不敢可妨也. 辛卯年間, 貴邦聘使, 來我國時, 文學李氏, 訹我大阪人曰 朝鮮之學, 不出程朱, 間視他之有識見, 所敢不取也. 方今貴國程朱之說, 專行于世耶? 抑又有異說, 以盛于時耶? 請詳就公, 聞學化之所有.

又問. 文章翰墨, 雖已異世, 脩辭與達意, 二派而已. 夏商時, 蓋未分二派, 周有悠久, 自化大行, 明哲輩出, 文與質相均, 莫不彬彬也. 於是脩辭達意亦彬彬, 漸分孟荀老列, 最主達意, 左國莊騷, 最主脩辭. 超秦至漢, 文運洪興, 振雅言於一時之徒, 勃勃爾如沸. 雖南北爭出, 然其所爲, 亦不肯出二派焉, 則若韓賈遷固, 偕主達意, 相如楊雄, 俱主脩辭. 齊是大家文章, 自與今異矣. 世易人異, 沿革展轉, 互成其業, 文運亦與時陵夷. 屬辭愈工, 體裁愈下, 至東京時, 偏拘脩辭, 至六朝, 蓋失之浮靡, 唐初益居其弊也. 於是天降命於韓柳, 乃能使之, 以木鐸于天下. 昌藜河東, 於斯大竭吾之才, 削六朝浮華, 用達意振于世, 而自中葉文化復大興. 若宋之歐蘇輩, 大率皆宗二家, 抵共振于世. 他諸家亦宗歐蘇, 遂自其遠於韓柳, 漸又流漓, 至胡元益衰, 皆用語錄語, 未曾有文也. 明興北地, 李子蟬脫鷄群, 獨唱古文於前. 李王繼奮力扼腕, 和於後, 脩辭與達意, 兼二派. 宇宙一新, 殆羽翼于兩司馬雄固, 懋以除宋元之弊也.

於此文運復煥發 若日月以升盈卉木, 以向大陽, 暸暸乎復古矣. 是則三家之力, 可謂務焉, 夫以時與道汚隆也, 猶日月代明, 四時迭行, 衰卽盛, 盛卽衰矣. 雖我日本, 莫不亦然也. 我邦古來所稱大率, 皆八大家唐宋, 元明亡敢擇體, 用語錄中之語, 爲文者旣久矣. 然天降命, 出一儒士於時, 元祿正德紀年之間, 振古文辭于東都, 論體於韓柳李王, 爲漢已下之儁也. 其論例曰 唐稱韓柳, 宋稱歐蘇, 歐雖則非韓柳伍, 爲識韓之先鳴, 子瞻仙才, 筆隨意到, 而二氏之法, 韓柳已具體焉. 學者苟得其法, 雖亡二氏可也. 夫於文章之體, 惟敍事與議論耳. 文選雖已具其體, 浮華之言, 不尠韓柳, 因論駁, 以理勝之, 别開其門戶. 宋元之文, 冗長卑弱, 宗於議論, 疏於敍事, 於此滄溟弇洲, 偕脩其辭, 以拔其弊也. 夫滄溟者, 一家奇才屬辭, 全不用韓柳之法, 弇洲雖稍用, 全脩辭乎古文, 二家乃俱振, 自用辭勝之, 復古之葉始備矣. 至斯言一出, 都下大概操觚之士, 駸駸繼踵, 爭學斯文, 其徒或離散四方, 往往或唱李王迨今. 稱其雅言者, 動驅二家也. 僕也皇皇于世, 且莫奔走食技. 雖摛藻結擇, 非吾事. 聊又好雅言, 偶有間暇, 乃自傍作彫蟲之態私淑[668], 甌臾之間, 取所謂論例. 惟恨未能肄古言, 是邪? 非邪? 不識所以然也. 戊辰信使來日本也. 文學矩[669]軒訹我東都, 謂李王文辭, 若頗嚙瓦礫, 余不敢采二家也. 今也貴邦之於文辭, 唯在韓柳二家歟? 或又有因李王, 而脩古文者歟? 冀聞大國之稱于時文辭.

秋月答曰 見問二條, 大體有據立意, 不俗造語且高. 但道學則儷程朱於漢儒, 文章則配李王於韓柳. 此物雙招嚆矢之論, 其壞人心術, 錯人

668 원문에는 '叔'이지만, '淑'의 오기(誤記)이므로 바로잡았음.

669 원문에는 '規'이지만, '矩'의 오기(誤記)이므로 바로잡았음.

路逕, 至此而極矣. 雖以君之明, 汨然不自思其淪胥, 可勝痛哉! 夫程朱不出, 則孔孟之道晦, 孔孟之道晦, 則人獸幾乎雜糅矣. 庸敢以一二膚淺之見, 疵議於其間乎? 至於李王, 則不過鉤棘, 其辭難澁, 其句力追秦漢, 而卒不免爲季世杜撰之文. 滄溟未及悔而死, 弇洲晩年有歸根返德之心, 而未之能也, 豈可以擬韓柳之奴隷乎? 坐間艸艸報告, 不暇細答.

東原曰 孔孟之道, 從程朱而明者, 僕不敢信焉. 夫闢孔孟者, 豈止程朱? 漢魏之間, 大家又不少, 則至取道於彼, 取於此, 各在自己之識而已. 謂其善程朱則可也, 何獨謂其闢道也? 且也議論李王, 爲韓柳之奴隷, 胡議彈之之甚也? 元美所謂稱漢廷兩司馬, 我代一, 攀龍者, 雖頗似過譽, 殆又不虛也. 顧其宋元之際, 凡遊文辭之徒, 蹈迹涵風, 咸舐韓柳之糟粕. 至於明亦大抵出於二家, 李王出而變二家, 脩辭體裁別成一家, 二子之業可謂務焉. 謂李王之文下於韓柳則可也, 舍之奴隷之下則非也. 至君之議論, 似稍妬惡二子耳. 不然則又幾乎固陋. ○秋月曰 悲夫! 君未出其網羅. 顧破之以游其江海, 當能修德以任心於程朱, 專窮力以委意於韓柳也. 莫必與溝渠之魚同隊. ○東原曰 欲問貴邦之學化, 却及議論也. 大凡學問之道, 各有所見. 若至其議論之, 雖日夜竭其力及筆戰, 理弗敢盡而已. ○秋月曰 勿敢議論. 論者必破交誼, 惟能唱和以述雅懷. ○東原曰 僕將辭諸君, 願覎再和. ○秋月曰 君詩屢和, 他人之初呈甚多未得和. 勿咎走艸不好. ○退石曰 郢章飛雪, 走艸以難和. ○龍淵曰 僕等數和, 一二無和, 亦無妨耶? ○東原曰 席上非敢乞和, 俟間以開詩囊. ○退石曰 夜來有間, 當以奉報. ○東原曰 一顆木桃, 敢竢瓊瑤. ○又曰 明當發來以竟夕, 而親送歸裝. ○退石曰 日來辱慰旅愁, 而每將辭, 輒恒後於他人. 筆話唱酬從容至夜, 感荷感荷. 明日明明日必來, 以申別意. ○東原曰 箕聖之遺風, 寧不仰欽哉? 他日又欲斯時, 不可復以得也. 必期明日, 猶貪親與諸君周旋.

六謁

退石曰 東原來耶? 今日唯可談風月, 不宜及議論也. 東原曰 晉時議論多皆風月. 至若斯議論亦不妨. ○秋月曰 入我黨者, 但有淸風, 對我筆者, 唯當明日. 淸風哉! 明日哉! 何不速來? ○東原曰 君實淸爽, 不可減謝光祿也. 淸風之韻, 明日之才, 固非吾事, 可愧可愧. ○東原曰 不遇之醫, 且夕來往于城市, 爲伯休之態, 未以得灞陵山中之趣, 幾爲憾也. 唯幸遇諸君, 聊假其風裁, 是似稍忘俗機耳. ○玄川曰 男子志乎道, 感遇懷慨, 亦惟不可亡焉. 念其生才也, 天使之也, 亦天大器晩成, 當俟其四十五十, 而聞于世也. ○東原曰 暫欲避世墻東, 而竢時人之語可歟. ○玄川曰 君務讀損益卦, 知子平之所謂, 富不如貧, 貴不如賤, 則無强索榮利, 亦當可矣. ○東原曰 匪敢羨富貴. 若姊兄謗蘇晉, 所人情不免, 爲奈之何? ○玄川曰 寵辱如驚, 勿必索榮利. 惟當從天而可哉. ○東原曰 自文旆已東, 四方皆稱諸君. 僕日見遇, 親觀其詞鋒, 銳利幾凌霜, 名下固無虛士. ○秋月曰 日東多奇才, 太可愛也. ○東原曰 樂者無新樂於相遇, 悲者無新悲於相別. 一遇一別, 悲樂忽移. 人世由來雖如此, 俄然消魂. ○秋月曰 惇致悃篤, 不可敢忘. 西歸之後, 恒當向日東, 見君之名聞. 若日之升, 赫赫照映海表矣. ○東原曰 花自已開, 把筆交情, 至花將落, 頓迫歸裝. 三春一日, 殆在夢中, 悵悃戀戀, 今將爲何? ○退石曰 萬里永世之別, 涖此度矣. 悵黯之懷, 不可一筆形容. ○東原曰 鄙語序文, 與大筆鄙扇, 併表離情.

送秋月學士歸朝鮮序并五排律 東原

天下建國脩聘締隣盟之禮, 蓋其盛于春秋之世矣. 方此之時, 大小列國, 務歃其血, 偕使社稷之臣 互修禮, 彼有彼君子, 此亦有此君子, 列國乃爭化. 禮樂人文, 雖各不乏, 而言其風化, 最無若魯也, 言其君子, 無若延陵氏也. 雖然魯者, 固蕞爾一侯國, 介於大國之間, 山澤林鹽車馬城郭富麗, 較諸大國, 當弗以若雁行也. 然而成周支國, 以周公旣占封疆開宏政, 禮樂人文郁郁化風, 臻徽猷, 聲敎行于時于天下, 實盛於其大國也哉! 故及延陵氏, 一已聘于魯, 聞遺音餘響, 喟然以爲美哉! 觀哉! 禮樂人文, 一極鄒魯矣, 乃特令鄒魯, 甲天下之化, 魯亦特令季子, 甲天下之賢, 左氏所載籍昭昭莫論而已. 今也私觀朝鮮之所有土封疆, 蓋跨於離坎, 西與華夏隣, 東接我日本. 山澤林鹽車馬城郭, 雖未以若中國, 然較諸他邦國, 幾又富麗强大. 殊自其箕聖遺風尙存乎今, 禮樂人文與三代稍均, 徽猷聲敎, 頗亦有魯之風, 而言其人, 秋月南公, 有季子之風. 公夙富學化, 以其有成國之器, 官已職干製述, 與保衡俱持使節, 以脩聘於我焉. 艅船乃入馬島, 自軔已東大阪西京東都間, 無論於肩摩轂擊靡然, 慕之仰其懿範. 迄他侯國所過, 鄕風往往靡不咸挾筴摛翰. 唱酬筆語之狀, 渢渢乎以聞我日本也. 夫我日本與韓通上世者, 不肯記. 自 國初已來, 脩盟互善隣, 弗敢遠秦胡, 聘問于今所不絶, 蓋旣百有餘年. 每玉節至于時, 莫不有若君子, 而陪從焉. 雖然唯在其所耳, 未以經之目睹, 不敢識所以然也. 余一二得遭遇, 實識其若君子, 南公其延陵氏耶! 延陵氏聘于魯, 所過侯國都邑, 大卒皆鄕風, 南公今聘于我, 所過侯國都邑, 亦罔不皆慕厥德服化也. 顧南公在春秋時而脩聘, 鳴厥德音於隣國, 豈啻今南公縱不若季子, 弗可敢退三舍也? 公也實延陵氏耶, 則視之延陵氏, 禮樂可以論焉. 然三代以降經歷數千餘年, 雖其華夏乎禮樂與昔古不同, 況日本與中夏異禮樂. 皆我禮樂厥音, 雖則非鄒魯之化, 而觀風化之行于天下者, 以識我人文, 以識我禮樂, 於南公之懿德, 實其季子也哉! 豈匪其人? 爲排律一篇五十韻, 併以贈焉.

箕風滿成國, 封建布墳謨, 城壘占山嶽, 樓臺壓郭郛, 人民齊富麗, 園圃雅膏腴, 憲律法周鼎, 文章肄漢都, 中原流地脈, 東海接乾圖, 分野同星宿, 通溟偏斗樞, 善隣永脩好, 問聘幾交孚, 張旆飜回浦, 使軺窮遠途, 舟師候[670]五兩, 介紹限三艫, 臣職祇于役, 王程故亡監, 魑魅護艱嶮, 罔象佐勞劬, 霜動長槍氣, 塵揚連騎踊, 祥氣鬱冠冕, 靈籟雜笙竽, 彬彬賢君子, 濟濟烈文夫, 郡間抽英俊, 獨步稱明儒, 奉寵陪金節, 承恩從玉符, 豪姿展鳳翼, 壯志宛鵬雛, 偃息扶桑頂, 皇翔滄嶼隅, 超乘鞭馬島, 遺直肅皇區, 爭轍浪華士, 投衡江武徒, 比肩窺領袖, 把臂拾蠙珠, 賓榻鳴毫坐, 藻壇載贄趨, 聲聞開授簡, 史譽秀操觚, 卓軌才難淩, 輝光德豈孤, 耳觀遙爲慕, 心賞暫斯俱, 唱酬斠渾雅, 來往總驩呼, 雄固今誰在, 謝顏元特殊, 誓盟嘆禹吉, 慷慨感蕭朱, 劍履僅雖謁, 居諸忽欲徂, 朝儀竣傳信, 台命慰憂虞, 頌旣陳佳瑞, 勳全紀範模, 行車辭魏闕, 征蓋返康衢, 羈曲悲鳴鶴, 驪歌驚隙駒, 離堂自盡苦, 握手還如愚, 幽夜照愁燭, 淸晨惹憾烏, 盤岡鳥萬囀, 悠路花千株, 遊目熟眺覽, 旅腸當晏娛, 穿芳出蓮洞, 傍水繞蓬壺, 六翮毛軒擧, 十洲烟有無, 苔經縱欲得, 石室敢休拘, 函谷丹霞岸, 芙蓉降雪嵎, 龍旌朝縹緲, 仙管夕索紆, 津鼓向風響, 雲帆帶雨濡, 參商看阻緯, 面會似秦胡, 宇宙存知已, 神期若橘柚, 郵亭鍾已報, 官樹日將晡, 去矣謹刀筆, 歸時待舄鳧, 逢場二邦語, 別後一形軀, 秋恨梧桐落, 春憐桃李蘇, 天涯尋踪跡, 客夢互踟躕.

東原贈以詩與序意甚勤懇書以謝之 秋月

贈以麋毛筆, 申之古體文, 文隨書畵舫, 筆散墨池雲, 見月應思我, 何時不憶君, 殷懃蕭寺雨, 更與夜深聞.

---

670 원문에는 '侯'이지만, '候'의 오기(誤記)이므로 바로잡았음.

送三書記歸朝鮮五言古幷序 東原

蓋夫所以妙用玄化, 與天地均德同其進退者, 無若麟鳳龜龍也, 則其於四靈, 天下侯國, 有道則顯, 無道則匿, 未必臨于時常其兆也. 故春秋已往, 雖聖天子御極重, 明以麗乎正之時. 僅觀其兆, 矧後世異於道, 非至道君子能與於斯文者. 惟自其取之人, 非儁材美德之盛擬乎彼, 亡敢由獲耳. 然若其徽軌踔絶克擬乎彼, 天下又罕觀焉. 嗚嘑! 四靈之罕于世固當然, 何欲其稱瑰瑋, 克與古合契者. 罕于時于天下也. 夫三代固亡論, 秦漢而降以四靈稱者, 天下不爲不多也, 而方今乏於人, 罕寥寥乎特聞于世. 所流漓之使然耶? 豈然? 縱輓近生才, 未能若其古. 至務窮日之力, 能竭其才, 卽莫亦與古爲徒者哉! 蓋有焉, 蓋其所有在中夏耶? 在日東耶? 抑又朝鮮耶? 朝鮮者箕聖封國, 雖則距其時, 歷數千餘年赫矣. 遺風昭然, 尙盛烈于今矣. 是以亦生其人也, 有若斯豪俊, 一時奮才於天下也. 余及且莫造館, 與三書記筆戰, 屢爲語難, 親識其人. 退石者, 篤學好古, 洽通諸子百家, 若苟爲其言, 非其法言, 敢弗以取, 殆與麟同其德也歟! 抵摛藻結撰, 羽翼左氏與兩司馬雄固, 周旋操觚之所壯, 若鳳之振羽毛, 飄揚乎飛五采, 實其玄川也歟! 驪珠恒轉筆下, 抵上則漢魏六朝, 下則開元, 天鳳騁鶩, 騏驥駿逸, 上下其體裁, 龍淵者頗臻其妙也. 於戱! 三子儁材美德, 一代大豪家, 其擬之四靈, 寧爲以誣哉? 夫四靈之於微妙天下, 而一物有能獲之, 將以足矣, 而弗獲, 乃若其擬之, 而可能擬者, 天下而一人有能獲之, 亦將足矣. 夫天下而一人, 尙所希而弗獲也, 而朝鮮一時獲其三子也, 何其盛? 朝鮮嘗稱三國, 三子乃畫地, 各奮其力, 鼎足三國, 卽當禮樂詞藻得何國乎出其上? 三子者, 實其靈也, 若其擬四靈, 胡又虛哉? 龜者則秋月, 旣彰兆於明堂, 別敍以稱其德. 退石, 姓金, 名仁謙, 字曰士安. 元氏, 號曰玄川, 名仲擧, 字子才. 士執, 名大中, 姓曰成, 龍淵者其號也. 五言古三首, 分贈三子.

題麟送退石書記

一角啣玄枵, 五蹄含五精, 花紋元異類, 獨能知治平, 奇姿甲四靈, 音中鍾呂聲, 載文興社稷, 抱義覩國楨, 穆穆應嘉瑞, 彬彬垂美名, 規行恰中矩, 折旋宛中程, 生艸與生蟲, 步底弗敢頳, 軀自必不群, 擇土寄厥生, 開道周郊藪, 降衆漢時榮, 年紀隨化治, 麟趾風全成, 西狩時應感, 春秋定王正, 可歎斯仁獸, 與聖期盛明, 千載護朝廷, 表德三韓城.

題鳳送玄川書記

丹穴有靈禽, 仙翰周成章, 三文兼五采, 珠瑩混金光, 六像照乾坤, 七德恒負祥, 雲儀巢阿閣, 風翮繞明堂, 窈窕沖青霄, 氤氳鳴高岡, 覽德千仞頂, 棲息碧梧傍, 洛水銜圖降, 呈瑞禮樂場, 東園時蔽日, 王谷永興王, 韻音應昌期, 見兆舞朝陽, 鄒魯聖空嘆, 荊楚歌豈狂, 九苞雖難至, 既至君子鄉, 天東一展翼, 擊海攀扶桑, 歸來開雲西, 飄揚護封疆.

題龍送龍淵書記

至靈陽德利, 正中元乘乾, 精化脫凡心, 通神孰比肩, 知非池中物, 潛伏在重淵, 頷下濬葆光, 浪底抱珠眠, 九九鳴鱗動, 駿鬣奮捲烟, 鬼眼開日月, 岐角衝上天, 五花樹叢間, 拔郡獨秀先, 飛騰隨晦明, 變化妙入玄, 起翔滄溟潮, 臥噏大澤泉, 靈雨涵時噓, 鼓舞將雲遷, 幽明寧可測, 啣燭普昭宣, 昔在躍劍潭, 卽今蟠朝鮮, 鴨綠常鳴江, 升降期永年.

送慕菴良醫歸朝鮮七言古幷序　東原

秦皇漢武御天下也, 善服形術, 欲其覩少廣, 俱需之東海. 漢雖則因欒大, 緣深澤侯, 恍惚亡軌耳. 徐市承命於秦, 將其窮蓬瀛[671]於一視掌, 而蹈海極我東方云. 夫東海稱仙區, 古所未聞, 所謂自嬴劉蠱於方士,班馬有載籍, 后世尋稱之然. 唯有其所稱, 未視其可目所也. 曼倩又茹氣詳記十洲, 亦惟慢言, 槪皆荒唐而已. 顧其東海中島嶼之所賁峙, 洲渚之所棊立, 有迋迋當寢食之地, 斥其土. 言卽實狹隘卑磧, 斥其人. 言卽又文身裸體, 未必視若古之所推稱, 雲螭霞綃琪樹瑤艸, 抵燦燦乎照世表焉者. 然則仙區之譚, 大率咸虛妄, 豈其虛妄, 今視之古, 其彷彿之也? 蓋我日本耶? 我日本僻東海國, 雖小乎華夏, 朝鮮所稱類, 皆自古均曰之蓬萊[672]. 其稱蓬來, 則其琪樹瑤艸雲螭霞綃之於靈異, 亦惟不可亡焉, 則有焉徐市旣來于我, 採瑤艸於富嶽, 琪樹搜之於態野[673]. 雖遺蹟尙昭昭載我古籍, 而抵華夏朝鮮所稱均, 皆詩賦空言, 未嘗識靈秀之所滋蔓也. 惟至其識之其獲之, 匪庸流之可獲仙耶? 仙也苟非躡大虛有精通, 奚獲之哉? 然而至古之所謂遐擧, 輓近猶弗之視. 惟其若僅可庶幾者, 最吾方脈而已. 方脈者, 仙府一班五靈九鼎術, 合其方, 亦非其人, 弗敢可以獲焉. 今也私視李君, 蓋則其人耶! 李君夙窮方技, 頗得其術也. 固無論扁倉緩和, 迨方士之方, 靡不該彰. 是以抽班官, 乃補良醫, 彬彬莅于我也, 使我風靡. 余亦醫也, 時時往談乎道, 親聞其議論. 好古之常, 荀毋如夫遊詩賦輩. 置空言於摛藻之間, 最欲能搜靈區, 觀其鍾秀也. 於戱! 李君淸軌修能, 乃至其搜之其觀之, 輒藏諸藥籠. 所謂以秦氏之驅虛妄, 漢武之所亡軌, 極浪迹於視掌, 卽可能記之, 而傳千百世也. 李君者其醫耶! 其仙耶! 可謂醫中之仙也矣. 七言古風倂以贈焉.

671 원문에는 '羸'이지만, '瀛'의 오기(誤記)이므로 바로잡았음.

672 원문에는 '來'이지만, '萊'의 오기(誤記)이므로 바로잡았음.

673 원문에는 '墅'이지만, '野'의 오기(誤記)이므로 바로잡았음.

兩東和親海西東, 詔化千載屬古風, 舊盟隣好存異代, 箕封聘問萬里通, 萬里宵冥開雲陽, 熙熙星軺照扶桑, 濟濟多士整鈇鑶, 盈盈張旆繞余皇, 鬱兮余皇有眞人, 三世幹蠱肘後方, 德兼黃岐術緩和, 德術幷行聞東華, 一朝爲許從使節, 玉冕羽裳映天涯, 玉冕飛光浪華月, 羽裳飜彩武城霞, 浪華岸頭壓諸士, 江武城上驚百家, 吾徒與百家俱陪, 掇翰交論搜奇才, 君自仙骨非時輩, 持論風猷 全廣恢, 一挹風裁羨風土, 二接持論嘆千古, 風土雖元餘箕民, 若君雄逸又幾人, 一時昭代荷聖化, 二國奇遇屬維新, 異域同文相偶坐, 優遊交態容爾我, 爾我心腸猶未熟, 治裝催歸飛鶴駕, 離魂惆愴親握手, 難那別期迫曉漏, 王舍城頭御春風, 飄然忽向鵬際走, 一去倘佯阻各天, 猶是新知如故舊, 寧不戀戀憶綈袍, 一別生涯復難遭, 異日兩東互相思, 君向旭日望東關, 吾亦東關向西嶽, 曙天落月爲君顏.

賀聘使三大夫修隣盟頌　東原

熙熙皇天, 降祥二邦, 樹德興化, 永布敦龐. 假樂撫民, 以鳩好仇, 百世善隣, 聘禮維脩. 尋盟萬里, 將宣王猷, 渥命鼎鉉, 廣合和柔. 維此鼎鉉, 耳足否休, 祗承寅亮, 出與國謀. 夙夜守中, 瓜牙有方, 珪璋知化, 道紀襲常. 碩膚懷瑾, 懿德維芳, 雖德是芳, 恒葆厥光. 於斯介人, 足降麟凰, 均康國成, 膴仕含章. 勵翼宣力, 功宗以彰, 明若日升, 鬱如浪揚. 令聲令聞, 普達四疆, 故擁使節, 遼履遐荒. 四牡歌勞, 北山唱行, 龍旌鳳旆, 黼黻冠瑲! 朝映金輿, 晡照余皇, 凌天蹈海, 王程是量. 南依斗柄, 東向朝陽, 經歷日月, 杳極扶桑. 隊班盈盈, 威儀彬彬, 鐘鼓管籥, 聲律如綸. 八音克諧, 無相奪倫, 鈞天廣樂, 廟堂星陣. 徽烈溫恭, 國華瑩璘, 輪無日照, 鳴玉以振. 至請衽席, 陪鼎待賓, 將俱乘時, 覩斯民人. 惟此兩國, 協和明義, 惇信崇德, 誠謹公事. 自國肇革, 十有餘紀, 赫赫葉葉,于今同軌. 韓封於化, 日域於治, 非翅袞職, 詳斯百揆. 股肱耳目, 繇共濟美, 美哉同類! 相求無遺! 雲隨龍興, 風隨虎吹, 陰陽會通, 靡敢藏器. 融和千載, 爰敷箕風, 累世追時, 頌勳謠功. 締好不渝, 于此大東, 臻已竣聘, 四簋式燕. 魚麗鹿鳴, 獻酢洗尊[674], 言享君子, 盟誓以善. 國步悠久, 毋敢以蹇, 萬紀期天, 綏履宜服.

賦大海行送聘使三君歸朝鮮　東原

海門萬古隨嘘噏, 四商八埏潮汐急. 瀰瀰潮汐百萬里, 洪濤縱橫如山峙. 雪色千重涵崑崙, 鯤鱗帶雪似振翅. 騰馬十萬蹴天走, 奔鯨百千衝岸起. 盤盂泱漭鬪龍翔, 澎濞渤蕩擊雷至. 激勢起自黿鼉之窟, 渺瀰頹顚若毁壘. 鳴響晨昏動地軸, 尾閭天焦入又出. 瀴溟極北灑天區, 掎木津海低桑榆. 日南之國屬朱涯, 扶桑之東抵海嵎. 萍流亂與裸人之邦, 掣曳水煙泛汎悠. 黑齒之都崇島巨鼇, 棊雲際大明翔陽. 發金樞嶠鎖仙墟, 浪鮫室波間往往. 迹有無長綃帆席, 與天接捲烟穿霧. 鳥爭趨平沙廣斥, 連鹽田曠莫空濛. 無坤乾江淮河漢, 交涇路日夜朝宗. 千百川從是渻洈, 闢天綱窮溟分土. 界三千君不見大海, 雖若斯星軺過時. 扈風師蛟龍魚鼈, 護彩艦海若罔象. 仰翠旗桂檝蘭槳, 攀蒼垠錦帆繡纜. 相追隨四海百靈, 保三艫渤澥無恙. 開洪禧.　以上二篇, 介於龍淵, 而呈之, 未知其達不.

離別已定括詩囊起席立舐毫端賦以贈四子

實若七步　東原

西海三千里, 東溟九十春, 難何離恨切, 明日夢中人.

674 원문에는 '奠'이지만, '尊'의 오기(誤記)이므로 바로잡았음.

走筆和東原　秋月

滯節愁經歲, 歸帆好伴春, 依依猶懸別, 終是軟情人.

同　退石

投詩花下院, 餞客雨中春, 來日行攜路, 東西萬里人.

同　玄川

漠漠烟霞色, 誰傳瓊樹春, 獨長泓渤勞, 空阻北南人.

同　龍淵

佛樓聞雨夜, 郵館落花春, 悄悄燈前面, 天涯遠送人.

以上筆語中載大概. 此外雖有與良醫製述官三書記輩, 俗談雜話百有餘條, 會長洲花山柳營將軍復齊. 三桂默齋[675]高亭等, 贈答筆語許多, 事以繁冗, 今省于斯.

明和元甲申歲十一月

東武書肆

淺草御堂前　辻村五兵衛

下谷稻荷町　越後屋藤兵衛

675 원문에는 '齊'이지만, '齋'의 오기(誤記)이므로 바로잡았음.

【영인자료】

兩東鬪語

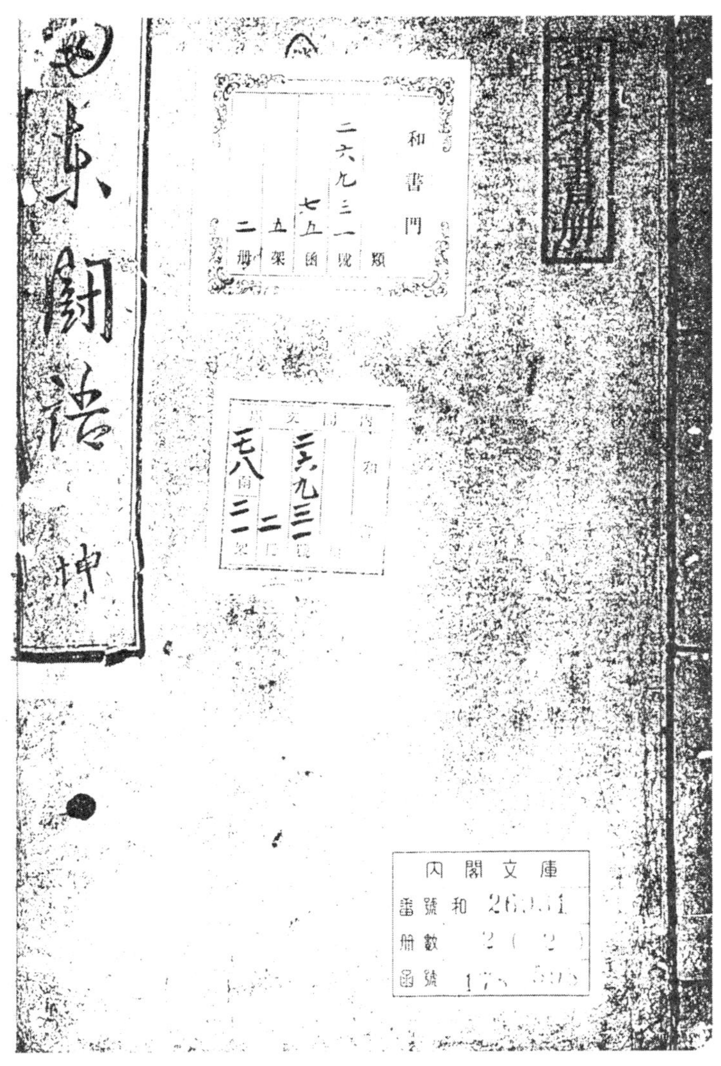

兩東鬪語序

寶曆十四甲申之春朝鮮聘使至于 東都乃館于淺草本願寺於是乎都下搢紳先生及坊間君子競進應酬官醫良菴松本君與余之門生横田準大為一偶併進文錯韓人過之實如舊相識每詣抵

掌驩馬稱曰奇哉半學不肄家技
因食方脈弗敢與之齒擠翰之所
壯若雷之應電唱則和爲荅則問
爲馬篤而東會我儕者醫〻乎如
雲霧所至蔭于館雖四坐日〻不愧
北海未必視若而壯爲者也於戲
二子者醫而儒時〻往反於我也

此役一愉快即若其披雲霧覩日月也夫韓人之遇乎二子特得之廣衆之中相欽者大抵若斯而已是以應酬之作積而為堆云近刻劉氏請歆上梓之懇造告二子不屑雖已備之霞漿之具然以數葉請弗敢得已遂諾以授寫色余叙

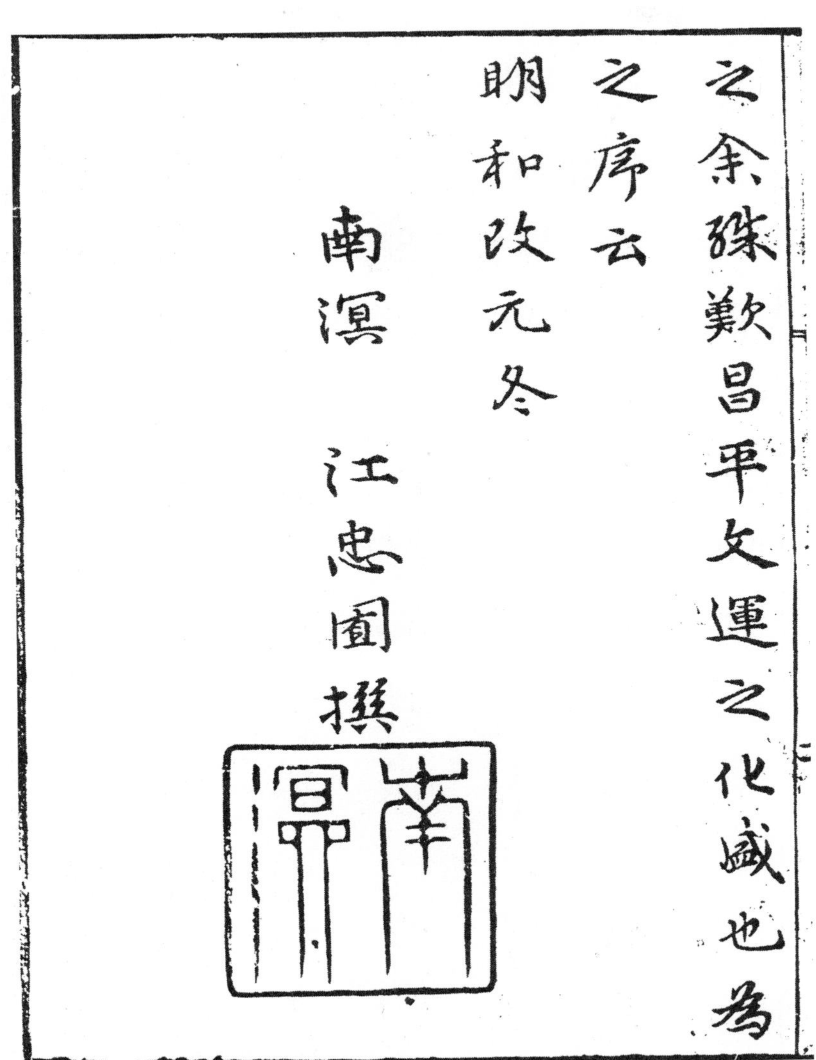

之余殊歎昌平文運之化盛也爲

之序云

明和改元冬

南溟　江忠囿撰

兩東鬪語序

松君良菴嚮禀官將田生某者會韓客于淺草館中其應酬筆語累累作堆既輯而錄上焉廼君安長紀君携其檢子來示予曰松君之稿已成篇剞劂氏適請曰與田生君總而唱和之作并上

諸梓也松君不許旋
詢之亦〻曰君盍與凡
雛小說戲劇冊子喜見
女子之眼者認載梓本既
而國風化之雅室舊藏
魚手君〻先急之難是乎
松君許之而使亦題
於後且需子一言子其
叙之亦謝不敏〻先文
梓〻後因非我輩

豈敢也紀君曰子果
不肎刎是於文際之
道有所未盡者也而
畧饋館酬酢之際
子亦不在乎今昆之郵
印吾亦誤其端則
子莫復辨爲亦敢拔
言言象續至舌磨論乃
相顧謂曰松君折肱之篤
志亦更是已失以修秀

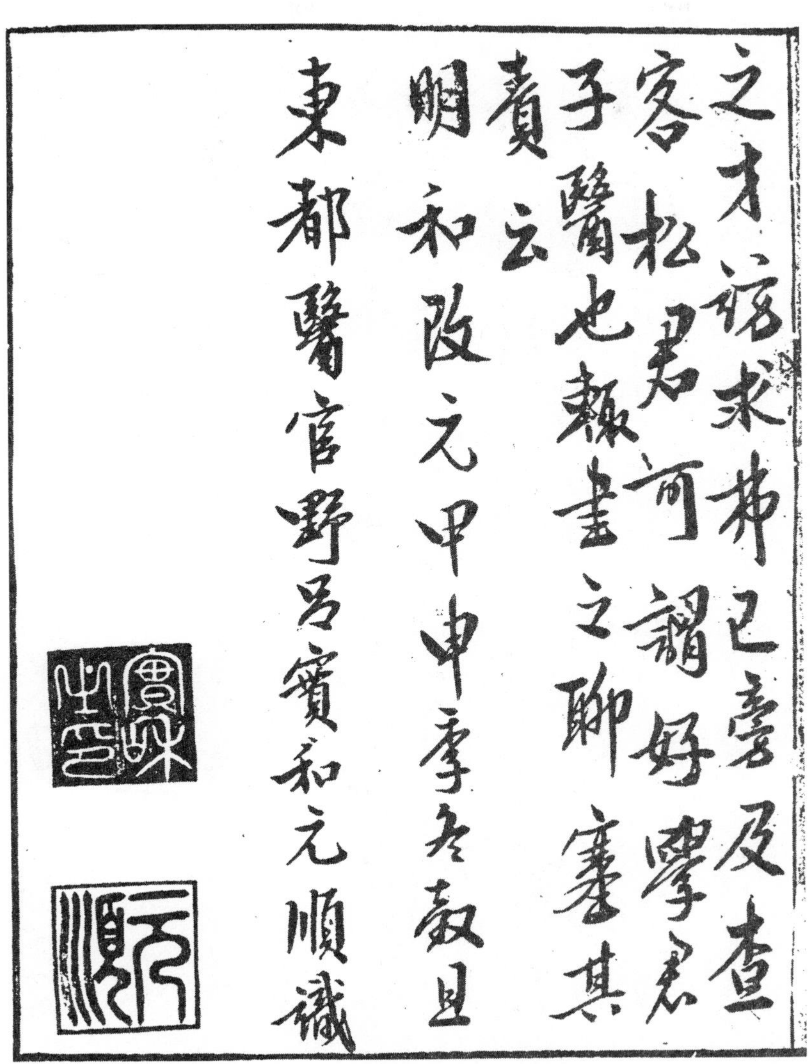

之才旣求神已喜及查
容松君可謂好學君
子醫也藝盡之聊塞其
責云
明和改元甲申季冬穀旦
東都醫官野呂實和元順識

兩東鬪語

松本良庵識

名刺并韓人名字

寶曆甲申春奉

命於本願中堂之東廂謁朝鮮之學士及醫官

名刺

東都口科侍醫

法眼松本善甫長子 姓松本名興長字千里号良庵

所贈吾韓人名字

正使通政大夫吏曹參議趙曮字明瑞号濟谷

副使同大夫行弘文館典翰李仁培字季修号吉庵
從事通訓大夫弘文館校理金相翊字仲佑号㦤庵
製述官前結城縣監南玉字時韞号秋月
書記前銀溪察訪成大中字士執号龍淵
書記前興庫奉事元中擧字子才号玄川
書記前成均進士金仁謙字士安号退石
良醫副司勇李佐國字聖輔号慕庵
正使伴人通德郎李民壽号
從事伴人通德郎洪善輔号默齋
軍官髙彛

兩東鬪語

三月朔日詣中堂

松本良庵識

与醫者慕菴書并詩

良菴

蓋聞親仁善隣國之寳也況
兩國濵隆運之和聘礼脩襲古之好玆山川迢遞舟
楫之戒跋履之險昊天昕祐經塗以霽方今纛蓋稅
駕於我
東武搢笏無佩瑲鳴翳列
朝堂之上有隣之德寔

兩國盛美也僕浴中外之餘澤叨得同此研席披雲霧以覩大邦之人士公也盛朝國手其於救神聖功巧定見七孔矣僕自燥髮雖箕裘斯業么麽之才不足以當三世之任惟是折肱之瑕湛思方籍之中間涉疑問者抆抆不斟爰奉所問數條以質諸左右祈高明平垂鴻意無惜底薀詳賜示教非啻惠僕之私况實民人滋生之賜也

寧圖殊域逢只尺此相親携手一時晤遊方万里賔
煉丹開竈古採藥滿囊新平素青牛上腰間活幾人

後書 慕菴

恵書慰荷
両國以誠信交聘之僕以不才幸頼王命随行到此
与公等邂逅真千古奇遇僕亦有質問之事如有可
質之事与之討懐好矣

答　　良菴

辭意懇到幸蒙不鄙三復拜誦且許僕以質問事若
有問諮事者僕庸劣之才雖不當其誼耳目之所經
豈敢違盛意也

与學士秋月書並詩　　良菴

天眷有

三國交和數八紘威靈振四際風雨時行海波晏然
於是南北脩好旌節儼然奉使我
東都衣冠之會文物之美惟是爲盛舊盟之不易實
昇平餘慶哉僕幸生清明時同是居諸坐獲覩箕邦
敦和之風言念君子久也已接龍光則其瑟若其煥
若孚尹旁達庸識所甄天才宏瞻容儀清婉信邦家
珍器僕敬慕高風下情無厭巴調一律聊以爲名刺
之容冀宥冗定却示幸甚
懸帆龍窟外覓節自光暉山水入詞翰烟霞染客衣
盍簪憐一遇縞帶幸相依定識登高地賦成倚少微

答　秋月

所惠書多辛恨官事繁冗特甚而難速答走筆和韻

野綠迷作暈城白淨流渾永柵悲寒食浙雲想袂衣

繁愁花不住多病藥為依君識丹砂訣三山訪翠微

疊前韻　良菴

絶域星辰隔霓帆向日暉古傳箕教地今見漢時衣

歡恥玉葭雜知憐萍水依詞壇一交會相接愧才微

以病先入疊和良菴寄示韻　秋月

病惱風檐冷懽催晚郭暉不成燒燭燭還自擁錦衣

詩句分筵淂容顔隔竹依別愁仍浩蕩歸鳥楚雲微

稟書記退石　　良菴

海盤万里艤舩結軫驅策正無恙尊體清勝因緣幸
遂鳳雲望不勝欣歡至敬掇蕪辭奉梧右麾揶可也
錦帆遙向海東懸旌節揚々映日邊倚聘從来
三邦好會豪長共樂鈞天

和松本良菴贈投韻　　退石

奎星昨夜海東懸文鼓今聞古寺邊鑠域行人翻下
搦青眸相對雨花天

稟書記龍淵　　良菴

須海之隔險阻之遐踐履清勝寔

兩國威靈所共祐助也不圖挹光範珍惜之情溢衷
叨忝芻語冀鞫敎丙照幸甚
大姉仰看堯日春文筵況亦此相親詞君振下毫中
字龍淵明珠照坐新
此間毛利公設饌
稟席上今有食少選退坐耳
食罷又列坐
和松本良菴　龍淵
還丹長住越人春海外眞仙尚可親而後禪房賓席
淨一林花氣濕衣新

稟　　　　秋月

僕有疾不堪久坐許去席耶

答　　　　良菴

聞有貴恙速去席而尊體自愛

時龍淵与秋月共去坐

疊前韻和退石　　　　良菴

風霜万里客心懸航海来求日出邊一自東方稱奉

使星文遠動扶桑天

再和良菴前韻　　　　退石

荒〻野日橘林懸客子書囊繫肘邊應識金丸靈草

牲携君太掾十洲天

稟　　　　　　　　　　　　　慕菴

僕亦有問質之事若有所問之事問之也

答　　　　　　　　　　　　　良菴

書中所欲問之疑問幸袖而来伏冀高明指敎之

答　　　　　　　　　　　　　慕菴

此病論不可草草看過之論之當從容詳說呈上焉

俟後日如何

答　　　　　　　　　　　　　良菴

万里踰越尊體幾至困厭後日得面晤之時賜勒敎

答 慕菴

僕雖不敏何敢負之哉

稟 退石

僕久病之後欲退席公等許之

答 艮菴

公久病之餘僕等失問候不曾知尊體不調屢侵勞煩耳速入偃息之室藥餌專焉

稟 慕菴

公等有清秀之才日日相話如何

答 艮菴

耻蒙濫臭言不勝汗顔之至他日冀坐梧右許穏談則
於僕何幸如之
　稟　　　　　　　　慕菴
僕雖不才實有愛人之心公等真實厚僕甚佳之耳
　答　　　　　　　　良菴
浴徳莫量恨日已及下臼之時僕等欲辭去不隔三
日来圖面晤謝厚儀已
　三月六日　詣良醫房　　良菴
獨接芝眉時徳意稠疊不勝踴躍至想尊體久旅且
水土異甚日来眠食無恙也敬候

北 答　　　　　　　　　　慕菴

賜問候忻〻僕之所評一〻覽之否

答　　　　　　　　　　良菴

今三書記來誇吾詞華屢相弄故未拜高容後時拜

誦又取疑碍者質梧右耳

答　　　　　　　　　　慕菴

公之勤托不是終難篤果未知如何

答　　　　　　　　　　良菴

懃〻之誼豈敢浅之也僕非無意焉嚮所問之事雖

細盡之書言之餘而不如面胗其病論其證矣僕頃

所療適有患所問病者今随来冀公下胗切則於僕
多荷何云

禀　　　　　　　　　　慕菴

病者何人乎幸就坐

答　　　　　　　　　　良菴

辱許僕之願多荷以此簪張占徐賜胗望

禀　　　　　　　　　　慕菴

病幾年之前日用何許藥乎

答　　　　　　　　　　良菴

聞受病一年許余投匕二月藥用補方

稟　　　　　　　　　慕菴

此病乃舌瘡之病名曰纏喉風也脉度左數而右滑

滑元氣不足命門虛冷虛火炎之致須大補命門可

荅　　　　　　　　良菴

纏喉風者喉㖇十八證之一證而與舌瘡異也此嚮所

問稱舌疽之證也願細Git之

稟　　　　　　　　慕菴

還書無舌疽之名纏喉風雖是咽喉之疾多兼舌瘡

者矣

荅　　　　　　　　良菴

如所示論以之質古人則古人以何論含笑焉

稟　良菴

藥以何等藥可治乎

答　慕菴

然當用、、、、、、、、、、、、一貼

稟　良菴

病者不堪久坐使爲去席已

答　慕菴

年老病重誠難治之證

稟　良菴

不圖賜公眄切至於僕感戴〻〻

答　慕菴

僕今有事業從容可与討懷

稟　秋月退石　艮菴

二君貴恙日来漸爲調體耶

答　退石

裹病支離若難見瘳自憐

日已欲薄暮賦一絶与秋月三書記　艮菴

韓庭詞客贈瓊琚歡極春光與有餘祇樹鍾鼓耳數作

暮燈前堪惜十年書

和　　　　　　　　　　　　　　秋月

禪閣曾逈雜珮琚小窓重對落花餘殷懃別語無他贈須向山中讀聖書

和　　　　　　　　　　　　　　龍淵

花氣禪房濕珮琚滿林春色客愁餘多君再作同文會分外淸譚勝讀書

和　　　　　　　　　　　　　　退石

文墨忽驚響珮琚驪珠摘盡已無餘白髮行人詩意竭爲君傾膽染毫書

稟　　　　　　　　　　　　　　良菴

草〻句字〻神境

題 答 退石

句〻庸鈍

和 玄川

新詞造出璨如琚詩外淋漓氣格餘更有袖中丹訣

有經綸晩入帝農書

稟 玄川 艮菴

不圖以高調次蕪詞忻荷之至疊前韻呈梧右

數行文字似瓊琚鴻館春風猶有餘此日青眸容我

輩始看霞色照詩書

再和　　　　　　　　　玄川

芳歲文章珮放琚篇中氣格句前餘歎須更味床間
字斯學原来在此書

贈席上客　　　　　　　良菴

歲星燿々入須東蘭氣還香桃李風擊鉢從來誰作
學琤然鳴玉落筵中

和　　　　　　　　　　秋月

一片西飛一片東他花日々散隨風仙家少別千年
事恨在長天碧海中

和　　　　　　　　　　退石

詩筵共闘富山東客到沙門再接風聚散如雲無後約離懷都付一篇中

和 玄川

靈芝春發大瀛東仙嶠烟浮沆瀣風范子心中多有厭経綸晩識濼憂中

和 龍淵

秋菊垂英故社東葛巾長帯北窓風淵明雅趣君能幾書史琴樽一画中 贈自画淵明之圖故也

稟 良菴

旅館燈下想無復可語者僕雖不才暫許筆話耶

荅　　　　　　　　　　　　　慕菴
公等終勞矣僕則與公等筆話則何幸如之
稟　　　　　　　　　　　　　良菴
嚴慈兩尊在堂乎高齡幾耶
荅　　　　　　　　　　　　　慕菴
僕齡三十一父毋先棄世去可憐
荅
悼襲何云
慕菴愁慘色發氣色引以他語慕菴就餐暫
而以膳羞授余

答　　　　　　　　　　　艮菴

辭意何至此然恨僕亦爲食不然則豈不敢拜厚意也

禀　　　　　　　　　　　慕菴

懃誼何有深謝之也

答　　　　　　　　　　　艮菴

重厚意多荷雖然食旣飽焉且調理與
本邦甚異而強食之不受胸雖不食猶食再拜謝昔
画三幅倂奉梧右寔雖不堪觀弄聊慰旅愢困獻耳

答　　　　　　　　　　　慕菴

厚意至此故難負盛誼只留画本如何

欲贈筆墨公許之耶

答　良菴

文房之淸誼豈不拜嘉也

稟　慕菴

物雖微情也受之

答　良菴

雅厚叨領多荷還家而見親則何堪踴忻也

稟　慕菴

聞公有老親切欲以物歸程而適之未果日後當以某物呈上耳

答　　良菴

辭品敢非之只親應感嘉公之厚於僕爾日後又欲
贈老親是非行人所爲情誼拜謝

稟　　慕菴

僕聞人之父母在堂心中悵悵故耳

答　　良菴

想公之情誼厚於言辭外斯知孝友人耳

三月九日又詣良醫房

与默齋　　良菴

曾意星軺不易看文筵況亦此爲歡知君詩賦元無

敲紙上忽渾鏡浪瀾

稟　　　　　　　默齋

君居有何村爲何地名有山水也

答　　　　　　　良菴

僕之居者在

武城外郭中東北𢁉神田毘際邑屋雜沓無隹山水者

只近有黒水之一觀

和　　　　　　　默齋

萬里詩人一笑看

両邦交會百年歡神田開種々皇草叔季應超官海

瀾

[illegible]三疊前韻爲別　　良菴

不圖天貝席中看清調殷勲寄一歡歸路仙山行可覓想君柔筆照波瀾

和　　默齋

一別亭東不復看浮生散聚足悲歡故鄉歸路則何處極目茫茫碧海瀾

與軍官高亭　　良菴

思榮元董羽林兵寧讓英風李藿名腰下雙龍三尺劍好將精氣奉清明

高亭書〻去詩一絶太公筆〻法靡落可以愛
韓書房錫三〻桂者来問僕之業事姓名
稟　　　　　　　　　　　　　　　良菴
僕家世爲〻口舌之科
　与三桂詩
星槎元屬綉衣郎遠蹈〻烟霞詩興長爲〻問東溟三嶋
樹今年桃李幾添香
　稟　　　　　　　　　　　　三桂
仲達之術極爲精明吾視此房中来第一
　答　　　　　　　　　　　　良菴

公戲語之甚何至是願賜高和於僕多辛又問樟査之間風波悪耶　　　三桂

答

尤甚然爾

三桂 把筆欲和鄙韻則寫字官急来共携太

与醫者慕菴別書并詩　　　　良菴

李卿亦然締終世之交爲終世之別一珠涙抆之以易贈言之義亦奇哉惟是氣類故也僕雖庸廛緣家世之蔭謬竊

國恩溽列望朔之

朝雖父祖餘業哉亦樂世之恩露也常念人各有用苟繼其緒營其業甚患窮力則不內羞纓冠垂帶之人爲人之道畢焉然僕自少固陋寡聞三三總角或凋落或寮居旁若縫掖武弁雖心交無疑者惟是道不同則無由相爲謀今合志同道相倶劃琢斯業之親知者僅二不過二三子庸劣之資輔仁之遺帶穩先緒之墮寸心奮強鶺鴒之微翮一枝之命將窮矣何幸因緣樞衣梧右發蒙昧破疑滯不啻一日之恩歟衷以何報乎發邁在邇雨水方至春濤且高尊體行自愛薄物聊爲生芻之贈只可嘆者萍水手德音

敘忘〻〻〻〻

臚鋑無揚拂地新攀来恰好送嘉賓頭真訣長須

貽時後同方殊爲親南北双眸千載會乾坤一淚百

年身心交日〻芳蘭結不度鴻書別世人

荅書 慕菴

一逢一別與天地循環同理吾何悲哉君何愁哉但

万里同技浮萍論懷真千右奇遇而遽爾還別〻懷

悠〻君我一般況以物相表赤心書情厚領之多謝

〻〻来詩日後當和呈耳

紙雖微物欲以表情

答　良菴

紙勝剡藤永藏文房爲不忘寶已僕家所秘之方藥五品應請録上公亦如所示方願細録示此會終身不圖再會僕以非常對公公亦思焉

答　慕菴

豈敢屓厚誼舌口之藥方三別方二倂録別紙願公勿他言所送物何以煉玉乎

答　良菴

合玉屑角粉作之

示意重厚不勝悦懌僕頃來事業繁冗恨不圖再會

遺恨何盡

答　　　　　　　　　慕菴

明日必來以繼此夜未盡之懷爲何

與學士秋月別書並詩　　　良菴

興長白嚮自揖足下鴻館日顧昭曠之雅下情不一
置焉僕奉業薄拔折肱之勞奔走無時間屬目經籍
數千載友數千里外之人率冥搜耳自一聞使星聚
我東武引領擧踵庶幾覩大邦禮節之美人文之蔚
惟日爲歲矣若夫毛衣辮髪雖重譯連舶投我
海津鴃舌之種何知夫文物之盛乎今形殷周之冠

鳴風雅之音來而親我者何國居親接其人視其亂肝肺相照筆硯相俱未嘗不慊然於傾蓋一時惟是覯會倉遑辭意戀〻近有還軫之期商參之會一朝星散則令吾流風月之思者唯錦篇玉章庋之邃篠中時〻披之聯貝鳴球茲想見君子之音容是王老之所謂覯物思人者歟僕等何幸所鎔宏和之德戴天蹈地坐見異邦文和之美顧人客世間五十來年瀉之亦一時失之亦一時吾與事俱馳千古一快事瀉諸斯時悲歡交集焉覺不腆之品以千里不忘之贈千山疊雲文濤蕩槎語異意不盡眠食自愛

文筵聊自學郢和傾蓋難留春色過歸路策遲花下
馬幽牕夢照月中娥十洲行景入丹管鴻館離歌答
玉珂寧道丈夫無別淚爲君今日灑長河

答 秋月

所惠書歸軫漸逼走筆聊次前韻
日即天淸晉永和閒花落地竹陰過交情春谷鳴林
鳥離恨煙江鼓瑟娥縞紵殷懃隨去篋驪駒惆悵動
征珂宅時片夢依鵬翼示蜀雲邊赤岸河

与三書記別序並詩

良菴

朝鮮之三書記將歸于國是与序曰朝鮮者古稱箕子封建之國而土圭之盛其禮樂詩書及韶樂卜筮之書無不播其德化矣邈焉殷周遺教之傳臻于今久哉雖然中古一旦國分作三其後矛盾戎英雖亂樂之容徵于朝堂詩書之音藏于閭閻不為四塞集其台與矣當哉

皇和之西北國雖隔鉅海与我相隣自邃古盟好之久焉赫赫乎而媲美

國朝史籍今追鷄坛之古奉盛明之德綿綿逈邇土荷

旌捧帛舊盟惟尋則我
都之固厚斯闢崇闕斯張高帳金壘有輝籩豆有楚
爵也稱千金觚也奉萬年其容婉如也商徵与時移
漸歌既醉發焉當此時方有揖遜礼節之美矣僕微
臣也雖欲一仰之樽俎之間官非其司不能接其筵
親覩翼如之容私以爲恨惟夫國至今猶有學古之
礼傳古之樂誦古之書歌古之詩者乎能通達古道
能稽綜經術者非學士之官則書記之官乎幸爲仁
政之餘譯語此於鴻館得以接清覿僕雖譾劣而家
食技術竊有尚古之意夫古之所謂礼樂詩書揖遜

之美者傾蓋之間非僕之面所見解嘉其人之敦厚其辭之古雅而臨別序云爾

別龍淵　　良菴

殊方詞客此同文親引雲衰長為分歸路仙山行可望十洲記得奉明君

和　　龍淵

落花林下与論文春色詩愁共十分明日六鄉江上去白雲芳草定思君

別玄川　　良菴

歸馬難留翠栁絲清樽分袂合何時離筵無笑兩行

淚今日始知生別離

和　玄川

水邊嘶馬繫烟絲楊柳依〻出日時此路傷心松本
子含情不忍使言離

別退石　良菴

浮萍一別復何依不減河梁此送歸自是千山分手
去詩篇只有五雲飛

和　退石

長亭落日柳依〻旭曜山前送客歸万里東西他夜
夢只應惟向海東飛

不忍握別賦一絶 太公　　良菴
休道淚痕似女兒交情何盡雅筵思夢魂遥向三山
結折柳寧忍一別離
和　　秋月
不是燕南游俠兒如何古劍道相思天涯目極青
草惟有垂楊管恨離
和　　龍淵
荊楚人才總可兒片時逢別亦凝思孤松更帶叮嚀
意楊柳春天最惜離
和　　退石

杉嶺新月露些些兒手折寒梅有所思孤姉殘更無限恨楚天歸雁怨相離

和 玄川

文擧阿儕大小兒對君空有識明思青囊草草齊高志謾向箕人惜惜別離

奉三使詩此什不知違否 良菴

奉正使 濟谷

霓旌遠入扶桑天幾喜從來盟好傳九土山河窮特嶮邂邦使節本推賢明時勿論缶琴會寵待且高樽俎筵正識

朝堂將幣日享賞誰唱鹿鳴篇

奉副使吉菴

韓廷玉節向遐方無恙舟船道自長蒼嶺疊螺迎氣色白波灑練送寒光花驄行駐春風路采雀遙隨使者祥奇遇一仰縞帶座從容聊詠醉歸章

奉從事弦庵

溟海驚濤百丈分星帆遠見步微群鳴鵷朝聽扶桑樹詞客夕憐玄圃雲殊域久脩双好會盛延偶接一時文陽春定有君家調詩就須令我輩聞上

付問條

呈良醫副司慕菴梧右　　松本良菴

我國自古分科而爲醫僕之家口舌之科也世受侍
醫之仕父亦繼歷仕三
朝僕雖庸虛受其業故擧所業之事每問題紙以
族大醫之餘論矣且所問之書僕於字拙楷格謬雜
筆跡塗鴉冀公枉照鑒之

問條

敬問口舌之病所載於方籍者經驗病論雖鉅纖悉
備僕之淺見以爲事尚似簡故撮其疑碍者乞翰教

問一

大都四十以上之人口舌發瘡終有至不治者視其病者多有豈賦壯健而膏粱嗜酒七情煩擾遂爲訛病者其脉兩關以上虛大而帶數病及重或有連天脉沉濇者初瘡之發也多生舌根微如粟粒或有如爲牙所傷者不痒不痛漸大而時痛疊日越年稍腫稍蝕或卷縮而如芝菌或潰爛如敗瓜言語剛難頷頸生瘰癧引頭腦爲痛瘡口既潰則稀涎屢出衂血而飲食日減氣力已盡遂至顛巇矣僕嘗視病勢之遲速速者半歲許遲者二三歲而斃問嚮投匕者則或清涼或滋補百攻已盡火筋鈹針鑱其熱瀉其血

則却遺其死業我之科者名之曰舌疽貴邦有此病耶名之何耶投何藥耶伏冀賜高示

答　　　慕菴

夫舌者心之苗而經絡通關於五臟故能主五味其脉虛大而數者虛火之上炎也連尺而濇者實熱之潛鑠也症情之變動不須可論而當從脉之虛實虛者專補命門降火歸元實者清熱滋陰以鎭陽光火旣濟則何憂難治也

問二　　　良菴

夫名不正則事不可爲況病名不正則投匕間或有

毫釐千里之謬僕所涉獵方籍之中已無名舌疽者
正出何書耶名何時耶且名疽者謂其形子然以其
形之似名之則不當矣嘗考癰疽論癰者輕而不陷
骨髓不內傷五臟疽者重而陷肌膚內連五藏營衛
熱留于經脈氣血壅遏熱證所為也此言已準千載
口舌發疽之事方籍載之甚稀也古今醫統雖載口
舌發疽之事然其事略難為準凡癰疽二十餘各雖
區別其名皆出熱證夫稱舌疽之證叱外發之疽則
其病勢稍遲緩而膿爛腫脹之狀亦不類外發之疽
僕案心竅開舌舌者繫乎少陰心經舌本者繫足少

陰腎經而又諸經之都會上部之嶮所也設令發疽
与外發之疽同治論耶賜示教

答　　　　　　　　　　　　　　慕菴

此方舌瘡而我國亦有之治之法不外步脉之虛實
病之寒熱而究其病源亦不出於心腎之不交間有
外感之餘毒蘊結於心肺變成此症者當以外散清
凉之劑試之疽与瘡有異何可謂疽乎按諸古亦無
舌疽之名耳

問三　　　　　　　　　　　　　　良菴

僕按前件之證舌者心華而繫手少陰足厥陰舌本者

繫足陽明小陰足厥陰而主掌五味以榮養身體實
人身之重關也寸脈虛大有連尺脈微濇也者是因
心血不足虛火上炎也惟健壯之人者恒多火而年
老心勞氣血共衰退膏粱之養助火故火獨上炎
而不能鎭之下虛上盛其熱漸結會舌本行血留滯
遂發矣瘡故其病熱潰發亦共緩也凡口舌之病火
筋襲其熱鈹針瀉其血則多有淂効者此瘡焙之針
之則却益潰壞幾減元氣僕之家有方授之初發者
則十中淂三効若公有神方發見莫惜哀由賜示教
聊呈愚按質廣博之君子

問四　良菴

我正德辛卯秋當大旆之東僕爲祖者与貴邦官医堂百軒譚前件之症其書藏有篋又延享戊辰夏同采之可春恒貴邦之趙活菴論此症然其說未井然故撮其說呈梧下

本邦可春恒問

舌疽一症古來難治公有金方請示之

貴邦趙活菴荅

舌疽即君火所生病也君火爲崇則治亦難矣其大法補其水使火下行愈然後或焙之或創之付生肌

之藥然不愈莫可行

吾祖者問

舌頭生疽甚難治我

邦名云舌疽未知舌疽之名出於何書藥法何用得

治高明審示

貴邦嘗百軒答

方書元無舌疽之名故未見治法見其瘡處後可知耳

五問

僕以爲依趙氏說則舌疽之名如有於方籍又依奇

氏之說則如無載者冀質之君子

答　恭庵

溪特君火之半矣也亦有相火之外薰矣察六淫七情之所傷試以補虛瀉實之劑則可得万全之功矣所示謹悉而愚以拙才妄論千尾心自不安幸須恕諒焉評

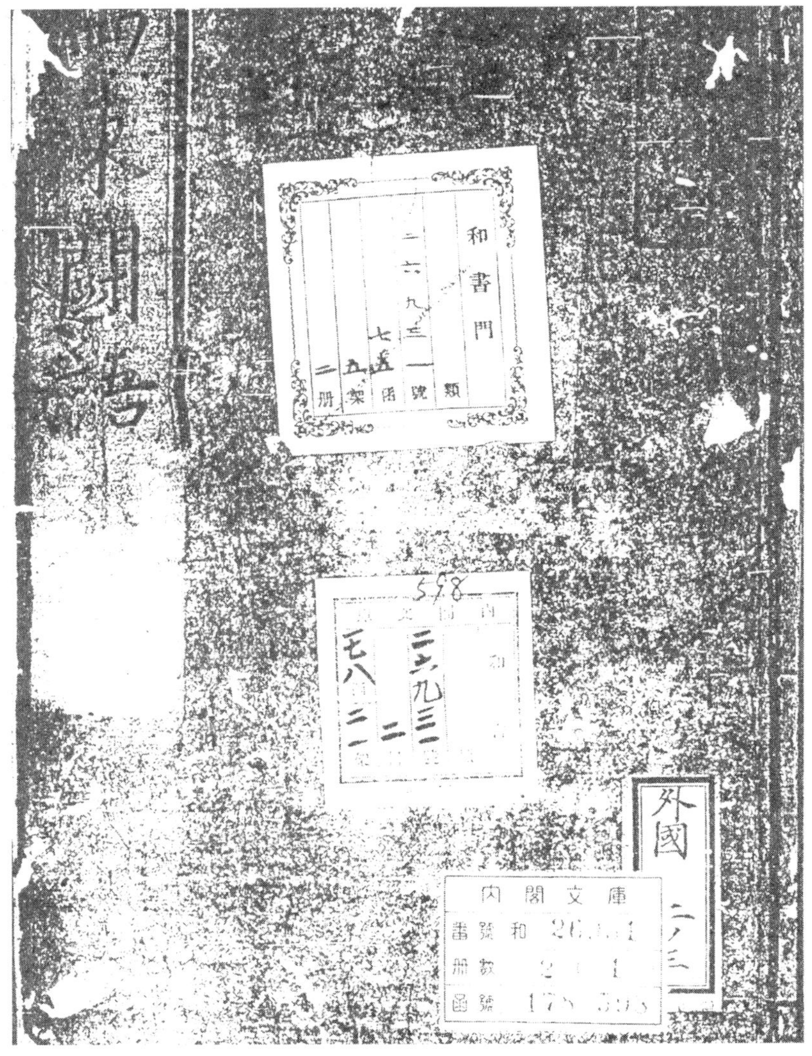

1

兩東鬪語

寶曆甲申春二月朝鮮信使來于東都至聃問既竣乃與　官醫松本多紀二君俱奉台命屢詣于鴻臚館會謁良醫及製述官且三書記即接毫中堂

初謁

肅通欵識僕姓横田名準大字君繩號東原家技軒岐之庸流三世住東都始學　官醫多紀安元家塾業就從父祖種杏墨河之側以故世喚曰墨水子才拙未芽

準大不肖恭奉
台命啓大朝鮮國良醫慕菴李君坐下準大伏以魏
魏大國封疆與華夏成隣紀律同化如壎如篪好生
之德洽于民心聖教尚弗墮地箕封遺風儼然存于
今矣故至天亦生其才成其人秀選俊造未嘗乏士
君子雖其方殊君子實亦與華夏爲伍焉於戲美哉
慕菴李君命扁之昭質昂昂乎頗若千里駒蹄跪強
魏顏脫乎群華方術之所操莫論其爲古諸家載籍
靡不該博通曉明敏殆視垣一方人也哉若準大者
櫟社散木匠伯所棄雖固寵其梁材辱戴餘伏乞恩

已之分趣乎席珍之間固陋猥陳弊帚之辞冀呑樗散牽敖之借得與其用材而俯揆斧斤於斯惶愧再拜謹啓

慕菴曰瓊章頓開塵襟可不爲欽仰之深僕以不才來此而旣以醫名則詩文之唱和固非職分内事華望公等與之論醫理

東原曰醫理譚論家技之所重雖固所望唱和亦一時交誼大邦君子傍不可其無文雅也僕亦非業柰技而與文雅者然萬里同技聊不賀其良緣哉卒賦蕪詩一絶敢呈几右　東原

牙檣一片下雲間冠佩飄然仙子顏韓廷今須傲工
巧山中宰相在朝班

和横田東原　慕菴

畫閣流丹牛斗間詩筵秩秩揖仙顏春風早下神農
艸豈有文詞埒馬班

疊前韻和慕菴見酬之作　東原

韓朝文物照筵間昭代一時堪解顏探得仙家萬年
鼎還愁異域不同班

慕菴曰再和姑俟後日和之耳○東原曰非敢乞再
和惟賀奇遇他日若有問和以贈焉

準大謹奉　　東原

奉啓大朝鮮國學士秋月南君梧右恭惟大邦兼統箕氏晉紳大夫有彬彬多君子也秋月南君特握其靈珠學兼天人德濟其美奉持大命甲之文學之班羽翼執圭三車偕袱筏于渤澥之外也嗚呼煥矣國器之華曄曄亘天一及己照我海東靡然鄉風自西自東莫不思服焉若準也窮賤工雖則似其埳井之蛙伏蟄砌之涯者俱亦仰羨慕聖風之久猶大旱之望雲霓自日新天皇天降龍於鄙夫大辱奉　德化陪列文筵用管代舌至以染指矣今也既伏坐下肅以德

量之於大胸次殆吞雲夢馨香豈讓國色論其爲器
且也抵壯納事物寧可其擇美與惡乎哉冀與善人
君掬溜於芝蘭之室將能變之以勝諸後進於是乎
奏啓謹請昭察鑒看再拜

謹奉書　　　　　　東原

國命庵夫朝鮮國書記賢負諸君坐下進大伏以方
今二國尙昭明之化黃龍五鳳將絕手矣時至我國
紹先緖誕秉其宏度宣文德大邦殊尋旧好使
翕章君子循聘千萬里也而自其使節出封疆天降
靈於時休徵以應日月玉燭和風雨之祥靡月不有

焉濵渤之北大山川之於嶮固所闕焉隊班夷晏濟
濟遂抵我東都也是則兩國協和綏履莫大焉維準
大同斗肖人未敢任其任辱奉　靈許從事翰墨
輕千歲嚴是雖其似所謂唐於醜而御商風之切弗
識所慚恧狂夫形穢猥瀆珠玉而已冀以含弘涵包
荒之恩幸敎甄奠乃遂能攀龍門之望乎哉千載名
望猶在斯時也諸君其鑑諒頓首二二
秋月答謹襟啓文見日本文化之盛僕等遇隣好之
幸得與君會一時之歡從容可以竟日耳○退石答云云
邈瓔章頓知君子今至已見顧破月久在山河之

思羣季英華[illegible]龍渦蒼山海萬里遠從使聘忽望若叩
子之顏華慰旅愁穩穩可以盡情致耳 ○東原曰三
辰併麗物悉含光美哉三君殆亦懸象著明燦燦子
以照晴愚

率賦呈秋月學士　東原

鵬際雲飛海下方飄然逸翮望扶桑長風水擊三千
里直奮懸摶日月光

酬橫田東原　秋月

崚嶒病骨滯殊方禪閣餘緣了宦槖賣藥囊中應有
凌十洲何處產金光

卒賦呈退石書記　東原

藝苑群芳自藻闘谷榮爭解百花顔故看千丈老松樹鱗鬣蓊葱不易攀

和橫田東原　退石

春風珠履度三關蓬島煙霞已滿顔附後青囊何處客東園玉樹渺難攀

卒賦呈龍淵書記　東原

浪動龍淵闘異方九重春水自流芳逢場親探潜鱗聽今日初看頷下光

和橫田東原　龍淵

共倚書箱撿藥方棣華春色互聯芳西歸倘問雙南價先道明珠夜夜光

東原曰瓊和清蕭氣格宕吞曹劉風調掩謝顏之飄摽賓是大國詞宗○秋月曰陳倉羅轍不足充人履中○東原曰作金玉之聲者何徒天台賦君之詩擲地幾亦然○退石曰巴歛固不啻郢中之音可恨○東原曰心肝錦繡轉蘊毫端離續顚盈入眼奇哉奇哉○龍淵曰一箇木瓜空報瓊琚野餘之造物請笑置

疊前韻和秋月見報之作　東原

漢苑文風動異方氣氣和氣滿扶桑裁邑一片崑山

玉帝上投來放夜光

疊前韻和退石見報之作　東原

傳聞大國一儒關李子由來不借顏偶爲風流憐異域龍門此日使吾攀

疊前韻和龍淵見報之作　東原

文星春夜照東方雲外氤氳自有芳添得林臺月花色詞場幾日借餘光

秋月曰今日有微恙請退期他日如何○東原曰炯雲掩光是爲曜靈之患也聞君今日爲微痾掩德輝曦之以退速休桑榆明復當俟朝陽之升以仰恩照

耳○秋月日已將辞惟恨闕再和之報願朝後日以和請勿咎○東原曰異日必開錦囊以貺瓊和覽中永爲襲什○退石曰老軀倦勞萬里雖疾日加枉應諸君之徵願辞去以就病牀再和又俟後日以可呈酬○東原曰老大勤劬實失誠之所致其雖钁鑠寧無快惱乎速退而偃息若芳和必期他日之面雅

重酬東原　　龍淵

花木濃陰擁上方楚蘭新葉更抽芳斜陽不盡文筵債留待梅窗到月光

東原票唱和姑休請有當問者也○龍淵答有佳作

則可和有問則可答○東原曰仲尼魯衣縫掖宋冠章甫雖儒服不定而以郷貴邦與我國異冠服亦不同敢問其服章詳示名稱○龍淵曰服章之異各隨風土聞之則宜答也○東原曰君所戴者如何○答曰弊邦是曰東坡冠○秋月君所冠如何○答曰名曰鬃冠○秋月退石二君同冠俱是文學固當然也君亦文官何又獨異○僕與秋月同是我邦文官冠服或同或異自無所妨○慕菴君與君俱同冠服何以不異也○同是儒生故耳○醫亦與儒生俱同官耶○古多儒醫君博學者豈不知之而有此問耶○

古來有儒醫之称雖固知之然儒則自儒醫則自醫豈同僚貴邦之制儒與醫俱同僚邪○在醫之技與醫同事在儒之術與儒同事故冠服亦無所異耳○諸君袍服大同小異各有所分之称○同是日道服無敢所別○龍淵曰小童來告使館有急召之命也今已失穩請期他日以可穩話○東原曰聞君有官使之召速往討事文雅之話非當今日復當俟明日親藉榮遇也

東原稟今日　官醫諸子俱與君論醫理以故僕又雖累君暫與文學諸君唱酬諸君皆有故而辭君今

他稍有間請姑煩斂如何○慕菴荅久俟君之論悖悖論醫理莫必惜言○東原曰醫理固僕之所願也君旣許之則擧生平所疑惑可以質之中至其爲難素靈難經先哲已所恐最不可得而解者許多也僕欲久就大國君子以論之今也天借良緣幸遇君枚〻擧其所搜索以上論冀闡底蘊以加卓辯將能解多年之惑耳○慕菴曰素靈難經古人所難非心神精密盡力未以可得也客旅之間非等閑之可論則姑置焉若互難詰終窮於理中則俱落臆說眼前治術有大可論者論者却在所畀君具諒焉○東原

曰僕誤矣古經微言之於論與非一朝一夕所可論
是則似愚父妄昧不識東家丘耳○東原曰金匱玉
函同要畧傷寒論等有間難通曉者君也明察定有
的確之論○慕菴曰曆代明哲發有釋言僕從其宜
耳○東原曰僕雖亦同其宜然至其微義古人亦有
臆斷我國有近世以之傚世輩亦唯層受不敢足取
耳○慕菴曰后世末輩大抵皆浮華雖中夏然況他
之國乎○東原曰疾病不同各因風土之變惡瘧一
症華夷共皆不行雖貴邦固然雖然今視行中人多
無瘧疾是擇其無瘧者歟將又貴邦少瘧歟○慕菴

荅弊邦亦豈少痘哉有有痕者或有無痕者耳○痘疹一證大有輕重其輕者不治而治其至重者雖務加治不愈者多君定有術請聞規矩○弊邦別有痘科○言別有痘科則君不肯治痘耶○然僕非痘科○非痘科者不必與痘耶○非必不與雖同治之大平讓之痘科耳○然則君亦治痘其治方之所因專主何書耶○一從仲陽方耳○我國近來有救偏鎖言痘科鍵等書專行于世貴邦亦取此方論耶○所問之書僕未詳○東原曰許俊先生博覽宏識所著篇冊大利後世未知貴國爲何朝人也我國所行實

鑑雖已有序跋而我國之題言語中未詳其事抑在
彀時也僕未見韓本故問之耳○慕菴曰宣祖大王
朝醫官也○東醫閬對移時交膝已久君稍倦席退就休
窗當期異日也○慕菴曰更來之示多謝尚俟後日

二 謁

東原稟前初兼清況潤德之所覃欣焉解渴後復欲
尋得其懿範而不果漸至今日者造化小兒代責世
人僕日逢春以防其邪謀是雖稍似欽慕之深然風
塵家技惟無奈之何遂背君子之教冀與同技乞敢
以答尚賜顧形洪幸○慕菴答萬里祗役來見君子

非但解旅愁欲相俱論道以擬醫理而一面交後不
復聞履聲大失其望今日感荷再接紫眉明彩之所
照豁然解愁耳○東原曰一醉君子之德頤擇二三
問狀實雖如泥任言將候其轉隙以呈座下無敢吝
齒牙詳加雌黃當守其教諭又能示諸弟姪○慕菴
曰所示盛喻謹悉而萬里同技今幸相遇然僕才劣
文拙自愧々々豈有教人之才僕亦有質者必有質
者幸示之○東原曰上自素靈難經下至傷寒論金
匱等文義理纖有頗難通曉者且也昔諸家註解往
々亦與本論相牾僕雖謭劣多年淺識聊論臆致者

箋既數十餘篇欲今也呈諸梧右質其鄙論然昔古
經非且夕之論以故姑置焉唯舉其掌上易論者敢
發其間温厚君子幸許最覽即當謄寫以呈坐下顧
揮鋭斧痛正藥語○慕菴曰鈍斧之才却愧大梁耳
○東原稟我國壽算大抵似老杜之所言貴邦人皇
曆悠久中壽者春秋不下爲難百雖下壽殆不讓籛之
老也蔣部俗間或稱之實然歟○慕菴答俗間所稱
實然此則弊邦之常○慕菴稟君生平所讀之方書
專攻何家○東原答自長沙下河間戴人東垣丹溪
輸環亂之耳千金外臺亦雖恆翻閱未以進轉輸也

元末明時諸家卓論雖各有識見弗敢足取耳○慕
菴曰僕亦與君稍同大抵專四五家○東原稟太平
聖惠方聖濟總錄自師所受藏家間讀取衆方最多
奇驗君亦數觀之否○慕菴答僕未得見以爲恨耳
○慕菴稟君恒行治術專據論書耶將專方書耶○
東原答論者本也方者末也非本末均相行未以可
得哉○慕菴曰確確的論不可加一言也雖然僕私
念之有拘理論妄破先哲之方者君亦斯類是以試
問之耳○東原曰君休側目僕非其類也僕亦恒顧
之實若君所聊動屈理爲無敢得其出國外蓋至術

李學術實非其乘理於理外之人安得此處哉○慕菴曰置精神於理中致方術於理外君實用意可謂得處哉嗟君者醫中之人也○東原禀醫負丹涯君前有微恙也今已愈否僕有已調欲緣君而寫宜爲傳耶○慕菴答丹涯尚在病牀君有詩即贈僕可以傳也

李君席上號一律寄丹涯醫負　東原

流槎遙撫海東年附後禁方殊域傳來往晨昏令我憶逢迎日夜有誰憐尋真欲辦油囊酒携興還愁詞墨筵須是三山拾靈秀何空憑枕病神仙

○東原曰前已與文學諸子期再會於今日定矣之
僕今將公往於彼君請許明日又當來而交歡論也
○慕菴曰諾諾當期明日以得顏旨也
○東原稟一介碌石雜糅於璞玉自一識其面被其
容接磊塊似稍得瑩采則視之古元禮耶文忠耶李
元禮者一時豪俊之人自一被其容接名是曰龍門
也文忠公者天下名士之人自一識其面退誇乎人
也諸君與僕絕海千里異其區域至實識其面被其
容接則一也嗚呼元禮哉文忠哉僕將就坐下曰兼
其執鞭退誇乎人特為其登龍門惟恨聖餘末葉且

篳派其教人遂失其面雅量雖然自古既称之仁之術亦惟不可以怨君子唯顧懇家技之所切蔽也蔑棄僕又將雜瓊玉之間稱假其餘光於誇于人也請君其幸照亮○秋月答一逢一別恍惚無迹今復漸見顏神奇者其然耶○退石答東原耶聞君名和君詩君又和僕之詩而不見可悵今漸見之以解其愁耳

童酬東原　　秋月

春鳥嚶嚶異方江南蠶月已條桑君家伯仲眉山氣香遍梅窗棣萼光

再和横田東原　　退石

病骨春寒久掩關見詩今又見君顔難兄難弟清如玉恨不同携富岳攀

○東原曰二君詞章爛若披錦無處不美○秋月曰瓦釜之鳴愧甚〻〻○退石曰畫烏之才忸怩〻〻○東原稟渤潏之非溟衍人未其望廣潒而知大也僕前聞偉名助知其大器欲一汲其波及得滋潤盆池鯫生還恐其驚濤今也既仰之初望其洋君子無厭棄幸涵容○玄川答一聞君之名已知君之才僕前有徵忩見其顔遲可恨〻〻

卒賦望亥川書記　東原

玄鳳冲天凌漢河面翔千仭彩雲多一朝遥搏長風太直破滄溟萬里波

○東原稟遭遇一月未盡其情而盡其情者實又君哉君前遇於僕頗與諸君異也古曰頭蓋如故至其稱知己誠弗可論新古也 ◎ 龍淵荅禪寇之知結綫之交是惟在利名耳其至神交自有異矣則若君輩僕殆是耶

卒賦一律呈西文學　東原

梵閣嘆奇遇論心未入隈還家育懿面支枕更憐才

春月兼星落夜花迎曉開林頭採朝景早已問遊陪

酬横田東原　玄川

秋風使节欲窮河春艸傷心馬首多萬樹樓臺新燕子悠々斜日水無波

重酬横田東原　秋月

横田好兄弟家住叡山限歎道奇知禮論詩識有才池風花馥散城月樹冥開別日無多爾終筵問重陪

酬横田東原　退石

二妙誰家子相逢赤水限名高華扁技詩捷謝江才越壁連輝至田荊并蒂開安能攜手去玄圃列仙陪

和橫田東原　　　　龍淵

石塔脩林裡花棚曲沼隈刀圭知妙技文墨見英才並翼翩鴻近連枝彩葛開手儀真可愛詞席喜長陪○東原曰芳和忽至馨香殆滿一席中耳○玄川曰句拙謝重愧赧々々○東原曰瓊作一斤如玉山上行光映照人○秋月曰海中塩石輕浮若漚○東原曰初發芙蓉何啻謝君之詞章亦自生花○龍淵曰莠州卻纖稲粱可愧々々○東原曰翰墨雄將可謂文陣雄師也○退石曰犬馬之齒欲充講盤豈足與筆陣哉

賡前韻呈秋月學士　東原

文旌映東壁鵷彩武城隈傳聞凌雲氣驚看破浪才
縹囊今雪滿象管與花開梁棟容樗散詞林月可陪

同呈退石書記　同

英風動城樹雅調百花隈春拖絢霞痼天縱社稷才
詞峰毫末起辨海舌端開雜沓都人士去來交賸陪

同呈龍淵書記　同

冠佩如雲霧筵間似作隈書尋右軍妙文奪馬卿才
大雅須眞賞高懷丕易開歸裝休敢告一厺又難陪

○龍淵曰詩債已終卽止矣當以筆語○秋月曰能

賦則賦欲止則止○東原曰再將辭玄川拙和已成
及當與二君交轍也
賡前韻呈玄川書記　東原
知君詩賦幾山河客裏開囊風色多須是腸中引江
水潭溪此日似揚波
○龍淵曰平吳之利在得二陸僕今日之行足已向
東州〻可恨今又荷枉多感〻〻○東原曰長柄壺
蘆僅持子來耳何當平吳之利雖然遇晋氏爲幸來
纖君子冀莫徵劉尚使僕等失望○龍淵曰君平生
所樂者詩耶文耶將絃管耶○東原曰僕常所樂往

反詩文之間偶自其戀良醞惟恨不見其王無功○龍淵曰君之文雅何恨不見古人唯恨古人不見君○東原曰健俊揮毫如火之燎于原不可嚮邇○龍淵曰懸河瀉水豈徒才辨於筆亦然矣君之才力殆亦懸河瀉水一草原之火不可不撲滅○東原曰數篇彩毫殆揚明輝秋月之號實不虛○秋月曰賞秋月嘆明輝者大宋一代文雅名士也君亦賞秋月賞又海東文雅名士哉○秋月曰君醫而儒一身兩役無乃勞乎○東原曰君當思畢阜嗣宗也一盞一榼恒弄於左右蓋亦斯類耳○東原曰日已春下歸請

當期明以探頷珠也○龍淵曰明日僕輩有事再明爲期如何○東原曰諾期再明更俟太陽上扶桑○東原曰諸君退就安他日又磨兵可其破筆陣○秋月曰僕等尚張陣重來必盡弓矢

三 調

東原稟燦〻玉樹使人不急瑩明自己照塵眼日懷其奇寶今又來將貧孚象牽開請聘照僕形穢○慕菴荅來訪荷〻惟不敢當所言可愧○慕菴曰君前所示之問言謹悉而僕以拙劣之才敢評于尾心甚不安幸須恕諒焉○東原曰時月更積於山海花月

趍伏於郵驛人世留懷不可以鬱悶也逢迎之間當務慰旅愁而却呈數言以煩君子嗟乎君子加額之尊莫敢以答鴻寶亂乾寄詩鄙言交語之間聲經愚眼若有復可疑者昂直乞繩墨○慕菴曰言論高邁文法雅馴一覽而知奇客中議評恐有杜撰有重所問復述愚見○東原曰謹奉所示金言詳察古人之明理僕多年疑惑釋然氷解雖然以其所答視其所問似稍有脫漏冀重評焉○慕菴曰壁々之答之豈有某盡之事乎然煩冗中恐有脫者耶

醫問八條　　　東原

方今君子之術仲景業間或論謂內經者僞書非古之
書慌惚道家空言出先秦之際竊託名於軒岐以欺
後之學者乃至當今取法非實可因循也唯於其可
因循長沙二三書最是醫家淵源不可務不以同焉
高矣善矣特術其仲景哉貴矣脉矣特蔑其內經也
夫內經者醫門樞要今古也不同此書而立法也
顧雖其仲景奚獨棄此書何由立法乎私觀之傷寒
之自序仲景既有言撰用素問九卷八十一難陰陽
大論胎臚藥錄并平脉辨証而爲傷寒雜病論也而
至素問九卷今之疑他之引書則全宗素問立其論

者彰然可觀而已然謬爲僞書者蓋謂此之時別有他素問而無今之所謂素問歟豈別有素問按漢藝文志載黄帝内經十八巻之目雖未其分靈素而載旣以具内經名則當證之於素問也而仲景論中往往有今之行于世素問之語則爲今之素問也明矣顧方今所以疑之者蓋倣乎古人也古人已有言内經者先秦諸儒集以大成焉蓋錄此之言歟夫集而大成者非言僞書之謂集所傳之語而大成也其語乃當其古語也僕也多年游泳其間深考語脉穆々上古之言實不以降戰國之時其書假令非軒岐之

書其語則斬岐之語是蓋咸同間明哲輩出學斬岐之道者當能口授以傳之也中雖間以一家言補其文理亦惟古言則取諸古言一語千金何可其以真僞而論哉時師估俚古耕家用方言譯古言專隨其諺言以曉之時俗由是進退其帷下者耳食而口吐亦復傳其諺言更互踐迹也是則層受末學途聽而途說未窺其肎綮者奚可能辨之真僞乎雖昔斯謾言妄說不敢足取然本根已樹枝葉亦盛矣是以不得已遂質諸君子大邦君子有大所見冀披懷玉照僕之所言他日將徵乎君以亦同志

又問内經者邈矣古經雖沈微宏識盡精慮者不能容易得理致也是以自古諸家紛紛爭出各俱有識見焉僕也乃自燥髪刻意者已多年矣然蕪才薄劣以其居無謦文理語脉未全通曉乃欲强求微旨而研究旋循望洋向若遂從其惑準的姑藉諸家之識牽合分理義雖則諸家盡其美盡其善而玉石混淆亦惟以全靚其瑩采也於是乎量之於目與心簸揚其玉石自折衷乎已而取其所宜焉棄其所未然左眄右顧懋窮日之力雖則未獲崑玉似麁入藍田也大邦君子固達識雖未肯須註解一二又有所取焉

則至其所取諸家孰爲多楊全二家姑置焉婁氏注亦
未之詳太僕往往與古言合故辭稍簡而遠乎初學
若馬吳之所詳頗又寡於介賓張氏類詳博合彼與
是此從其便於初學恒聽之於子孫也前是戊辰年
聘使來于東都時良醫趙君荅我 官醫某氏曰張
介賓吾不知其何如人故吾不取於介賓也夫介賓
者明之豪俊名大蓋天下趙君獨曰不知之者是棄
之介賓夫有何罪而蔑之也蓋多其所失而少其所
得故耶抑自其非聖賢一得一失諸家類所有之而
介賓特有之哉介賓最出于後世釋言亦後也其以

百世之下解百世之上稍雖其似衲鑿抵便之人幾
勝諸家者也殊至其若經絡俞府運氣次序足直睎
諸掌上可謂從卑而升高之階梯也其善引之於初
學頗勝伯仁溫舒矣君其有意乎張氏耶抑亦與趙
君共同旨耶請其詳焉
慕菴答古之君子已多詳論而亦有專門於靈素者
僕以劣才何敢問之也張介賓明之賢士也雖有精
通之術既多靈素之神妙劉朱張李之明辨何必專
取於介賓哉○東原曰靈素之論非獨言其取於介
賓既甄史於張氏者惟在將道初學之階梯耳○又

曰古人問謂靈素初出先秦間黃岐之時未嘗有斯
文也今世有亦從之而往往爲僞書者已具此問君
未答者何也○慕菴曰古之諸賢間有其論而劉張
李朱以百代之宗遵而師愚以劣醫何敢妄議於其
間哉○東原曰內經諸家註解雖各有失得然又有
敢所取僕私定優劣君則孰爲優哉○慕菴曰各有
長短處在醫者取其所長去其所短耳○東原曰言
雖固然諸家之中適有爲是者○慕菴曰成無已優耳
○東原問曰靈樞九鍼論載九鍼之法論中詳之刺
法鍼形昭昭可以曉于今也然觀我日本自古其所

傳唯毫鍼一法耳而其毫鍼長短稍異法有其由古法者有其作新法者各持懷一家之所傳以成其寸法也是以刺法亦與靈樞不同所謂非其主寒熱痛痺在絡者其隨逆順歷實行補瀉爲濟奪臨機應變大率取諸衆病也毫鍼之外有三稜鍼蓋是九鍼中所載之鋒鍼鈹鍼雖癰疽專門恒其所庸有許多之鍼亦惟與靈樞所形稍同大異矣中又有時醫称平鍼者臨癰疽瘰癧將其潰之時剳破盾頭以出其穢毒則論中所称鈹鍼者殆是耶太公此之外未嘗視靈樞中所論之鍼也大邦嘗悉傳此鍼法耶抑又若日本

未全傳耶　先朝享聘使年公之先官趙先生示
我邦謂四方之治雖各不同而只有微甚而已其可
廢圓鍼歟趙公既有斯言則貴邦有圓鍼而傳焉其
有圓鍼則又有他鍼而傳焉僕私按九鍼刺法段令
能傳之於今似其術有一二難行者也然而大國已
有圓鍼則又雖他鍼有敢行之者君亦既得其術耶
適有裝中所齎來冀得一覽欲以傳子弟
○慕菴荅靈素既明九鍼之法弊邦遵而行之何獨
以圓鍼治病乎僕非外科適無所齎不得奉副可恨
○東原曰九鍼之法何嘗外科雖內科不可忽也謂

貴邦已遵而行之則君詳其鍼形願示諸○慕菴郎
從懷中出三鍼曰大者破腫鍼之極小者也而有大
中小三法○此是三稜鍼取諸經絡而此鍼亦大者
而有大中小三法○此是圓鍼也此則中者而有大
中小三法合爲九鍼矣○東原曰九鍼論載九鍼之
形各有其法而治其病今覩君之所示惟是三鍼分
成九法蓋以差悖靈樞之法抑有他之所由而言之
耶不審〻〻○慕菴童不答
○東原又問金匱玉函具論四百四病也是雖則醫
家峻要與后世而惟詳其四種未嘗其病視按之所

須焉夫四種者所謂四氣也四氣者所謂地水火風
也仲景既下纔曰二字雖明爲之徵然攷諸靈素無
載所視焉僕私按維摩所說後秦羅什註地水火風
曰各生一百一病也乃質之於釋氏人或有言羅什
之此語也則緣大論或又午王經而出焉靈素固已
斯言而釋論已有斯言蓋是長沙老人由釋家而言
經耶釋家所謂四百四病癡昧煩惱非醫家之所與
也仲景豈由之哉然則本何書而言之哉顧就其傷
寒自序所列之諸書而言之耶未知仲景之時有別
爲經者耶恐有之也雖然未視其明文則此論可以

仲景而爲祖也眞人孫子亦載之千金惟憾從仲景以舉其全文而已搜索他諸家亦惟未覩所辨明若有其所辨歷世編籍汗牛充棟不遑繙披姑從闕疑乎大邦君子詳漢諸家適覩其所領之書歟或有自已之識夙發明之歟夫距東漢時也蓋已二千年所能以先哲未發發之於今則其羽翼乎長沙者也僕乃以是將能爲張機之忠臣回攻之君子

○慕菴答地水火風之說奚但張氏之論抑有自然之理不必疑問也○東原曰地水火風有自然之理也僕固知之唯其祗四百四病不視所分配請有教

敉所領者詳示教焉○蓂菴曰紛冗度日而不久當
西歸難以枚〻仰陳耳
○東原又問戴人先生嘗著儒門事親論中一篇述
吐汗下三法該盡治病詮示其時輩與後世曰余著
此吐汗下三法之詮所以該治病之法也則具立目
分載六門三法凡自六氣之淫迄諸虛百損咸悉以
三法而療之也蓋於三法之治非特助於子和古雖
已有此法則均至其治虛損未嘗視所以然者也於
是丹溪朱氏已論之謂子和之書非子和之筆也馳
名中土其法必有過於明華者何其書之所言獨與

內經仲景異其意旨也僕竊按雖彥脩之斯論似準中而儒門一書議論章法非庸工之所能遠視其所阜擧恐子和之書也且也其若六門十形立憲律頗可因循者雖然三法之詮均於其治虛損者非差無疑焉夫於虛損之病豈可不謂之精脫乎然猥取虛奪與攻擊之寧止虛虛之謬在妄庸恐小一二可救而誤其實命者殆在十之八九矣是以其有議論之大可取者乃抵其治法逡巡爲惑焉大邦君子固又有識所謂若彥脩之所論駁此書將非子和之筆哉將有實爲子和而取規矩於此三法者哉冀族達辨

以解吾之惑
○慕菴荅吐汗下三法當試於脉實者何論於脉虛
者也不必多辨而自明矣○東原曰三法之治當試
其脉實也古人之論固然矣丹溪已謂子和之書非
子和之筆也君未詳荅僕私斷議論俊逹恐子和哉
君謂奈之何○慕菴曰雖彥脩之論最非無理而書
自子和豈可疑哉○東原曰此書行于貴邦有間繇
斯論而行治療者耶君亦取之不○慕菴曰弊邦固
行非無由此書者僕亦俱見之取可取者棄可棄者
而後行之耳

東原又問下府便毒楊梅瘡各異其證而其因者一也我東都閭近世最盛而卑賤人殊患之者頗衆不少矣得病之始大率用下劑瀉之劑卒下邪毒歸其輕者未抵踰月而取驗始輕其重非徒憊內治誤攻於外貼膏於瘡頭加艾於腫上有不日而得其効者是雖稍似痊因未全治連綿沈固邪毒超月彌年或及其歷二三歲遂復生患此時也邪氣益加毒頭疼惱乱筋骨攣痛至甚乃瞋其眀乃聾其聽於是施彼大劉仙遺糧又他奇方無一二得驗久之終亾玄門陽根及癈人輩幾不可枚舉焉唯其有五寶丹等雜間

得奇効裁但十之二三世醫称一家奇方合和輕粉
水銀毒藥等爲丸爲散強有以眞之者僅少二三所
繆却加其害終欲化而爲異物者亦惟不可勝計也
僕也輒每診此病就諸家搜方徧試之未全視奇方
之爲奇方也陳海寧黴瘡秘録久行于世雖則其可
收者爰未敢試其方法所以然者礜石一種以亡獲
也本經已有此品而李氏綱目列用別録或唐本艸
別載二品礜石靚其所産大抵諸外山壑間悉多非
素難獲者雖然按諸秘録或問有言癸酉春余客武
林徧訪藥舖亡有眞者偶得之宦族任上帯帰視之

形似滑石和之堅剛碎之如髮絡余盡購歸又甲字化毒條下曰余識此方三年始得礬石也由是觀之非容易可以獲焉我東都藥肆中屢索之又不以財間有其名礬石俟其價者亦不以辨眞僞余亦未識眞贋即似獲非獲焉是以秘録一書未能試者恒是爲憾矣大邦多有覩此疾耶秘録諸方已試之耶礬石恒在貴邦以檢眞僞耶或有他奇方而至能救疑疾耶冀開金匱詳敎示今而後往々救其廢人豈翅余之仁則當君之仁德遠覃我日本

○慕菴答揚梅者祟於湿熱而亦有虛實之分淸熱

瀉濕當爲奇方也○東原曰清熱瀉濕當然之理僕固識之惟抵其所乞別在他奇方耳○慕菴曰雖許多有奇方傳爲家秘以難奉副耳○東原曰冀一二俯授之僕亦永爲家秘○慕菴曰明日來私可以傳也○東原曰君已試秘錄或用礜石歟○慕菴曰秘錄一書猶未試至礜石弊邦間有用之者也○東原曰礜石眞贋未以詳請奈藥鏡○慕菴曰僕亦未詳耳○東原又問今古治療之難莫難於歷損中其所難也傳尸勞瘵最在其難矣故自古諸家方論紛紛充籍也余多年就諸家嘗試之未必親千萬中中其正

鵲焉是豈獨余於宿醫之所爲大抵同乎余而已先是五六十年我邦大阪之醫繩明吳山人所著醫方考之衍其勞瘵方後謂余屢治勞瘵久試諸家以救得驗偶獲葛氏所著十藥神書者而驗之往往取其奇效也余因信之睹所謂其神書議論方法幾出扁晏雖十般方法詳分次序備後鑑槪咸常法且也其若六代傳由釋形象恐惑人巫蠱之言論不肯足信用是以雖彼獨稱余不敢試耳崔氏四花穴法時醫大率信之余亦時取斯法凡得疾之初速行之偶視其效至稍歷月非徒無益旋加其害焉惟夫古也已

有其奇驗兮也又以其奇驗何乎是無他所以診要之不察也方今之醫視之於其古實不若其下工又惟末奈之何耳因念今世之治其非古方之入神奚得効哉大部嘗診此病時令孰某甲方論也君旣有獲奇方而屢視功耶有知惛之究法可以之方法數嘗之而恒得効耶君子其孝莫韞珍重

○慕菴荅五勞七傷自下而始各有其經亦有虛實當察脈之虛實可試身之寒熱必使水升而火降心榮而肺潤則應有萬全之効矣灸是耗血不可浪試耳○東原曰升陰降陽專使滋潤今古虛勞之確論

也艾火元助陽陽壯則陰衰血者元陰陰衰則亦無不以血焉耗血之辨古人固有焉然古人有間加艾火而起死灰者君特謂不可泛試則貴邦臨此症總禁灸法耶○慕菴曰虛勞一症弊邦總忌灸治○東原曰然則雖崔氏四花之法亦不必庸歟○慕菴曰然絶不用耳○東原曰所謂可久之十藥神書貴邦行于世耶君亦已試耶○慕菴曰弊邦之醫或有用之者矣○東原曰君就休揚僕亦當辭侯明月以呈餘論也○慕菴曰黙齋三桂猶在席君倦醫談與二子俱唱和○東原曰春雨頻降稍闕千金之價唱酬

亦期明霄○慕菴曰明期雖固別恨悵悵
東原稟諸君幸無恙哉僕仰事父母俯育妻子衣食
之不遑日作賣藥翁之態故不得數來握手叙可恨
耳○秋月答田子來耶吾一日不視君則鄙吝之意
已生○東原曰明德潤身君子固有僕等小人時來
兼其懿範淸歷日來滓穢日去○退石曰僕有病不
看上衣且平坐勿咎如何○東原曰前以病辭今亦
称病抑有何患乎愚恨至此心甚不安○退石曰于
役萬里衰病日加耳○東原曰羸病與人偶坐豈咎
禮貌君可其縱意也

復和東原　　秋月

衮々春園會芳池竹樹隈聯明知禀氣磨琢勉成才灑掃人倫始卽唔聖訓開未愁知友遠詩賦爲吾陪

重酬東原　　退石

我家何處在雙樹古城隈無恙來殊域逢人愧不才峨洋向誰和文墨得君開明日分携去西歸王階陪

酬東原　　龍淵

重逢僧院裡耦坐海雲隈西蜀揚家妙東吳陸氏才簷煙雙樹語林雨雜花開咫尺蓬山路眞仙倘一陪

○東原曰諸君妙境玄圃積玉無非夜光每出瑩々

頗照入眼○退石曰雖排沙簡金無敢見寶可愧耳
○退石稟富士山雖奇反不如我國之金剛山妙香
山大白山智異山德裕山九月山俗離山也○東原
荅君已看過富峯若僕未嘗得跋涉于大國躋攀其
山嶽是以縱抵其欺人不敢知所以荅也○東原稟
松島象瀉須磨赤石琵琶湖和歌浦之勝蹟雖虎頭
之絶西眞難摸寫我國有偶所畫者實至其摸景狀
僅一斑耳諸君若四望於此間殆有其褰裳凌雲之
氣哉○退石荅所併言之地粗聞其勝景未聞所詳
○東原曰四五名蹤僕嘗記之其雖文固拙稍詳景

状今也將備諸蒐具某以脫稿是爲憾耳○退石曰君號東原是亦因地名耶○東原曰然矣距 都城十有余里西有大原是曰武藏原東原者則是也禹貢曰東原底平文則與之合故私本之耳○退石曰東原以大而称然恐不如我之大同邪陽鴨緑等之大江○東原曰所称之處未其知大也我東原之地非敢称大若斯地我邦頗小於中也眼中所望縱横僅八百余里莽蕩瀰地牡芽葍蔓坦焉覆土

國初已來百有余年休否泰通德化大布樹稻之所然人民日盛雖不恒鼓腹樂化故近世往々作村落

勞息于本業也僕生其側故髴焉○退石曰曠大超
于東原者他有何其地耶○東原曰宮城野萱荒野
安達原信夫原等齊運二三借於東原也○退石曰
東河亦河水之名耶○東原曰然東河者則取稱都
下墨水也河水雖非其大雅景奇絶最甲于東都矣
他有大觀未以有若斯勝蹤乃同其佳景以髴焉○
退石曰嘗聞之人墨河之大觀實名于東都惟恨無
由覽眺○東原曰佳境會心不必在大渺茫河流林
木蓊鬱頗有濠濮間想覺鳥獸禽魚自來親人○退
石曰風景實使惠莊思僕墉想像覺心神俱奔○東

問旅草有未詳者花山君子所著如何○龍淵曰俗曰高子巾○東原曰諸君已跋涉數十百里海嶠眺登山河覽觀定多瓊作也君固拙於臨池之勞冀揮毫以起雲烟當以換鵝也○龍淵曰雖有如干詩未暇書奉可難諒之○東原曰君實東華之佳乎其得筋肉也頗勝二妙他日當呈箋簡爲添掾翰○龍淵曰非紙之難乎實無暇○東原曰雲心霞想一味風流何其奇之甚哉○龍淵曰贅俟他日當洒拙筆

賦一無律呈文學四君　東原

梯航通譯旧盟長韶化全開翰墨場王佐才名聞故

國儒宗聲望滿殊鄉春華藻待薰風豔白雪調含朔月光四傑風流分歲序筵間俳吐四時芳

重酬東原　秋月

帰程川陸屬悠長春盡津城百戰場三嶌烟雲遜藥圃五溪衣服左江鄉殊邦士節肴銀氣古寺詩筵接佛光憐予二難才性美青苗早秀吐瓊芳

重和東原　退石

離愁如海更難長逢別忩忩夢一場却怪心知同旧友可堪分手在殊鄉蘢中參未多仙訣囊裡瓊瑤捻夜光竹雨梅燈來又去英英棣萼喜聯芳

重酬東原　龍淵

西天歸路入思長煙雨禪門閉道場三嶌仙緣迷海舶九春花事滿江鄉浮雲別浦聞鴻唳清夜疎簾坐月光殫罷瑤琴還惜別小山叢桂一枝芳

重和東原　玄川

盈盈碧海自深長留識橫田惜別場桂樹叢生山下谷鳳毛雙拂斗南鄉青囊已惜關司析白玉還憐碔混光獨有一林螢雪業爲君相待晚芬芳

○東原曰幽夜放逸光者青天秋月高明照充詞章

○秋月曰番也待趙正有於懸鼓一擊可以聞日東

〇東原曰鋪錦列繡雕繢頗盈眼中〇退石曰蒭蕘
之譏狂夫之言擇之者實君子哉〇東原曰文章成
五彩者龍淵波瀾深遠不以可量也〇龍淵曰鴻鵠
褒由于東都千里風翼殆在一擧者君乎〇東原曰
錦繡屛風爛掩大館雖已領之然旋愧葭蘆耳〇玄
川曰磊〻雜木豈可備藝苑乎〇東原曰君稍有間
私呈遊記文必不文唯詳擧墨水之勝景耳〇退石
曰速觸愚眼當能解一時之聰也

遊墨水記　東原

墨水四帶都城之東鐘潭而南抵佃嶼蓋十餘里園

林巖落夾碕路于左右中其称往境者往々不可枚
擧焉余屢遊于斯試其勝者既多年矣然以家技之
不遑未能盡之也茲歲壬午三月與客二三子買舟
偕亦遊于斯望前一日從駒口放舟所載枯魚濁醪
以佐筆硯稍々離口出濠中流烱晃之所照時猶奄
豔陽和暢不風而波長流面遠劃派三叉浩蕩朝于
海遥望之所覃益奇絶自廐津達柳橋相去可二里
御廩連棟瓦甍鱗次歷々偏于河西岈以東諸侯莊
芽犬牙宛轉穿雲如張鵬翼阻水與御廩額邸之所
際爲兩國橋伏若盤龍擭壞架于武總也自橋已西

城樓之所墉豪富之所家萬雉千廛鱗甍如涌遙騁
驚目其間喟然以爲於戲壯哉　昭代時運雖其贏
劉之盛化未必有若此所富強焉仰嘆回棹泝洄可
千武抵竹坊津是都下與葛飾交易人民通利之處
渡口乃作市舟檝如織就津途而北僅數武接金龍
靈壚岸口停棹仰眺山頂大悲閣歡喜殿几標摑外
玲瓏映天結構所美殆盡天劃神鏤之巧雖最當觀
然以舟行不便期異日不上而泝岈循山趾行舟顧
眄西東裁霞綫絲因風回蕩西映帶於金龍聚落東
列葛飾之天葛飾者總之下州衍沃十數里蘩蘊紺

壁瀨漫若揚翠浪南與江左接侯家莊野往々在焉臺館乃擁青甸蓍翠與朱門映徹觸艇又與之迭迎遂不覺所之㗯焉出洲諸水流折自此回旋落于溝澮是日三谷渠渠中繫舫可以百而數人戶數楹枕岸而居是皆篙工之所旦夕也過渠卽日本隄隄之所半卽倡門舟中望之瓦棟崇麗彷彿乎烟霞之間矣從此橫遡湍激就葛飾原防涯胥紲舟開贅榼而酌及稍已醉舍舟陸行乃使其舟子上舟於梅栁山之足而曳笻蛇行隄之上下隄下耕田甫艸沮洳中祀叢祠曰三囲祠三狐神之所祀望之於舟頭如對

一盆石也俚語曰神狐爲靈春秋三匝市田以護耕桑故有三匝名云傍挐桑揄盤行道于衍田貫叢祠徑丹曲 衍將其遵微行出大隄一婦人行於前美而艶馨芬襲人郞從其後近而視之明媚益出群若頗落天上也客竊寄思欲桑間濮上盡其情余曰含之地隣狐窟恐祟其妖謠之患何於是退步目送而行漸而出隄徃還之所相值舟行之所相見悉都人士女俏飾參差繽紛盈目舟與陸爭娟雁序齒二俱前後其間行抵牛渚祠前有酒肆此以葛飾名甲此處者也風吊所題吾國蘭陵壚前乃下榻振囊放飲是

雖其所謂非鬱金香稍免桑落客太醉風然大頹慢
傲過度余責不遜不聽旋謂余曰吾之酒狂衆人所
知足下飲人狂藥而責人正禮遮其懷裴叔則于余
曰吾非其清通叨誤酒中趣復莫以言焉起亦倚杖
屨側扣禪扉探鐵牛禪師石室尋一轉語而旋步延
袤遊行蛇逶至秋葉山祠在昔此山樵薪之地山間
嘗有蕭祠是日千載稱荷祀祝詢之土人與秋葉神
祠配焉呈霜未變樹木蓊鬱終成名區也余固烟霞
之癖曾試勝於斯山也已久矣今也又遊于斯熱目
益勝輒量之境懷廣輪蓋萬餘頃名卉怪石大抵出

人意表其可遊目之所秀乎前踞乎後形勝交移趣態暮而花秋而月風於夏雪於冬造化奇巧代謝四時觀眺雖常富殊以春夏之交最又爲盛矣時今在暮春之中蒼翠四封花樹吐芳姬姜少年愼于彼莚于此肉系交聲幾與百羽爭音吾黨風文雅之徒雖非敢闌之者而耳目之所及凶奈何姑汚雅懷而已既而繞祠襲背倚喬木黃鳥遷囀嚶其鳴矣是則詩腸鼓吹吾徒可以玩弄因織把酒脯盤植於花木間吟嘯佐瘦久之乃起問道穿脩竹中邪出農郊間樂土衍沃場圃四闢誠天報 昌化也秀麥挺穎耕耘

耡鋤朝夕乎帝之力牧笛樵歌雜沓傳風路陂鄉曲二三棊布其間篳門桑樞枳橘繞垣舂相農談代穿耳一農夫某者與余通家其人也樸茂淳直長一村者爲里仁之美夙已斂迹環堵十畝之間桑間道于籬落之交行而訪之狠狽相迎欣欣把手謗偶一堂各互壽護鎌之狀頗肯而喫苦茗酌桑落酬酢移時談話已熟主人起喚童搜厨具食香麦之飯芳菜之羹淡薄猶可味也時既飾午腹亦空洞且以其所甘放意而饌焉主人曰公等生而都人固飽郇公之富然又善貧交一日辱與飮若斯酒食此於田夫之幸

又可以道哉余曰蔬食菜羹自然玄味殊至斯甘鮮殆歃千里蓴羹非此大鹿矣滌塵腸於吾侶之幸又可以道哉既而過午各將辭主人曰欲強留之旋妨幽賞唯之命分袂送于門驢鳥謂曰不意今日披豁蒙也他日可後來相揖而別矣余私念之凡人之處世栖栖於利名間終失之性至若主人實得其處哉身在曠莫之野晏如自適鷦鷯一枝偃鼠滿腹樂亦在其中焉獨感其恬憺吾亦喬我不知杖屨之所之遂亦出大隄隄蔽叢樹中有祠爲白髯老翁廟睨之樹間行吟隄上攀柳夾路森森然齊列翠條飄風白絮

飛雪階隄春景殆可觀也旣而抵梅柳山吊梅兒廟古墳蹲踞蓁曲中楊柳作蔭惟其年紀以脩邈故石閣頽圮莓苔埋而蘿蔦封寺白木毋磬上龕宮吹烔而趍阬後折墨水延而環山石瀨潺湲流潤緗壁傍有松原是自 德廟而降遊獵張幕之所也一酒廔臨水與原塢對以勝絶最可賞磬箕踞石頭風其綠蔭淸響鳴水瀏亮颯然阻岸打面爽快豈可言乎至此亦閑搕酤酒以繼觴飲移時興態復發已共褰裳隨波而上下心亦如水恬然惟適或以濯纓或以洗盞雅興幽懷頗若山陰之脩禊何時有風蓬二北

來河上石閼瀾淪交起洶洶響林涼然綠昰頭懷梅
児死賊之事簌簌泣下雖求詳其所傳而甚心之所
感題詩弔往事徐徐崇隄風愈勁楊柳折殺於是作
白楊悲風之嘆行穿畛畔撫甞求古渡而就舟是也
所謂閑麗公子所跡普在人耳焉余嘗讀一書寬平
宮人伊勢之所有惟悪公子之爲其親出一絲
王族而侵天威饋宣淫之名於千百禩之下嗚噫夫
後之視今猶今之視古乎追懷其流落題詩而過此
賦終漸就崎直賽石瀆祀宇華表崇宮肅而俯于壘
水此亦三狐神所祀名曰眞先祀祝言曰此靈也人

譆已欲賽嵜有異恣自祂祀守則不冒歆其饗此社
之所以名也云祀後又有祀爲石濱神明則王者宗
廟神潜祭于斯誠歷千百年也鎖壇頹敗山林欝葱
樹木皆可合抱麤髗徑連垶背四三狐窟傍滿洫
而闖茀敢可濶步繼踵局趾邅逥而行淺茅原衝于
前中有禪窟榜曰橋羽寶藏是東都禪家中稱三大
刹也則其一素以曇磨道釋脫塵鬘堂閣臺殿臚列
甚在世衰既樊山門闌入禪洞留神凝精欲以搜其
谿眼徧敲僧房聞逆風家之言即隨清爽所至頓一
掃俗致殆生禪機眞可愛而已頃之逕于薢苔還寂

來時路爲蒿萊蔽地逶迤幽邃穿蜒蹊入潛闥愕然臨其中封墳實如馬鬣不知其幾也嗟夫賢智愚不肖孰可能逃此境忽顧念輪回之難免悲傷惱神急還回袂漸出前之所履行感世大夢默焉吞聲誦陸子之歎逝賦而又路於畎畝上右濱酒撲姑慰墳墓之憂步婦當壚都服而嫺容頗慣文君之媚側隅步隨絲管頻奏豔歌韋曲代競音恰若挑琴心者搖蕩心耳中矣久之倦席起而倚檻回顧西林際頹陽纏追憩息崎嶇鳳洲所謂若紫金錠者冉冉垂蓮樹間霞綃霓旌縹緲屆於後殘照纔餘一線返景射波弄

煜之所亘杳渺涵天乃誇之風景下眺川上望水流
所逝喟然歎曰逝者若斯夫不舍晝夜也則感尼父
之言以恨天地盈虛之何月起自東流金飛玉銀濤
拍空乘實視之毋涯亦已就舟擊空明泝流光明賀
愈升大歷不靉靆雲煥景流映萬里屬一瞬中於是
相偕抵掌噓張若虛所賦春江花月夜詠倘佯予爲
之引滿篙工亦一酒人投之大白陶然竟醉爲搗鼓
擑張聲爲擢歌蓋若吳歌欸乃者二三代章雖詞拙
酣頌又佐與時夜參半鐘漏聲耳俄然返棹從一葦
之所如頃流而下微風動浪水光絡擑俯顧其舷時

時受水颯爽意甚快之因亦褰甲艇舷四顧宇宙間
空翠與水接意如步大虛左右杖屨之地濛朧爲霜
唯其嬰眼中者鵲耶鶴耶翩遷而東南飛鳴匝舟於
是亦俱鼓枻謳吟魏公短歌誦子瞻之所賦又已行
大白盡航量沃飲客咸大醉憊臥艙中余亦旣憊欲
共憑枕然誇雅與之難復津津不罷特倚其枻臨水
而坐其望長流之無窮與造化之無間斷以憾生之
所有限低首嘆息不覺下駒津之側也夫墨水者東
都巨浸文人詞客俱是爲大觀余亦愛其雅境恆當
諸少文之幽趣假以名余之園者與之俱同日月尺

蠼之蟄龍蛇之屈欲以存此身矣久皇〻而詒乎利
名之間
○退石曰遊記一篇翕然雅韻之語辭〻寫來頗奇
絶殆愈豕目之瘯耳○玄川曰錯綜理密頗出於韓
柳之妙○龍淵曰泓崢塊落語〻每讀形神幾超越○
東原曰齊東野語旋鐵君子之神眼○退石曰絶筆
妙語併擧萬象如耶覩諸一目中願領歸可以傳往
勝於我邪○東原曰一區景狀惟將慰客中之意耳
豈當傳大國若不得已敢欲持去西歸之後必覆酒
甕○退石曰語〻摸眞雖僕非濟勝之徒意揚神飛

○東原曰驢鳴犬吠何足是詩語○東原曰貧賤頻報
當以辞去○退石曰明月亦當來登歸筆硯而俟

五　謁

東原稟霖雨滂沛與渚淚俱降將別之情天人同愁
耶○慕菴昔雨中來別多荷多謝○東原曰前月私
所獻宜之管論總是古人糟粕連識君子當一觸嚴
眼即以胡盧也雖然若一篇中所論辨往々視世之
施治者雖眼已見其書口亦已噴其論而至其術所
行動陥其偏愁旁姪亦在此局中弗敢得已聊吐其
糟粕耳○慕菴曰此書誠得古人之真旨可賀々々

愚也或爲是書不但爲一已之私止付予其廣布壽
傳也僕願領之以副舟艇西歸之后普又傳同志○
東原曰古人之糟粕爲芻姪吐而已何足壽傳然君
爲僕將傳之大國惟傳我國猶有所慚況大國乎君
不得已欲持去願姑爲之郵驛之覧具其比濟西海
溟之海若以藏拙○慕菴曰君莫敢辭言論誠懇先
哲之奧旨一言不以因末學之邪説是足寳可貴也
○東原曰雖已乞一言而君以西歸之迫遂不述肯
冀驛館郵亭敢窺少閒當能塞區區至願摘藻既成
乃託之焉爲紀室以致東都衣冠篇首以爲芻姪之

頷○慕菴曰騫翥之揮筆立章恐難然君子所需何
又聞辭京師歇大坂歇聲候留滯以申鄙言非背照
其確論謝君之至懇耳○東原曰君願當慣李氏一
諾也必莫使僕爲尾生○東原曰歸裝已在明曉君
意不穩明日分手路傍○慕菴曰此生難再逢奚不
悵悵願卜甲夜而穩話○東原曰序文且七言古詩
與鄙幣併表離情寸心以謝其藉光耳○慕菴曰至
懇詩文厚儀幣物併辱別意即拜納之而柔謝○東
原曰多紀安長昨與君期今月適有微恙扣問不果
使僕懇懇致此意○慕菴曰有約不見悵悵○東原

日天涯永別無由期再緣痛魂維谷○慕菴曰惜別之意君我一般而河水悠悠○東原曰譬同其國嚮戀不可勝也況又殊方話別君幸自重憑陵其絶海若僕者異日假其餘風以爲君之顏○慕菴曰春盛多謝君須自愛是所仰慰也○東原曰惓繾之情竟曉不以可盡也君退就安以討明日俟晨鷄之告發送中路○慕菴曰懇懇不可忘尚期明晨耳

○秋月曰東原來耶便覺清風忽來挪人○東原曰非我奚有其韻君風裁實有漢魏之風使僕懷古之情更又深○退石曰蕭兩頻至泥濘之間辱污跟趾

思道途之煩耳 ○東原曰古人謂于友每一相思輒千里命駕況咫尺乎 ○玄川曰日來以慰旅情千古遭遇愉快在此會也 ○東原曰一日不逢諸君覺形神不復相親 ○龍淵曰昨對壽敖語又及君今日爲他人所索泪〻筆硯中客來失聽可恨可愧 ○東原曰從容債他人之索僕姑與諸君唱和以俟事竣

疊前韻呈秋月學士　東原

天東分野接方長星彩降祥典籍場翩略誰知將軍府文雄獨奮帝王鄉兼恩佩玉含榮貴奉職揮毫有寵光一自花臺開盛色春風城上引群芳

同呈退石書記　東原

天涯客夢更應長書劍姑留選佛場秋去西溟陪彩
艦春來東海問仙鄉晝攀林閣陰花際夜卧雲臺嘯
月光矍鑠非徒濟勝具詞壇健筆月芬芳

同呈玄川書記　東原

一代能文藻子長探奇殊域幾詞場夜尋金櫃攀雲
嶽曉蹈石梁溶水鄉囊底烟霞君流彩毫端花月似
飛光扶桑城外春風路更遣三山須貽芳

同呈龍淵書記　東原

萬里王程凌浪長春帆捧日海鹽場十洲花鳥迎遊

子三月冠裳入醉鄉繡虎豪亦晉遺韻雕龍雄氣讓
餘光驪涎宛似風雲會吟嘯相和共有幾
○龍淵月包丁手工能割牛雞字字皆禁臠滋味有
餘○東原曰單衣襜褕足掩身短狹一編豈能有
餘姑舍推譽○龍淵曰二難俱妙僕豈過譽○東原
曰伯仲之妙非吾事君必勿誤○東原稟問言二篇
將以纖大德僕也生育醫家日夕皇皇食技未能肄
文辭願欲就君而聞大國之學化以解惑心選有間
幸賜教誨○秋月答僕雖在學士未識學化之所詳
○東原曰群中特擢文衡揚宣德于萬里豈匪其選

而有斯役哉○秋月曰方有急酬之詩君姑待之○東原曰唯々俟間以解鄙惑也（此間亦柳蓉有筆語今省于此）○秋月曰聲有閒暇速出問言○東原曰願不惜齒牙許示金言將其盡博洽則痛加笞楚所敢不辭也

東原問秋月曰

夫太上者弗可識焉結繩者姑置焉自唐虞而下至於三代時典章法言俱布在方策者昭々出乎目睹也雖然邈矣古言以語脈必在隱微之間有其可解焉者有其弗可解焉者有未全載宜以傳諸今也故大漢已來諸家釋言紛々爭出發識見於前後各闢微

言而理緻綷緯概礙較之大抵[illegible]皆有超乗而出其
上者也是以我國亦自古異軌折衷其道者遂惑其
門戶彼新安國是唱鄭元有其慇意於河安有其頗
注於程朱或切磋之陸楊王之間各互立識分而成
其門矣於是抵學士大夫所学大率亦從時師彼則
棄此此則棄彼各研究其所好以異孔子之旨也中
至其將盛無君程朱之学是則以　國初已來其為
國學最行于世也迄于今滔滔矣往々又反程朱就
孔鄭河三家聊立其識則稱之古學以有誘子芳者
然而以此比学程朱者誠又迂大逕庭不可及其半

也前是十數年一儒士卓出于世大立自己之識黜駁新安伊洛雖孔鄭河三家亦不敢取之自沾二子唱古學以興一家四方稍嚮風遵其麾下萆頓又示爲不多自此之後十數年一儒士又唱古學則舉其新安伊洛與前之所謂唱古學者俱爲之釐變別又立說事示予而曰夫今古異時事與辭亦異就其所異均立之其說以今言眡古言以古言眡今言均之朱離鳩舌科斗貝多何擇哉夫世載言以還言載道以遷豕百世之下傳百世之上則非其事與辭擇之何可以得也自斯言一出天下風靡此學與新安伊洛

比肩迄今不衰矣僕固業醫雖匪敢與儒雅者然醫
門書非其得儒末以可得也故自六經下迨百家出
沒於彼與是有走衣食之暇與醫帙借翻覆莫不游
泳矣因是所謂雖其古學亦惟僅窺其一斑而已然
而非敢取之姑假斯言與新安伊洛掌合值問程朱
之人由程朱而曉文義又問其古學則取理旨於古
學是雖其以特操而禮樂刑政非我事則若其治國
平天下非敢所與惟於其所與孝悌與文義而已夫
孝悌也文義也士君子之所重雖最當務之急而至
其所學俱從程朱固不以妨所謂從古學亦不敢可

訪也辛卯年間貴邦聘使來我國時文學李氏訴我
大阪人曰朝鮮之學不出程朱間視他之有識見所
敢不取也方今貴國程朱之說專行于世耶抑又有
異說以盛于時耶請詳就公聞學化之所有
又問文章翰墨雖已異世脩辭與達意二派而已夏
商時蓋未分二派周有悠久自化大行明哲輩出文
與質相均莫不彬彬也於是脩辭達意亦彬彬漸分
孟荀老列最王達意左國莊騷最主脩辭超秦至漢
文運洪興振雅言於一時之徒勃勃爾如沸雖南北
爭出然其所爲亦不肯出二派焉則若韓賈遷固偕

主達意相如揚雄俱主脩辭齊是大家文章自與今
異矣世易人異沿革展轉互成其業文運亦與時陵
夷屬辭愈工體裁愈下至東京時偏拘脩辭至六朝
蓋失之浮華唐初益居其弊也於是天降命於韓柳
乃能使之以木鐸于天下昌黎河東於斯大竭吾之
才削去六朝浮華用達意振于世而自中葉文化復大
興若宋之歐蘇輩大率皆宗二家抵其振于世他諸
家亦宗歐蘇遂自其遠於韓柳漸又流弊至胡元益
衰皆用語錄諸未曾有文也明興北地李子釋脫鷄
群獨唱古之文於前李王繼奮男力扼腕和於後脩辭與

逮意蒙二派宇宙一新殆羽翼于両司馬雄固戀以
除宋元之弊也於此文運復煥發若月月以升盈卉
木以向太陽瞭々乎復古矣是則三家之力可謂勢
焉夫以時與道汚隆也猶日月代明四時迭行衰昆
盛盛昂衰矣雖我日本莫不亦然也我邦古來所称
大率皆八大家唐宋元明以敢擇體用語録中之語
爲文者既久矣然天降命出一儒士於時元禄正德
紀年之間振古文辞于東都論體於韓柳李王爲謨
已下之儁也其論例曰唐称韓柳宋称欧蘇欧雖則
非韓柳伍爲識韓之先鳴子瞻仙才筆随意到而二

氏之法韓柳已具其體焉學者苟得其法雖盡二氏可
也夫於文章之體惟叙事與議論耳文選雖巳具其
體浮華之言不過韓柳因論辨以理勝之別開其門
戶宋元之文冗長卑弱宗於議論疎於叙事於此滄
溟弇州借脩其辭以拔其弊也夫滄溟者一家奇才
爲辭全不用韓柳之法弇州雖稍用全脩辭乎古文
二家乃俱振自用辭勝之復古之業始備矣至斯言
一出都下太槩操觚之士騷〻總踵爭學斯文其徒
或離散四方往〻咸唱李王迨今稱其雅言者動驅
二家也僕也皇〻于世且莫奔走食技雖攟藻結撰

非吾事韓柳又好雅言偶有閒暇乃自傍作彫蟲之態
私淑既史之間取所謂論例惟恨未能肆古言是邪
非邪不了識所以然也戊辰信使來日本也文学覩軒
訴我東都謂李王文辭若頤喈瓦礫余不敢承二家
也今也貴邦之於文辭唯在韓柳二家歟或又有因
李王而脩古文者歟冀聞大國之稱于時文辭
秋月答曰見問二條大體有據立意不俗造語且高
但道學則儷程朱於漢儒文章則配李王於韓柳此
物雙招嗤矢之論其壞入心術錯入路逕至此而縱
矣雖以君之明泯然不自患其淪胥可勝痛哉夫徂

朱不出則孔孟之道晦孔孟之道晦則人獸幾乎雜
糅矣庸敢以二三膚淺之見雜議於其間乎至於李
王則不過鉤棘其辭艱澁其句力追秦漢而卒不逃
爲李世杜撰之文滄溟未及悔而死弇州晩年有歸
根返德之心而未之能也豈可以擬韓柳之奴隸乎
坐間艸艸報告不暇細答

東原曰孔孟之道從程朱而明者僕不敢信焉夫鬪
孔孟者豈止程朱漢魏之間大家又不少則至取道
於彼取於此各在自己之識而已謂其善程朱則可
也何獨謂其鬪道也且也議論李王爲韓柳之奴隸

胡譏彈之之甚也美所謂稱漢廷而司馬我代一
攀龍者雖頗微過譽殆又不虛也顧其宋元之際凡
遊文辭之徒蹈迹逐風祗韓柳之糟粕至於明亦
大抵出於二家李王出而變二家僞辭體裁別成一
家二子之業可謂努焉謂李王之文下於韓柳則可
也舍之奴隸之下則非也至君之議論似稍矜惡二
子耳不然則又幾乎固陋○秋月曰悲夫君未出其
網羅領略之以游其江海當能修德以任心於程朱
專窮力以恣意於韓柳也莫必與講渠之奠同隊○
東原曰欲問貴邦之學化却及議論也大凡學問之

道各有所見若至其議論之雖日夜竭其力及筆戰理弗敢盡而已○秋月曰勿敢議論論者必破交誼惟能唱和以述雅懷○東原曰僕將辭諸君願既再和○秋月曰君詩屢和他人之初呈甚多未得和勿咎走草不殆○退石曰郢章寵璧走草以難和○龍淵曰僕等數和一二無和亦無妨耶○東原曰席上非敢乞和俟間以閱詩囊○退石曰夜來有間當以奉酬○東原曰一顆求桃敢俟瓊琚○又曰明當蚤來以竟夕而親送歸裝○退石曰日來辱慰旅愁而每得辭輒恒後於他人筆語唱酬從容至夜感荷感

荷明日明〻日必來以申別意○東原曰箕聖之遺風寧不仰欽哉他日又欲斯時不可復以得也必期明日猶貪親與諸君周旋

六 謁

退石曰東原來耶今日唯可談風月不宜及議論也東原曰晉時議論多皆風月至若斯議論亦不妨○秋月曰入我黨者但有清風對我筆者唯當明月清風哉明月哉何不速來○東原曰君實清爽不可減謝光禄也清風之韻明月之才固非吾事可愧〻〻○東原曰不遇之醫且夕來往于城市爲伯休之態

未以得灞陵山中之趣幾爲憾也唯幸遇諸君聊假
其風裁是似稍忘俗機耳○玄川曰男子志乎道感
遇慷慨亦惟不可以焉念其生材也天使之也亦天
大器晩成當俟其四十五十而聞于世也○東原曰
聲欲避世墻東而誒時人之語可歟○玄川曰君勢
讀損益卦知予平之所謂富不如貧貴不如賤則無
强索榮利亦當可矣○東原曰匪敢羨富貴若斯凡
謗嫉晉所人情不免爲奈之何○玄川曰寵辱如驚
勿必索榮利惟當從天而可哉○東原曰自文姉巳
東四方皆称諸君僕日見遇親覲其詞鋒鋭利幾凌

霜名下固無塵士○秋月曰日東多奇才太可愛也○東原曰樂者無新樂於相遇悲者無新悲於相別一遇一別悲樂忽移人世由來雖如此俄然消魂○秋月曰惇致悃篤不可敢忘西歸之後恒當向日東見西君之名聞若日之升赫赫聚映海表矣○東原曰花自己開把筆交情至花瓣落頓迫歸裝三春一日殆在夢中悵悃戀戀今將爲何○退石曰萬里永世之別從此決矣悵黯之懷不可一筆形容○東原曰鄙語序文與大筆鄙扇併表離情

送秋月學士歸朝鮮序并五排律　東原

天下建國脩聘締隣盟之禮蓋其盛于春秋之世矣方此之時大小列國務輸其血借使社稷之臣互修禮彼有彼君子此亦有此君子列國乃爭化禮樂人文雖各不乏而言其風化最無若魯也言其君子無若延陵氏也雖然魯者固甚爾一矦國介於大國之間山澤林鹽車馬城郭富羸較諸大國當弗以若雁行也然而成周支國以周公既占封疆開宏政禮樂人文郁郁化風臻徽猷聲教行于時于天下實盛於其大國也哉故及延陵氏一已聘于魯聞遺音餘響喟然以爲美哉觀哉禮樂人文一撫鄒魯矣乃特令

鄒魯甲天下之化魯亦特令季子甲天下之賢左氏
所載籍昭々莫論而已今也私覿朝鮮之所有封
疆蓋跨於離坎西與華夏隣東接我日本山澤林鹽
車馬城郭蠻貊以若中國然較諸他邦國幾又富罷
強大殊自其箕聖遺風尚存乎今禮樂人文與三代
稍均徽猷聲教頗亦有魯之風而言其人秋月南公
有季子之風公夙富學化以其有成國之器官已職
干製述與保衡俱持使節以脩聘於我爲舳艫乃入
馬嶌自軓已東大阪西京東都間無論於肩摩轂擊
靡然慕之仰其懿範迨他侯國所過鄉風往々靡不

咸挾筴摛翰唱酬筆語之壯颯々乎以聞我日本也
夫我日本與韓通上世者不肯記自 國初已來脩
盟互善隣弗敢遠秦胡聘問于今所不絕蓋旣百有
餘年每玉節至于時莫不有若君子而陪從焉雖然
唯在其所耳未以經之目睹不敢識所以然也余一
二得遭遇實識其若君子南公其延陵氏耶延陵氏
聘于魯所過侯國都邑大率皆鄉風南公今聘于我
所過侯國都邑亦罔不皆慕厥德服化也顧南公在
春秋時而脩聘鳴厥德音於隣國豈啻今南公縱不
若季子弗可敢退三舍也公也實延陵氏耶則視之延

陵氏禮樂可以論焉然三代以降經歷數千餘年雖
其華夏乎禮樂與昔古不同況日本與中夏異禮樂
皆我禮樂一般音雖則非鄒魯之化而觀風化之行于
天下者以識我人文以識我禮樂於周公之懿德實
其季子也哉豈匪其人爲排律一篇五十韻併以贈焉
箕風滿域國封建布墳謨城壘占山嶽樓臺壓郭郛
人民齊富羅園圃雅膏腴憲律法周鼎文章肄漢都
中原流地脈東海接乾圖分野同星宿通濵偏斗樞
善隣永脩好聘幾交孚張旆飄回浦使軺窮遠途
舟師候五兩介紹限三艫臣職祗于役王程故匹盬

魑魅護艱嶮圀象佐勞劬霜勤長搶氣塵揚逌騎蹞
祥氛欝冠晃靈籟雜笙竽彬彬賢君子濟濟列丈夫
群間抽英俊獨步称明儒奉寵陪金節叅恩從玉笥
豪姿展鳳翼壯志宛鵬雛偃息扶桑頂鵷翔滄嶼隔
超乘鞭馬嶌遺直肅皇區爭轍浪華士抗衡江武從
比肩窺領袖把臂拾蠙珠賓榻鳴毫坐藻壇戴贄[illegible]
聲聞開掞簡史譽秀操颿卓軏才難凌輝光德豈孤
耳藐遥爲慕心賞聲斯俱唱酬敷渾雅來往總驪呼
雄固今誰在謝顏元特殊誓盟嘆禹吉慷慨感蕭朱
劍屨僅雖謁居諸忽欲徂朝儀竣傳信台命慰憂虞

頌既陳佳瑞勲全紀範摸行車辝魏闕征蓋返康衢
驪曲悲鳴鶴驪歌驚際駒離堂自盡苦握手還如愚
幽夜那愁燭清晨甚戀烏盤岡鳥萬囀悠路花千株
遊月象眺覽旅膓當晏娛穿芳出蓮洞傍水繞蓬壺
六翮毛軒擧十洲峒有無苔經縱欲得石室敞休拘
函谷丹霞岈芙蓉絳雪嵎龍旌朝縹緲仙管夕縈紆
津鼓向風響雲帆帶雨濡參商看阻緯面會似秦胡
宇宙存知已神期若穪抽郵亭鐘已報官樹日將晡
叅矣謹刀筆帰時待歸息逢場二郎語別後一形軀
秋恨梧桐落春憐桃李模天涯尋踪跡容夢互踟躕

東原贈以詩與序意甚勤懇書以謝之　秋月

贈以麋毛筆申之古體文文隨書畵觔筆散墨池雲是月應思我何時不憶君殷懃蕭寺雨更與夜深聞

送三書記歸朝鮮五言古并序　東原

蓋夫所以妙用玄化與天地均德同其進退者無若麟鳳龜龍也則其於四靈天下疾國有道則顯無道則匿未必臨于時常其兆也故春秋已往雖聖天子御極重明以嚮乎正之時僅觀其兆矧後世異於道非至道君子能與於斯文者惟自其冣之人非儁材美德之盛擬乎彼也敢由其獲耳然若其徽軌蹟絕克

擬乎彼天下又孚觀焉鳴嘐四靈之孚于世固當然何欲其称瑰瑋克與古合者孚于時于天下也夫三代固以論秦漢而降以四靈称者天下不爲不多也而方今之於人孚寥寥乎特聞于世所流滴之使然耶豈然縱輓近生才未能若其古至窮日之力能竭其才即莫亦與古爲徒者哉蓋有焉蓋其所有在中夏耶在日東耶抑又朝鮮耶朝鮮者箕聖封國雖則距其時歷數千餘年赫矣遺風昭然尚盛烈于今矣是以亦生其人也有若斯豪俊一時奮才於天下也余及見莫逗館與三書記筆戰屢爲語難親識

其人退石者篤學好古洽通諸子百家若荀爲其言非其法言敢弗以取殆與麟同其德也歟抵掎藻結撰羽翼左氏與兩司馬雄周周旋操觚之所壯若鳳之振羽毛飄揚乎飛五采實其玄川也歟驪珠恒轉筆下抵上則漢魏六朝下則開元天鳳騁騖騏驥駿逸上下其體裁龍淵者頗臻其妙也於戲三子儁材美德一代大豪家其擬之四靈寧爲以誣哉夫四靈之於微妙天下而一物有能獲之將以足矣而弗獲乃昔其擬之而可能擬者天下而一人有能獲之亦將足矣夫天下而一人尚所希而弗獲也而朝鮮一

時獲其三子也何其盛朝鮮嘗称三國三子乃畫地
各奮其力鼎足三國卽當禮樂詞藻得何國乎出其
上三子者實其璽也若其擬四靈胡又虛哉龜者則
秋月既彰兆於明堂別叙以歎其德退石姓金名仁
謙字曰士安元氏号曰玄川名仲擧字子才士執名
大中姓曰成龍淵者其號也五言古三首分贈三子

題麟送退石書記

一角啣玄授五蹄合五精花敍元異類獨能知治平
奇姿甲四靈音中鐘呂聲載文興社稷抱義覲國禎
穆穆應嘉瑞彬彬無美名覩行恰中矩折旋婉中程

蚩州黄生蟲步底飛敢傾軀自必不群揮土寄厥生
開道周郊藪降很灤時榮年紀隨化陔麟趾鳳全成
西狩時應感春秋定王正可歎斯仁獸無聖期盛明
千載護朝廷表德三韓城

題鳳 送玄川書記

丹穴有靈禽仙翰周成章三文兼五采珠瑩混金光
六像照乾坤亡德恒負祥雲儀景阿閣風翩繞明堂
翽翽冲青霄亂鳥鳴高岡覽德千仞頂棲息碧梧傍
洛水銜圖降呈瑞禮樂場東園時蔽日王谷永興王
韻音應昌期見兆舞朝陽鄒魯聖空嘆荆楚歌豈狂

九苞雖難至既至君子鄉天東一展翼擊海擊扶桑
歸來閶雲西飄揚護封疆

題龍送龍淵書記

至靈陽德利正中元乘乾精化脫凡心通神孰比肩
知非池中物潛伏在重淵頷下驪孫光浪底抱珠眠
九九鳴鱗動駿鬣奮捲烟鬼眼開日月岐角衝上天
五花樹叢間援群獨秀先飛騰隨晦明變化妙入玄
起翔滄溟潮卧噏大澤泉靈雨逐時噓鼓舞將雲還
幽明寧可測喞燭普昭宣昔在躍劍潭即今蟠朝鮮
鴨綠常鳴江升降期永年

送慕菴良醫歸朝鮮七言古并序　東原

秦皇漢武御天下也善服形術發其觀以廣俱需之
東海漢雖則因變太緣深澤侯恍惚乙軌耳徐市義
命於秦將其窮蓬瀛於一睇掌而蹈海於我東方云
夫東海稱仙區古所未聞所謂自瀛劉盡於方士班
馬有載籍后世尋迹之然唯有其所稱未視其可目
所也曼倩又藉氣詳記十洲亦惟慢言概皆荒唐而
已顧其東海中島嶼之所貢峙洲渚之所碁立有達
〻當寢食之地斥其土言即實挾隘畢礦斥其人言
即又文身裸體未必視若古之所推稱雲螭霞綃琪

樹瑤艸抵燦燦乎照世表焉者然則仙區之謂大率咸歷姿豈其歷姿今視之古其彷彿之也蓋我日本耶我日本僻東海國雖小乎華夏朝鮮所称類皆自古均曰之蓬萊其称蓬萊則其琪樹瑤艸雲螭霞綃之於靈異亦惟不可以焉則有焉徐市既來于我採瑤艸於富嶽琪樹攫之於熊野雖遺蹟尚昭昭載我古籍而抵華夏朝鮮所称均皆詩賦空言未嘗識靈秀之所瀛蓬也惟至其識之其獲之匪庸流之可獲仙耶仙也苟非顯大壺有精通奚獲之哉然而至古之所謂遐舉輓近猶弗之視惟其若僅可庶幾者最

吾方脉而已方脉者仙府一班五靈九鼎術合其方亦非其人弗敢可以獲焉今也私覩李君蓋則其人耶李君夙窮方技頗得其術也固與論扁倉緩和追方士之方靡不該彰是以抽班官乃神良醫彬彬之蒞于我也使我風靡余亦醫也時時往談乎道親聞其議論好古之常若毋如夫遊詩賦羞置空言於摛藻之間最欲能搜靈區覩其鍾秀也於戱李君清軌修能乃至其搜之其覩之輒藏諸藥籠所謂以秦氏之驅盧妟漢武之所以靴摭浪迹於聯掌即可能記之而傳乎百世也李君者其醫耶其仙耶可謂醫中之

仙也矣七言古風併以贈焉

兩東和親海西東韶化千載屬古風旧盟隣好存異代箕封聘問萬里通萬里宵寘闓雲陽煕々星軺照扶桑濟々多士整鉄鉞盈々張旆繞余皇欝兮余皇有眞人々三世幹蠱肘後方德兼黃岐術綏和德術并行關東華一朝爲許從使節玉晃羽裳映天涯玉晃飛光浪華月羽裳飄彩武城霞浪華岸頭羅諸士江武城上驚百家吾徒與百家俱陪掇翰交論搜奇才君自仙骨非時輩持論風猷全廣恢一挹風裁羨風圭二接持論嘆千古風土雖元餘箕民若君雖逸又

幾人一時昭代荷聖化三國奇遇屬維新異域同文相偶坐優遊交態容爾我爾我心腸猶未熟治裝催歸飛鶴駕離魂惆悵親握手難那別期迫曉漏王舍城頭御春風飄然忽向鵬際走一去倘佯阻各天猶是新知如故旧寧不戀戀憶綈袍一別生涯復難遭異日兩東互相思君向旭日望東關吾亦東關向西嶽曙天落月爲君顔

賀聘使三大夫修隣盟頌　東原

熙熙皇天降祥二邦樹德興化永希敦庵假樂撫民以鳩好仇百世善隣聘禮維脩尋盟萬里詩宣王猷

渥命鼎鉉賡合和羹維此鼎鉉耳足否休祗秉寅亮
出與國謀夙夜守中爪牙有方珪璋知化道紀襲常
碩膚懷瑾懿德維芳維德是芳恒孫厥光於斯介人
足降麟凰均秉國成聯仕含章勵翼宣力功宗以彰
明若日升鬱如浪揚令聲令聞晉達四驪故擁使節
遼履遐荒四牡歌勞北山唱行龍旌鳳旆黼黻冠瑠
朝映金輿晡照余皇凌天蹈海王程是量南依斗柄
東向朝陽經歷日月杳撫扶桑隊班盈〻威儀彬〻
鐘鼓管籥聲律如綸八音克諧無相奪倫鈞天廣樂
廟堂星陣徽烈温恭國華瑩璘輪奐日照鳴任以振

至請社席階鼎待賓將俱乘時厤斯民今惟此西國
忺和明義慱信崇德誠謹公事自國肇草十有餘紀
赫〻業〻于今同軌舜封於化外域於治非翅袞職
詳斯百揆股肱耳目錄共濟美美哉同類相求無遺
雲隨龍興風隨虎吹陰陽會通靡敢藏書融和千載
爰數箕風累世追時頌勲謠功締好不渝于此大東
臻已竣聘四篋式燕奐霏鹿鳴獻酢洗奠言享君子
盟誓以善國步悠久毋敢以蹇萬紀期天綏履宜祿

賦大海行送聘使三君歸朝鮮　東　原

海門萬古隨噓噏四裔八埏潮汐急瀰〻潮汐百萬

里洪濤縱横如山峙雪色千里涵崑崙鮮𩦺帶雪似振翅騰馬十萬蹴天走奔鯨百千衝岸起盤盂決滐鬪龍翔澎濞渤蕩轟雷至激勢起自元龜𩿧之窟瀰𤅩頹顛若毁壘嗚響晨昏動地軸尾閭夫焦入又出漻濵撫北灕天區搏木津海低桑榆日南之國屬朱涯扶桑之東抵海嵎萍流乱與裸人之邦制掣曳水煙泛汎悠黒齒之都崇嶌巨鼇鼉共雲際大明翔陽發金樞嶠鎖仙堀浪鮫室波間往〻迹有無長艄帆席與天接捲烔穿霧鳥弄翻平沙廣斥連鹽田曠莫空漭然坤乾江淮河漢交涇路日夜朝宗千百川從是涾滟

關天綱窮滇分土界三千君不見大海雖若斯星軺
過時邑風師蛟龍與鼈黿護彩艦海若罔象仰肅旗桂
檝蘭槳著珉錦帆繡纜相追隨四海百靈保三艫
渤澥無恙開洪濤 以上二幕介於龍淵而吳之未知其逆不

離別已定括詩囊起席立舐毫端賦以贈四子
寶若七步 東 原

西海三千里東滇九十春難何離恨切明月夢中人
走筆和東原 秋 月

滯節愁經歲歸帆好伴春依〻猶戀別終是軟情人
同 退 石

投詩花下院餞客雨中春來日行攜路東西萬里人

同　玄川

漠漠烟霞色誰傳瓊樹春獨長泓渤勞空阻北南人

同　龍淵

佛樓聞雨夜郵館落花春悄悄燈前面天涯遠送人

以上筆語中載大槪此外雖有與良醫製述官三書記輩俗談雜話百有餘條會長洲花山柳營將軍復齊三桂默齊齊高亭等贈荅筆語許多事以繁冗今省于斯

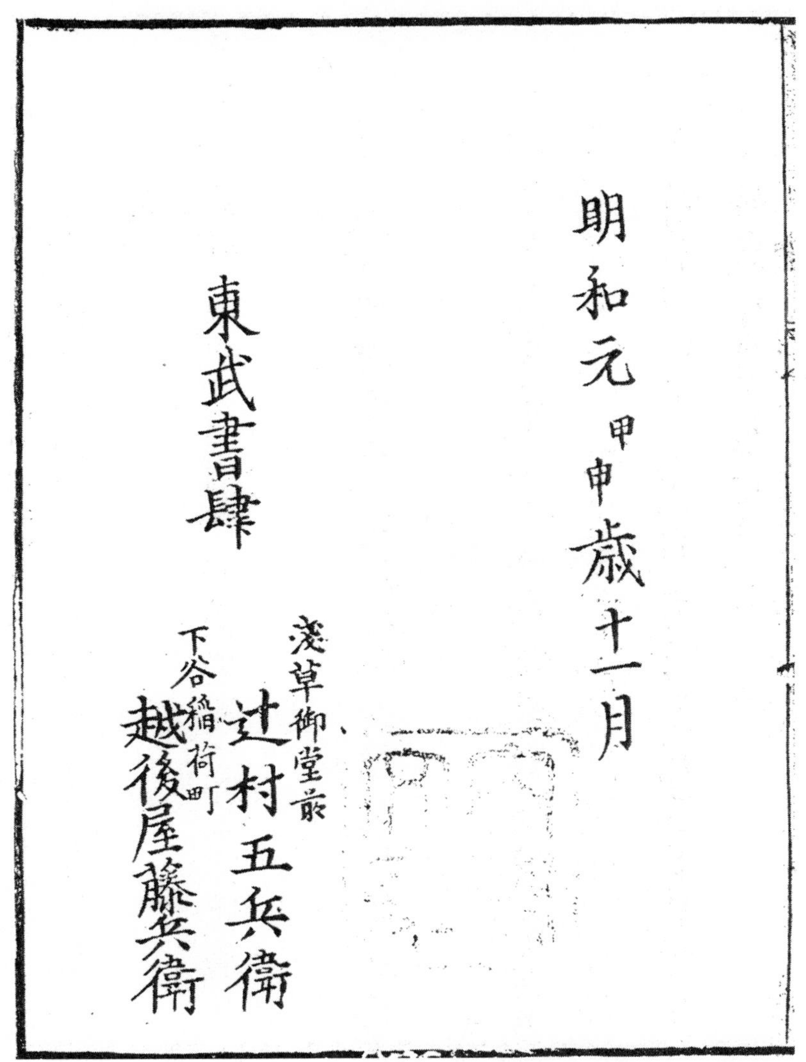

明和元甲申歳十二月

東武書肆

淺草御堂前
辻村五兵衛

下谷稲荷町
越後屋藤兵衛

【영인자료】

兩東鬪語

여기서부터 영인본을 인쇄한 부분입니다. 이 부분부터 보시기 바랍니다.

조선후기 통신사 필담창화집 번역총서를 간행하면서

20세기 초까지 한자(漢字)는 동아시아 사회의 공동문자였다. 국경의 벽이 높아서 사신 외에는 국제적인 교류가 불가능했지만, 문자를 통한 교류는 활발했다. 중국에서 간행된 한문 전적이 이천년 동안 계속 한국과 일본을 비롯한 주변 나라에 전파되었으며, 사신의 수행원들은 상대방 나라의 말을 못해도 상대방 문인들에게 한시(漢詩)를 창화(唱和)하여 감정을 전달하거나 필담(筆談)을 하며 의사를 소통했다.

동아시아 삼국이 얽혀 싸웠던 임진왜란이 7년 만에 끝난 뒤, 조선에 군대를 파견하였던 중국과 일본은 각기 왕조와 정권이 바뀌었다. 중국에는 이민족인 청나라가 건국되고 일본에는 도쿠가와 막부가 세워졌다. 조선과 일본은 강화회담이 결실을 맺어 포로도 쇄환하고 장군이 계승할 때마다 통신사를 파견하여 외교를 회복했지만, 청나라와에도 막부는 끝내 외교를 회복하지 못하고 단절상태가 계속되었다. 일본은 조선을 통해서 대륙문화를 받아들일 수밖에 없었고, 그 방법 중 하나가 바로 통신사를 초청할 때 시인, 화가, 의원 등의 각 분야 전문가를 초청하는 것이었다.

오백 명 규모의 문화사절단 통신사

연암 박지원은 천재시인 이언진(李彦瑱, 1740-1766)이 11차 통신사 수행원으로 일본에 다녀온 지 2년 만에 세상을 뜨자, 이를 애석히 여겨 「우상전」을 지었다. 그 첫머리에 일본이 조선에 다양한 전문가들로 구성된 문화사절단을 파견해 달라고 요청한 사연이 실려 있다.

> 일본의 관백(關白)이 새로 정권을 잡자, 그는 저축을 늘리고 건물을 수리했으며, 선박을 손질하고 속국의 각 섬들에서 기재(奇才)·검객(劍客)·궤기(詭技)·음교(淫巧)·서화(書畵)·여러 분야의 인물들을 샅샅이 긁어내어, 서울로 모아들여 훈련시키고 계획을 갖추었다. 그런 지 몇 달 뒤에야 우리나라에 사신을 파견해 달라고 요청하였는데, 마치 상국(上國)의 조명(詔命)을 기다리는 것처럼 공손하였다.
>
> 그러자 우리 조정에서는 문신 가운데 3품 이하를 골라 뽑아서 삼사(三使)를 갖추어 보냈다. 이들을 수행하는 사람들도 모두 말 잘하고 많이 아는 자들이었다. 천문·지리·산수·점술·의술·관상·무력으로부터 통소 잘 부는 사람, 술 잘 마시는 사람, 장기나 바둑 잘 두는 사람, 말을 잘 타거나 활을 잘 쏘는 사람에 이르기까지, 한 가지 기술로 나라 안에서 이름난 사람들은 모두 함께 따라가게 되었다. 그런데 이들 가운데서도 문장과 서화를 가장 중요하게 여기지 않을 수가 없었다. 왜냐하면 그들은 조선 사람의 작품 가운데 한 글자만 얻어도 양식을 싸지 않고 천 리 길을 갈 수 있기 때문이었다.

도쿠가와 이에하루(德川家治)가 쇼군을 계승하자 일본 각 분야의 대표적인 인물들을 에도로 불러들여 조선 사절단 맞을 준비를 시킨 뒤, "마치 상국의 조서를 기다리는 것처럼 공손하게" 조선에 통신사를 요청하였다. 중국과 공식적인 외교가 단절되었으므로, 대륙문화를 받아들이기 위해 조선을 상국같이 모신 것이다. 사무라이 국가 일본에는 과거제도가 없기 때문에 한문학을 직업삼아 평생 파고든 지식인들이 적어서, 일본인들은 조선 문인의 문장과 서화를 보물같이 여겼다.

조선에서도 국위를 선양하기 위해 여러 분야의 문화 전문가들을 선발하여 파견했는데, 『계림창화집(鷄林唱和集)』이 출판된 8차 통신사(1711년) 때에는 500명을 파견했다. 당시 쓰시마에서 에도까지 왕복하는 동안 일본인들이 숙소마다 찾아와 필담을 나누거나 한시를 주고받았는데, 필담집이나 창화집은 곧바로 출판되어 널리 읽혔다. 필담 창화에 참여한 일본 지식인은 대륙의 새로운 지식을 얻었을 뿐만 아니라, 일본 사회에서 전문가로서의 위상도 획득하였다.

8차 통신사 때에 출판된 필담 창화집은 현재 9종이 확인되었으며, 필담 창화에 참여한 일본 문인은 250여 명이나 된다. 이는 7차까지 출판된 필담 창화집을 모두 합한 것보다 훨씬 많은 수인데, 통신사 파견이 100년 가까이 되자 일본에서도 한문학 지식인 계층이 두터워졌음을 알 수 있다. 8차 통신사에 참여한 일행 가운데 2명은 기행문을 남겼는데, 부사 임수간(任守幹)이 기록한 『동사록(東槎錄)』이나 역관 김현문(金顯門)이 기록한 또 하나의 『동사록』이 조선에 돌아와 남에게 보여주기 위해 일방적으로 쓴 글이라면, 필담 창화집은 일본에서 조선과 일본의 지식인들이 마주앉아 함께 기록한 글이다. 그러기에 타인의 눈을 통해 자신의 모습을 객관적으로 볼 수 있다.

16권 16책의 방대한 분량으로 다양한 주제를 정리한 『계림창화집』

에도막부 초기의 일본 지식인은 주로 승려였기에, 당연히 승려들이 통신사를 접대하고, 필담에 참여하였다. 그 다음으로 유자(儒者)들이 있었는데, 로널드 토비는 이들을 조선의 유학자와 비교해 "일본의 유학자는 국가에 이용가치를 인정받은 일종의 전문 지식인에 지나지 않았다"고 규정하였다. 그 가운데 상당수는 의원이었으므로 흔히 유의(儒醫)라고 하는데, 한문으로 된 의서를 읽다보니 유학에도 관심을 가지게 된 것이다. 이노 작스이(稲生若水)가 물고기 한 마리를 가지고 제술관 이현과 서기 홍순연 일행을 찾아가서 필담을 나눈 기록이 『계림창화집』 권5에 실려 있다.

> 이 현 : 이 물고기는 우리나라의 송어입니다. 조령의 동남 지방에 많이 있어, 아주 귀하지는 않습니다.
>
> 홍순연 : 이 물고기는 우리나라의 농어와 매우 닮았습니다. 귀국에도 농어가 있는지 모르겠지만, 이것과 같지 않습니까? 농어가 아니라면 내가 아는 물고기가 아닙니다.
>
> 남성중 : 이 물고기는 우리나라 송어입니다. 연어와 성질이 같으나 몸집이 작으며, 우리나라 동해에서 납니다. 7~8월 사이에 바다에서 떼를 지어 강으로 올라가는데, 몸이 바위에 갈려 비늘이 다 떨어져 나가 죽기까지 하니 그 성질을 모르겠습니다.

그는 일본산 물고기의 습성을 자세히 설명하고 조선에도 있는지 물었지만, 조선 문인들은 이 방면의 전문가들이 아니어서 이름 정도나

추정했을 뿐이다. 홍순연은 농어라고 엉뚱하게 대답하기까지 하였다. 조선 문인이라면 모든 것을 알 수 있을 것이라고 기대했기에 생긴 결과인데, 아직 의학필담으로 분화되기 이전의 형태다. 이 필담 말미에 이노 작스이는 이런 기록을 덧붙여 마무리했다.

> 『동의보감』을 살펴보니 "송어는 성질이 태평하고 맛이 달며 독이 없다. 맛이 진기하고 살지다. 색은 붉으면서 선명하다. 소나무 마디 같아서 이름이 송어이다. 동북쪽 바다에서 난다"고 하였다. 지금 남성중의 대답에 『동의보감』의 설명을 참고하니, '鮏'은 송어와 같은 것이다. 그러나 '송어'라는 이름은 조선의 방언이지, 중화에서 부르는 이름이 아니다. 『팔민통지(八閩通志)』(줄임) 『해징현지(海澄縣志)』 등의 책에 모두 송어가 실려 있으나, 모습이 이것과 매우 다르다. 다른 종류인데, 이름이 같을 뿐이다.

기록에서 보듯, 이노 작스이는 다수의 의견에 따라 이 물고기를 '송어'라고 추정한 후, 비교적 자세한 남성중의 대답과 『동의보감』의 기록을 비교하여 '송어'로 결론 내렸다. 그런 뒤에 조선의 '송어'가 중국의 송어와 같은 것인지 확인하기 위해 중국의 여러 지방지를 조사한 후, '송어'는 정확한 명칭이 아니라 그저 조선의 방언인 것으로 결론지었다. 양의(良醫) 기두문(奇斗文)에게는 약초를 가지고 가서 필담을 시도하였다.

> 稻生若水 : 이 나뭇잎은 세 개의 뾰족한 끝이 있고 겨울에 시들지 않으며, 봄에 가느다란 꽃이 핍니다. 열매의 크기는 대두만하고, 모여서 둥글게 공처럼 되며, 생길 때는 파랗고, 익으면 자흑색이 됩니다. 나무

에 진액이 있어 엉기면 향이 나고, 색이 붉습니다. 이름은 선인장 나무입니다. (줄임)

기두문 : 이것이 진짜 백부자(白附子)입니다.

제술관이나 서기들이 경험에 의존해 대답한 것과 달리, 기두문은 의원이었으므로 자신의 지식을 바탕으로 확실하게 대답하였다. 구지현박사의 연구에 의하면 이노 작스이는 『서물류찬(庶物類纂)』이라는 박물지를 편찬하기 위해 방대한 자료를 수집·고증하고 있었는데, 문화 선진국 조선의 문인에게 서문을 부탁하여, 제술관 이현이 써 주었다. 1,054권이나 되는 일본 최대의 백과사전에 조선 문인이 서문을 써 주어 권위를 얻게 된 것이다.

출판사 주인이 상업적인 출판을 위해 직접 필담에 참여하다

초기의 필담 창화집은 일본의 시인, 유학자, 의원 등 전문 지식인이 번주(藩主)의 명령이나 자신의 정보욕, 명예욕에 따라 필담에 나선 결과물이지만, 『계림창화집』 16권 16책은 출판사 주인이 직접 전국 각 지역에서 발생한 필담 창화 원고들을 수집하여 출판한 것이다. 따라서 필담 창화 인원도 수십 명에 이르며, 많은 자본을 들여서 출판하였다. 막부(幕府)의 어용 서적을 공급하던 게이분칸(奎文館) 주인 세오겐베이(瀨尾源兵衛, 1691-1728)가 21세 청년의 몸으로 교토지역 필담에 참여해 『계림창화집』 권6을 편집하고, 다른 지역의 필담 창화 원고까지 모두 수집해 16권 16책을 출판했을 뿐 아니라, 여기에 빠진 원고들까지 수집해 『칠가창화집(七家唱和集)』 10권 10책을 출판하였다.

『칠가창화집』은 『계림창화속집』이라고도 불렸는데, 7차 사행 때의 최대 필담 창화집인 『화한창수집(和韓唱酬集)』 4권 7책의 갑절 규모에 해당한다. 규모가 이러하니 자본 또한 막대하게 소요되어, 고쇼모노도코로(御書物所)인 이즈모지 이즈미노조(出雲寺 和泉掾) 쇼하쿠도(松栢堂)와 공동 투자하여 출판하였다. 게이분칸(奎文館)에서는 9차 사행 때에도 『상한창화훈지집(桑韓唱和塤箎集)』 11권 11책을 출판하여, 세오겐베이(瀨尾源兵衛)는 29세에 이미 대표적인 출판업자로 자리매김하게 되었다. 그러나 안타깝게도 38세에 세상을 떠나, 더 이상의 거질 필담 창화집은 간행되지 못했다.

필담창화집 178책을 수집하여 원문을 입력하고 번역한 결과물

나는 조선시대 한문학 연구가 조선 국경 안의 한문학만이 아니라 국경 너머를 오가며 외국인들과 주고받은 한자 기록물까지 연구해야 한다는 생각으로, 첫 번째 박사논문을 지도하면서 '통신사 필담창화집'을 과제로 주었다. 구지현 선생은 1763년에 파견된 11차 통신사 구성원들이 기록한 사행록 9종과 필담창화집 30종을 수집하여 분석했는데, 박사학위를 받은 뒤에도 필담창화집을 계속 수집하여 2008년 한국학술진흥재단의 토대연구에 『조선후기 통신사 필담창수집의 수집, 번역 및 데이터베이스 구축』이라는 과제를 신청하였다. 이 과제를 진행하면서 우리 팀에서 수집한 필담창화집 178책의 목록과, 우리가 예상한 작업진도 및 번역 분량은 다음과 같다.

1) 1차년도(2008. 7.~2009. 6.) : 1607년(1차 사행)에서 1711년(8차 사행)까지

연번	필담창화집 책 제목	면 수	1면 당 행수	1행 당 글자 수	예상되는 원문 글자 수
001	朝鮮筆談集	44	8	15	5,280
002	朝鮮三官使酬和	24	23	9	4,968
003	和韓唱酬集首	74	10	14	10,360
004	和韓唱酬集一	152	10	14	21,280
005	和韓唱酬集二	130	10	14	18,200
006	和韓唱酬集三	90	10	14	12,600
007	和韓唱酬集四	53	10	14	7,420
008	和韓唱酬集(결본)				
009	韓使手口錄	94	10	21	19,740
010	朝鮮人筆談幷贈答詩(國圖本)	24	10	19	4,560
011	朝鮮人筆談幷贈答詩(東京都立本)	78	10	18	14,040
012	任處士筆語	55	10	19	10,450
013	水戶公朝鮮人贈答集	65	9	20	11,700
014	西山遺事附朝鮮使書簡	48	9	16	6,912
015	木下順菴稿	59	7	10	4,130
016	鷄林唱和集1	96	9	18	15,552
017	鷄林唱和集2	102	9	18	16,524
018	鷄林唱和集3	128	9	18	20,736
019	鷄林唱和集4	122	9	18	19,764
020	鷄林唱和集5	110	9	18	17,820
021	鷄林唱和集6	115	9	18	18,630
022	鷄林唱和集7	104	9	18	16,848
023	鷄林唱和集8	129	9	18	20,898
024	觀樂筆談	49	9	16	7,056
025	廣陵問槎錄上	72	7	20	10,080
026	廣陵問槎錄下	64	7	19	8,512
027	問槎二種上	84	7	19	11,172

028	問槎二種中	50	7	19	6,650
029	問槎二種下	73	7	19	9,709
030	尾陽倡和錄	50	8	14	5,600
031	槎客通筒集	140	10	17	23,800
032	桑韓醫談	88	9	18	14,256
033	辛卯唱酬詩	26	7	11	2,002
034	辛卯韓客贈答	118	8	16	15,104
035	辛卯和韓唱酬	70	10	20	14,000
036	兩東唱和錄上	56	10	20	11,200
037	兩東唱和錄下	60	10	20	12,000
038	兩東唱和後錄	42	10	20	8,400
039	正德韓槎諭禮	16	10	18	2,880
040	朝鮮客館詩文稿(내용 중복)	0	0	0	0
041	坐間筆語附江關筆談	44	10	20	8,800
042	七家唱和集－班荊集	74	9	18	11,988
043	七家唱和集－正德和韓集	89	9	18	14,418
044	七家唱和集－支機閒談	74	9	18	11,988
045	七家唱和集－朝鮮客館詩文稿	48	9	18	7,776
046	七家唱和集－桑韓唱酬集	20	9	18	3,240
047	七家唱和集－桑韓唱和集	54	9	18	8,748
048	七家唱和集－賓館縞紵集	83	9	18	13,446
049	韓客贈答別集	222	9	19	37,962
예상 총 글자수					589,839
1차년도 예상 번역 매수 (200자원고지)					약 8,900매

2) 2차년도(2009. 7.~2010. 6.) : 1719년(9차 사행)에서 1748년(10차 사행)까지

연번	필담창화집 책 제목	면수	1면 당 행수	1행 당 글자 수	예상되는 원문 글자 수
050	客館璀璨集	50	9	18	8,100
051	蓬島遺珠	54	9	18	8,748
052	三林韓客唱和集	140	9	19	23,940
053	桑韓星槎餘響	47	9	18	7,614

054	桑韓星槎答響	106	9	18	17,172
055	桑韓唱酬集1권	43	9	20	7,740
056	桑韓唱酬集2권	38	9	20	6,840
057	桑韓唱酬集3권	46	9	20	8,280
058	桑韓唱和塤箎集1권	42	10	20	8,400
059	桑韓唱和塤箎集2권	62	10	20	12,400
060	桑韓唱和塤箎集3권	49	10	20	9,800
061	桑韓唱和塤箎集4권	42	10	20	8,400
062	桑韓唱和塤箎集5권	52	10	20	10,400
063	桑韓唱和塤箎集6권	83	10	20	16,600
064	桑韓唱和塤箎集7권	66	10	20	13,200
065	桑韓唱和塤箎集8권	52	10	20	10,400
066	桑韓唱和塤箎集9권	63	10	20	12,600
067	桑韓唱和塤箎集10권	56	10	20	11,200
068	桑韓唱和塤箎集11권	35	10	20	7,000
069	信陽山人韓館倡和稿	40	9	19	6,840
070	兩關唱和集1권	44	9	20	7,920
071	兩關唱和集2권	56	9	20	10,080
072	朝鮮人對詩集1권	160	8	19	24,320
073	朝鮮人對詩集2권	186	8	19	28,272
074	韓客唱和/浪華唱和合章	86	6	12	6,192
075	和韓唱和	100	9	20	18,000
076	來庭集	77	10	20	15,400
077	對麗筆語	34	10	20	6,800
078	鳴海驛唱和	96	7	18	12,096
079	蓬左賓館集	14	10	18	2,520
080	蓬左賓館唱和	10	10	18	1,800
081	桑韓醫問答	84	9	17	12,852
082	桑韓鏘鏗錄1권	40	10	20	8,000
083	桑韓鏘鏗錄2권	43	10	20	8,600
084	桑韓鏘鏗錄3권	36	10	20	7,200
085	桑韓萍梗錄	30	8	17	4,080
086	善隣風雅1권	80	10	20	16,000
087	善隣風雅2권	74	10	20	14,800
088	善隣風雅後篇1권	80	9	20	14,400

089	善隣風雅後篇2권	74	9	20	13,320
090	星軺餘轟	42	9	16	6,048
091	兩東筆語1권	70	9	20	12,600
092	兩東筆語2권	51	9	20	9,180
093	兩東筆語3권	49	9	20	8,820
094	延享五年韓人唱和集1권	10	10	18	1,800
095	延享五年韓人唱和集2권	10	10	18	1,800
096	延享五年韓人唱和集3권	22	10	18	3,960
097	延享韓使唱和	46	8	14	5,152
098	牛窓錄	22	10	21	4,620
099	林家韓館贈答1권	38	10	20	7,600
100	林家韓館贈答2권	32	10	20	6,400
101	長門戊辰問槎상권	50	10	20	10,000
102	長門戊辰問槎중권	51	10	20	10,200
103	長門戊辰問槎하권	20	10	20	4,000
104	丁卯酬和集	50	20	30	30,000
105	朝鮮筆談(元丈)	127	10	18	22,860
106	朝鮮筆談1권(河村春恒)	44	12	20	10,560
107	朝鮮筆談1권(河村春恒)	49	12	20	11,760
108	韓客對話贈答	44	10	16	7,040
109	韓客筆譚	91	8	18	13,104
110	韓人唱和詩	16	14	21	4,704
111	韓人唱和詩集1권	14	7	18	1,764
112	韓人唱和詩集1권	12	7	18	1,512
113	和韓文會	86	9	20	15,480
114	和韓唱和錄1권	68	9	20	12,240
115	和韓唱和錄2권	52	9	20	9,360
116	和韓唱和附錄	80	9	20	14,400
117	和韓筆談薰風編1권	78	9	20	14,040
118	和韓筆談薰風編2권	52	9	20	9,360
119	鴻臚傾蓋集	28	9	20	5,040
예상 총 글자수					723,730
2차년도 예상 번역 매수 (200자원고지)					약 10,850매

3) 3차년도(2010. 7.~ 2011. 6.) : 1763년(11차 사행)에서 1811년(12차 사행)까지

연번	필담창화집 책 제목	면수	1면당 행수	1행당 글자수	예상되는 원문 글자수
120	歌芝照乘	26	10	20	5,200
121	甲申槎客萍水集	210	9	18	34,020
122	甲申接槎錄	56	9	14	7,056
123	甲申韓人唱和歸國1권	72	8	20	11,520
124	甲申韓人唱和歸國2권	47	8	20	7,520
125	客館唱和	58	10	18	10,440
126	鷄壇嚶鳴 간본 부분	62	10	20	12,400
127	鷄壇嚶鳴 필사부분	82	8	16	10,496
128	奇事風聞	12	10	18	2,160
129	南宮先生講餘獨覽	50	9	20	9,000
130	東渡筆談	80	10	20	16,000
131	東槎餘談	104	10	21	21,840
132	東游篇	102	10	20	20,400
133	問槎餘響1권	60	9	20	10,800
134	問槎餘響2권	46	9	20	8,280
135	問佩集	54	9	20	9,720
136	賓館唱和集	42	7	13	3,822
137	三世唱和	23	15	17	5,865
138	桑韓筆語	78	11	22	18,876
139	松菴筆語	50	11	24	13,200
140	殊服同調集	62	10	20	12,400
141	快快餘響	136	8	22	23,936
142	兩東鬪語乾	59	10	20	11,800
143	兩東鬪語坤	121	10	20	24,200
144	兩好餘話상권	62	9	22	12,276
145	兩好餘話하권	50	9	22	9,900
146	倭韓醫談(刊本)	96	9	16	13,824
147	倭韓醫談(寫本)	63	12	20	15,120
148	栗齋探勝草1권	48	9	17	7,344
149	栗齋探勝草2권	50	9	17	7,650
150	長門癸甲問槎1권	66	11	22	15,972

151	長門癸甲問槎2권	62	11	22	15,004
152	長門癸甲問槎3권	80	11	22	19,360
153	長門癸甲問槎4권	54	11	22	13,068
154	萍遇錄	68	12	17	13,872
155	品川一燈	41	10	20	8,200
156	表海英華	54	10	20	10,800
157	河梁雅契	38	10	20	7,600
158	和韓醫談	60	10	20	12,000
159	韓客人相筆話	80	10	20	16,000
160	韓館應酬錄	45	10	20	9,000
161	韓館唱和1권	92	8	14	10,304
162	韓館唱和2권	78	8	14	8,736
163	韓館唱和3권	67	8	14	7,504
164	韓館唱和續集1권	180	8	14	20,160
165	韓館唱和續集2권	182	8	14	20,384
166	韓館唱和續集3권	110	8	14	12,320
167	韓館唱和別集	56	8	14	6,272
168	鴻臚摭華	112	10	12	13,440
169	鷄林情盟	63	10	20	12,600
170	對禮餘藻	90	10	20	18,000
171	對禮餘藻(明遠館叢書 57)	123	10	20	24,600
172	對禮餘藻(明遠館叢書 58)	132	10	20	26,400
173	三劉先生詩文	58	10	20	11,600
174	辛未和韓唱酬錄	80	13	19	19,760
175	接鮮瘖語(寫本)1	102	10	20	20,400
176	接鮮瘖語(寫本)2	110	11	21	25,410
177	精里筆談	17	10	20	3,400
178	中興五侯詠	42	9	20	7,560
예상 총 글자수					786,791
3차년도 예상 번역 매수 (200자원고지)					약 11,800매

1차년도에는 하우봉(전북대) 교수와 유경미(일본 나가사키국립대학) 교수를 공동연구원으로 하여 고운기, 구지현, 김형태, 허은주, 김용흠 박

사가 전임연구원으로 번역에 참여하였다. 3년 동안 기태완, 이지양, 진영미, 김유경, 김정신, 강지희 박사가 연구원으로 교체되어, 결국 35,000매나 되는 번역원고를 마무리하였다.

일본식 한문이 중국식 한문과 달라서 특히 인명이나 지명 번역이 힘들었는데, 번역문에서는 독자들이 읽기 쉽도록 한국식 한자음으로 표기하고, 첫 번째 각주에서만 일본식 한자음을 표기하였다. 원문을 표점 입력하는 방법은 고전번역원에서 채택한 방법을 권장했지만, 번역자마다 한문을 교육받고 번역해온 과정이 다르기 때문에 재량을 인정하였다. 원본 상태를 확인하려는 연구자를 위해 영인본을 뒤에 편집하였는데, 모두 국내외 소장처의 사용 승인을 받았다.

원문과 번역문을 합하여 200자원고지 5만 매 분량의 『조선후기 통신사 필담창화집 번역총서』를 12,000면의 이미지와 함께 편집하고 4차에 나누어 10책씩 출판하는 과정이 복잡하고 힘들었기에, 연세대학교 정갑영 총장에게 편집비 지원을 신청하였다. 『조선후기 통신사 필담창수집 번역본 30권 편집』 정책연구비(2012-1-0332)를 지원해주신 정갑영 총장에게 감사드린다.

『조선후기 통신사 필담창화집 번역총서』를 편집하는 과정에 문화재청으로부터 『통신사기록 조사 및 번역, 데이터베이스 구축』 연구용역을 발주받게 되어, 필담창화집을 비롯한 통신사 관련 기록을 세계기록유산으로 등재하는 작업에 참여하게 된 것도 기쁜 일이다. 통신사 관련 기록들이 모두 데이터베이스로 구축되어 국내외 학자들이 한일문화교류, 나아가서는 동아시아문화교류 연구에 손쉽게 참여하게 된다면 『통신사 필담창화집 번역총서』의 사명을 다하는 것이라고 생각한다.

조선후기 통신사가 동아시아 문화교류 연구에 중요한 이유는 임진왜란 이후에 중국(청나라)과 일본의 단절된 외교를 통신사가 간접적으로 이어주었기 때문이다. 통신사 필담창화집 번역총서 60권 출판이 마무리되면 조선후기에 한국(조선)과 중국(청나라) 지식인들이 주고받은 척독집 40여 권도 데이터베이스로 구축하여, 일본에서 조선을 거쳐 청나라로 이어지는 '동아시아 문화교류의 길' 데이터베이스를 국내외 학자들에게 제공하고자 한다.

▒ 김형태(金亨泰)
연세대학교 국어국문학과, 연세대학교 대학원 국어국문학과 졸업. 문학박사.
연세대학교 국학연구원 연구교수 역임.
현재 경남대학교 문과대학 국어국문학과 조교수.
저서로는 『대화체 가사의 유형과 역사적 전개』(소명출판, 2009),
『통신사 의학 관련 필담창화집 연구』(보고사, 2011) 등이 있다.

조선후기 통신사 필담창화집 번역총서 33
兩東鬭語

2017년 6월 23일 초판 1쇄 펴냄

역 자 김형태
발행인 김흥국
발행처 도서출판 보고사

등록 1990년 12월 13일 제6-0429호
주소 경기도 파주시 회동길 337-15 보고사 2층
전화 031-955-9797(대표), 02-922-5120~1(편집), 02-922-2246(영업)
팩스 02-922-6990
메일 kanapub3@naver.com / bogosabooks@naver.com
http://www.bogosabooks.co.kr

ISBN 979-11-5516-678-9 94810
979-11-5516-055-8 (세트)

정가 34,000원